D1196433

Mariana Guarinoni

Puerto prohibido

*Una fugitiva se rinde a la pasión en la corrupta
Buenos Aires del siglo XVII.*

**Amor
verdadero**

Amor
verdadero

Guarinoni, Mariana
Puerto prohibido. - 1a ed. - Ciudad Autónoma de Buenos Aires :
Cute Ediciones, 2013.
350 p. ; 22x14 cm.

ISBN 978-987-1903-36-8

1. Narrativa Argentina. 2. Novela. I. Título
CDD A863

Fecha de catalogación: 10/07/2013

IMPRESO EN LA ARGENTINA

Queda hecho el depósito que marca la ley 11.723
© Cute Ediciones SRL,
Uruguay 182, Ciudad Autónoma de Buenos Aires, República Argentina.
Tel.: (5411) 4371-2659. Email: info@cuteediciones.com.ar

Esta primera edición de 3.000 ejemplares se terminó de imprimir
en Agosto de 2013 en Arcángel Maggio, Lafayette 1695,
Ciudad de Buenos Aires, República Argentina.

Fotografía: Eduardo Aguirre
Retoque digital: Walter Balcedo
Modelo: Soledad Mansilla
Corrección: Inés Romero

www.cuteediciones.com.ar

A Leo, mi amor.

A Ine, gracias.

PUERTO PROHIBIDO
Por
Mariana Guarinoni

Ciudad de Asti,
Piamonte, norte del territorio italiano.

Capítulo 1

Marzo de 1613

Los gritos que escuchó por la ventana de la cocina indicaban que la necesitaban. Estaba preparando unos confites para la recepción de la boda de su hermana Alessandra, pero eso tendría que esperar. La voz de Siriana denotaba su angustia entre lágrimas y alaridos.

—¡Isabella, Isabella! ¡Venga rápido! ¡Los ojos de Giovanni desaparecieron y se está convirtiendo en un monstruooo!

Isabella no se dejó llevar por las palabras de Siriana. Aunque ya había cumplido 14 años, a la muchacha de piel morena y largos rizos oscuros le gustaba adornar sus historias. Un recurso muy útil para provocar una sonrisa en tiempos difíciles, pero que les restaba a sus palabras la urgencia necesaria en los momentos clave. Isabella se limpió las manos en el largo delantal blanco que cubría su falda de algodón y se asomó al patio empedrado de la casa. Mientras daba unos pasos bajo el cálido sol del mediodía, se dio cuenta de que algo no iba bien. Los gritos de los pequeños no lograban tapar un extraño sonido que provenía del centro del grupo. Se acercó y antes de ver a Giovanni escuchó nuevamente ese ruido áspero, casi como el que hacían los campesinos durmiendo borrachos contra las paredes de la cantina después del día de pago semanal. Cuando el chiquito se dio vuelta le bastaron unos segundos para comprender que los ronquidos provenían de su garganta. Su cara estaba de un tono rojizo oscuro, tan hinchada que el color de sus ojos ya no se distinguía. Eran como pliegues escondidos entre párpados del tamaño de huevos de ganso. Y esa misma hinchazón dentro de su garganta le impedía respirar. El aire casi no pasaba.

—Giovanni no habla, ¡ruge! Está dejando de ser humano, está tomando otra forma, como en mis historias —sollozó Siriana— ¡Y sus ojos ya no están! Es culpa mía, ¡yo lo hechicé con un cuento! —exclamó al borde de la histeria.

Isabella no tenía tiempo para ocuparse de los nervios de la chica. Ya había visto casos así y pocas veces tenían un final feliz. Ignoró las manos de Siriana que trataban de aferrarse a su delantal y sus súplicas:

—¡Cuidado, no se acerque!

Se aproximó al niño de unos ocho años, lo tomó con fuerza por los hombros y lo llevó corriendo junto a ella hacia su despensa. Allí no perdió ni un segundo: sacó una llave del bolsillo de su delantal, abrió la cerradura del armario de madera y tomó un frasco de vidrio con un líquido de color ámbar. Echó una buena cantidad en la boca del pequeño rubio, a quien cada vez le costaba más respirar. Mientras esperaba que la mezcla hiciera efecto, Isabella empezó a soplar cerca de la boca abierta de Giovanni, para ayudar a que el aire llegara hasta sus pulmones. Unos minutos después su respiración empezó a normalizarse. Varios pares de ojos asustados que los habían seguido desde el patio vieron cómo su compañero de juegos rompía a llorar.

Isabella respiró aliviada. Lo peor de la crisis había pasado. La inflamación del rostro tardaría un rato en desaparecer, pero intuyó que los ojos azules de Giovanni volverían a tener su forma habitual. La infusión hecha con flores de camomila algunas veces funcionaba para hinchazones así. Era difícil descubrir qué las causaba. Ella había visto a un hombre fuerte y saludable morir ahogado con la cara inflamada tras la picadura de una abeja. Sus amigos dijeron que había sido por arrancar hierbas ponzoñosas con sus manos desnudas. Y el padre Mássimo, del convento Mater Maria, de Alba, había atribuido su muerte a la combinación de hongos silvestres con vino durante su almuerzo. Pero a él la tisana no le había servido. Isabella suspiró. Había tantas cosas que ignoraba sobre el arte de las curaciones. Le hubiera gustado aprender más, pero las mujeres no podían estudiar medicina. Sólo los hombres. Afortunadamente ella tenía las anotaciones sobre plantas y pociones de su abuela Valerie. Y las podía consultar a su antojo.

Le agradecía a su padre no haberle prohibido aprender a leer y escribir. Pero la gratitud fue opacada por los otros sentimientos que le provocaba pensar en él. Vincenzo di Leonardi era un hombre egoísta. Enojado por la falta de hijos varones, pasaba poco tiempo en su propia casa. Se repartía entre las de sus amantes. Su esposa, Constantina, lo vivía como un castigo por su falla al no darle un heredero y no se animaba a quejarse.

—¿Giovanni va a morirse?

La voz de Siriana sacó a Isabella de sus pensamientos y la devolvió a la realidad.

—No, no lo creo. Pronto va a estar bien. Sólo tiene que descansar un rato. Será mejor que lo dejen solo y vuelvan a jugar al patio. Llévate a los niños —le dijo.

La joven de origen árabe que vivía con ellos desde unos años antes, cuando golpeó a su puerta pidiendo comida y allí se quedó, obedeció rápidamente. Isabella ayudó a Giovanni a recostarse sobre unos almohadones en el piso, donde solía sentarse Siriana, y suspiró. Cerró los ojos y se apretó las sienes en un intento por relajarse. Esos extraños ojos verdes descansaron mientras tironeaba de la piel de los extremos. Su madre siempre le decía que no lo hiciera, porque se arrugaría, pero Isabella tenía una piel resistente, que raramente enrojecía con el sol. Su rostro tomaba un suave color avellana cuando pasaba algún tiempo en el jardín ocupándose de las hierbas. No le avergonzaba lucir el mismo tono de las campesinas, poco digno de una dama. No dedicaba demasiada atención a su imagen. Le disgustaba la frivolidad de las jóvenes que había conocido en la corte, siempre pendientes de los lazos de sus tocados, de las perlas en sus cuellos y compitiendo por ser la dueña de la falda más ancha en las caderas gracias al verdugado debajo de la tela. Se sentía ajena a todos esos temas que tanto interesaban a sus hermanas.

Echó otra mirada al niño recostado. Estaba adormecido y respiraba con normalidad. Era el primogénito de Dante d'Arazzo, hermano mayor del novio, Bruno. Ambos eran hijos del conde Ugo d'Arazzo, y todos habían llegado unas horas antes para el banquete previo a la boda. No aportaría nada bueno a las flamantes relaciones familiares que el sobrino del novio y heredero del título muriera ahogado por hinchazón en la cocina de la novia. A su madre ciertamente le daría un ataque, pensó Isabella con una risita. No estaba de acuerdo con esa boda, que uniría a Alessandra con un hombre que casi ni conocía. Apenas lo había visto una vez. Pero si su hermana se había resignado, a ella no le correspondía seguir rogándole a su padre. Optó por ayudarla en los preparativos.

Mientras esperaba que Giovanni se recuperara, Isabella se quedó en la pequeña despensa junto al niño. Ese era su espacio favorito de la casa. Podía pasarse horas allí. En un rincón tenía una alacena en donde guardaba casi medio centenar de frascos y pequeñas bolsas de tela atadas con cordones con diferentes productos. En algunos había pintado con delicadas letras qué contenían. En otros no. Había aceites, polvos, hojas y raíces. Camomila, lavanda, violeta, enebro, tomillo, aceites de almendra, geranio, sándalo, oliva, melisa, romero, laurel, caléndula, malva, jengibre y trufas. A Isabella no le hacía falta leer los nombres. Sabía reconocer cada uno de los ingredientes del armario con sólo una mirada.

Bajo la ventana había un sencillo escritorio de madera y una silla. En sus cajones guardaba su bien más preciado: las anotaciones de su abuela. Eran un montón de hojas sueltas cubiertas con las letras pequeñas y apretadas de Valerie Laurentien. Pero Isabella las entendía sin problemas, las había leído miles de veces, mientras las recorría buscando la receta para fiebres, vómitos intensos o alguna herida verdosa y maloliente. Las monjas del convento Mater Maria sabían que ella podría tener alguna solución diferente a las tradicionales sangrías o amputaciones que sugerían los médicos, por eso la consultaban con frecuencia. Ella nunca reveló la fuente de su saber. Isabella se limitaba a buscar alguna solución entre las viejas páginas cuando se lo pedían.

Aprovechó para vigilar la respiración de Giovanni mientras su mente, incansable, pasaba lista a las tareas que le quedaban pendientes para la tarde. Acostumbrada a ocuparse de varias cosas al mismo tiempo, Isabella recordó que aún no había decidido cuál de sus dos vestidos nuevos se pondría esa noche y cuál al día siguiente. Encargados por su madre a una costurera, ambos eran igual de impactantes. Y si bien después de la boda se celebraría una fiesta mayor en el castillo del conde, esa noche ella era una de las anfitrionas, lo cual la igualaba en importancia. Isabella dejaría que su hermana decidiera sobre el vestido. Al fin y al cabo, era su boda y a ella le daba igual. Había pasado su juventud, tenía casi veinte años y no había ningún hombre en su vida para quien quisiera mostrarse bonita.

En ese momento *dona* Constantina di Leonardi asomó su cabeza a la pequeña despensa de Isabella. Atraída por los gritos de los niños, quiso saber qué había ocurrido.

—*¡Dio santo!* ¿Ahogado? Si muere podría arruinar la boda de tu hermana…

—No se preocupe, *mamma*. Está mejorando. Pero si la boda debiera suspenderse, no creo que Alessandra llorase demasiado.

—¡No digas eso, Isabella! Sabes que tu hermana está de acuerdo con esta boda. Pasó un tiempo en la corte y no encontró candidato allí. Ahora debe casarse y formar una familia. Y el segundo hijo de un conde, aunque no sea su heredero, es un buen casamiento.

—Ay, *mamma*, pero Alessandra casi ni conoce a ese Bruno. No lo ama.

—El amor solo no alcanza —se lamentó la madre—. Además, ¿tú qué sabes del amor? No escuché de pretendientes tuyos en los meses que pasaste en la corte. ¡O quizás sí los tuviste y lo ocultaste! Dime la verdad, hija.

—No, *mamma*, quédese tranquila. No sé nada de eso.

—Ahh, Isabella —Constantina suspiró—. Yo sólo busco que tu hermana sea feliz. Frecuentar la corte más tiempo sería inapropiado.

Ya no encontraría un marido a su edad. Tiene casi dieciocho años. Se quedaría soltera, como tú. No entiendo por qué te negaste al candidato anterior que sugirió tu padre y a éste también... Las hijas no deben oponerse a los deseos de sus padres. No sé por qué Vincenzo te dejó hacer tu voluntad.

Isabella se puso tensa. La mayoría de las veces lograba cumplir sus deseos. No quería casarse. Esperaba que su madre no insistiera ante su padre para unirla con un extraño.

—No es momento de hablar de mí, *mamma*. Hay mucho por hacer todavía para esta boda.

Constantina decidió que no insistiría por el momento y volvió a ocupar su mente con otros detalles de la ceremonia. Estaba contenta. La tercera de sus hijas se casaba. Le incomodaba que no fuera la segunda, pero la mala predisposición de Isabella en la reunión con Bruno, sumada a que el joven quedó encantado cuando vio a Alessandra, terminaron de resolver quién sería la novia. A Vincenzo di Leonardi sólo le interesaba cerrar el acuerdo con el conde D'Arazzo para tenerlo de aliado en las pujas por el poder en la corte del príncipe Carlo Emanuele de Savoia.

Dado que el territorio italiano no era un reino unido, no tenía una sola corte. La principal, la del duque de Savoia y príncipe del Piamonte, Carlo Emanuele I, se encontraba en Torino. Después había otras menores, como la del Duque de Médici, en Florencia, o la de los Este en Módena.

Vincenzo estaba muy cerca de concretar la ansiada unión con los D'Arazzo para aumentar su poder en la corte de Torino. Desde hacía semanas los preparativos del ajuar y el banquete habían roto la rutina de la casa. Su mujer pensaba que eso lo complacería. Y así fue, pero no mejoró la relación entre ellos. Una gota más de amargura para el agrio espíritu de *dona* Constantina. La mujer vestida de seda y adornada con un exceso de joyas baratas tenía una mirada sin brillo que la distanciaba enormemente de la inocente muchacha de dieciséis años que se había dejado seducir por un guapo noble más de dos décadas atrás. El rico *barone* Vincenzo di Leonardi se había casado con ella enceguecido por su belleza. Esa joven nacida muy cerca de la frontera con Francia pertenecía a otra clase social pero a él no le importó. Vincenzo llevó a Constantina y a su madre a vivir a esa lujosa casa de piedra en la ciudad de Asti —a unas nueve leguas de Torino— y los primeros tiempos fueron tan apasionados como habían imaginado. Tuvieron cuatro hijas seguidas, en pocos años. El quinto finalmente fue un varón que llegó al mundo tras un parto muy complicado. El niño era débil y vivió apenas unos días. Después de eso Constantina no volvió a quedar embarazada. Por la falta de un heredero, el amor de Vincenzo se fue apagando. Pasó a tener amantes sin molestarse en ocultarlo. En vez de disgustarse con él, Constantina trasladó la frustración y el dolor a sus hijas: las culpaba por ser mujeres. Creía que si hubieran sido varones Vincenzo aún la amaría. Se convirtió en una mujer resentida, que pasaba sus horas recluida en su hogar adornando los salones con ricas telas, imponentes muebles, lujosa platería, cristalería y arañas de Venecia, con la esperanza de que ese palacio en miniatura tentara a su marido a volver a ella. Un esfuerzo inútil. Pasaba cada vez más tiempo sola.

—Un asunto más, hija. Creo que Siriana no puede asistir al banquete. Es como una criada... —empezó a decir Constantina con tono despectivo.

—¡Sabe bien que eso no es cierto! Mis hermanas y yo la queremos casi como una más de nosotras —exclamó, y se dio vuelta para ver si Giovanni seguía dormido.

Con esa frase Isabella dio por terminada la charla con su madre. Constantina suspiró. Quizás con el tiempo, y la ayuda de su nueva familia política, pudiera doblegar la rebeldía de Isabella. Siempre se salía con la suya. Quizás Dante... —El heredero de Ugo d'Arazzo sería un excelente marido para Isabella —pensó Constantina. Su hija había rechazado a todos los candidatos con quienes había intentado comprometerla. Con casi veinte años, sería un milagro encontrar algún hombre que se interesara en ella. Pero quizás pudiera convencer al futuro conde de las ventajas de esa unión. Dante, un viudo aún joven, un hombre con carácter y experiencia, resultaría ideal para dominar a Isabella. Y además así su hija sería condesa D'Arazzo algún día.

Esperanzada con estos pensamientos, Constantina buscó al ama de llaves para supervisar los preparativos del banquete.

Esa noche se sirvieron varios platos. Primero, carne de conejo. Y luego entraron las bandejas con faisán humeante rodeado de cebollas y patatas, ese exquisito descubrimiento llegado de las colonias en el nuevo mundo, reservado para ocasiones especiales. Los invitados se servían en sus cuencos y luego comían con las manos. Los criados traían tazones con agua fresca para lavarse entre plato y plato. Cuando todos ya habían bebido bastante vino caliente, el joven Bruno d'Arazzo interrumpió las risas generales poniéndose de pie con cierta dificultad y golpeando sus palmas.

—Quiero agradecer a la familia de mi novia por esta cena. Me acaban de contar que la baronesa Di Leonardi dirige ella misma a las cocineras y supervisa las recetas, y que transmitió estos secretos a sus hijas. Pues con que ahí estaba el truco. Así fue cómo me conquistó: ¡con un elixir de amor! Brindo por mi amada Alessandra...

Y provocó las carcajadas generales.

—Pero quiero decir que ya no le voy a dejar que lo haga cuando esté en el castillo, de lo contrario tendré indigestión todas las noches por exceso de comida y el padre Mássimo terminará viviendo con nosotros para poder darme sus pociones medicinales a cada rato.

Más risas acompañaron sus palabras. Hasta que Isabella se animó a interrumpir:

—Pues no sería necesario tener al padre Mássimo allí. Mi hermana podría prepararle pociones para el malestar si algo le cayera mal a su amado esposo.

—No dudo de la capacidad de mi bella Alessandra para ordenar un té digestivo pero...

—No sólo los sacerdotes pueden curar, señor —insistió Isabella.

—Creo que lo que mi hermano quiere decir es que ya está mayor para dejar que le sirvan remedios adecuados para niños —la interrumpió con ímpetu Dante, el hijo mayor del conde—. No es que no aprecie lo que ha hecho por mi hijo Giovanni esta tarde, *signorina* Isabella. Las habladurías vuelan entre los criados y me enteré de su ataque de tos. Pero creo que los brebajes que ayudan a mejorar la carraspera de un crío no son adecuados para un adulto. El mayor de los hermanos D'Arazzo era alto y fornido. La capa de terciopelo bordó que arrancaba desde sus hombros parecía casi un cortinado y contrastaba con los mismos abundantes rulos rubios que había acariciado esa tarde en la cabecita de Giovanni. El azul transparente de sus ojos también repetía el tono de los de su hijo, pero la inocencia estaba ausente en ellos. La mirada lasciva con que remarcó sus dichos fue muy clara. Sumada a la mueca burlona de sus labios, fue más de lo que Isabella pudo soportar. Estaba cansada, mareada por la falta de aire en el salón y por las dos copas de vino dulce que había tomado. No estaba acostumbrada a la bebida, pero se había dejado tentar por esa especialidad que le enviaban como agradecimiento las religiosas del convento de Alba, a donde ella iba ocasionalmente para ayudar con los enfermos. Era una delicia: un líquido suave y dulce, muy distinto del amargo sabor del vino común, hecho con uvas sin madurar. Y el banquete previo a la boda bien merecía un brindis. Intentó memorizar que no debía beber más de una copa la próxima vez. Pero en ese momento se dejó llevar y no midió sus palabras:

—Pues sepa que esos brebajes han salvado miles de vidas desde hace cientos de años. Son una tradición que las mujeres de mi familia pasamos de generación en generación. Con eso ayudamos a los enfermos mucho más que las sangrías de los médicos. ¿Cómo puede la pérdida de sangre mejorar una indigestión? ¡Lo que hay que sacar del cuerpo es el exceso de comida, no la sangre!

—Veo que mi futura hermana pone en duda conocimientos superiores a ella. Creo que a los médicos no les complacería saber que opina que pasaron años en los claustros de la universidad inútilmente. Sugiero que pase más tiempo rezando y menos pensando, mi querida —le dijo mirándola sin pudor de arriba a abajo. Sus ojos se detuvieron en la unión de sus pechos, que asomaba por el escote de su vestido de fiesta dorado. La parte superior terminaba con un ajustado corsé, cubierto apenas por un delicado jubón de brocato, mucho más pequeño y revelador que la recatada prenda de lana que ella usaba a diario. El hijo del conde la miró fijamente hasta hacerla ruborizar y luego se giró, dando por terminada la conversación.

—Por favor, Isabella, *signore* Dante, estamos en una celebración. No es momento para discutir —intentó apaciguar los ánimos Vincenzo di Leonardi. Pero sólo logró exaltar más a su hija.

—¡Ay, padre! Es lo mismo de siempre: muchos hombres creen que nosotras no podemos ayudar en las dolencias de los adultos. Piensan que sólo servimos para tratar a los niños.

—Basta ya, Isabella. Hemos escuchado suficiente de ti por hoy.

La mirada de su padre hizo que no siguiera. Cerró los labios con fuerza y bajó sus ojos verdes mientras pensaba en las recetas curativas que le había enseñado a preparar su abuela. Las combinaciones de hierbas y polvos, las infusiones de flores y los ungüentos. Cientos de preparaciones. Todo se lo había transmitido la sabia Valerie desde que Isabella era niña. Y desde hacía unos años ella estaba haciendo lo mismo con Siriana. Sabía que la tradición familiar continuaría con su pequeña hermana postiza. La entusiasmaba el interés de Siriana. La increíble memoria de la joven morisca le servía para recordar las dosis necesarias de cada ingrediente. Isabella suspiró. Le costaba dominar su lengua. Sólo la orden directa de su padre le impidió continuar su discusión con el hijo del conde. Calló por miedo a sus represalias. Temía que Vincenzo volviera a mandarla a la corte de Torino para encontrarle un marido, como ya había hecho en dos ocasiones. Pasó varias temporadas allí y su mayor preocupación fue esquivar las iniciativas de los caballeros. Isabella no quería casarse. Eso implicaría que un desconocido le diera órdenes. En realidad, ella no soportaba que nadie le diera órdenes. Y allí estaba ahora, en medio de su propio salón, ese engreído de Dante diciéndole qué hacer. ¡Le ordenaba que pensara menos! Y no sacaba sus ojos de su escote. ¿Quién se creía que era?

Isabella le dirigió una mirada helada al futuro cuñado de su hermana.

Los ojos de él brillaron burlones y se pasó la lengua por los labios mientras los torcía en una extraña sonrisa.

Aún faltaba servir las frutas almibaradas que ella misma había preparado. El toque de lujo de la cena. Pero a Isabella no le importó. Hizo una pequeña reverencia con su cabeza hacia donde estaban sus padres y el conde Ugo y se retiró a su habitación.

Poco después Giulia discretamente la siguió. Mientras la ayudaba a cambiarse, intentó colarse en los pensamientos de su hermana. Siempre habían mantenido una relación muy cercana, a pesar de las diferencias de gustos entre ambas. A Giulia le encantaban las fiestas y la diversión que ofrecía la corte. Pero siendo la menor de las cuatro hermanas, no la conocía aún. Eloísa, la mayor, se había casado varios años antes, en una boda arreglada por su padre. No estaba allí porque un parto reciente le había impedido viajar desde su castillo en Novara. Ahora le tocaba a Alessandra pasar por el altar. Sólo faltaba que Isabella diera el sí para poder ir ella misma a Torino, como marcaban las reglas sociales. Muchas noches se quedaban despiertas hasta tarde hablando sobre sus planes. Pero mientras Isabella quería vivir para siempre en esa casa, sin un hombre que decidiera por ella, Giulia soñaba con un amor lejos de allí. Podría ser en el *Palazzo Ducale*, en Torino, donde estaba la corte del duque de Savoia, o en alguna de las otras residencias veraniegas de la familia real. Pero lejos de esa casona de tres plantas, con su huerta de plantas aromáticas que su hermana adoraba.

A Giulia le encantaba que Isabella le contara anécdotas de sus días en el palacio. Pero a diferencia de otras noches, esa vez no logró que participara en la charla.

—Mañana empezará una nueva etapa en nuestras vidas —intentó iniciar una conversación—. La *mamma* dijo que Alessandra no se llevará a Giovanna como doncella personal. Parece que hay muchas jóvenes criadas dispuestas a servir a la nueva dama en el castillo.

—Imagino que sí.

—Para nosotras será bueno, porque Giovanna...

—Estaremos bien, sin importar quién sea la criada —la cortó Isabella con brusquedad.

Definitivamente, estaba de mal humor. Giulia sabía que en esos momentos convenía dejarla sola. Mañana se levantaría bien, como siempre. Le dio un abrazo y se retiró.

Durante largo rato Isabella dio vueltas en la cama sin poder dormir. Mucho después de que terminaron las risas y la música provenientes del salón, aún seguía desvelada. La enojaba tanto la actitud de hombres como el hijo del conde que su propia rabia la dejó agitada por horas. Decidió levantarse para prepararse una infusión de tilo. La ayudaría a conciliar al sueño. Debía estar descansada para el agotador día siguiente. Se puso una gruesa bata que cerró con un lazo sobre su camisón de dormir y se dirigió a la despensa.

No creyó necesario llevar una palmatoria. La luna creciente estaba casi llena y su tenue luz se filtraba por las ventanas, además conocía de memoria el camino. Lo había recorrido cientos de veces en la oscuridad. Cuando llegó al último escalón de piedra sintió un movimiento detrás de ella. Estaba en la sala anterior a la cocina, no debería haber nadie allí a esas horas. Sin que pudiera evitarlo una mano la abrazó por la cintura desde atrás mientras otra le cubría la boca.

Sintió un pesado cuerpo que se apretaba contra ella. No sabía quién era, pero podía sentir el aliento a vino resoplando junto a su mejilla mientras la barba le raspaba la piel. La lastimaba. Isabella sintió miedo. Ser atacada por un extraño en su propia casa. ¿Qué hacer? No podía gritar porque la enorme mano la sofocaba. Sentía que la presión en su trasero aumentaba, el hombre se frotaba contra ella, cada vez más fuerte. Se retorció inútilmente.

La mano de la cintura arrancó el lazo que cerraba su bata y subió hasta sus senos. Apretó uno sobre la tela del camisón y se oyó un gruñido de satisfacción. Isabella empezó a sacudirse intentando escapar de su abrazo. Pero el hombre era muy fuerte. Un soldado de la guardia de los visitantes, sin duda. El atacante soltó su pecho y bajó la mano hasta el camisón para tironear de la tela y levantarla. Mientras buscaba liberar las finas cintas de la ropa interior, aflojó por un instante la presión e Isabella logró soltarse.

En lugar de correr, su primera reacción fue darse vuelta y atacar la cara del agresor. Lo golpeó con las llaves de la despensa que tenía apretadas en un puño. Sintió cómo el metal rasgaba la piel en la oscuridad. Pensó que al día siguiente sería fácil identificar al lacayo que tuviera una herida reciente en el rostro. El hombre gritó sorprendido, no esperaba el ataque.

—¡Ey! Esto no es forma de tratar a los invitados —le lanzó cerca de su rostro una voz conocida mientras Isabella lo golpeaba de nuevo, esta vez rozando el borde de la mandíbula.

—¡Dante! ¡No lo puedo creer! ¿Cómo es capaz de algo tan bajo? ¿Intentar forzar a una mujer? Creí que tenía mejores modales, señor.

—Vamos, querida. Bien sabes que quieres esto tanto como yo. Tu cuerpo tiene ganas del mío —dijo mientras sus ojos apuntaban a sus senos agitados, que movían la fina tela del camisón con cada respiración.

Isabella sabía que su cuerpo llamaba la atención masculina. Sus curvas se marcaban a través de sus ropas y atraían las miradas. Pero nunca un hombre se había propasado de esa manera. Y encima dentro de pocas horas serían parientes. —¡Casi hermanos! O algo así —se dijo. Lo cierto es que tendría que seguir viéndolo y quería evitar el escándalo, además del disgusto de su padre si algo impedía la boda. Así que inspiró hondo y con el tono más frío que logró pronunciar, susurró entre dientes:

—No quiero su cuerpo. Nunca lo quise ni nunca querré nada suyo. Suélteme o le marcaré toda la cara.

—¿Es que tienes un amante oculto? Estuve preguntando y me dijeron que la bella hija soltera de Di Leonardi no quería casarse... Así que imaginé que estabas muy sola. Y ese hermoso cuerpo no merece estar solo. Debe tener a alguien para disfrutarlo. Ven, Isabella. Ven a mí y tendremos mucho placer.

La lujuria envalentonó al hombre. Sus manos avanzaron y volvieron a atraparla, esta vez en un abrazo contra la pared. Apoyó sus labios con fuerza sobre los de ella y le introdujo la lengua empujando. Isabella sintió que él volvía a endurecerse y se apretaba contra su cuerpo. Las desparejas piedras del muro se clavaban en su espalda. La boca del futuro conde la invadía y sus manos le apretujaban los pechos. Dante arrastró sus húmedos labios por el cuello de Isabella y ella sintió asco. Y miedo. Y dolor: le estaba mordiendo un seno a través del camisón. De pronto un estruendo hizo que todo el horror se detuviera. Dante cayó hacia un costado y golpeó el suelo con un ruido seco. Casi lleva a Isabella en su caída. Lo evitaron las manos de Giulia.

La joven soltó rápidamente la fuente de plata con la que había golpeado a Dante en la cabeza. La bandeja hizo un fuerte ruido al caer sobre las piedras. Las hermanas escucharon su eco mientras corrían escaleras arriba, dejándolo solo en la oscuridad.

Capítulo 2

Giulia salió caminando de la iglesia lentamente a causa de la multitud, cuando sintió que Isabella, unos pasos a su izquierda, intentaba agarrarse de su brazo. Pero fue inútil: su hermana resbaló y cayó al piso.

Al principio Giulia pensó que había sido un tropezón, pero el color pálido de la cara de Isabella le dijo que era algo más: seguramente el desmayo era producto del susto por el ataque sufrido la noche anterior. Aunque ella insistió en contarle al conde lo ocurrido, Isabella no la dejó.

—Si lo hacemos, Dante lo negará. Dirá que yo acepté encontrarme con él en la oscuridad. Estaba convencido de que yo lo deseaba.

Un análisis muy acertado. El hijo del conde Ugo estaba acostumbrado a imponer su voluntad sobre las mujeres. A pesar de su mirada dura, era bastante buenmozo. Cientos de bellas jóvenes serían capaces de colarse en sus aposentos con la esperanza de conquistar su corazón. Con su fama de mujeriego y su larga lista de admiradoras sería difícil convencer a alguien de que Isabella no había programado un encuentro amoroso en la oscuridad y luego había cambiado de idea.

—El conde le creería a él, y quizás hasta se enoje y cancele la boda. ¿Te imaginas lo que significaría ese escándalo para nuestro padre?

Las hermanas decidieron callar lo ocurrido.

Ahora, con Isabella caída, y su hermana Alessandra ya casada, a Giulia ya no le parecía tan buena idea guardar silencio sobre el incidente. Pero en ese momento era más importante ayudar a

Isabella que acusar a Dante. Por eso, a pesar de la repulsión que sintió cuando su flamante pariente político alzó a Isabella para llevarla al interior de la iglesia, no gritó ni le pegó. Sólo los siguió bien de cerca, junto con Siriana.

Dante cruzó el pasillo lateral repleto de imágenes de santos con Isabella en brazos. El padre Osvaldo dispuso que la recostaran en un sillón en la sacristía. Dante la apoyó y se alejó. Fue Giulia quien le aflojó la gorguera de encaje y el corsé para que Isabella respirara mejor mientras Siriana la abanicaba.

Ayudada por las sales que trajo el sacerdote, la joven despertó

—¿Estás bien? ¿Qué te ocurrió? —se preocupó Giulia.

—Creo que fue por el corsé. Me costaba respirar. Había mucha gente y poca ventilación.

—¿Lista entonces? Es hora de irnos. No podemos llegar tarde al banquete —dijo Giulia con una mueca.

Isabella asintió con la cabeza. Miró a su alrededor y se sobresaltó al distinguir a Dante parado junto a las pesadas cortinas de terciopelo bordó que cubrían las paredes de la Iglesia. Aunque hacía frío en el exterior, el aire estaba denso allí dentro. Muchas velas prendidas y un fuerte olor a incienso congestionaban el ambiente. El caballero dio unos pasos hacia ella e Isabella se tensó. No lo había visto durante la boda. Le miró la cara y detectó la herida reciente en su mejilla, justo debajo del ojo izquierdo. Toda la zona estaba morada y tenía hasta el párpado hinchado. Sonrió para sí. —Lo tiene bien merecido —se dijo.

—¿Estás mejor, Isabella? —le preguntó él con una confianza alarmante.

—No tiene por qué preocuparse, señor.

—No me llames señor. No es necesaria esa formalidad entre nosotros.

—No veo por qué debería llamarlo de otra manera.

—Pues ya somos de la familia. Y como hombre de la familia, a partir de hoy tengo derecho a ocuparme de mis parientes —afirmó con la mirada fija en ella, como un animal que estudia a su presa y la disfruta por adelantado.

—No es necesario. Muchas gracias —respondió tajante—. Siriana, ve a buscar el coche. Giulia, ¿estás lista? Dame tu brazo. Nos vamos.

Isabella se sentía algo mareada pero quería salir del mismo espacio en donde estaba Dante. Necesitaba aire fresco.

Apoyada en su hermana, atravesó la iglesia de pisos de mármol, se santiguó frente al altar y recorrió el pasillo central hacia el exterior sin tambalearse. Allí ignoró el brazo que le ofrecía Dante para subir a la escalerilla del carruaje. Se las arregló sola con su ancha falda y su precario equilibrio. Una vez arriba se dejó caer sobre el asiento recubierto en cuero.

El enorme castillo D'Arazzo estaba en lo alto de una colina. En sus laderas un grupo de casas constituía una aldea que llevaba el apellido del conde: Rocca d'Arazzo. Al cruzarla con el carruaje las hermanas descubrieron la gran magnitud del poder de sus nuevos parientes. Se bajaron en la puerta del castillo y Giulia y Siriana arrastraron a Isabella hasta las habitaciones de la flamante pareja. Debían arreglar la imagen de Isabella. Allí la fiel Siriana se ocupó primero de refrescar a la joven enferma con agua perfumada con pétalos de violeta que la misma Isabella había hecho para la novia. A ella no le gustaba mucho ese aroma, prefería las flores del jazmín, pero éste era el perfume favorito de Alessandra y el único disponible, así que se resignó a la fragancia de las violetas. Luego Siriana se ocupó del vestido: le quitó el jubón de brocato rosado para poder volver a ajustar los cordones del corsé, pero no los apretó demasiado para que Isabella respirara mejor. Acomodó los bordes de la camisa de lino blanco que rodeaban su cuello y volvió a colocar encima de ésta el jubón, que enganchó en la cintura con la ancha falda. Ajustó la gorguera de encaje plisado y finalmente dedicó su atención a los rizos del color de las hojas otoñales que escapaban del peinado. Decidió que debería hacerlo todo de nuevo, por lo que empezó a quitar las horquillas que lo sujetaban y la ondulante cabellera de Isabella cayó sobre su espalda.

Durante todo el tiempo que duraron los cuidados, Isabella no dijo ni una palabra. Su cuerpo se movía dócil bajo las manos de la joven musulmana, pero ella no hablaba. Su mente estaba ocupada intentando descifrar qué le había ocurrido. ¿Por qué se mareó? Ella no era débil. Su cuerpo era alto y fuerte, con curvas en los lugares esperados. No, definitivamente no había sido por debilidad. Ni tampoco se sentía revuelta. Entonces, ¿quizás fue el susto por el ataque? Isabella quería consultar las notas de su abuela Valerie cuanto antes. Necesitaba saber qué raíces o semillas buscar para curarse.

Giulia dejó descansar a Isabella y fue a saludar a Alessandra, la flamante esposa. Lista para la fiesta, la más joven de las Di Leonardi bajó las escaleras de piedra con sus delicadas zapatillas de salón. Recorrió los salones inferiores del castillo evaluando la ostentosa decoración del lugar: varios tapetes traídos de las Indias orientales se exhibían en las paredes; manteles bordados cubrían las mesas del banquete; bandejas de plata se hacían oír al chocar entre el ir y venir de los criados; cientos de candelabros brillantes con velas encendidas, innecesarias a esa hora del día, sumaban más suntuosidad al ambiente. Constantina seguramente aprobaba el nuevo hogar de su hija, pensó Giulia, mientras una sonrisa asomaba a sus labios.

Uno de los invitados la vio sonreír y el gesto le llamó la atención. Era una joven muy hermosa. Su piel clara, casi transparente, combinaba muy bien con el vestido de fiesta en celeste pálido, con un jubón del mismo tono bordado con hilos de plata. Y, a la vez, contrastaba con su cabello oscuro que llevaba recogido en una coleta baja, enroscada en varias vueltas de perlas que caían desde el tocado en la parte superior de la cabeza. Era delicada, etérea, y ese atuendo sin dudas la favorecía.

Con la esperanza de conquistarla, se acercó a ella.

Giulia vio con agrado al apuesto desconocido. Llevaba su enorme figura envuelta en una capa de terciopelo azul labrado sujeta en los hombros con unas cadenas de plata, que contrastaba con su llamativo pelo rojizo, casi anaranjado. Su piel, oscurecida por el sol, se fundía con una larga cabellera y una barba del mismo tono. Cuando estuvo más cerca Giulia pudo apreciar las infinitas pecas que poblaban sus mejillas. Le daban un aspecto único, y destacaban más aún el color gris de sus ojos. Giulia nunca había visto a un hombre así.

—*Buona sera, signorina.*

Ella le respondió con una pequeña reverencia y una suave sonrisa. Estaba realmente encantadora. El desconocido se presentó con una profunda inclinación:

—Soy el *capitano* Fabrizio Positano.

Enseguida le solicitó que lo acompañara en una pieza de baile y Giulia se dejó tentar. Recordaba haber ensayado muchos días con sus hermanas durante su infancia, como parte de su educación. Había llegado el momento de bailar de verdad. Aceptó y giró con gracia entre las otras parejas al ritmo del *cinque passi*. Las manos que la guiaban cambiaron varias veces. Después del *capitano*, otros caballeros se turnaron para llevarla. Los minutos pasaron volando para ella, entre compases, reverencias, vueltas y contravueltas. Esa tarde Giulia se divirtió como nunca antes en sus dieciséis años de vida. Al terminar la música estaba exaltada. Supo entonces que le encantaban los bailes, que quería más fiestas y que le insistiría a su padre para que la presentara en la corte lo antes posible.

Después del baile se multiplicaron las bandejas con comida. Suculentos platos se sucedían, unos tras otros, igualados en abundancia por el vino que se servía.

En un momento Dante se puso de pie e hizo un esfuerzo para acallar las voces y risas que invadían el salón. El trío de músicos que arañaba las cuerdas de un arpa y dos violines dejó de tocar. Dante alzó su copa y pidió que los demás lo imitaran, para brindar por la felicidad de la nueva pareja:

—Quiero que todos compartan conmigo la importancia de este momento, donde nuestra familia se une a otra tradicional familia noble gracias a una de sus bellas hijas, Alessandra di Leonardi.

—Es cierto, querido amigo. Esperemos que la unión prospere también en nuestras acciones. Creo que las ideas de Savoia de aumentar los impuestos a los nobles pueden cambiarse si insistimos juntos.

El conde Ugo interrumpió a Vincenzo:

—No me parece momento para hablar de política. Ya habrá tiempo para eso después. Celebremos ahora. ¡Que siga la música! ¡Y traigan más vino!

Giulia sintió la tensión en la cara de su padre. El conde llevaba la voz cantante y lo había dejado en claro frente a todos sus invitados. Si esos eran los términos del nuevo parentesco, no le aportaría el poder que Vincenzo esperaba.

Dos pisos más arriba y en un ala del palacio ricamente decorada, Isabella intentaba mejorar su imagen frente al espejo con marco dorado que su madre había incluido en el ajuar de Alessandra. Siriana ya casi terminaba de acomodar los rizos de la parte superior de la cabeza en una torre, mientras los de abajo se dividían en dos roscas detrás de las orejas, de las que colgaban ordenados bucles. Sólo faltaba enganchar entre ellos algunas horquillas con perlas, que aportarían brillo además de sujetar el pequeño tocado de lino bordado.

Un rato después Isabella bajó las escaleras levantando los bordes de su ancha falda con cuidado. Se asomó al salón principal cuando el baile ya había comenzado y no le sorprendió lo que vio: Giulia era una de las jóvenes más solicitadas.

Cuando la música se detuvo y los bailarines se apartaron formando pequeños grupos, su hermana quedó rodeada por tres caballeros. Reconoció a dos de ellos. No le preocuparon el apuesto desconocido ni el engreído vizconde de Florencia, pues sabía lo que su hermana opinaría de él. Se asustó por la proximidad de Dante. El hijo del anfitrión tomaba la mano de Giulia entre las suyas mientras hablaba y se notaba la incomodidad de la joven, que intentaba retirarla. Decidió acudir en su ayuda, pues Giulia no estaba al tanto de los trucos femeninos a la hora de esquivar los galanteos. Isabella, en cambio, había aprendido todos los artilugios mientras vivía en el *palazzo* de Torino.

Junto a las princesas de Savoia, las hijas del príncipe Carlo Emanuele I, descubrió cómo escapar de un galán insistente en un salón de baile. La mayor, la seductora Margarita, se deleitaba enseñando mohines femeninos a sus hermanas, las princesas María Bella, María Apollonia y Francesca. Y como Isabella pasaba todo su tiempo con ellas, aprendió también. Recordó con una sonrisa esos primeros meses en la corte. Habían sido días muy felices. Sus padres la habían enviado para integrar el séquito de las jóvenes Savoia y se sintió muy a gusto con ellas. Isabella tenía la misma edad de la princesa María Bella y uno año más que la princesa Apollonia. Los ensayos de movimientos de pañuelos de encaje, abanicos y caídas de ojos ocupaban sus tardes. Practicaban hasta perfeccionarse en los exquisitos jardines del *palazzo* o en sus suntuosos salones.

Había llegado el momento de trasladar lo aprendido a Rocca d'Arazzo. Isabella recogió el borde de su falda y se acercó con paso decidido al grupo desde el costado izquierdo para irrumpir exactamente entre Dante y Giulia, obligándolo así a soltarla.

—Celebro que te sientas mejor, querida Isabella. Temía que te perdieras el baile.

—Sí, afortunadamente ya pasó el mareo.

—Sería una ofensa para nuestros hermanos. Así que prepárate para bailar conmigo.

—No se preocupe, *signore*. Mi hermana Alessandra conoce perfectamente mi cariño hacia ella y nuestra relación no se vería afectada por un detalle así. Así que no será necesario que bailemos hoy. Quizás en otra ocasión.

—De modo que es hermana de la *signorina* Giulia también —interrumpió el desconocido con cabellos de color del fuego, obligándola a levantar su cabeza hacia él.

—Discúlpame *caro* amigo, ¿dónde están mis modales? —respondió Dante antes de que Isabella pudiera abrir la boca—. Fabrizio, te presento a otra encantadora integrante de mi familia, la *signorina* Isabella di Leonardi. Isabella, él es el *capitano* Fabrizio Positano. Y este otro caballero es el vizconde De Médici, de Florencia, somos parientes por la familia de mi madre.

—No es necesario que nos presentes, primo. Conocí a la *signorina* Isabella en Torino. Asistimos a muchas fiestas en el

Palazzo Ducale, aunque creo recordar que nunca me aceptó como su *partenaire* de baile —dijo con voz nasal ese desagradable hombre de piel amarillenta y labios finos siempre fruncidos.

Isabella ocultó su mirada en una reverencia mientras pensaba una respuesta, pero no llegó a decirla porque la atención de Positano volvió a centrarse en Giulia. El hombre dijo en voz alta:

—Le recuerdo que me prometió la próxima pieza y veo que los músicos preparan los instrumentos. ¿Me permite?

Sin dudar un segundo Giulia aceptó el brazo que le ofrecía el capitán y caminó a su lado con el corazón acelerado hacia el centro del salón.

El vizconde De Médici aún recordaba con rencor las infinitas veces que Isabella lo había rechazado en el pasado y decidió que no le daría la oportunidad de desairarlo en público una vez más. Dante aprovechó el silencio para ofrecerle él mismo su brazo. Isabella levantó la cabeza dispuesta a negarse pero su mirada se cruzó con la de su madre. Constantina estaba a unos pocos pasos y con un movimiento de cabeza hacia el brazo suspendido de Dante y las cejas alzadas hasta casi juntarse con su tocado, le señaló su obligación.

Resignada, Isabella apoyó sus dedos en el antebrazo que tenía ante sí. Para su sorpresa, Dante no hizo alarde de su victoria. Apenas sonrió, con su ego satisfecho. Era un buen bailarín y la guió por el salón con mano firme y pocas palabras; algunos comentarios relacionados con los pasos a seguir. Cada tanto se cruzaban con Giulia y Positano, que se movían como atrapados por una fuerza magnética. Sus miradas no se despegaban y sus dedos se unían tan pronto como la danza lo permitía.

Cuando la música se detuvo, Isabella no se molestó en aplaudir. Recogió su falda y se dio vuelta para retirarse. Dante estiró un brazo para alcanzarla pero no lo logró. Se lo impidieron dos jóvenes damitas que se cruzaron en su camino intentando captar su atención.

Esa noche Giulia buscó a su hermana al regresar del baile. Sabía que la encontraría en su despensa. Y no se equivocó. Quería contarle del galante caballero que había conocido. Le había gustado mucho el capitán Positano. Su figura imponente, su seguridad en la pista de baile, y principalmente su mirada. Sus ojos grises del color del cielo en una tormenta no se borraban de su memoria. Le gustaban hasta esos llamativos cabellos rojos que caían lacios sobre sus hombros. ¿Había sido demasiado audaz aceptar encontrarse con él en la plaza al día siguiente?

—¡Giulia! ¿Mañana? Deberías esperar unos días para volver a verlo. Es lo correcto.

—¿Por qué? Hace poco nos despedimos y ya tengo ganas de encontrarme con él.

El suspiro de Giulia la conmovió. Recordó que a los dieciséis años ella también se había sentido así en la corte. El seductor hijo de un duque se colaba en sus pensamientos sin pedir permiso y ella se sentía como flotando en una nube. Alfonso d'Este era exactamente lo que toda jovencita anhelaba: galante, educado y con una presencia que atraía todas las miradas femeninas. Conocedor de su magnetismo, lo aprovechaba para extender su lista de conquistas.

—Sé que puedo elegir en toda la corte, pero sólo te quiero a ti... —le dijo muy cerca de su oído.

Isabella le creyó. Alfonso le aseguró que sólo había lugar en su corazón para ella. Pero éste resultó ser un espacio amplio. Tras algunos suaves besos saboreados en citas fugaces en los pasillos del palacio, Isabella encontró a su galán en el vestidor de otra dama: ninguno de los dos llevaba ropa mientras se amaban sobre una silla.

La escena quedó grabada en su memoria y destrozó su inocente corazón. Por eso Isabella entendió la ansiedad de su hermana, pero a la vez le puso condiciones: sumarían también a Siriana a la cita.

En el día siguiente a la boda de Alessandra, Isabella se sentía contenta. Los brotes de caléndula habían crecido bastante a pesar de la escarcha que aún los cubría en los amaneceres helados. Los recogió cortándolos sin preocuparse por si se rompían: no planeaba secarlos y guardarlos, sino aplastarlos para preparar un ungüento que ayudaba a cicatrizar heridas. El aroma que emanaban los tallos al quebrarse le hizo recordar cuando su abuela Valerie les cubría las rodillas con esa preparación en su infancia si ella o sus hermanas se lastimaban jugando en el jardín. Su mente estaba en el pasado, mientras sus manos trabajaban rítmicamente, cuando una voz tirante la trajo de vuelta a la realidad.

—¿Cómo pudiste desairar a Dante en el banquete de la boda? ¡Fue una falta imperdonable! Vino dos veces a preguntarme por ti y tuve que informarle que te habías retirado. ¡Y sin saludarlo, Isabella! Fue una falta de respeto.

—Nada de eso, *mamma*. Es que no me sentía bien.

—No pareces tener nada grave.

—Ya se me pasó. Tuve un pequeño mareo en la iglesia y sentí la necesidad de acostarme.

—El conde Ugo no se dio cuenta de tu ausencia —continuó Constantina— pero seguramente le llegará alguna habladuría. ¿Por qué me hiciste esto, Isabella? ¿Es que ya no te importo nada? —lo dijo y empezó a llorar.

—Ay, *mamma*. No se ponga así. No ocurrió nada grave. Una de sus hijas se descompuso y se fue antes de la fiesta…

—Esto podría afectar la vida de tu hermana. ¡Estás arruinando el futuro de Giulia!

—¿Qué tiene que ver el futuro de Giulia con la fiesta de Alessandra?

Isabella alzó la voz, estaba empezando a perder la paciencia.

—Si el conde decide que mis hijas no están bien educadas no las querrá en su familia.

—Pero Alessandra ya está en su familia. Si él no nos quiere en su casa, pues no iremos a visitarlos.

—No se trata de visitas. Me refiero a que el conde vea a Giulia con buenos ojos como nuera…

Isabella sintió como si le hubieran dado un cachetazo. ¡Su madre estaba pensando en casar a Giulia con Dante! Ese hombre inescrupuloso había intentado violarla en la oscuridad.

—¡No puede estar hablando en serio! ¿Giulia y ese horrible Dante?

—¿Por qué no? Es viudo, joven y no es horrible. Es bastante apuesto, y será muy rico como heredero del conde.

—¡A Giulia no le interesa su dinero!

—No seas tonta, Isabella. A toda mujer sin fortuna le preocupa encontrar el marido apropiado.

—¡Pues a mí no! ¡Y a Giulia tampoco!

Isabella metió los brotes torpemente en el bolsillo de su delantal y tomó los bordes de la falda pero no se molestó en hacer una reverencia frente a su madre. Salió corriendo hacia el final del patio. Tenía que hacer algo antes de que la voluntad casamentera de Constantina arruinara la vida de su hermana menor. Pero no se le ocurría qué podía ser.

Unos días más tarde, sólo Isabella y Siriana estaban sentadas a la mesa y la criada entraba al comedor con una fuente de sopa de cebollas cuando se escucharon los pasos veloces de Giulia. Aún traía los pies dentro de los pesados chapines, unos zapatos de madera con alta plataforma que le permitía mantener sus faldas libres del barro. Sólo las dos calles principales de Asti estaban recubiertas con piedras, las que bordeaban a la plaza, un inmenso espacio rectangular abierto y empedrado. Las laterales eran de tierra.

Las mejillas enrojecidas de Giulia indicaban que había corrido. y el tocado en su cabello había caído. Claramente, no venía de su habitación.

—Me sorprende que salieras sin avisar, Giulia. ¿Ocurrió algún imprevisto? ¿Te mandó a buscar nuestra hermana?

—No, sólo fui a dar un paseo.

—¿Un paseo? No entiendo... ¿Sola?

—Lo siento. Sólo me dieron ganas de caminar y salí un rato.

—No me digas que te encontraste con el capitán otra vez, pero ahora sin más compañía... Tienes suerte de que la *mamma* se haya acostado por una jaqueca, porque si no te diría...

—No me sermonees, Isabella, por favor —la interrumpió la joven.

—No es un sermón. Intento cuidarte, ya que tú no lo haces.

—Tengo cuidado. Sólo fui a dar un paseo.

—Prométeme que la próxima vez llevarás a Siriana.

—Sí, sí. Lo haré.

—Bien, no discutamos más. Después del almuerzo Tomassino tendrá listo el coche porque debo salir. ¿Podrías ayudarme a que nuestra madre no se moleste? Debo ir hasta la casa de Michela. No sé qué necesita. Pero me mandó llamar. Supongo que habrá alguien enfermo en el *casteleto* así que llevaré mi canasta.

—No te preocupes Isabella. Desviaré la atención de la *mamma* si sale de su habitación.

Partieron enseguida. El joven Tomassino Ponti manejaba el coche. Tres generaciones de la familia Ponti habían trabajado para los Di Leonardi. Desde que Isabella tenía memoria el cochero había sido Domenico, padre de Tomassino. Y desde hacía un tiempo su hijo ocupaba ese lugar. Tenía la misma edad de Isabella y habían crecido en la misma casa. Eran buenos amigos, relación que molestaba a Constantina. Pero a Isabella no le importaba: Tomassino era más que un criado y hasta la ayudaba a ocultar de su madre las veces que salían para visitar a algún enfermo. El muchacho siempre le aseguraba a *dona* Constantina que habían ido hasta la iglesia de Rocca d'Arazzo. Le daba algo de libertad para hacer lo que más le gustaba: curar. Para eso tenía preparada una canasta especial. Isabella la llevaba en ese momento con destreza sobre sus piernas, bien derecha, para que no se volcaran los frascos con líquidos de su interior, además de bolsitos de cuero fuertemente atados, con polvos de diferentes colores y olores.

Fue un viaje corto, hasta una de las residencias más importantes de Asti. El calesín de dos ruedas se detuvo frente a un pequeño palacete de piedras de varias plantas llamado por los vecinos "*il casteleto*". No llegaba a ser un castillo como el del conde Ugo, pero era mucho más grande que una casa. Tenía lujosísimas habitaciones, incluido un salón de baile con paredes cubiertas por espejos y molduras doradas.

Allí vivía la dama Michela Borghi, una viuda rica y algo excéntrica que había elegido quedarse a vivir en el pueblo tras la muerte de su esposo, un prestigioso joyero mucho mayor que ella. Para sorpresa de quienes auguraron una veloz mudanza de la bella mujer, aún joven, hacia la corte en la cercana ciudad de Torino, Michela hizo lo que nadie esperaba: se quedó a vivir en Asti y, dedicada a criar a sus dos hijos, se adaptó a la tranquila vida en esa villa en la montaña.

Isabella pensó que quizás alguno de los pequeños hubiera enfermado. Todavía recordaba cuando unos años atrás ella había salvado al menor, Marco, de unas fiebres extrañas. El padre Osvaldo ya había bendecido su alma, pero Michela no se resignaba a perder a su hijo. Isabella había acompañado al sacerdote porque estaban charlando en la sacristía de la iglesia cuando lo llamaron para dar la extremaunción, pero no se animó a ofrecer sus conocimientos sin ofender al párroco. Sabía que la Iglesia no aprobaba que las mujeres curaran enfermos. Ese rol estaba destinado a los hombres. Entonces Isabella no le hablaba de ese hábito suyo ni siquiera en sus confesiones.

Cuando el padre Osvaldo apoyó sus dedos aceitados sobre la frente del niño para hacer la señal de la cruz, Michela estalló en un ataque de furia. Empezó a golpear los hombros y brazos del sacerdote, diciendo toda clase de insultos:

—Los médicos ya dejaron morir a mi marido. ¿Ahora deberé resignarme frente a mi hijo enfermo también? Su alma no está lista para irse. Yo no estoy lista para que se vaya... ¡Fuera! ¡Fuera de mi casa! —irrumpió en lágrimas y cayó al piso de rodillas.

El sacerdote, acostumbrado al dolor de los familiares, no se molestó por la agresión.

—Si el niño nos abandona será por la voluntad de Dios. No podemos oponernos a eso.

Isabella se enojó: era injusto que esa mujer sufriera así. Y la atormentaba la carita del pequeño. Ella conocía algo que podía aliviarlo. Estaba dispuesta a desafiar al religioso para mitigar el sufrimiento de esa familia. Salió de la habitación discretamente y pidió un carruaje para ir a buscar algo con urgencia a su casa. El ama de llaves se lo consiguió, mientras se limpiaba las lágrimas con la manga del vestido.

Casi una hora después Isabella volvió a entrar en la habitación del niño, con una extraña mezcla en un cuenco y una botella de vidrio. Afortunadamente el párroco ya había partido. La madre seguía llorando, ahora en silencio arrodillada junto a la cama, sosteniendo una pequeña mano entre las suyas. Isabella se aproximó, decidida, y sin pedir permiso tomó la febril manito y le untó una pasta de tono verdoso alrededor de la muñeca. Luego mojó un paño limpio en el líquido que había llevado y cubrió el ungüento con él. Repitió el procedimiento en la otra mano y luego en la frente del niño. La madre sólo lloraba y la miraba, desde el otro lado de la cama. No dijo ni una palabra. Ambas velaron al enfermo toda la noche. Isabella cambió las vendas varias veces. Poco después del amanecer, en medio de un penetrante olor a menta que reinaba en la habitación, el pequeño despertó y pidió agua. Otra vez la madre rompió a llorar, pero de alivio. La pálida carita ya no ardía. Entonces abrazó a Isabella con tanta fuerza que cada uno de sus sollozos sacudía el cuerpo de la joven. Hasta que de repente éstos se transformaron en risas y luego en carcajadas. Ambas rieron, felices.

Michela Borghi intentó pagarle a Isabella: al día siguiente le envió una bolsita con monedas de oro. Pero la joven no las aceptó. Las mandó de vuelta con el mismo mensajero. Cuando poco después el hombre volvió con un brazalete de esmeraldas, Isabella fue a devolvérselo personalmente. La hicieron pasar al salón privado de la dueña de casa y a los pocos minutos escuchó unos pasos que corrían hacia ella.

—Le advierto que no permitiré que rechace mi pequeña muestra de gratitud, jovencita.

Las palabras de Michela sonaron duras, casi como un reto. Pero la amplia sonrisa que apareció al mismo tiempo cambió su significado.

—Me sentiré muy ofendida si no aceptas mi brazalete. La vida de mi hijo vale mucho más que eso para mí. Acéptalo, ¡por favor! Así podremos dejar de hablar de esto y pedir unas masas de crema con horchata. ¡Me muero de hambre!

—No aceptaré la joya, pero sí las masas y el refresco —le dijo Isabella.

—Está bien. Encontraré la forma de pagarte más adelante.

Michela acompañó sus palabras con un guiño y otra encantadora sonrisa. Se veía muy diferente a la pálida y ojerosa mujer en llanto que velaba a su hijo enfermo. Era casi tan alta como Isabella pero con formas mucho más redondeadas. Sus amplias curvas no le impedían moverse con gracia, sacudía su cabeza cada vez que reía y apretados rizos oscuros se movían contra sus mejillas rosadas.

Isabella descubrió que la viuda Borghi era más divertida que lo que todos creían. Tenía sólo cinco años más que Isabella. Tomaron sus refrescos y la charla de Michela la hizo reír varias veces. Aquella tarde nació entre ellas una amistad que ya llevaba varios años.

Ahora su amiga la mandaba llamar e Isabella no dudó en partir con su canasta de productos especiales. Pero felizmente esa tarde no fueron necesarios. Michela la había llamado para ponerla al tanto de la evolución de su nuevo romance. Acostumbraba relatar sus apasionados encuentros a Isabella. No lo hacía para jactarse, sino por su carácter abierto: quería transmitirle a su amiga que no debía temer al amor de los hombres sino disfrutarlo. Conocedora de la opinión de Isabella sobre un posible matrimonio, Michela tenía esperanzas de convencerla de las bondades del amor. Y la mantenía al tanto de sus conquistas. La última era un noble casado, con residencia en la corte de Torino. El *marchese* de Verona, nuevo enamorado de Michela, era un colaborador del duque de Savoia y gozaba de grandes privilegios en Torino. El día de viaje que separaba el palacio de la casa de Michela no era un problema para él. Se hacía tiempo para visitar a la bella viuda con regularidad. La esposa y los hijos legítimos del caballero no preocupaban a ninguno de los dos.

—Ay, Michela. Otra vez elegiste un hombre casado… ¿por qué haces siempre lo mismo? —preguntó Isabella.

—Pues justamente, porque ya están casados y no podrán pedirme que me case con ellos.

—¿No te gustaría volver a casarte?

—Claro que no.

—¿Tan horrible fue tu matrimonio? —se animó a preguntar la joven.

—No, fue bastante entretenido. Pero me gusta más mi vida actual. Antes debía obedecer a mi esposo en todo. Ahora disfruto del amor fogoso del marqués cuando viene, pero el resto del tiempo puedo hacer lo que me plazca.

Ignorante de las cuestiones de la convivencia marital, Isabella no pudo continuar la discusión y se acomodó para escuchar los pormenores del romance ruborizándose cada tanto.

Capítulo 3

Isabella entró a su despensa y mientras sacaba unos frascos de la alacena de vidrio quedó de espaldas a la puerta. Escuchó unos pasos detrás de si y pensó que era Siriana, quien casi siempre estaba a su alrededor. Pero al darse vuelta se encontró a pocos centímetros de Dante. Ese ser detestable había invadido su espacio privado. Se plantó ante ella como si estuviera en su propia casa.

—¿Cómo estás, querida hermana? —le dijo a modo de saludo mientras sus ojos azules la recorrían con descaro.

—No soy su hermana. Ni su querida. Así que por favor no me llame así.

—Deberías ser más gentil conmigo. Ahora ya somos parientes. Soy un hombre de tu familia, y eso me da ciertos derechos, sin dudas.

Dante hizo un silencio, esperando una reacción de Isabella, que llegó de inmediato.

—¿Qué quiere decir?

—Que deberás hacer lo que yo diga.

Lo dijo con una sonrisa y se adelantó para acercarse a ella.

—¡Ni lo sueñe! —exclamó la joven—. Si da un paso más, gritaré.

—No será necesario que grites, querida. Tu madre y una de tus hermanas están por aquí. No pienso tomarte con ellas tan cerca, quiero poder disfrutarte a mi antojo. Tus curvas sugieren una mujer fogosa. Quiero sentir el calor que tienes en tu interior. Te deseo, Isabella.

La mirada lujuriosa del hijo del conde le dio más asco que miedo. Y, con una voz cargada de desprecio Isabella le dijo bien cerca de su cara:

—Nunca podrá disfrutarme.

—No entiendo por qué me rechazas, cuando tu destino está en mis manos.

—No sabe lo que dice. ¡Nunca decidirá sobre mi vida!

—Claro que sí. Convencí a tu padre y pronto tú y la bella Giulia se mudarán a nuestro castillo.

Isabella sintió que le faltaba el aire. Le costaba respirar. No podía ser verdad lo que estaba escuchando, pero en el fondo no creía que fuera una mentira de Dante. Debía ser cierto. Su madre quería casar a Giulia con él. Obligarlas a vivir en el castillo podría ser parte de la estrategia de Constantina para acercarlos. Pero ella no estaba dispuesta a dejar que ese hombre soberbio y arrogante le diera órdenes. Tenía que evitarlo.

Dio un paso hacia atrás, para poner distancia entre ellos.

—No me mudaré. No puede forzarme a hacerlo.

—Será inútil que te resistas. Verás que te gustará mucho tu nueva vida. Yo estaré muy cerca —Dante levantó una mano y la acercó a la cintura de Isabella, buscando atraerla hacia él.

Los reflejos de la joven funcionaron con rapidez y logró escapar de su abrazo con un paso al costado. Llegó hasta el cajón donde guardaba las herramientas que usaba para cortar sus hierbas y sacó de allí una pequeña y afilada daga. La sostuvo frente a su pecho apretando fuertemente el puño.

Dante dejó de lado el tono burlón y se puso serio.

—No seas ridícula, querida. Sabes que tarde o temprano serás mía.

—¡Eso nunca! Si se acerca lo mataré.

Una sonrisa burlona acompañó su respuesta:

—Pronto disfrutarás de mi compañía y enloquecerás de placer.

—No lo creo —respondió Isabella sin dudar.

—Mis besos te harán cambiar de opinión —Dante dio un salto hacia ella, la tomó con fuerza por la muñeca con una mano y con la otra le arrebató el arma.

Isabella intentó escapar pero él era un soldado entrenado. La sujetaba con firmeza. Mientras forcejeaban, ella para liberarse y él tratando de abrazarla, se escucharon voces que se aproximaban. Él la soltó e Isabella aprovechó para escapar. Atravesó el patio corriendo y entró al salón donde su madre hablaba animadamente con Giulia y Alessandra. No podía dejar de pensar en lo que le acababa de decir Dante. Y, todavía exaltada, interrumpió a Constantina con su pregunta:

—*Mamma*, ¿es cierto que ahora el hijo del conde Ugo decidirá sobre nuestras vidas?

—Buenas tardes, Isabella. ¿Dónde han quedado tus modales? Tu hermana ha venido a visitarnos. Se sentirá ofendida.

—No te preocupes, Isabella. Sabes que la *mamma* exagera —dijo Alessandra mientras abrazaba a su hermana con una sonrisa cómplice.

—Por favor, respóndame: ¿es verdad lo que ha dicho Dante? —la apuró Isabella.

—No sé lo que te ha dicho. Pero sí es cierto que estuve considerando la idea de permitir que tú y Giulia se muden al castillo. Alessandra estará encantada con la compañía y les hará bien la vida social entre la realeza. Estamos tan lejos de la corte...

Su tono de voz fue bajando y la última frase sonó casi como un suspiro.

—No, por favor, *mamma*. Giulia y yo queremos vivir aquí.

—Pero, ¿no ves las ventajas de ello, hija?

—¿Ventajas? ¿Qué ventajas?

—Vivir en el castillo hará que tengan una mejor relación con él.

—No necesito tener una mejor relación con Dante —su respuesta fue rápida y tajante.

—A mí me encanta la idea de recibirlas, Isabella.

—Piensa en Giulia también, Isabella. Sería importante para ella.

—No entiendo qué tengo que ver yo con lo que está diciendo, *mamma* —interrumpió Giulia.

Constantina se mantuvo en silencio y no parecía dispuesta a responder e Isabella lo hizo por ella:

—La *mamma* quiere que tengas una relación más que fraternal con Dante, Giulia.

—¡No! *Mamma*, se lo suplico. Ese hombre es malo. No respeta a las mujeres.

—No me preocupa que sea mujeriego. Es normal, ya que es viudo. Pero es un buen candidato y sería un excelente casamiento, Giulia.

—No me gusta Dante. Es soberbio y agresivo. Además intentó abusar de Isabella. ¡Es el último hombre con el que quisiera casarme!

—Ay, Giulia. Esas son ideas ridículas de tu hermana. Es un caballero y cuando lo conozcan mejor me darán la razón. Por eso irán a vivir al castillo D'Arazzo.

—No, yo lo vi cuando la atacó. Hablaré con nuestro padre…

Constantina endureció la mirada:

—A tu padre sólo le preocupa volver a la corte de Torino. Y como la vida que allí lleva ha puesto nuestras finanzas en una situación difícil, ha decidido que aceptemos la hospitalidad del conde Ugo. Será una muestra de consideración hacia Alessandra y la posibilidad de vivir con más comodidad. Y si bien a ti no te interesa la corte, Isabella, los contactos de los D'Arazzo favorecerán a Giulia. Así que empiecen a organizar la mudanza, *per piaccere*.

La tarde siguiente Isabella recibió un mensaje de Michela diciendo que necesitaba ayuda, por lo que salió con urgencia llevando a Siriana y su canasta especial.

Ni bien llegaron el ama de llaves las hizo pasar a la habitación principal. Michela estaba en la cama, sufriendo horribles dolores en el vientre. Su cara estaba demasiado pálida, casi del mismo blanco de las sábanas. Acostumbrada a decir lo primero que se le ocurría, Siriana la vio y sentenció:

—Indigestión.

Alzó los ojos hacia Isabella, buscando su aprobación. Pero la cabeza de la joven se movió hacia ambos lados mientras se aproximaba para revisar a Michela. Cuando corrió las sábanas, encontró que su amiga estaba sentada en un charco de sangre.

—¡Oh, Dios mío! Ve a llamar a la comadrona, Siriana. ¡Rápido!

—No, por favor, Isabella. No la llames. No quiero que nadie se entere de esto —la interrumpió Michela.

—Pero…

—No estaba segura de estar embarazada, sólo lo sospechaba. Ahora ya no tengo dudas. Pero creo que lo perderé.

Lo dijo en voz baja y sus ojos se llenaron de lágrimas. En el momento en que comenzaron los dolores en su vientre Michela tuvo una doble confirmación: sí, estaba embarazada, y a pesar de las posibles habladurías, descubrió que le gustaría tener otro hijo. Sería ilegítimo, pero al ser Michela viuda y rica no provocaría tanto escándalo. Habría sido muy distinto si fuera soltera y pobre: la criatura sería una mancha que arruinaría su futuro. Convencida de desear a su bebé, Michela había mandado llamar a Isabella con urgencia. Sabía que su amiga podría salvarlo. Confiaba en ella más que en cualquier comadrona.

Isabella mezcló varios polvos en una taza, agregó unas gotas de un líquido oscuro y algo de agua y se lo hizo tomar de a cucharadas a Michela. Después mezcló más polvos, aceites y hierbas aplastadas y creó un ungüento con un olor muy fuerte. Untó con él algunos paños y le indicó a Siriana que los mantuviera presionados contra el cuerpo de Michela para detener la hemorragia. Al rato preparó otros más y ordenó tirar los trapos empapados en sangre. Pero la doncella a quien Siriana se los extendió miró espantada los paños manchados y malolientes que la joven de piel oscura le entregaba y se negó a recibirlos. Salió corriendo de la habitación.

Isabella y Siriana se alternaron para repetir el tratamiento toda la tarde, hasta que la hemorragia se detuvo y los dolores cesaron.

Michela estaba muy pálida. Sus ojos transmitían miedo y angustia. Isabella no quiso mentirle, pero tampoco darle falsas esperanzas.

—La verdad, no sé qué ocurrió con el bebé. Quizás lo hayamos salvado. Pero también es posible que ya no esté.

—Pero que no haya más dolores es una buena señal, ¿no es verdad?

—Entiendo que quieras pensar así, pero deberíamos llamar a una comadrona, Michela. O a un médico.

—No, querida. Prefiero quedarme con la duda y la esperanza durante un tiempo. ¿Cuándo podremos saber?

—No lo sé. Vendré a verte mañana. Ahora tienes que tomar este líquido que preparé y descansar.

Durante una semana Isabella visitó a Michela todos los días. Su amiga no tuvo más síntomas, y los colores volvieron a su rostro lentamente. Cinco días después del terrible episodio recibió otro mensaje de Michela mandándola llamar. Salió apurada y con su canasta preparada para otra emergencia, pero al llegar la encontró rozagante y sonriente entre sus almohadas.

—Veo que estás mucho mejor —le dijo con una sonrisa.

—Sin dudas: ¡se mueve!

—¿De qué hablas?

—Del bebé.

—¿Estás segura?

—Claro que sí. Es mi tercer niño. Sé reconocerlo. ¡Estoy feliz! Y quiero agradecértelo, querida. Dime qué deseas por haberme ayudado.

—Ya sabes la respuesta: nada.

—¡Ay, Isabella! Entiendo que ayudes a los enfermos por tu alma bondadosa y no por dinero. Pero yo soy tu amiga y quiero ayudarte.

—Con más razón: no voy a cobrarle a una amiga.

—Pero tú me regalaste la felicidad al salvar a este niño mío. Déjame obsequiarte algo que te haga feliz. Ya aprendí que las joyas no te interesan —dijo con una carcajada, recordando el brazalete de esmeraldas rechazado—. Y si bien ahora te conozco mejor, no se me ocurre qué podría causarte una gran alegría. ¡Dime qué anhelo secreto ocultas en tu corazón, por favor!

—Me haría feliz transmitir mis conocimientos a más mujeres. Pero sabes que los sacerdotes no lo permitirán.

—No me sorprende que pienses en los demás antes que en ti. Me refería a algo especial.

—Es que me preguntaste qué me haría feliz. Y esa es la respuesta.

—Y yo estaba pensando en algo más mundano. Algo como un

nuevo guardarropa para salir a conquistar caballeros. Ya mismo lo encargaré. Además daré una fiesta para ti, en la que conocerás a alguien. ¡Ese sería un buen regalo: un romance! —arriesgó su amiga entre risas.

—Bien sabes que no hay lugar para el amor en mi vida, Michela.

—Lo sé, pero no lo entiendo: ¿por qué no? Sólo porque tuviste una mala experiencia en tu juventud no puedes cerrar tu corazón. Muchas mujeres pasaron por un desengaño y después encontraron el amor. Debes dejar de sufrir por el pasado, Isabella.

—No quiero un hombre en mi vida. Estoy bien así. No soportaría casarme y que mi marido me diera órdenes.

—Pero tuviste suerte. Bien sabes que tu galán, Alfonso d'Este, resultó un pésimo candidato —le recordó Michela con un gesto de alivio.

Isabella no pudo evitar reír. Unos meses después de que ella descubriera *in fraganti* su engaño, Alfonso se casó con la princesa María Bella di Savoia. Aunque ésta intentó evitarlo por su amistad con Isabella, los padres de ambos ya habían decidido la unión. Así, María Bella ya llevaba tres años casada, tenía dos hijos y otro en camino, pero todos sabían que su marido pasaba más noches en lechos ajenos que en el marital.

Ni siquiera saber que su desengaño le había evitado años de sufrimiento alivió el alma de Isabella.

—¿Por qué no vuelves a creer en el amor? —insistió Michela.

—Porque ya ni sé cómo se hace. Mi corazón se convirtió en una piedra.

—Entonces deja de lado el amor. Haz como yo: disfruta del romance. Puedes divertirte mucho con los hombres.

—Mi situación no es la misma que la tuya. No soy rica ni viuda. Una soltera no puede divertirse sin pasar a categoría de cortesana. La soltería es un peso enorme. Pero no estoy dispuesta a dejarla: el precio es demasiado alto. No quiero tener que obedecer a un hombre que casi ni conozco sólo porque sea mi marido. Bastante duro ya es obedecer a mi padre.

Sus palabras sonaron a resignación. Y Michela se lamentó,

porque sabía que su amiga tenía razón. Una mujer joven sola y sin fortuna no podía decidir nada. Debía someterse a la voluntad de algún hombre de su familia: un padre, un hermano o un marido. Era distinta su situación por haber enviudado. Una viuda, al no tener un hombre de quien depender por designios de Dios, debía enfrentar sola la vida y a todos les parecía bien.

—Nunca te sugeriría que te cases sin amor, mi querida. Pero voy a seguir pensando en cómo regalarte la felicidad.

Michela acompañó sus palabras con un cariñoso abrazo que Isabella sabía sincero.

Mientras se ocupaba de la recuperación de Michela, los días pasaron volando. Y casi sin darse cuenta, Isabella se vio sentada frente a Giulia en el calesín que recorría la adoquinada entrada al castillo del conde D'Arazzo. Tomassino iba solo en el asiento exterior. *Dona* Constantina no permitió que Siriana los acompañara. Ambas suspiraron y se apretaron las manos para darse fuerzas antes de bajar. Las hermanas estaban resignadas. Habían charlado la noche anterior, cuando Giulia se escurrió a la habitación de la mayor.

—¿Qué haremos, Isabella? Ese hombre es un monstruo y viviremos en su casa…

—Pensemos que serán sólo unas semanas, que pasaremos nuestro tiempo con Alessandra y que nos cuidaremos mutuamente. No le daremos chance de que nos encuentre a solas.

—Podemos compartir una habitación.

—Sí, pensé lo mismo y le pedí a Alessandra que se ocupara de ello. Y también afilé especialmente mi daga. Me acostumbraré a llevarla siempre conmigo.

No quiso decirle con qué facilidad Dante se la había quitado ya una vez.

—No te preocupes. Estos días pasarán y pronto volveremos a casa, Giulia.

La cara afligida de la menor delataba que no había conseguido tranquilizarla.

—No sé cómo haré para estar tantos días sin ver al capitán Positano —soltó entre lágrimas, revelando el verdadero motivo de su angustia.

—Bueno, querida. Él seguramente encontrará una excusa para visitarte. Es amigo de Dante, ¿no?

—Sí, pero no sé cuántas veces podrá hacerlo sin que nadie sospeche.

—Si él no puede visitarnos, iremos nosotras de paseo a la plaza del pueblo y el capitán sabrá cómo encontrarnos —la animó Isabella con una sonrisa cómplice.

Veía a Giulia tan enamorada como ella unos años atrás. Igual de joven y vulnerable. El amor tenía ese efecto: dejaba el corazón al desnudo, absolutamente indefenso. Deseaba que el capitán fuera un hombre noble y que Giulia no necesitara protegerse de él. Soltó un profundo suspiro y abrazó a su hermana.

—Verás que todo saldrá bien —la animó.

Los primeros días en el castillo D'Arazzo resultaron una sorpresa muy agradable. El conde y su hijo mayor debieron viajar a Torino por pedido del duque de Savoia y el marido de Alessandra, Bruno, fue un anfitrión ideal. No les imponía actividades aburridas ni se entrometía en las de ellas. Se notaba que amaba a su mujer y le gustaba complacerla cada vez que podía. Desconocedor de los planes de Constantina, prestaba su carruaje para paseos al pueblo y no se opuso a que Giulia recibiera la visita de un caballero, siempre que alguna de sus hermanas estuviera presente.

Una tarde, mientras Isabella, Giulia y el capitán recorrían los jardines del castillo, Bruno los vio desde la ventana y sugirió a su mujer que lo invitara a cenar con ellos. El paseo había dejado a Isabella de muy buen humor. Se habían adentrado bastante en los bosques de la montaña, más allá de los cercos verdes que rodeaban al parque que cuidaban los sirvientes del conde. Y allí pudo encontrar plantas silvestres recién brotadas por la inminente llegada de la primavera. Feliz, se agachó y recogió cientos de flores de camomila. Los pétalos secos que guardaba desde el otoño anterior ya se estaban acabando. Mientras Giulia y el capitán parecían muy concentrados en su conversación en voz baja, Isabella se sentó sobre una piedra para separar las pequeñas flores blancas con centro amarillo y desechar los tallos verdes. Así reduciría el tamaño de su cosecha y podría juntar algunas más en el camino de regreso, además de darle algo de intimidad a su hermana.

Volvieron al castillo antes del atardecer. Compartir la cena con su enamorado fue la culminación de un día perfecto para Giulia. El salón comedor del castillo estaba iluminado por decenas de candelabros. Parecía casi un día de fiesta. La vajilla de plata relucía a la luz de las velas. La conversación saltó de un tema a otro con natural fluidez, gracias a la verborrágica lengua del invitado.

—No hablemos de batallas frente a las damas, *capitano*. Mi bella Alessandra es muy impresionable. Pero cuénteme de sus aspiraciones políticas. ¿Es cierto que planea solicitar un título nobiliario?

—Su información es buena. Pero lamentablemente con futuro algo incierto. A pesar de mis logros en las luchas territoriales, el duque de Savoia, nuestro amado príncipe Carlo Emanuele, no consideró oportuna mi petición.

—Que le hayan negado un título no le impide volver a pedirlo más adelante.

—Es cierto, pero el príncipe dijo no tener baronazgos disponibles para ceder, a pesar de mis excelentes servicios. Todas las tierras tienen ya dueños y herederos designados.

—Pues deberá buscar nuevas tierras entonces.

—Es lo que están haciendo muchos de mis colegas. Eligen ponerse al servicio del rey de España. Felipe III está repartiendo grandes territorios en las Indias, más allá del mar.

—¿Acaso planea marcharse, capitán? —lo interrumpió Giulia.

—No me he decidido aún, *signorina*. Si resuelvo hacerlo será para conseguir las riquezas necesarias para poder establecerme y ofrecerle a una dama una vida digna de la realeza —le respondió mirándola fijo a los ojos.

Y se habría quedado así toda la noche si Alessandra no le hubiese preguntado directamente:

—Dicen que son tierras muy peligrosas. ¿Sería capaz de arriesgarse por una dama, capitán?

—*Cara signora*, he arriesgado mi vida muchas veces en batalla por mi príncipe. Ciertamente lo haría por ella.

Sus palabras provocaron varias sonrisas de satisfacción.

—¿Y qué tan lejos quedan las Indias? —preguntó Isabella.

—Depende de la zona que a cada uno asigne el rey. Las tierras más ricas están al sur de Tierra Firme, en las minas de Potosí. Para llegar allí primero hay que cruzar el océano y llegar a las islas en la flota del Atlántico. Eso lleva unos dos meses.

Giulia no pudo evitar el sonido de decepción que escapó de sus labios.

El capitán simuló ignorarlo y continuó:

—Luego se recorren muchas leguas de tierras selváticas, en un viaje de varios días, hasta encontrar el mar nuevamente y se debe abordar la flota del Pacífico para navegar hasta Lima. Desde allí parten expediciones en carretas y mulas a través de montañas hasta la región de Potosí. Supe que son las minas más fabulosas del mundo. Se ha construido una ciudad a su alrededor que tiene casas con paredes íntegramente cubiertas de plata. Todos los que han estado allí describen increíbles riquezas. ¡Y pueden probarlo porque vuelven con sus arcas llenas!

—¡Pero es un viaje larguísimo! Llevaría más de un año ir y volver… —calculó Giulia con la voz temblorosa.

—Además del tiempo necesario para hacer fortuna allí —concluyó el capitán con un suspiro.

—¿No hay forma de obtener tierras más cercanas? —preguntó Isabella ante las inminentes lágrimas de su hermana.

Positano negó con la cabeza:

—Ya tienen dueño. Los españoles llevan más de un año en las Indias. Toda la Nueva España ya fue entregada. Las islas y Tierra Firme también. Sólo hay territorios disponibles al sur del Potosí. Aspiro a quedarme lo más cerca posible de la ciudad, porque de allí en adelante ya no hay nada más. Apenas indios salvajes y peligros. Sólo los jesuitas se animan a instalarse entre ellos en la búsqueda de la salvación de sus almas.

—Sus palabras sugieren que ya tiene decidido irse. ¿Cuándo planea partir?

—Faltan varios meses. La flota del Atlántico de este año ya zarpó. Tengo esperanzas de obtener lugar en la de comienzos del año próximo.

El silencio que siguió resultó incómodo.

—La mujer que lo inspira a esta hazaña debe ser muy especial, capitán —dijo Alessandra para aflojar la tensión.

—Sin dudas lo es —respondió el hombre mirando fijamente a Giulia.

—¿Y no hay posibilidades de que ella lo acompañe? —preguntó buscando alguna buena noticia para su hermana—. Como su esposa, por supuesto —aclaró enseguida.

Mientras el capitán movía la cabeza de lado a lado, negando en silencio, Bruno la interrumpió:

—*Mia cara*, de ninguna manera es una expedición apta para una dama. Es como sugerir que una mujer vaya a la guerra. Imposible —explicó su marido en tono condescendiente.

La última esperanza de Giulia se esfumó. Pasó el resto de la velada en silencio y pronto se disculpó para retirarse a su habitación. El día perfecto había tenido un final trágico para ella. Todavía estaba llorando tendida boca abajo sobre la cama cuando Isabella se le acercó. La ayudó a cambiarse, se acostó a su lado y le acarició la cabeza hasta que su hermanita se durmió. Enseguida ella misma también se deslizó entre las sábanas.

No sabía cuánto rato había pasado cuando un ruido la despertó. Estiró la mano en la oscuridad tanteando sobre las mantas hacia el lado de Giulia. No estaba. Se giró hacia la mesa de luz y encendió la vela que siempre tenía lista en una palmatoria. Se levantó y recorrió el cuarto con ésta en la mano. No había señales de su hermana. La sorprendió una corriente de aire en los pies y miró hacia el balcón. La puerta estaba abierta y el viento movía las pesadas cortinas. Se asomó para ver si estaba ahí y finalmente pudo verla. Dos pisos más abajo, Giulia caminaba descalza y con el cabello oscuro suelto en sus espaldas por los mismos jardines que esa tarde había recorrido rebosante de dicha junto a su galán. Estaba demasiado lejos para oírla, así que decidió dejarla un rato allí. Un poco de aire le haría bien. No era una noche muy fría.

Regresó sobre sus pasos y estaba a punto de acostarse cuando de una oscura esquina surgió una sombra que enseguida se convirtió en una forma humana.

—¡Dante! —lo reconoció horrorizada.

Se había olvidado de él. La tranquilidad de las tres semanas pasadas en el castillo le había permitido relajarse e ignorar el peligro, que ahora estaba allí, a pocos metros de ella y dentro de su habitación. ¿Dónde estaba su daga? ¿En su baúl? ¿En la canasta? ¿En la cómoda, cerca del espejo? Apoyó allí la palmatoria intentando ubicarla. La desesperación no le permitía recordar.

Dante captó su miedo y sonrió.

—Me alegra que estés despierta, querida. No querría interrumpir tu descanso. ¿Estás cómoda en mi casa?

—Ya le dije que no soy su querida —le respondió intentando controlar el temblor de su voz.

—Desde hoy serás todo lo que yo quiera. Estás en mi casa.

—Es la casa de su padre. Y si se acerca gritaré.

—Mi padre se quedó en la corte. Y cuando crucé el pasillo frente a las habitaciones de Bruno, los ruidos del interior indicaban que nuestros hermanos están bastante entretenidos. Créeme: no te escucharán —dijo con una mueca lasciva y se acercó hacia ella.

Isabella dio un paso atrás y extendió un brazo hacia adelante, intentando alejarlo.

—No podrá abusar de la hija de un noble sin consecuencias. ¡Mis padres lo acusarán y enfrentará a la justicia!

—Querida Isabella… ¿Todavía no entendiste que esto es parte del plan de tu madre? A ella le da lo mismo a cuál de sus hijas yo elija. Las mandó a ambas para que las probara en mi cama. Ella cree que luego iremos al altar —su risa sarcástica mostró que sólo pensaba cumplir la primera parte de la estrategia de Constantina.

—No, no es cierto —Isabella se negaba a creerlo.

—Aunque te duela reconocerlo, sabes que es verdad. Así que déjate de tonterías y ven acá. Ansío tu cuerpo desde que te vi. Y finalmente serás mía.

Dante saltó hacia ella y la abrazó fuertemente: con un brazo rodeó su cintura y con la otra mano tomó su barbilla para inmovilizar su cara mientras la besaba. Isabella trató de concentrarse. Tenía que pensar rápido. La amenaza de denunciarlo no iba a detenerlo. Tendría que hacerlo ella misma. Dante ya le había demostrado su fuerza cuando le había sacado la daga de las manos anteriormente. Ella perdería en un ataque frontal. Su única chance sería engañarlo. Decidió seguir su juego amoroso para que confiara en ella. ¡Pero no sabía cómo hacerlo! Se le ocurrió primero relajar la fuerza que estaba haciendo para liberarse de su abrazo. Luego estiró los labios fruncidos, y logró que él le soltara el mentón.

—Eso está mejor, gracias —dijo, intentando mostrarse segura.

—Por supuesto que será mejor si te relajas. Es más divertido si no tengo que sujetarte.

—Entonces suélteme, por favor. Ya entendí que no puedo escapar.

—Bésame para que te crea —la desafió.

Ella se esforzó para disimular su asco y estiró su cuello para que sus labios rozaran los de él.

—Es un buen comienzo —dijo Dante con una pequeña carcajada mientras aflojaba el brazo en su espalda y la besaba con fuerza.

Isabella se quedó quieta, no lo rechazó. Se concentró para armar su plan, mientras él la besaba y empezaba a mostrar su excitación. Sin usar la fuerza pero tampoco con delicadeza, Dante tomó uno de los senos de Isabella y lo apretó por entero. Continuó haciéndolo un rato y después pasó su atención al pezón para estrujarlo entre sus dedos. Isabella temblaba de miedo y repulsión. Dante lo confundió con placer.

—Sabía que me deseabas. Me lo demostraste al provocarme para bailar en la boda de mi hermano.

—Yo no lo provoqué… —empezó a decir, pero cambió de idea en medio de la frase—. Era un baile y me acerqué para bailar —dijo intentando sonar seductora.

A él le gustó su tono y respondió apretando más la mano sobre su pecho. Luego empezó a bajar la boca hacia allí. Antes de que lo alcanzara Isabella tomó su cabeza entre sus manos y se la alejó con delicadeza:

—Espere un momento. Me encontró desarreglada. Déjeme ponerme más sensual para este momento especial.

—No es necesario que te peines. Voy a desparramar tu cabello por la cama en unos instantes —le respondió mientras volvía a bajar la cabeza.

—Al menos déjeme ponerme perfume. Tengo una fragancia de violetas que preparé estos días para Alessandra.

—¿Tú misma la preparaste?

—Sí, y ella dice que a Bruno lo enloquece. ¿Quiere probarla? ¿Quiere besarme donde me la pase? —una idea inspirada en las aventuras amorosas que Michela le relataba.

—Póntela en el cuello, en los senos y en la parte superior de las piernas. Besaré tus muslos ya mismo, querida.

Isabella se estremeció. Pero aprovechó que él la soltó para caminar hasta la cómoda en busca de la fragancia. Se le había ocurrido que la mezcla de aceites que contenía el frasquito prendería fuego con facilidad en la alfombra y Dante se distraería tratando de apagarlo. Eso le daría el tiempo suficiente para llegar a la habitación de Alessandra. Era su única posibilidad para escapar de él.

Se paró junto al mueble dándole la espalda y empezó a pasar el tapón de vidrio mojado por su cuello. Mirándolo por el espejo sobre la cómoda, Isabella siguió bajando la mano hasta los hombros y se detuvo en el borde del camisón.

—Más abajo, continúa —dijo él con voz grave y se acercó.

Se paró a pocos centímetros de Isabella y apoyó su rígido miembro contra ella intentando abrazarla desde atrás.

—Espere a que termine, por favor.

—Quiero tenerte ya mismo.

—Sólo un momento más —dijo. Con el frasco en una mano, dejó el tapón sobre la cómoda y tomó la palmatoria con la vela encendida.

—Mmmm… No quiero esperar más.

Mientras lo decía bajó la cabeza hacia el cuello de Isabella, en el mismo instante en que ella se daba vuelta para volcar el perfume en la alfombra y éste cayó sobre la cara de Dante. Él lo interpretó como un ataque y se defendió con un manotazo. El golpe hizo volar la vela de la mano de Isabella hacia él y con espanto ambos vieron como en la barba y la mejilla de Dante se iniciaba una fogata.

Capítulo 4

Isabella intentó concentrarse en el bordado de un mantel que su madre le había encargado. Constantina todavía no le había perdonado el abrupto regreso a la casa. Llevaba más de una semana sin dirigirle la palabra. Su padre, como era habitual, estaba en la corte, atendiendo asuntos personales. No se lo podía molestar y eso aumentaba el mal humor de Constantina. Las jóvenes dijeron que Dante las había expulsado de su *palazzo*. Pero eso no le bastaba para entender su llegada repentina a primera hora de la mañana. Sólo la visita de Alessandra, unas horas más tarde, confirmando que sería mejor que sus hermanas se quedaran allí, puso fin a la insistencia materna para mandarlas de regreso. Y desde ese momento Constantina dejó de hablarles a sus hijas.

El salón estaba en absoluto silencio. Las pequeñas puntadas iban dando forma al diseño floral sobre el lino blanco. No era necesario decorar un mantel más, pero Isabella prefirió no discutir con su madre y se dedicó a la tarea. Mientras sus manos se movían hábilmente sobre la tela, su mente repasaba una y otra vez lo ocurrido aquella espantosa noche.

Las llamas, alimentadas por el perfume de violetas, se expandieron con rapidez por la cara de Dante. Horrorizada, Isabella se quedó petrificada frente a él. No había querido herirlo, sólo distraerlo. Pero sus alaridos de dolor revelaban que el resultado había sido otro. Aunque le costó despegar sus ojos de esa cara ardiente, Isabella se obligó a abandonarlo a su suerte y corrió lo más rápido que pudo hasta la habitación de Alessandra. Desesperada, golpeó su puerta con ambos puños. Todo lo que pasó a continuación fue como un mal sueño.

Sólo tenía en su memoria escenas inconexas. Veía a Dante gritando que ella había querido matarlo quemándolo vivo. Lo recordaba clamando por venganza cuando ella fue a ofrecerse para curar sus heridas. Fue inútil que intentara explicar que había sido un accidente, que él la había atacado. Dante clamaba que ella lo había provocado invitándolo a su habitación. Bruno logró apaciguarlo un poco diciéndole que le creía. Y Alessandra terminó de calmar sus gritos al prometer que sus hermanas se marcharían de inmediato. También recordaba el regreso de Giulia al amanecer, mientras ella empacaba. Y no lograba olvidar la imagen de Alessandra llorando, al verlas partir desde atrás de una ventana.

Le preocupaba la situación de Alessandra. Temía que Dante quisiera vengarse de ella haciéndole daño a su hermana. Trató de desechar la idea: Bruno la adoraba y seguramente cuidaría bien a su esposa. Sus pensamientos fueron interrumpidos por el sonido de pasos en la entrada del salón. No eran pisadas fuertes, pero sí muchas.

Detrás de la doncella entró Constantina, seguida por Siriana y dos figuras masculinas desconocidas. Al ponerse de pie, Isabella vio que en la puerta esperaban dos hombres más.

Uno de los más altos, con piel muy pálida y una barba tan negra como su larga e imponente capa, se adelantó unos pasos y preguntó:

—¿*Signorina* Isabella di Leonardi?

—Sí, soy yo —respondió e hizo una media reverencia.

—Soy Giovanni di Pasquale, alguacil del Santo Oficio de la Inquisición.

Isabella se quedó mirándolo en silencio, con sus ojos posados en la cruz de Santiago que colgaba en el pecho del hombre. Él carraspeó y enseguida declamó con ensayada solemnidad:

—A partir de este momento queda arrestada en nombre del Santo Oficio. Deberá responder por realizar hechizos y actos de brujería.

Isabella escuchó sus palabras pero no dijo nada.

—¿Entiende lo que le acabo de decir?

Lo entendía, pero creía que esas palabras no eran para ella.

No, deberían ser para otra persona... Isabella se sentía ajena a la situación, como si estuviera observando la escena que transcurría a su alrededor pero sin ser su protagonista. Ella nunca había realizado hechizos ni brujerías. Sus mezclas de hierbas y pociones eran inocuas, sólo curaban heridas o dolores, no podían causar mal a nadie.

—¡Esto es absurdo! ¡Mi hija no es una bruja! Salgan ya de mi casa. No tienen derecho a acusarla sin fundamentos.

—La acusación no es infundada. El futuro conde Dante d'Arazzo tiene pruebas. Dice que su hija reconoció que preparó ella misma la poción con la que intentó quemarlo, él tiene el frasco en su poder. Y también va a presentar una testigo de otro hecho: una criada que vio a la acusada manipular trapos ensangrentados mientras realizaba uno de sus hechizos. Es suficiente para que haya un juicio. Se expondrán las pruebas y un Santo Tribunal evaluará su culpabilidad.

Dante... A Isabella no le sorprendió. La falta de moral de ese hombre era infinita. La indignación hizo que se mareara. Quería sentarse, y a la vez necesitaba tomar aire, salir corriendo de allí, alejarse de esa pesadilla.

—Muchas veces se acusa a las mujeres injustamente. Mi madre ya decía...

Las palabras de Constantina la trajeron de vuelta a la realidad. Su abuela le había advertido de la necesidad de mantener en secreto sus conocimientos. Ciertos hombres de la Iglesia podrían usarlos en su contra. Ahora reconocía el verdadero valor del consejo. Si los inquisidores descubrían las habilidades que le había legado Valerie para preparar pócimas lo usarían para confirmar la acusación de Dante. Por lo que intentó callar a su madre:

—Ahora no importa la abuela, *mamma*. Ella descansa en paz. Escuchemos lo que tienen para decir estos caballeros.

Constantina entendió el mensaje de su hija y por una vez calló.

El inquisidor continuó:

—Ya lo he dicho: está acusada de brujería. Ahora la dama deberá acompañarnos.

—¿Por qué?

—Porque los acusados esperan su juicio en prisión.

—¡Pero mi marido es un noble! Justamente está en la corte junto al duque de Savoia en este momento. Y no le gustará este trato hacia mi hija. ¡No pueden llevarla a la prisión junto a ladrones y malvivientes!

—No, *signora*. Las mujeres detenidas por la Inquisición aguardan su juicio en una prisión especial, en el *Convento di San Domenico*, en Torino. Allí la llevaremos. Vamos.

—¡¿Ahora?!

Sin siquiera responderle, el inquisidor Di Pasquale hizo un gesto con la cabeza y antes de que ninguna de las mujeres reaccionara dos de los hombres que lo acompañaban tomaron a Isabella de los brazos y la empujaron hacia la puerta.

—¡Noooooo!

Siriana gritó e intentó detenerlos arrojándose a los pies de los captores y abrazando una de sus botas. El hombre se liberó de ella fácilmente, con un par de patadas a su cara.

Isabella vio horrorizada a la joven tirada en el piso, inconsciente y con la nariz ensangrentada. Pero no pudo ayudarla. Cuatro manos fuertes la arrastraban a la calle. Sujeta por los brazos, la subieron a un carruaje cerrado, sin asiento ni ventanas, completamente oscuro y falto de ventilación. Estaba sola en el interior, en penumbras. Los guardias iban en los asientos exteriores. Isabella se sentó en el piso. La situación le parecía increíble. Pero las sacudidas de la carreta le decían que estaba, tristemente, viviendo esa realidad.

Pronto las curvas, ascensos y descensos de la montaña le provocaron intensos mareos. Golpeó el techo con un puño y pidió que se detuvieran pero nadie le contestó. Intentó controlar las náuseas pero fue inútil. El contenido de su estómago cayó en el piso del coche, junto a ella, haciendo el resto del viaje aún más insoportable.

Llegaron a Torino al anochecer. No podía ver el exterior pero lo supo. Sintió el traqueteo parejo de las ruedas sobre los pequeños adoquines cuadrados de la calle principal. Estaban cerca del *Palazzo*

Ducale, donde había pasado varios años de su vida, rodeada de exquisitos lujos.

—Oigan, señores: mi padre está aquí, en la corte. Deténganse y búsquenlo, por favor. ¡Él les dirá que no soy una bruja!

No se detuvieron. Sólo escuchó risas.

—La nobleza no es superior a la Santa Inquisición.

Unos minutos después llegaron al convento de San Domenico. No estaba muy lejos del *Palazzo*, pero su interior no podía ser más diferente. Ubicado junto a la *Capella Della Grazie*, se entraba al mismo por una puerta en el fondo de la capilla, disimulada entre dos imponentes pinturas con escenas religiosas que mostraban crueles castigos a pecadores. Un largo pasillo conducía a un sobrio comedor. Otro corredor llevaba a las celdas de las monjas. Lo recorrieron hasta el final. Isabella era escoltada por dos guardias.

Pensó que la ubicarían en alguna de esas celdas, pero tomaron en la dirección contraria y la condujeron a una esquina casi en penumbras. Allí se abría una especie de pozo e Isabella temió que la arrojaran en su interior. Pero al acercarse no se sintió caer, sus pies encontraron unos escalones tallados en la piedra. La obligaron a bajar hacia la oscuridad y a continuar por otro pasillo, ahora subterráneo. La intermitente luz que arrojaban las antorchas colgadas en las paredes evitaba los tropiezos, pero a la vez revelaba detalles escalofriantes, como manchas de sangre espaciadas a lo largo del recorrido. Aparecía una línea, más allá unas gotas y en algún punto un charco. ¿Qué significaba esa sangre? Isabella sabía que la Inquisición usaba métodos dolorosos y crueles para hacer confesar a los sospechosos de herejía. Había escuchado hablar de calabozos especiales, pero no había imaginado que la llevarían a un lugar así. Creyó que iría a un convento para esperar su juicio, tal como había dicho el guardia al apresarla. El grito desgarrador que escuchó unos instantes después le confirmó que la prisión del Santo Oficio era una sola. Y ella estaba ahí.

Se detuvieron frente a una especie de hueco en la pared de poco más de un metro de alto e Isabella vio con espanto que había grilletes encadenados a las paredes. Uno de los guardias la empujó y ajustó los metales en sus muñecas. Quiso pedirle al hombre que no lo hiciera pero cuando abrió la boca sólo pudo emitir un sollozo. Se dijo que podría aguantar unas horas. Suponía que su padre haría que la liberaran en cuanto se enterase de que estaba allí.

Intentó acomodarse en el estrecho espacio. Con los brazos encadenados y alzados sobre sus hombros, se sentó con las piernas cruzadas y la espalda contra las rasposas rocas de la pared. Apenas cabía doblada en ese hoyo.

Los guardias empezaron a alejarse.

—Esto es muy injusto. Cuando lo sepan en la corte vendrán a rescatarme. Y todos aquí se arrepentirán.

El mismo gigante que la había empujado soltó una fuerte carcajada.

—Ahorra tus palabras, bruja. No podrás hechizarme con tu magia. El Señor me protege.

—¡No soy una bruja!

—Eso dicen todas al principio. Pero te ayudaremos a que confieses la verdad.

La amenaza la dejó sin habla.

Unas horas después se despertó con los brazos entumecidos y el cuello dolorido. Se había quedado dormida sin darse cuenta. No sabía cuánto tiempo había pasado. Sentía una fuerte punzada en las muñecas, donde el metal de borde filoso había cortado su piel. Tenía mucha sed y ganas de orinar. Gritó pidiendo agua pero nadie le respondió. Intentó cambiar de posición pero las cadenas no se lo permitieron. Le dolían los huesos del trasero por las irregularidades del piso de piedra. Fue moviéndose despacio, cambiando de posición un poco cada vez. Estuvo así un largo rato. Calculó que habían transcurrido unas tres horas, por lo menos. En ese tiempo escuchó gritos desgarradores varias veces. Volvió a llamar a los guardias para que la soltaran para orinar, pero agotó su voz inútilmente. Cuando ya no pudo contenerse más, dejó que su vejiga se vaciara. Sentada sobre su falda mojada, lloró.

Su ropa seguía húmeda, pero probablemente ya había amanecido cuando los guardias regresaron. La liberaron de los grilletes y le indicaron que caminara hacia adelante, más profundo en la oscuridad. Un olor rancio muy desagradable, mezcla de humedad y sangre, aumentaba a medida que avanzaban. Los gritos también. Los guardias que iban por delante se detuvieron frente a una puerta de madera y la empujaron dentro de una celda más amplia que el agujero anterior, pero sin comodidad alguna. El único mueble era un jergón de cuero con una fina capa de paja limpia, lo que apenas lo diferenciaba de las hebras sucias que estaban en el piso de piedra. En una esquina había un balde de madera y los dos soportes para antorchas de las paredes estaban vacíos. Eso era todo. Antes de que los guardias se fueran llevándose la luz, en una rápida mirada pudo ver que al menos no había ganchos para cadenas. Escuchó la puerta cerrarse detrás de ella y el ruido de un cerrojo de metal al correrse. Las risas de los guardias se fueron apagando mientras se alejaban.

Una pequeña abertura en la puerta, del tamaño de la palma de una mano, a la altura de la cabeza, permitía el paso de un difuso haz de luz, por lo que la oscuridad no era total. Isabella se dejó caer sobre el borde del jergón e intentó tranquilizarse. Dante era poderoso, tenía conexiones importantes, se daba cuenta ahora. Pero no más que el Duque de Savoia, amo y señor del Piamonte. Su padre hablaría con él y pronto la sacarían de allí. De a poco su cuerpo empezó a relajarse: apoyó su espalda contra la fría pared de piedra, luego recogió las piernas y casi sin darse cuenta se quedó dormida.

Fue su único descanso. Al día siguiente no tuvo noticias de su padre. Ni de nadie más. A media tarde uno de los guardias abrió la puerta: una monja le acercó en silencio una bandeja con una jarra de agua y un cuenco con una mezcla de origen indefinido. Cuando le preguntó si la dejarían salir a tomar aire fresco la mujer bajó la mirada y se retiró sin responder.

El guardia le gritó:

—¡Silencio, bruja!

Frustrada, Isabella se abalanzó sobre el agua y bebió con avidez. Luego probó el contenido grumoso del cuenco y se llevó una cantidad a la boca con los dedos. Tenía hambre, su estómago estaba vacío desde el día anterior. El desayuno en su casa parecía tan lejano… No faltaría mucho para que la liberaran, pensó.

Se equivocó. Los días fueron pasando y nada cambió. No la soltaron. Pero tampoco la interrogaron. La misma monja silenciosa siguió trayéndole el horrible alimento y agua una vez al día. Su única compañía eran dos ratas, a las que descubrió tras su primera comida: se abalanzaron sobre las sobras. El resto del tiempo se escondían detrás del balde en el que Isabella hacía sus necesidades.

Al cabo de dos semanas el olor en su celda era insoportable. Nunca le dieron agua para lavarse y sólo una vez la monja retiró el balde sucio. Isabella llevaba el mismo vestido y el mismo jubón desde que había salido de su casa, manchados con restos de vómito y orina seca. Probó llamar a los guardias pidiendo agua. Gritó varias veces por la pequeña mirilla de la puerta. Siempre inútilmente. Sólo le respondió una voz de mujer mayor, con tono rasposo, pidiéndole agua a su vez. Era la misma que había escuchado chillar varias veces mientras negaba practicar la hechicería.

Sin noticias de sus padres, Isabella empezó a desesperarse. Su angustia aumentaba día a día. Al principio estaba convencida de que pronto saldría de allí. La certeza de que era inocente le daba fuerzas para mantener su entereza. Pero calculaba que ya había pasado más de un mes encerrada. La mala alimentación había debilitado su cuerpo y el encierro estaba afectando su espíritu. Se sentía débil. Necesitaba salir de allí.

Cuando escuchó los pasos de un guardia se acercó a la mirilla. A éste no lo había visto nunca.

—Por favor, necesito hablar con alguien responsable. Llame a su superior.

—Nadie va a venir a hablar contigo, bruja.

—Entonces lléveme ante su presencia, por favor. Pídale que me reciba. Alguien tiene que avisarle a mi padre que estoy aquí.

—¿Crees que eres tan importante? Todos los miembros de la Iglesia están ocupados, incluidos los del Santo Oficio. No eres prioridad…

—¡Pero me han dejado olvidada aquí! ¿Qué es lo que ocurre?

—Al fin has entendido que las brujas no cuentan para nadie.

Están todos ocupados con los preparativos de la ostensión de la *Sindone*, los festejos serán pronto.

—¿Y por esa fiesta me dejan aquí?

—No, estás aquí por bruja. Ya lo sabes. ¿O no estabas enterada? —le contestó el guardia entre carcajadas.

—¡No es cierto! ¡No soy una bruja!

—Sí lo eres, todas las que están aquí lo son. Te crees importante porque te han dado la celda más grande. Pero eso es sólo porque alguien ordenó que no te lleven al salón de confesiones aún. Ese es mi territorio. Cuando te tenga allí en mis manos confesarás tus brujerías.

—Nunca confesaré algo que no es cierto. Y no sueñe con tenerme en sus manos.

—A mi entender todas son igual de brujas y ninguna debería tener privilegios.

Se acercó a la puerta de la celda y aproximó la antorcha para ver a Isabella por la mirilla. Y le gustó: esa bruja era más joven que las últimas que habían traído al convento para que él las hiciera confesar sus pecados.

Habitualmente ese hombre no recorría las celdas, sino que actuaba a sus anchas en el salón de torturas, pero ese día algunos guardias estaban enfermos, así que allí estaba el verdugo Benedetto recorriendo pasillos malolientes. Era especialista en la tarea de aplicar dolor a sus víctimas sin dejar que se les escapara la vida hasta que así se lo ordenaran. Estaba molesto por tener que realizar esa tarea inferior cuando se encontró con esa bruja que aún no estaba a su alcance y además se animaba a desafiarlo.

Abrió la puerta y llevó la antorcha al interior de la celda de Isabella. Primero la acercó a su cara y luego, con una sonrisa torcida, la colocó en uno de los soportes de la pared. Isabella retrocedió ante la figura que se le aproximaba. No era muy alto pero sí se veía ancho y fuerte. El hombre le dio la espalda para cerrar la puerta tras de sí y al volverse ya mostraba claramente sus intenciones: se estaba desabrochando el cinto.

—¡Salga de aquí o gritaré! —lo amenazó Isabella.

—Puedes gritar todo lo que quieras, bruja. Aquí es habitual y no llamará la atención. Nadie vendrá a ayudarte.

Mientras hablaba metió su mano bajo la larga camisa oscura que llevaba y se notaba por sus movimientos que se estaba acariciando a sí mismo, estimulándose.

Isabella dio otro paso hacia atrás, instintivamente, pero el lugar era muy pequeño y chocó contra el jergón. Benedetto aprovechó su falta de equilibrio y tomándola por los hombros la arrojó al piso. Enseguida se arrodilló encima de ella, atrapándola entre sus piernas. Ella intentó liberarse, pero estaba muy débil. Aunque forcejeó y golpeó con sus puños el pecho de su atacante, éste era muy fuerte y sujetó los dos brazos de la joven con una de sus manos. Con la otra, le levantó la sucia falda, le rasgó los oscurecidos calzones y separó sus piernas empujándolas con un rodillazo.

En un acto de desesperación, Isabella juntó toda la energía que le quedaba en su débil cuerpo para liberar una de sus manos. Atacó con sus descuidadas y filosas uñas los ojos de Benedetto. Lo lastimó pero no logró escapar, sino enfurecerlo. El brutal verdugo de la Inquisición le aplicó un sopapo con el revés de su mano en la sien derecha. Sus nudillos rasposos la hirieron al punto de hacerla sangrar y la fuerza del golpe la atontó. Sentía el ardor en la cara y el peso del hombre sobre ella. Intentó retorcer el cuerpo para zafarse pero fue inútil. Mientras se debatía vio cómo el hombre escupía en su propia mano y luego la llevaba hacia abajo, entre ambos. La sorprendió un dolor punzante cuando él introdujo dos dedos en su cuerpo. Soltó un chillido.

—Mmmmm, apretada, como a mí me gusta. Veo que no eres una prostituta como muchas de las que llegan aquí, sólo una bruja.

Revolvió sus dedos y luego los retiró. El dolor cedió e Isabella creyó que todo había pasado. Inspiró profundamente, intentando tranquilizarse. El hombre estaba retirando su peso de encima de su cuerpo. Pero enseguida llegó lo peor: él sólo había tomado envión para introducirse con toda su fuerza dentro de ella. El latigazo de dolor le quitó el aire. Isabella ni siquiera pudo gritar. Se quedó muy quieta, con el cuerpo tensionado, sufriendo la tormentosa invasión.

Benedetto comenzó a moverse sobre ella, lastimándola más y apretándola con firmeza contra el piso. Cada embestida le causaba horribles dolores. Ella creyó que aquella tortura no terminaría nunca y que no sobreviviría. Hasta que finalmente el verdugo emitió un sonido que a Isabella le recordó el gruñido de un cerdo y se quedó quieto sobre ella.

—Ya está. Te he demostrado quién manda aquí, bruja.

Isabella no respondió. Cuando el hombre se retiró de su cuerpo se puso de costado llevando las rodillas hacia el pecho, mientras cubría sus piernas con los restos de su falda. Lágrimas silenciosas rodaban por su rostro. Estaba en esa prisión justamente por defender su honor. Por no querer entregar su virginidad a Dante. Y en pocos minutos el codiciado motivo de disputa había desaparecido. Pero el horror continuaba.

Capítulo 5

Los reiterados quejidos de una voz pidiendo agua la despertaron. Pero Isabella no quería salir de su sopor. Prefería dejar que su mente escapara de la realidad refugiándose entre sus sueños. Despertar equivalía a sumergirse en la triste soledad de su celda y revivir su tormento. Suponía que había pasado una semana desde que el verdugo la violara. Calculaba el tiempo por la bandeja diaria con agua y algún alimento que le llevaba la monja silenciosa. No había logrado que la religiosa le dijera ni una palabra, ni siquiera la miraba, pero cuando la encontró acurrucada en el piso, con un ojo negro e hinchado y manchada de sangre, la novicia ayudó a la joven a limpiarse con el agua que le había llevado para beber.

Desde aquel día los dolores corporales fueron calmándose, pero el ánimo de Isabella quedó destrozado. Se convenció a sí misma de que sus padres la habían abandonado, que a nadie le importaba su destino y que no saldría nunca de ahí. Se estremecía cuando escuchaba abrirse el cerrojo de su celda, temiendo que su verdugo volviera a atacarla. Intentaba ignorar los sonidos del lugar, y sólo ansiaba dormir.

Estaba echada boca abajo en el jergón maloliente, con los ojos cerrados, cuando escuchó pasos que se aproximaban. Debía ser la religiosa con su bandeja. Se había acostumbrado al hambre constante, y a pesar de la sed, Isabella no tenía ganas de darse vuelta. Si abría los ojos vería también su oscura y sucia prisión. Prefería dejarlos cerrados y que su mente le mostrara imágenes más felices. Se quedó quieta fingiendo dormir.

—La bruja descansa… ¿Quién te ha dicho que puedes hacerlo? ¿Acaso no sabes que las personas como tú no tienen derecho al descanso sino que merecen el infierno eterno? Y allí estarás muy pronto, maldita.

El desprecio de esa voz masculina hizo que Isabella se incorporara de golpe. Se sentó abrazando sus piernas flexionadas. La antorcha que el hombre llevaba en la mano cegó sus ojos acostumbrados a la penumbra. No podía verlo bien. Pero sabía que era Dante.

—¿Pensaste que podrías quemarme y no tener tu castigo, maldita bruja?

—Sabe que no soy una bruja y que tampoco quise quemarlo. Fue un accidente. Su mano tiró la vela mientras intentaba...

La angustia al recordar esa fatídica noche en el castillo no le permitió seguir hablando. Bajó la cabeza y apoyó la frente sobre sus rodillas. Se sentía demasiado cansada. No tenía energía para pelear con Dante. Ya no más. Si él intentaba tomarla por la fuerza otra vez, no lucharía. No sólo había perdido su virginidad, sino también su voluntad y sus ganas de vivir. Deseaba estar muerta. Dante había ganado. Sólo esperaba que ese infierno terminara pronto. Llamaría a los guardias para confesar lo que ellos quisieran. Y finalmente la hoguera la liberaría de todo.

Mientras pensaba en el destino que le esperaba, Isabella sintió que Dante la asía de un brazo y la ponía de pie casi sin esfuerzo. Había perdido mucho peso. Llevaba las mismas ropas desde que había salido de su casa, y éstas ahora le quedaban demasiado grandes.

En cuanto la tuvo enfrente, Dante la soltó y dio un paso atrás, buscando aire.

—¡Puufff, das asco! Este lugar huele peor que un establo y tú también.

Al acercarse Dante a la luz del pasillo, Isabella pudo ver su enrojecida y ampollada mejilla. Aún tenía varias llagas abiertas y sin duda le quedarían horribles cicatrices. Frunció el gesto imaginando su dolor y él lo interpretó como una mueca de satisfacción por su obra.

—¡Te burlas de lo que me hiciste! ¿Disfrutas del resultado de tu trabajo, bruja? Pues ahora yo estoy disfrutando del mío: verte aquí, sucia y encerrada, es una pequeña parte de mi venganza.

Luego vendrán las torturas y después recibirás exactamente lo que te mereces, ¡las llamas! Sentirás cómo la hoguera va destrozando tu piel, un calor insoportable la derretirá... Como tú me hiciste a mí, ¡maldita!

—No, nunca quise quemarlo, iba a encender la alfombra para escapar...

Isabella habló en voz baja. En parte porque se sentía culpable por las heridas de él, y principalmente porque estaba agotada.

El ignoró sus comentarios y continuó.

—Lo único que lamento es que no haya vida posible después de la hoguera. Me complacería escucharte gritar por tus heridas durante mucho tiempo, no sólo unas horas. Y justamente a eso se debe mi visita: quiero hacerte sufrir hasta el último minuto de tu vida. Por eso no quiero privarme de darte yo mismo una noticia que te causará un gran dolor.

Dante la provocó e Isabella cayó en la trampa:

—Ya nada que diga me dará más dolor. Me quitó mi vida, me convirtió en una prisionera a la que tratan como a un animal. ¿Qué puede haber peor que eso?

—Giulia es mi esposa.

Se lo dijo mirándola a los ojos y esperó para disfrutar de la reacción de ella.

—¡Noooooo! ¡Miente! Mis padres nunca consentirían esa boda. ¡Yo estoy presa por sus acusaciones!

—Por eso mismo: los amenacé con denunciar a Giulia también, les dije que te había ayudado a preparar la poción para quemarme. Y para evitar perder a otra hija en la hoguera, tu padre aceptó. No hace falta que aclare que tu madre está encantada con la situación. Tú conocías sus planes...

—Es mentira. Lo está inventando todo para hacerme sufrir. No se puede casar con Giulia.

—No has entendido: la boda ya ocurrió. Tu hermana es mi esposa desde hace varias semanas. Y disfruto de ella cada noche, cada mañana, cada tarde, cada vez que quiero. Tomo de ella lo que tú no quisiste darme. Aunque Giulia es joven e inexperta y no siente placer en mis visitas carnales aún, ya se está acostumbrando. Ya no grita tanto y quizás pronto hasta le guste.

La cara de horror de Isabella provocó una risa fuerte y malvada.

—Sí, quiero que sufras pensando en cómo me divierto con tu pequeña hermana. Y que todo es gracias a ti. Recuérdalo cuando la veas a mi lado el día de tu juicio. Recuérdalo a cada momento.

Isabella no podía hablar. Las lágrimas escaparon de sus ojos y marcaron gruesas líneas en su rostro manchado por la suciedad. Desbordada de dolor por todo lo vivido, se sentó en el piso, apoyó la espalda contra la pared y lloró.

—Sí, ese es tu lugar. En el piso. Y de allí irás a la hoguera. No creas que te salvarás de las llamas por las conexiones de tu padre. En el último siglo en este lugar condenaron a muerte a ochenta brujas como tú. ¡Y las quemaron!

Las palabras de Dante le llegaban lejanas. Sólo escuchaba su propio llanto que buscaba desahogar la angustia que contenía desde hacía muchos días. A medida que se agotaban sus lágrimas, se iba fortaleciendo su voluntad. No podía dejarse vencer por Dante. Levantó la cabeza para decirle algo, pero él ya se había ido.

Mejor así. Isabella necesitaba tranquilizarse para dominar el huracán que empezaba a formarse en su interior. Ya no quería quedarse allí. No iba a dejarse morir. Deseaba liberar a su hermana de ese hombre sin escrúpulos. Primero debía pensar en cómo salir de allí.

Llevaba tres días enteros dándole vueltas al tema en su cabeza. Pero no encontraba solución alguna. Dormía de a ratos, y aun en sus sueños las caras de Dante y Giulia se entrometían impidiéndole descansar. Se despertaba e inmediatamente recordaba que la pesadilla era real. La congoja no la abandonaba.

Se levantó y golpeó la puerta de su celda hasta que sus nudillos sangraron pero nadie se acercó. Gritó llamando a los guardias sin ninguna respuesta. Quizás era más tarde de lo que suponía. Le costaba calcular el tiempo en la oscuridad subterránea. Le ayudaba la llegada de los alimentos, pero en las últimas ocasiones había estado dormida cuando le dejaron su cuenco y al despertarse la mezcla pegajosa ya había desaparecido gracias a las ratas. No se desanimó. Siguió golpeando. En esa prisión había ruidos y gritos a toda hora. Finalmente escuchó el cerrojo corriéndose. Entró una monja con una bandeja, pero no era la misma de siempre. La antorcha del corredor no alcanzaba a iluminar su celda. Sólo se distinguían sombras e Isabella no reconoció a su visitante. Pero cuando escuchó su voz le pareció familiar.

—*¡Mia carissima!* Apenas supe que estabas aquí vine a verte.

Al instante Isabella se vio envuelta en un cálido abrazo.

—¿Qué han hecho contigo? ¡Pobrecita! No mereces estar en este lugar. Intenté hacer que mi padre te sacara de aquí, pero el Santo Oficio logró que el mismísimo Papa limitara los poderes de la corona en estos asuntos, por lo que él no puede ordenar tu liberación... Pero sí logramos que te traten con más respeto: desde ahora esperarás el juicio en una de las celdas destinadas a las novicias. Las comodidades de las religiosas en este convento no son lujosas, pero estarás mejor que aquí abajo. Y podrás lavarte. Vamos, deja de llorar y salgamos de aquí. Necesitas agua y jabón.

Isabella no podía hablar. Las lágrimas se atravesaban en el camino de sus palabras y sólo sonidos entrecortados escapaban de su garganta. La princesa María Apollonia di Savoia pasó el brazo por la enflaquecida cintura de su amiga y la ayudó a ponerse de pie. Luego la sacó de la celda inmunda. Un guardia las seguía de cerca, pero no interfirió. Todos sabían que la hermana Apollonia era hija de Carlo Emanuele I, el príncipe del Piamonte, y sobrina de Felipe III, rey de España. Su madre había sido Catalina de Habsburgo, hija de Felipe II y hermana del actual soberano. Había muerto en el parto de su décimo hijo, por lo que Isabella no llegó a conocerla. Pero por la educación de sus hijas, las princesas de quienes era amiga, Isabella la imaginaba una excelente madre.

Apollonia la miraba con compasión y genuino dolor mientras la ayudaba a recorrer pasillos tenebrosos y cruzar puertas enrejadas que los guardias abrían para ellas.

Finalmente llegaron a una zona adonde entraba la luz natural e Isabella debió entornar los ojos, acostumbrados a muchos días de oscuridad. Había decenas de puertas iguales y se detuvieron ante una. Su nueva celda era austera pero limpia. Allí Isabella se lavó con agua humeante que le llevaron en dos baldes. Una novicia la asistió humedeciendo los paños que ella misma luego pasaba por sus brazos y piernas frotando con fuerza para arrancar la suciedad adherida a su piel. No estaba permitido tocar el cuerpo de otra persona. Los sacerdotes predicaban contra los peligros de la carne aun atentando contra la higiene: sostenían que no era necesario desnudarse para bañarse, enseñaban a arrojar el agua sobre una fina camisa de liencillo, que impedía ver la propia desnudez más allá de los segundos necesarios para cambiarse.

Sin discutir la norma, Isabella agradeció poder librarse de sus miserias corporales. El vestido que llevaba estaba tan sucio y maloliente que la hermana Apollonia ordenó que lo quemaran y le trajeran unas prendas limpias. Ya vestida con una camisa de lino sencilla, sin encajes, un jubón de lana que ya había visto mejores días y una falda más angosta que las que llevaba habitualmente, la joven se sentó frente a la mesa donde la esperaba su amiga. Les trajeron una bandeja con dos generosos trozos de queso y una hogaza de pan.

Con un gesto la religiosa ordenó a las novicias que se retiraran.

—Ay, Apollonia. Gracias, gracias.

Isabella empezó a hablar y las lágrimas inundaron su mirada cansada. Estaba pálida, excesivamente flaca y con marcados círculos oscuros debajo de sus ojos.

—No me agradezcas. Come, tienes que recuperar tus fuerzas. Te esperan días muy duros.

Recién cuando la joven terminó de comer, Apollonia se acercó más a ella y le dijo en voz muy baja:

—No confíes en nadie aquí dentro. Hay muchos espías. No hables con nadie.

—No entiendo… Pero me alegra tanto que estés aquí. Siempre fuiste una buena amiga cuando estábamos en la corte de tu padre. Y me acompañaste cuando Alfonso se casó con tu hermana…

—No me recuerdes a ese mal nacido. Está haciendo sufrir a María Bella como te hizo sufrir a ti. Pero no perdamos tiempo hablando de él. Deberás memorizar muchas cosas importantes que te voy a decir.

—¿De qué hablas?

—Mi padre logró que se mejoraran las condiciones de tu estadía y que se pospusiera el juicio hasta después de la ostensión de la *Sindone*. Pero eso será dentro de dos días. Justamente por esta fiesta la madre superiora de mi convento no pudo negarme el permiso para venir a Torino.

La *Santa Sindone*, también conocida como Santo Sudario, el paño con el que se había envuelto el cuerpo de Jesucristo tras la crucifixión, en el que había quedado marcada su imagen, pertenecía a los Savoia. Rescatado de Tierra Santa durante las cruzadas y custodiado por caballeros templarios en el siglo XIV, el lino estuvo perdido durante muchos años. Reapareció tras la caída de Constantinopla en manos de un caballero francés y el duque Luis di Savoia se lo compró. Desde 1453 la tela estaba en poder de la familia real italiana y guardada en San Giovanni Battista, la catedral de Torino. Cada tanto se exhibía la Sábana Santa abiertamente en la plaza para que el pueblo la admirara. La ostensión de ese año sería en pocos días más.

—Vendrá mucha gente importante, ¿no es así?

—Sí, presidirá la festividad el obispo de Génova, Francesco de Sales, quien llegó a ese puesto apoyado por la familia D'Arazzo. Es amigo personal del conde, el padre del hombre que te señaló como bruja. Y dicen que el obispo planea quedarse para tu juicio, apoyando las acusaciones…

—¡Pero es falso! ¡No soy una bruja!

—Lo sé, querida. Por eso estoy aquí y romperé varias leyes para ayudarte. Deberás irte de Torino antes de que empiece el juicio. El mejor momento será durante la ostensión del Sudario. Dentro de dos días.

—¿Escapar? ¿A dónde podría ir? Los inquisidores me buscarían. ¡Están en todos lados!

—No te preocupes. Sólo presta atención. Ya tenemos todo planeado.

—¿Tenemos? ¿Quiénes?

—Tu amiga Michela y yo. Ella me escribió al convento contándome lo ocurrido. Y cuando llegué ya había organizado gran parte de tu huida. Yo sólo soy una herramienta para poder lograrlo.

La religiosa minimizó su ayuda con una sonrisa cómplice y resumió el plan de escape. La primera parte ya estaba cumplida: sacarla de las celdas subterráneas. Ahora vendría lo más difícil.

Apollonia le explicó que el día de la ostensión, un grupo de monjas de San Domenico iría hasta la plaza frente al castillo para acercarse a la Sábana Santa. Apollonia e Isabella irían entre ellas.

—Te traeré un hábito mañana por la noche. Póntelo al acostarte porque saldremos antes de que amanezca, después de la misa de laudes. Caminaremos las cinco cuadras hasta la plaza. Tendremos escolta, por supuesto, pero las religiosas no son prisioneras, por lo que no serán guardias de la Inquisición sino un grupo de sacerdotes dominicos. Como también están dirigidos por el Santo brazo inquisidor, cubre tu rostro con el velo lo más que puedas.

Isabella la escuchaba con atención y asentía.

—En el trayecto deberás aprovechar la oscuridad para escapar. Nuestra ventaja es que conoces la zona: deberás ir hacia la Porta Palatina, la entrada norte de la ciudad. Está muy cerca de aquí, ¿recuerdas? Allí te estará esperando Michela con un carruaje para llevarte hasta Génova. Y desde ese puerto partirás a las Indias, del otro lado del océano. El barco saldrá dentro de cinco días, por lo que no deberás esconderte allí mucho tiempo.

—¿Las Indias? Pero esas tierras son muy peligrosas... Hay salvajes...

—Cualquier peligro será menor que enfrentarte a la Inquisición aquí, querida. Dante tiene poder en el seno del Santo Oficio.

Isabella percibió la gravedad de su tono de voz. En su interior, todavía albergaba una esperanza de que se resolviera su situación favorablemente, que se reconociera el malentendido. Las palabras de Apollonia destrozaron esa posibilidad.

—Nunca imaginé tener que abandonar estas tierras... —dijo al borde del llanto. Para no permitir que la vencieran las lágrimas, intentó pensar con practicidad—. Por otro lado, creí que no zarparía otra flota este año.

—Es cierto. Pero no irás en la flota real. A partir de ahora serás una fugitiva, por lo que viajarás en otro tipo de barco.

—¡Santo Dios! ¿Piratas?

Apollonia no pudo evitar reírse ante la cara de susto de su amiga.

—No, querida. Irás en un navío portugués que entrará a un puerto español de manera secreta porque irá cargado de mercaderías ilegales para vender allí. A su capitán le importan poco las leyes y mucho el dinero, por eso aceptó llevar una pasajera sin papeles, a cambio de una buena suma.

Isabella entendió de inmediato: contrabando. Y ella misma sería también uno de los objetos a transportar. Soltó un suspiro y trató de organizar sus ideas.

—Hay algo más que me preocupa, Apollonia. Necesito ayudar a Giulia. No puedo irme ahora. Dante la acosa para vengarse de mí. Me dijo que se casó con ella pero no le creo. Aunque temo que la persiga y le haga daño. Ese hombre es capaz de cualquier cosa.

Apollonia suspiró:

—Sabemos de lo que es capaz. Por su maldad estás aquí. Pero tengo malas noticias para ti: ya se ha casado con tu hermana. Nada puedes hacer por ella.

—¡Nooo!

Isabella no intentó ocultar el dolor en su voz. Dante le había dicho la verdad. Giulia ya estaba en su poder.

Apollonia la abrazó e intentó reconfortarla:

—Muchas mujeres se casan con hombres a los que no conocen y sufren por ello, pero después de un tiempo logran mejorar la relación gracias a su amor. Es probable que algún día ella alcance la felicidad a su lado.

—Dices eso porque no conoces a Dante.

—Ya no hay nada que puedas hacer, querida mía. Tu hermana es su esposa ante Dios y como tal debe obedecerlo. Ahora descansa para juntar fuerzas, vendré con tus prendas mañana.

Isabella se quedó sola pero no pudo relajarse. Su mente analizaba cómo ayudar a Giulia. No podía pedirle nada más a Apollonia. Bastante se estaba arriesgando su amiga al ayudarla a escapar. Si bien la Inquisición no se animaría a actuar contra ella si la descubrían, se afectaría la relación de su padre con la Iglesia. Carlo Emanuele I ya había dado dos hijas al servicio de Dios y tenía planes para que uno de sus hijos llegara a cardenal, se enfadaría mucho si Apollonia lo perjudicaba.

Tendría que pensar en otra forma de liberar a Giulia.

La quinta campanada sonó pocos instantes después de terminar la misa. Isabella estaba arrodillada entre otras religiosas en la *Cappella delle Grazie*. Hasta el momento las cosas iban saliendo bien. Se había unido a las hermanas para la misa de laudes y nadie lo había notado. Le pareció irónico estar rezando por ayuda para escapar de allí, pero no tenía otra opción. Se santiguó y buscó a Apollonia con la mirada. La vio encabezando una corta fila de religiosas que se dirigía hacia la salida de la capilla. Discretamente las siguió y caminó con ellas.

Cuando alcanzaron la calle Apollonia contrajo sus labios en un gesto de preocupación: un carruaje con el escudo de su padre fileteado en dorado esperaba al grupo. El paje que aguardaba junto a la portezuela inclinó la cabeza en reverencia y le transmitió un mensaje:

—Su Alteza el Duque no desea que la princesa y su comitiva caminen por las calles oscuras y las invita a desayunar al palacio antes de la ostensión.

Apollonia pensó con rapidez:

—Diga a mi padre que agradezco su invitación pero iremos directamente a la plaza para conseguir buenos lugares, cercanos a la mesa donde será extendido el Santo Sudario.

—Lo siento, Alteza, pero no puedo transmitirle una negativa al Duque. Y no deben preocuparse por las ubicaciones. Hay lugares reservados para todo el grupo en el estrado principal, junto a él y sus visitantes.

Apollonia sabía que no podía discutir una orden directa de su padre. Así que sin decir nada aceptó con una inclinación de cabeza. El transporte les daba una ventaja: se liberarían de los dominicos en ese mismo instante. Mientras se dirigía al coche hizo un gesto de silencio hacia Isabella poniendo un dedo sobre sus labios. Las seis religiosas se acomodaron fácilmente en el interior del amplio carruaje tirado por cuatro caballos, mientras dos pajes y dos cocheros lo hacían en el exterior.

Isabella estaba memorizando el plan trazado por su amiga. Tendría que concentrarse para huir y salvar su vida. Primero debería escapar del estrado principal de la plaza, donde seguramente también estaría Dante.

Tardaron un largo rato en llegar hasta el *Palazzo Ducale*, aunque sólo lo separaban seis cuadras del convento. Las calles estaban llenas de gente que se dirigía a la *Piazza Reale*. Realizaron el trayecto en silencio, hasta que una de las muchachas más jóvenes no pudo contenerse:

—Hermana Apollonia, ¿es cierto que en *Palazzo Ducale* las paredes están recubiertas en oro? ¿Podremos verlo?

—No, no son de oro, pero sí hay muchos adornos dorados. Los salones de baile tienen columnas y ornamentos pintados de ese color. Y como nunca han estado aquí, ni tendrán la oportunidad de asistir a bailes, les propongo ir a conocerlo.

A la mayor de las religiosas le pareció inapropiado, pero como las más jóvenes aplaudieron ante la sugerencia, no se animó a contradecir a la princesa. A pesar de no lucir su título y de no tener rango especial dentro de la jerarquía del convento, Apollonia era una Savoia y estaba acostumbrada a que le obedecieran.

Con ese mismo aplomo, cuando el carruaje se detuvo les ordenó que se cubrieran el rostro con el velo y descendieran. Quedó a solas con Isabella y le contó rápidamente su idea:

—Querida, tendremos que improvisar. Entraremos al palacio e iremos hasta el salón de baile mayor, en el primer piso. Mientras distraigo al grupo allí, deberás cruzar hasta las habitaciones. Evita las escaleras principales de mármol, toma las de madera, esas angostas que están pegadas a las paredes laterales. Así llegarás al patio posterior, que conecta hacia el jardín real. ¿Recuerdas el camino? Desde allí podrás llegar a la Porta Palatina.

Isabella asintió y abrazó a Apollonia. La invadió una profunda angustia, sabía que era su despedida. Si todo salía bien nunca la volvería a ver.

El carruaje las había dejado frente a la puerta interna del palacio. Isabella agradeció que no tuvieran que caminar los cien metros que las separaban de la calle, había pasado mucho tiempo en esa corte y podrían reconocerla. Felizmente sólo encontraban reverencias y cabezas bajas ante el paso de Apollonia. Aun luciendo su hábito, la princesa estaba en su casa. Decidida, la joven guió a su grupo a través de varios pasillos hasta llegar al salón de baile.

Columnas de mármol de más de diez metros de alto estaban coronadas por detalles de estilo corintio en dorado. Espejos con imponentes marcos cubrían tres de las paredes y en la otra, ventanales con vidrios coloridos permitían apreciar los magníficos jardines reales iluminados por la tenue luz de la madrugada. El piso estaba recubierto en mármol y llevaba talladas las iniciales de la pareja real. Mientras cuatro pares de ojos se maravillaban con el esplendor del lugar, Isabella estaba atenta a la puerta, pensando en si habrían notado su ausencia en el convento.

—¡Es bellísimo! ¿No te sorprende?

Las palabras de la joven religiosa ante el lujo que las rodeaba la obligaron a asentir, aunque había estado en ese salón cientos de veces antes.

—Ahora iremos a la sala de recepción, donde más tarde nos recibirá mi padre. También es impresionante: hay más de veinte candelabros con veinte velas en cada uno. Y en el centro del salón está el trono, en un estrado de madera elevado. Vamos, vamos, por aquí.

Mientras les mostraba el camino, Apollonia hizo un gesto a Isabella con la cabeza. Era el momento. Cuando el grupo silencioso avanzó por el pasillo principal, ella se desvió hacia una puerta disimulada en un rincón gracias al entelado de brocato. Los accesos para la servidumbre eran útiles también para amantes en busca de privacidad. Esta vez los pasadizos ocultos fueron la vía de escape para una fugitiva de la Inquisición. Isabella recorrió cientos de metros a oscuras, apenas guiándose por su mano en la pared. Sus ojos estaban habituados a la oscuridad. Cada vez que escuchaba pasos o veía el resplandor de una vela acercándose retrocedía con cuidado hasta la curva anterior. Aunque conocía el lugar, llegar a la *piazzetta* interna le llevó un largo rato. Cuando se asomó el sol ya estaba alto.

Felizmente nadie la reconoció. La sencillez de las prendas y el velo sobre el rostro no llamaron la atención de los criados en un día tan atareado. Isabella logró salir por una puerta lateral hacia el inmenso jardín real. Recorrió sus senderos durante un rato, buscando orientarse. Las voces de unos guardias la obligaron a esconderse entre las plantas. Avanzó con lentitud por debajo de los arbustos y sacó ventaja de las sombras en los bosquecillos. Cuando llegó al extremo norte del jardín se dirigió hacia el este, hacia la Porta Palatina. La inmensa apertura en la muralla de ladrillos que rodeaba la ciudad desde la época del imperio romano estaba casi bloqueada por la gran cantidad de gente que intentaba entrar. Muchas carretas y algunos carruajes, pero superados infinitamente por los caminantes. Cientos de fieles querían acercarse a rezar frente a la mortaja sagrada. Isabella aprovechó la marea humana en movimiento para deslizarse zigzagueando entre ellos y traspasar los límites de Torino. Caminó un rato hasta que distinguió un carruaje cerrado detenido a un costado del camino, con la cortina de la ventanilla abierta y un rostro familiar que lloró al reconocerla.

—¡Isabella, querida mía! ¡Ya pensaba que no lo lograrías! Tardaste tanto… ¡Me moría de preocupación!

Michela apenas esperó a que su amiga subiera al coche para golpear el techo ordenando la partida y enseguida ahogarla en un abrazo. La calidez de ese gesto hizo que las lágrimas de la fugitiva amenazaran con escapar. Pero Isabella logró contenerlas en un esfuerzo titánico, todavía no podía darse el lujo de echarse a llorar.

Debía pensar en Giulia. A pesar del doloroso nudo en la garganta logró articular:

—Michela, gracias por ayudarme, querida amiga. Es muy peligroso lo que estás haciendo. Si te descubren...

—Lo sé, pero no me importa. Tú salvaste la vida de mi hijo y te dije que nunca lo olvidaría. En realidad salvaste a dos de mis hijos —dijo con una sonrisa mientras le mostraba su vientre suavemente abultado—. Así que mi deuda contigo es doble, ahora lo único importante es salvarte a ti.

—No, ahora debo rescatar a mi hermana. Dante se ha casado con ella para vengarse de mí. Cuando descubra que escapé se desquitará con Giulia. La llevaré conmigo al Nuevo Mundo.

Michela abrió los ojos sorprendida.

—Pero está casada. Dante no la dejará partir

—Si yo puedo escapar de la Inquisición, mi hermana podrá escapar de su marido —exclamó con decisión—. Huiremos juntas. No dudo de que Giulia prefiere convertirse en una fugitiva antes que vivir junto a ese monstruo.

La dama apoyó su mano adornada con un anillo en cada dedo en el delgado brazo de Isabella. La conmovió sentir los huesos casi expuestos y le dio un apretón para transmitirle aliento. Pensó unos momentos y dijo:

—Supongo que no será difícil sacarla del castillo. No es una prisionera, nadie piensa que a una muchacha se le ocurriría huir de un marido rico y joven. Así que si Giulia está dispuesta a partir podríamos hacer que se reúna contigo en Génova.

—¡Inténtalo, por favor! No podría vivir sabiendo que mi hermana sufre en manos de ese maldito cada día por mi culpa.

—Iré yo misma a hablar con ella. No podemos arriesgarnos con un mensajero.

Isabella asintió con gratitud y mientras se aflojaba la tensión se echó hacia atrás en el asiento y cerró los ojos. Estaba débil y agotada.

—Querida, lo siento pero aún no puedes dormir. Si debo ir a buscar a Giulia no podré acompañarte ahora, y tú debes alejarte de

Torino cuanto antes. Así que escúchame con atención. Mi cochero te llevará hasta una posada que atiende su familia en Génova. Llegarán esta noche, y te quedarás oculta allí dos días. Encontrarás tres baúles que te llevarás en el barco. Tienen el ajuar necesario para iniciar una nueva vida. Y un buen vestuario —agregó con un guiño cómplice—. Hay un traje especial para el viaje, pero me temo que deberás ajustarlo un poco. Lo mandé a hacer copiando un vestido que me dio Siriana, pero tu talle ha cambiado. En la posada debe haber alguna doncella que cosa bien para ayudarte. Presta especial atención a los vestidos más gruesos: en sus dobladillos van ocultas algunas joyas que podrías necesitar más adelante. Consérvalos escondidos.

—No puedo aceptar tus joyas. Es mucho ya lo que estás haciendo por mí.

—Ya, ya, ya… Sé lo que piensas al respecto, pero no voy a escucharte esta vez: debes aceptar las joyas y también las monedas que te daré. No te estamos liberando de la Inquisición para que vayas a morir de inanición a tierras lejanas —dijo Michela intentando poner algo de humor a la situación. Logró dibujar una leve sonrisa en los labios de Isabella y continuó:

—No es sólo por ti. Debes aceptarlo también por Giulia.

Le entregó una abultada bolsa de cuero con monedas de oro. Isabella la tomó y la apoyó en su regazo antes de fundirse con su amiga en un fuerte abrazo.

—Ahora mismo iré a Rocca d'Arazzo para hablar con Giulia. Si ella está de acuerdo, te veremos en dos días en Génova. Pero si no llegamos, prométeme que partirás, querida. Ese barco es tu única oportunidad.

Un suspiro entrecortado fue toda la respuesta de Isabella. Las lágrimas habían desbordado sus ojos y ya no podía controlarlas. Asintió con la cabeza y se desprendió de los brazos de Michela. La vio descender del carruaje con la vista nublada, cerró los ojos, se recostó y siguió llorando hasta quedarse dormida mientras se alejaba de la ciudad.

Aldea de la Santísima Trinidad
y Puerto de Santa María del Buen Ayre,
al sur de las colonias españolas en Indias.

Capítulo 6

"A los 26 días del mes de julio del año de Nuestro Señor de 1613, se informa a los vecinos y demás habitantes de la ciudad de la Santísima Trinidad que el Excelentísimo Señor Gobernador Don Diego Marín de Negrón ha abandonado esta tierra y su alma descansa en el reino del Señor."

"El Gobernador ha muerto". "¡El señor Gobernador ha muerto!".

Ni bien el pregonero hizo su anuncio, la frase se repitió una y otra vez. Rápidamente la noticia se desplazó por toda la Plaza Mayor. Había medio centenar de personas en la esquina frente al Cabildo esa mañana. Vendedores en el improvisado mercado al paso con sus lonas en la tierra, damas envueltas en gruesas capas que salían de misa en la Iglesia Mayor, esclavos descalzos que las seguían con sus almohadones para rezar, comerciantes de semillas regateando el precio con los compradores, esclavas que llevaban ropa para lavar a la orilla del río, otras que regresaban cargando cubetas de agua limpia y docenas de indios encomendados cumpliendo encargos de sus patrones. Mucho antes del mediodía ya todos los habitantes de la aldea, que se decía superaban las quinientas almas, estaban enterados de la muerte de Negrón. El boca a boca transmitía las noticias más rápido que cualquier mensajero.

A media mañana otra palabra se había sumado al rumor, aunque se decía en voz más baja: "envenenado".

Cuando su esclavo le repitió lo que había escuchado, Pedro de Franco y Aguilera dejó sobre el escritorio el documento que estaba leyendo y frunció el ceño.

—¿Estás seguro de lo que dices, Avelino?

El negro se enderezó todo lo que pudo y lo miró de costado, con el orgullo herido:

—Por supuesto, *sinhó*. Nunca le traje mala información.

El hombre asintió con una mueca. Le preocupó que los confederados se animaran a tanto. Seguramente habría una investigación, enviados de Lima, la capital virreinal, un nuevo gobernador, nuevas reglas… Eso podría complicar el próximo embarque. Y afectar su negocio. Se puso de pie y rodeó el escritorio hasta llegar a la ventana. Abrió el postigo de madera que lo resguardaba del viento frío que soplaba desde el sur y se quedó mirando al horizonte. El amplio río que repetía el color grisáceo del cielo de ese día invernal se extendía hasta donde alcanzaba la vista. Muchos españoles recién llegados lo confundían con el océano. Pero el sabor de sus aguas dulces terminaba convenciéndolos de su origen en las selvas del Guayrá. Las aguas de ese río venían desde la ciudad de Nuestra Señora Santa María de la Asunción y por él habían viajado sus padres junto a Juan de Garay para fundar el asentamiento de la Trinidad en 1580. Don Juan había repartido solares entre los hombres que lo acompañaban. Don Miguel de Franco recibió el suyo cerca de la Plaza Mayor y también otro más alejado, en la zona de las chacras, para sus cultivos.

Pedro de Aguilera resolvió ir hasta el Cabildo para evaluar por sí mismo la situación. Recorrió con pasos largos y apurados las pocas cuadras que lo separaban de la sede del poder local. En el camino se cruzó con una dama en una silla de manos llevada por cuatro esclavos. Una de las cortinas se abrió con discreción para espiar el porte de ese altísimo caballero de paso decidido. Llevaba el cabello oscuro prolijamente recogido en una coleta ondulada que asomaba por debajo de un sombrero de ala ancha con una vistosa pluma de faisán. Su amplia capa, de un grueso paño y del mismo tono oscuro que las botas de cuero que trepaban por sus piernas, rozaba sus muslos. Dio cuenta de su buena educación con una ligera inclinación de cabeza hacia las cortinas que se movían, pero no mostró intenciones de detener su marcha. No le interesaba intercambiar cortesías. De ninguna manera dejaría que una mujer formara parte de su vida. Ya había pasado por la experiencia. No estaba en sus planes repetirla.

Frente al Cabildo se topó con una multitud. La sencilla puerta de la construcción de adobe de una sola planta mantenía en el exterior a los curiosos. Sólo quienes poseían el título de "vecinos" podían entrar.

La cabeza de Aguilera sobresalía entre la muchedumbre. Su altura no le permitía pasar desapercibido, y sus ropas tampoco. Su impecable atuendo revelaba gran poder económico en esos días en que las prendas europeas nuevas escaseaban y costaban fortunas. El encaje de sus puños y gorguera estaba entero y almidonado, el terciopelo de su jubón, impecable, y brillaba la cadena de plata que ajustaba su capa sobre los hombros. Vendedores, indios y esclavos se corrieron para dejarlo pasar.

Alcanzó la sala principal del Cabildo, donde varios vecinos ya se juntaban en uno de los dos salones del modesto edificio. Conversaban de pie, cerca de una larga mesa con dos bancos de madera. El lugar de reunión donde los cabildantes organizaban detalles de la vida cotidiana estaba convulsionado.

El salón de al lado, el despacho del gobernador, estaba vacío. Pedro le echó un vistazo de reojo: un escritorio de madera labrado traído de Lima y el sillón tapizado en terciopelo no representaban la importancia del cargo. La tierra apisonada marcaba la inmensidad del océano que los separaba de España. Junto a ambas habitaciones un pasillo señalaba el límite con el calabozo.

Uno de los hombres de más edad acaparaba la atención de los caballeros que lo rodeaban en el salón principal. Y si bien se notaba la buena cuna de todos por su postura y lenguaje, sus vestimentas ni siquiera les otorgaban dignidad. Había mantos muy gastados, con agujeros mal disimulados, camisas con remiendos por el exceso de uso y hasta zapatos agujereados. A Pedro no le sorprendió. La pobreza se había instalado varios años antes entre los vecinos más antiguos, los beneméritos. Tan acostumbrado estaba a este tipo de imágenes, que ni prestó atención a los atuendos y se acercó a saludar al anciano.

—¿Es cierto, don Julio, lo que dicen los rumores? ¿Envenenado? ¿Encontraron pruebas? —preguntó Pedro inclinando la cabeza en señal de respeto.

El anciano era uno de los vecinos fundadores, Julio Ojeda y Ferrer, amigo de su padre, y llevaba un zapato, o lo que quedaba de éste, sujeto al empeine mediante un gastado cinturón.

—La sospecha vino de Páez, el asistente de Negrón. Dijo que don Diego sufrió horribles dolores en sus últimos momentos. Contó que no podía respirar, que se retorcía, y que finalmente echó espuma por la boca al morir. No hay indigestión como esa. También se comenta que una esclava vio una botella extraña que luego desapareció... Entonces, ¿por qué no creerle a Páez? Sabemos que el doctor Navarro Sampaio nunca lo confirmará. La fidelidad de ese portugués les pertenece a ellos. Y también les obedece el doctor Menagliotto.

Don Julio sacudió la cabeza, realizó una mueca de desprecio y bajó la voz para seguir diciendo:

—Son dueños de la situación. ¡Malditos confederados!

Miró a Pedro a los ojos e hizo una pausa antes de continuar:

—Y no creo que te hayas convertido en uno de ellos, muchacho. Más allá de la pelea con tu padre tú siempre serás uno de los nuestros, desciendes de los fundadores, eres un benemérito.

Pedro se tensó ante la referencia a su padre, pero su habilidad como negociante lo hizo controlar su lengua:

—Es cierto: nací benemérito, no reniego de ello. Pero la vida me ha llevado por otros caminos. No creo que eso nos convierta en enemigos. Todos habitamos esta aldea y espero que podamos convivir en paz.

—¡Pues que tus amigos den veneno a la gente no es un gesto de paz! —exclamó el anciano exaltado.

—Lo siento, don Julio. No creo que lo hayan envenenado.

El alto tono de su voz logró que sus palabras no pasaran desapercibidas. Varias cabezas se giraron hacia ellos, tal como Pedro esperaba.

Hizo una reverencia de despedida y se alejó unos pasos.

En ese momento se levantó de la mesa uno de los alcaldes, Francisco de Manzanares. Traía una cédula que acababa de firmar y la pasó de mano en mano entre los cabildantes presentes: por ella se los convocaba a reunirse al día siguiente para nombrar gobernador interino al lugarteniente del fallecido Negrón. Era lo que correspondía hasta que el rey Felipe III designara un reemplazante para el finado.

El cargo provisorio caería en el capitán Mateo Leal de Ayala, uno de los integrantes de la banda de contrabandistas a la que Negrón combatía. Eso, sumado al rumor de la extraña botella desaparecida, convenció a Pedro: los confederados habían decidido cambiar de gobernador. Semejante osadía hizo que un escalofrío le recorriera la espalda. Eran más peligrosos que lo que había supuesto. Tendría más cuidado, pero no rompería su alianza con ellos. Sus negocios con esos hombres significaban mucho para él. Se arriesgaría. Salió del Cabildo y cruzó el espacio abierto que llamaban Plaza Mayor en dirección al río. Caminó en el barro, sorteando charcos y bosta de bueyes. Afortunadamente el frío y el viento le ayudaban a ignorar los malos olores habituales del lugar. Una cuadra antes de llegar al Fuerte dobló por la calle que allí se abría entre los pastizales. Se dirigió hacia el norte y entró a la casa que ocupaba uno de los solares privilegiados. Era de buen tamaño y con puerta de madera del Guayrá, pero sus paredes eran de adobe, a diferencia de la suya propia, construida con unos novedosos ladrillos rojizos. Ni bien empezaron a ladrar los perros, se asomaron dos caras oscuras desde los lados opuestos del patio de tierra: un muleque de unos doce años, descalzo a pesar del frío, y una mujer que vestía una saya de una tela muy rústica en la que secó sus manos.

—*Sinhó* Pedro. ¡Qué sorpresa! Pase a la sala y le llevo un chocolate caliente mientras mando *avisá* a la *sinhá* Juana que vuesa *mercé* llegó —dijo sonriente.

—No, Severina. No quiero chocolate. Dile a mi madre que estaré en el despacho.

Mientras hablaba dejó que la negra le quitara la capa y se la llevara junto con el sombrero. Pasaría un buen rato revisando las cuentas de la casa. Pedro se ocupaba de todos los gastos. Había empezado a hacerlo antes de la muerte de don Miguel. El orgullo del anciano hizo que se profundizara la zanja que marcaba su tirante relación y murió sin que llegaran a reconciliarse. A Pedro no le gustaba haberse visto obligado a ocupar el lugar paterno, pero así logró que su madre y sus hermanas vivieran sin necesidades. Él no permitiría que el hambre volviera a instalarse en su familia. Cerró la puerta a los dolorosos recuerdos que empezaban a invadir su mente. Los echó de allí junto con una fuerte exhalación y dedicó su atención a doña Juana de Aguilera, que corría a abrazarlo.

—Hijo mío, ¡qué agradable sorpresa! No esperaba tu visita hoy. ¿Ha ocurrido algo?

—Nada por lo que vuesa merced deba preocuparse —tranquilizó a la dama mientras la envolvía en un abrazo—. Todos están alborotados por la muerte del gobernador.

—Supe de la noticia hace apenas un momento. Estaba con una visita cuando me avisaron de tu llegada. Ella trajo la novedad. Acompáñame a la sala y la conocerás.

—No, madre. Sabe que no soy bueno para las charlas de estrados femeninos. Vaya vuesa merced a recibirla como se debe. Yo estaré atareado con las cuentas.

—Pero te quedarás a almorzar —sentenció doña Juana sin esperar respuesta y le dio un beso en la frente. Habían mantenido la cariñosa costumbre de su infancia. Sólo que ahora ella tuvo que estirarse sobre las puntas de sus pies para alcanzar la cabeza de su altísimo hijo.

Pedro se excusó:

—Hoy es un día complicado, madre. Tengo mucho por hacer.

Le prometo que vendré a almorzar aquí mañana o pasado.

—Ansío que cumplas tu palabra, hijo. Me tienes algo olvidada y necesito hablar contigo de algo importante.

Doña Juana de Aguilera era una mujer educada, de buena cuna. Sus padres habían llegado a Asunción desde España en su aventura hacia las colonias con grandes esperanzas, pero su madre había muerto en su alumbramiento. Don Gonzalo de Aguilera y Carrillo, un capitán de las tropas reales, estaba demasiado ocupado en expediciones conquistadoras en las selvas y cuando regresaba a la ciudad de Asunción no sabía cómo criar a una niña. Las indias guaraníes que lo servían se ocupaban de la chiquilla. Pronto la pequeña Juana tuvo hermanos de sangre mixta creciendo a su alrededor. A nadie sorprendía ni escandalizaba esa costumbre en esas tierras. Dada la escasez de mujeres españolas y el fácil acceso a las indígenas, todos los conquistadores tenían hijos naturales en sus casas.

El padre de Juana no reconoció legalmente a sus hijos mestizos, pero sí los criaba y la niña compartía su vida con ellos con total naturalidad. Hasta que a los doce años, el límite permitido legalmente, su padre la casó con un joven recién llegado de Andalucía de promisorio futuro, don Miguel de Franco. Su flamante marido, que doblaba su edad, la obligó a tratar a los hijos de las guaraníes como seres inferiores, no los aceptaba como iguales. Juana sufría en silencio su imposición. Pocos meses después de la boda debió acompañarlo a un nuevo destino: irían a refundar una ciudad en la frontera sur del virreinato, la Santísima Trinidad, donde el asentamiento anterior había desaparecido a manos de los indios querandíes. Viajeros llegados de esa región decían que los españoles que iban con Pedro de Mendoza habían muerto de hambre, sitiados por los salvajes y comiéndose entre ellos. Pero Juana no quiso creerlo. No se asustó y cumplió su obligación de seguir a su marido. Cambió la comodidad de Asunción por una aventura en tierras desconocidas.

Pedro se dedicó a las cuentas pendientes durante más de una

hora. Mientras se dirigía a despedirse de su madre llamó su atención una voz con una tonada especial, que hablaba como cantando. Aunque las palabras se pronunciaban en español, definitivamente no era una voz peninsular. Tampoco pertenecía a alguna dama portuguesa, ya que no escuchaba la dureza gutural que caracterizaba a las lusitanas, ni mantenía el suave tono de las indias. Y sin duda no se trataba de una esclava, por los términos que empleaba. Se asomó al estrado curioso y se encontró con la dueña de esos simpáticos sonidos, justamente en medio de una carcajada. Una joven que no se hubiera destacado en un salón por su belleza. Era demasiado delgada: la piel se pegaba a su frente, le marcaba las sienes y las mejillas revelaban sus pómulos. Pedro percibió que su cuello era muy largo, pero no pudo verlo, oculto por el encaje de la gorguera. Lo imaginó fino y delicado también. ¿Por qué pensaba en el cuello de esa desconocida? Descartó la pregunta y llevó su mirada hacia abajo. Vio unas manos largas que también mostraban los huesos. Quizás esté enferma, pensó. Y aunque no había planeado participar del encuentro de las damas, su curiosidad lo empujó a acercarse a saludar.

Los pasos de Pedro interrumpieron las risas. La joven estaba sentada junto a su tía Leonor, quien ya lucía algunas hebras plateadas en su cabello oscuro recogido en un rodete sobre la coronilla pero cuya piel cetrina no tenía señales del paso del tiempo. Desde que disponía de mayor fortuna gracias a su hijo, Juana había traído a una de sus hermanas mestizas, Leonor, a vivir con ella. La mujer reía suavemente y mientras lo hacía se sacudían unos pequeños zarcillos de plata en sus orejas. Aun con su sencilla ropa de casa Leonor de Aguilera lucía tan elegante como la madre de Pedro.

La invitada estaba contando algo que divertía a las señoras y calló cuando lo vio.

—Disculpen la intromisión, pero no quería irme sin despedirme, madre —y girándose agregó— ¡Qué gusto verla, tía Leonor! ¿Puedo darle un abrazo?

—Claro, querido. Ven aquí.

Y acompañó sus palabras con unos golpes en el almohadón a su lado, invitándolo a sentarse mientras lo abrazaba.

—Deberías visitarnos más seguido. Tu madre te extraña mucho, aunque no lo reconozca. Está muy sola.

—No lo atosigues, Leonor —la criticó su hermana y disimulando su incomodidad desvió la atención a otro tema—. ¡Qué bueno que estás aquí, hijo mío! Quiero presentarte a doña Isabella de Laurentien, quien hace poco se ha sumado a nuestra comunidad y nos hemos convertido en buenas amigas —intervino doña Juana—. Doña Isabella, este es mi hijo mayor, don Pedro de Franco y Aguilera.

—Madre, recuerde que ahora sólo me llamo De Aguilera, por favor —la interrumpió Pedro con un tono ríspido.

—Vamos, Pedro. Creo que ya es hora de que te olvides de la pelea con tu padre. Él está en los cielos y tú por siempre llevarás su sangre. Por lo que también te corresponde llevar su nombre.

—Madre, por favor. Ya hemos discutido esto y es una decisión tomada. Que no se hable más —dijo con firmeza elevando su mentón decidido hacia adelante.

Doña Juana estaba a punto de replicar cuando escuchó a su invitada:

—Ignoro los motivos de su decisión, señor, pero tenga presente que el nombre es sólo una carta de presentación. No afecta la esencia de la persona. Se puede cambiar, pero por dentro seguirá siendo el mismo.

El discurso de Isabella lo sorprendió. Le gustó que la dama se animara a expresar una opinión personal. Pocas lo hacían. Pero más le cautivó su voz, aguda pero suave, como melódica. Ideal para esa cadencia casi cantada de sus palabras. La miró unos segundos y respondió:

—Pues en mi caso ha sido a la inversa: primero cambié detalles de mi vida, y la adaptación del nombre fue posterior, para acompañar al nuevo hombre. Por lo que me presento formalmente: soy Pedro de Aguilera, a sus órdenes.

Isabella inclinó la cabeza brevemente pero se mantuvo en silencio. Lo que lo animó a continuar para saciar su curiosidad:

—Al escucharla deduzco que no ha nacido en España, doña Isabella.

—Es cierto, vengo del Piamonte, en el norte del territorio italiano.

—Pues habla muy bien nuestra lengua pese a ser una recién llegada.

—Se debe a que pasé mucho tiempo en Alba, una ciudad cercana a la mía que desde hace años está en manos españolas. Las hermanas del convento me enseñaron su lengua.

—Tenemos algunos vecinos de origen italiano por aquí, como uno de los médicos, Lorenzo de Menagliotto. Pero ninguna dama. Pocas europeas se aventuran hasta estas tierras. Imagino que su marido ha venido a realizar transacciones en nuestro próspero puerto del Buen Ayre. Hay muchas oportunidades para los comerciantes.

—Mi marido falleció durante la travesía —mintió Isabella mientras bajaba la mirada—, descansa en el fondo del mar.

Pedro se sintió incómodo. No había visto la cinta negra en el brazo de Isabella en señal de luto, apenas si se destacaba sobre su sobrio vestido azul oscuro. La sensación de desamparo y fragilidad que esa joven transmitía lo afectaba y a la vez lo sorprendía. No coincidía con su manera de hablar. La mujer le generaba una extraña confusión que le costaba ignorar.

—Lo siento, señora. Supongo que regresará a su hogar ahora...

—No, viajé con mi hermana y su marido también. Ambos caballeros eran hermanos y vinimos para que se hicieran cargo de unas tierras. Mi hermana está en estado y necesitará mi ayuda, por lo que esperaré a que el niño nazca. Ya nos hemos instalado.

—Bienvenida al puerto del Buen Ayre entonces. Aunque le ha tocado llegar en un momento difícil. El gobernador ha muerto.

—Eso escuché al cruzar la plaza.

—Pedro, ¿por qué dices que es un momento difícil? Habrá un sucesor para su cargo y ya... —intervino su madre.

—Porque se dice que murió envenenado.

—¡Virgen Santa! ¿Quién podría hacer algo tan espantoso?

—Don Negrón tenía enemigos poderosos, los miembros del

Cuadrilátero.

—¿Son tan crueles esos contrabandistas como para desear su muerte? —dijo afligida doña Juana con las manos juntas sobre su pecho.

—No los mueve la crueldad sino la codicia, madre. No les importan las leyes.

—Pero quien lo asesinó ciertamente irá a prisión —agregó su tía Leonor.

—No lo crea, tía. Estos hombres tienen cargos importantes, son responsables de la administración de la aldea.

Isabella se había interesado en la conversación y no pudo evitar interrumpir:

—Disculpe, don Pedro. ¿Dice que quienes gobiernan son delincuentes? ¿Cómo es posible?

Esa voz le provocó a Pedro una sensación agradable, un cosquilleo. Se giró hacia ella y le dijo:

—Algunos llegaron a estas tierras con nombramientos reales y otros compraron sus títulos en Lima. Se venden las influencias alrededor del virrey del Perú.

La mención de la compra de títulos incomodó a Isabella. Le avergonzaba el origen de sus papeles de llegada, el permiso conseguido por el capitán del barco. Moriría de vergüenza si ese digno caballero se enterase de la trampa cometida. Le gustaba la forma en que hablaba y cómo movía las manos al hacerlo. Algo en él capturaba su atención.

—¿Y aprovechan su poder para matar gente? ¿Qué clase de hombres son?

—No lo habían hecho hasta ahora, doña Isabella. Sus fechorías apuntan a enriquecerlos. Son contrabandistas. Forman una banda llamada el Cuadrilátero que ingresa productos de manera ilegal, y los venden más baratos que los que trae la Corona.

El resumen que Pedro hizo era más liviano que la realidad. Los miembros del Cuadrilátero controlaban el comercio en la ciudad. El rey había ordenado que todo lo que entrara o saliera de sus colonias debía hacerlo en las naves reales. Para evitar los saqueos de los piratas, las flotas iban custodiadas por naves de guerra. Se enviaban sólo dos por año: una para Nueva España y otra para Tierra Firme. Este monopolio perjudicaba a los habitantes de las regiones más alejadas. Pasaban meses hasta que los productos atravesaban el istmo de Portobello[1] por tierra, volvían a embarcarse en el Pacífico con destino a Lima y después en carretas se aventuraban hacia el sur. En el camino debían enfrentar los ataques de los indios que defendían sus territorios. Si finalmente llegaban al Río de la Plata, tras casi un año de viaje el precio de los productos alcanzaba valores diez veces más altos que al salir de España, por lo que pocos vecinos podían acceder a telas, muebles, joyas, vajillas o zapatos.

La falta de abastecimiento dio origen al contrabando. Primero en pequeños barcos que llegaban desde Brasil y fondeaban cerca de las costas de la aldea, pero lejos de su puerto. Éste estaba oficialmente cerrado. Los contrabandistas vendían los productos al doble o triple de su precio de origen, y aun así los habitantes de la Trinidad se peleaban por ellos porque eran mucho más baratos que los que llegaban por la vía real. Enseguida se encontró un artilugio burocrático para ampliar la entrada de mercadería ilegal: cualquier barco de bandera extranjera que tuviera desperfectos podía entrar a los puertos españoles en una "arribada forzosa". El navío averiado sólo debía pedir permiso al alguacil del puerto y éste autorizaba el desembarco de los productos. Los mismos se confiscaban e iban a subasta pública. Pero se trataba de un simulacro: Juan de Vergara, jefe del Cuadrilátero, compraba todas las mercaderías a un precio muy bajo pues manejaba las subastas el tesorero real, Simón de Valdez, su socio. El encargado de autorizar los desembarcos era el capitán Mateo Leal de Ayala, también parte de la banda y flamante gobernador interino. Y los barcos utilizados en la trampa pertenecían a Diogo de Veiga, cuarto integrante del equipo.

Con el tiempo el sistema se fue perfeccionando y el contrabando se convirtió en la principal actividad comercial de la Santísima Trinidad, tanto que la aldea pasó a ser más conocida como "el puerto" o "el Buen Ayre" y sus habitantes empezaron a llamarse a sí

---

1 *Actual Panamá.* (n. del e.)

mismos porteños.

Pedro no quiso asustar a esa dama que lo miraba con atención y evitó decirle que a la venta inicial de productos de abastecimiento para los vecinos pronto se sumó un negocio mucho más rentable: el tráfico humano. Los contrabandistas traían ilegalmente esclavos de África para venderlos en la ciudad más rica de Indias, Potosí.

—¿Y el rey no ha hecho nada por detener el contrabando?

—Sí, señora. Por orden de Su Majestad, don Marín de Negrón luchó con todas sus fuerzas para evitar las entradas ilegales. Y tal parece que logró afectar los negocios del Cuadrilátero, pues acabamos de ver cómo terminó el gobernador.

Las damas se quedaron en silencio.

Pedro aprovechó para observar a Isabella. Su cabello tenía el color de las hojas de los árboles en otoño, un ocre que no era rubio ni castaño. Estaba recogido sobre la coronilla y desde allí colgaba un sencillo tocado de encaje, sin lazos ni adornos. Sus cejas eran del mismo tono y no muy tupidas, más bien finas. Diferentes de las de las mujeres españolas. No llevaba alhajas y su vestido oscuro era sencillo. Pero quizás eso se debía al luto y no a la falta de riquezas, sus modales evidenciaban su buena cuna. A pesar de su delgadez la piel no se veía pálida. Tampoco era oscura como la de su tía, sino que tenía un suave tono dorado. Sus ojos eran claros pero no lograba distinguir el color, y entre ellos asomaba una nariz aguileña, que se destacaba junto a sus enflaquecidos pómulos. Su rasgo más llamativo, sin dudas, era su boca, demasiado ancha. No era una mujer atractiva. Era diferente. Volvió a sentir esas extrañas ganas de protegerla. ¿Protegerla de qué?, se dijo a sí mismo. Recordó que no quería ninguna dama en su vida. Buscaba evitar que se rompiera la coraza que había formado a su alrededor. Lo que le provocaba esa mujer amenazaba sus intenciones de soledad. Debía alejarse de allí. Se levantó abruptamente.

—Lamento haberlas perturbado con mi relato. No fue mi intención.

—No te disculpes, hijo. No es culpa tuya. Es terrible que ocurran estas cosas a nuestro alrededor.

—Sin duda. Pero no se asuste, por favor. Estaremos bien. Y ahora si me permiten, debo retirarme.

Pedro se dirigió hacia su madre, la besó en la frente y le dijo:

—Pronto vendré a comer y hablaremos.

Después se inclinó hacia su tía Leonor, y repitió el cariñoso gesto.

A Isabella la conmovió la muestra de afecto. Pedro de Aguilera la sorprendió. Pudo estudiarlo mientras se inclinaba sobre sus parientes. El cabello negro ajustado en la nuca exponía a la perfección sus facciones: se destacaban sus pómulos altos y amplios. La prolija barba oscurecía apenas el contorno de su mandíbula, a diferencia de los otros vecinos del lugar, que dejaban que les cubriera medio rostro. Su perfil mostraba una nariz recta que se ensanchaba en la punta, sumándole virilidad. ¿Qué estaba haciendo? Debería ignorar al hijo de su nueva amiga. Había renunciado a los hombres muchos años antes. No había viajado hasta el Nuevo Mundo en busca de uno, sino para salvar su vida, se recordó. Y la de Giulia. No debía olvidar que su prioridad era su hermana, metida en todo este lío por su culpa.

Así, cuando Pedro se inclinó galante ante ella, Isabella no le sostuvo la mirada sino que inclinó la cabeza en exceso, sin despegar sus ojos del piso. Recién los levantó cuando él ya se había retirado.

—Mi hijo es terco como una mula, pero un buen hombre, doña Isabella. Lamento sus exabruptos al referirse a su nombre —lo excusó su madre.

—No es necesario que lo disculpe, doña Juana. Yo me sentí entrometida por haber presenciado una discusión familiar, él estaba en su derecho por hallarse en su casa.

—Ha sufrido mucho, y culpa por ello a su padre. Lamento que don Miguel haya partido sin que se reconciliaran.

Isabella se quedó mirándola, esperando que continuara. Pero la dama sacudió la cabeza y dijo:

—Otro día le contaré esa historia, doña Isabella. Hoy hay otra alma que acaba de partir. El difunto gobernador merece una oración por su eterno descanso.

Se dirigió a la esquina de la habitación donde había montado un pequeño santuario con un reclinatorio, una mesita cubierta con un mantel de lino y encima un retablo tallado con una imagen de la Virgen y el Niño. A su lado descansaba un rosario y había velas de diferentes tamaños encendidas. Doña Juana buscó una nueva, la acercó a una llama y se arrodilló santiguándose. Muy cerca estaba el brasero que calentaba el ambiente, dado que en ese lugar la devota Juana pasaba muchas horas cada día.

Aprovechando que Leonor se quedó sentada en su lugar, Isabella la imitó, observando a la dueña de casa en un respetuoso silencio. Lamentaba esa interrupción. Le hubiera gustado conocer más sobre el caballero que se acababa de retirar. A pesar de sus intenciones, no lograba dejar de pensar en él.

Capítulo 7

Naranja, gris, coral, amarillo, más gris. Las llamas se apagaban. Sólo resplandecía la tenue luz rojiza de las brasas.

Isabella arrojó otro leño al fuego. Revolvió las maderas humeantes con una rama. Necesitaba reanimarlo para mantener cálida la habitación. El aire húmedo hacía que le dolieran las manos y los pies y tenía helada la punta de la nariz. En este extraño invierno sin nieve sentía más frío que en sus montañas natales. Decidió agregar otro tronco más. Mientras se limpiaba las manos en el delantal que cubría su saya de lana, sonrió al pensar en la cara de su madre si la viera haciendo esa tarea. Imaginó a sus hermanas en sus castillos italianos y suspiró suavemente intentando calmar la punzada de dolor. Sabía que no volvería a verlas. Pero no quería pensar en eso. Se inclinó para elegir otro trozo de madera, uno con la corteza bien seca para que prendiera fácilmente.

Aunque tenía tres esclavos en la casa, dos adultos y una chiquilla de trece años, Isabella se había acostumbrado a resolver ciertas cosas ella misma. La lentitud caracterizaba a las tareas domésticas en las Indias. Sus primeras semanas en esa aldea no habían sido fáciles. La solución para no pasar frío mientras esperaba que atendieran su pedido resultó aprender a avivar el fuego ella misma.

En pocos minutos tuvo una cálida fogata. Sonrió para sí con satisfacción. Agradecía que la sala de la casita tuviera chimenea. Todo un lujo agregado por la dueña anterior. En las demás habitaciones debían calentarse con braseros y el humo invadía el aire, impregnando las ropas, los cabellos y hasta los pulmones.

Afuera ya estaba oscuro, aunque calculaba que todavía no eran las seis. Unos minutos después se escuchó la primera campanada.

La iglesia de San Francisco estaba muy cerca, apenas a media cuadra de esa casa que había pertenecido a don Alonso de Escobar, uno de los pobladores originales llegados con Garay. Isabella se la había comprado a la segunda esposa de Escobar, doña Inés Suárez de Toledo, quien había enviudado el año anterior y se había mudado a la casa de su hermano en Santa Fe de la Vera Cruz, el ex gobernador Hernandarias. Era una casa típica de la zona. De una sola planta, y separada en tres bloques, cada uno alrededor de un patio. En el primero estaban el salón principal, el comedor y el escritorio; alrededor del segundo patio estaban las habitaciones de la familia; y en el tercer sector, al fondo, los esclavos dormían en un gran galpón junto a los animales, cerca de la cocina y de la huerta. Las paredes eran de adobe y el piso, de tierra apisonada. Sólo en la parte delantera de la casa se había reemplazado la paja del techo por tejas de barro rojizas y se había agregado una sencilla chimenea. Toda una novedad, y uno de los últimos lujos que se dio doña Inés mientras duró la fortuna de su marido. Una pena que no alcanzara para costear vidrios para las ventanas: sólo postigos de madera impedían el paso del aire frío. Para que entrara la luz, Isabella empujaba las maderas e intentaba detener el viento con un cuero de vaca colgado desde el marco. Un triste émulo de cortina, pensó la primera vez que lo vio, comparado con las telas de brocato de su habitación en Asti. Pero debía borrar aquellos recuerdos de su memoria. Su vida ahora era otra. ¡Estaba viva! Y eso le permitiría ayudar a Giulia. Era lo único que le importaba, mitigar su culpa. Mientras lo pensaba y viendo que el fuego había encendido bien, se volvió hacia su hermana. Estaba en el lugar de siempre: muy quieta, acurrucada en un sillón de madera con almohadones. Envuelta en un grueso chal de lana, Giulia tenía la mirada perdida en algún lugar lejano, pero reaccionó y giró la cabeza ante las palabras de Isabella.

—El fuego caldeará el ambiente en un corto rato. Dicen que son los últimos días fríos, que pronto empezará el calor y que dentro de unos meses será agobiante. Me cuesta creerlo, ya que sólo hubo amaneceres helados y con escarcha desde que llegamos, pero quizás sea cierto. Todo aquí es diferente. Nunca supe de la existencia de tanto frío sin nieve, sin embargo no hemos visto ni un copo.

—Todo es nuevo aquí. Frío en julio, casas de barro y con olor a humedad, esclavos por todos lados... Pero está bien —le respondió Giulia, e hizo una pausa para soltar un largo suspiro—. Fue lo que buscábamos al venir a estas tierras, ¿no? Una nueva vida.

—Giulia, querida, sabes bien que fue nuestra única salida —Isabella se arrodilló frente a su hermana y tomó una de sus manos mientras le hablaba.

Como siempre, la joven evitó hablar de sus últimos días en el Viejo Continente y cambió el tema de la conversación.

—Creo que pronto deberé ensanchar mis· prendas, el guardainfante ya me ajusta. ¿Podrías intentar conseguir alguna tela de color verde?

Isabella asintió con la cabeza, la angustia le impedía hablar. Su hermana se negaba a comentar lo vivido a manos de Dante, pero desde que su barriga empezó a crecer se refería a los cambios de su cuerpo con naturalidad. Le preocupaba la salud de Giulia, la veía delicada, a veces como ausente, pero no sabía qué hacer para ayudarla. Le preparaba algunas infusiones para que descansara mejor, con hierbas que le pedía al boticario. Suponía que el tiempo la ayudaría a suavizar los recuerdos dolorosos.

Mediante los relatos de Tomassino durante el viaje en barco, Isabella descubrió que poco después de que ella fuese llevada por la Inquisición, Dante se presentó en la casa de su familia y pidió hablar a solas con doña Constantina. En esa charla su madre aceptó que Giulia se casara con el responsable de que una de sus hijas estuviera en prisión. La noticia hizo que su hermana amenazara con huir con el capitán Fabrizio Positano, por lo que Constantina la mantuvo encerrada durante los fugaces preparativos. La boda fue casi inmediata y en pocos días Giulia se vio trasladada al castillo de su flamante marido.

Tomassino desconocía detalles de lo vivido por Giulia en la residencia D'Arazzo. Ella no hablaba de esas semanas. La había visto de lejos alguna de las veces en las que había llevado a doña Constantina hasta allí en el carruaje y recordaba la cara de Giulia siempre cubierta de lágrimas.

Cuando Isabella le pidió a Michela que buscara a la joven para llevarla con ella, Tomassino fue su arma secreta. La dama conocía al cochero de Isabella y los guardias de Dante, acostumbrados a su presencia, le creyeron cuando dijo que llevaba un encargo de *dona* Constantina que debía entregar en persona. Por seguridad miraron en el pequeño baúl, pero sólo vieron el ajuar de la joven esposa y lo dejaron pasar. Felizmente no volvieron a hacerlo cuando salió. No se les ocurrió que una persona cupiera en ese espacio. Pero Giulia era pequeña y delgada, apenas alcanzaba al hombro de Isabella. Tomassino se dirigió con su preciosa carga directamente hacia la vecina ciudad de Génova. Llegaron al barco portugués anclado en el puerto al anochecer del día siguiente. Michela arregló con su capitán el traslado de los tres hasta América. No era seguro que dos jóvenes damas viajaran solas, y además despertarían sospechas. El valiente cochero, que apenas había cumplido veinte años, se presentaría como marido de una de ellas. El capitán João Pessoa le aseguró a Michela que su grupo estaría a salvo y que él les conseguiría los papeles necesarios en el destino, a cambio de unas monedas más.

El veloz bergantín de Pessoa llevó a las hermanas y al fiel cochero al extremo sur del Nuevo Mundo en apenas dos meses. Al llegar el capitán inventó la historia de una pelea a bordo entre un marinero borracho y el marido de Isabella en la que éste había caído al mar y se había llevado consigo todos sus papeles hacia la oscuridad de las aguas. Con sus contactos en el puerto compró los permisos de llegada para los pasajeros con sus nuevos nombres: Isabella de Laurentien —apellido de su abuela Valerie—, y Tomasso y Giulia de Lombardo, flamantes esposos.

Una vez instalados en su nueva casa, todos los intentos de Isabella por acercarse a su hermana para reconfortarla fueron inútiles. Giulia esquivaba la conversación.

—Es el destino —respondía, y se recluía entre sus almohadones.

Cuando se hizo evidente su embarazo, Isabella le preguntó a Tomassino si había chances de que el niño fuera suyo. Incómodo, el joven se sinceró con ella: dijo que sería el padre a partir del nacimiento del bebé, pero no había compartido el lecho de Giulia. Aunque dormían en el mismo aposento para evitar habladurías de los esclavos, él se acomodaba en el piso.

Con un nudo en el estómago y dolor en el corazón, Isabella intuyó que el hijo que esperaba su hermana era de Dante. El hombre que odiaba y responsable de todo lo malo que habían vivido. Aun así el niño traería alegría a sus vidas. Sería como un bálsamo sanador para el espíritu quebrado de Giulia. Al menos eso anhelaba. Con esas esperanzas se levantaba Isabella cada mañana y se ocupaba de organizar las tareas diarias. Las de la casa primero, y las de la chacra después. Junto con la casa en la ciudad habían adquirido un terreno para labranzas en las afueras de la misma, todo a cambio de las monedas de oro que le había dado Michela. El brazalete de esmeraldas de su amiga —que finalmente llegó a sus manos en el dobladillo de una falda de lana— y un par de zarcillos de brillantes les garantizaron también el traspaso de los siervos de la señora de Toledo: tres esclavos domésticos en la ciudad y una docena de indios encomendados en la chacra. Aunque se podría pensar que con eso tendrían el futuro resuelto, la realidad era otra: Isabella, Giulia y Tomassino poco sabían del trabajo en el campo. Al igual que doña Inés, dejaron esa tarea al capataz a cargo de los indios encomendados, Manuel de Cascallar, un ex marinero español que decidió instalarse en ese puerto abandonando el barco que lo había llevado hasta allí. Dirigía a los indios de la chacra con mano firme y las cosechas de trigo y maíz llegaban al mercado con regularidad. Pero tras la primera entrega Isabella descubrió que lo que ganaban por su venta no era suficiente para cubrir sus gastos. Se lo planteó a Cascallar y éste le echó la culpa al clima, garantizándole que en la primavera todo mejoraría.

Isabella creyó en su explicación. Todo era nuevo para ella, y no tenía motivos para desconfiar de las palabras del hombre. Pero no podía gastar a cuenta de la próxima cosecha. Necesitaban dinero para subsistir, por lo que decidió vender un anillo de oro a la espera de tiempos mejores. Se le ocurrió que en el Cabildo podrían decirle dónde encontrar un joyero.

El guardia que estaba junto a la puerta vio llegar a la joven dama seguida por una gorda esclava que la doblaba en edad y no dudó en hacerla pasar antes que a los mestizos que hacían fila a un costado de la pared. Los vecinos tenían prioridad, y aunque Isabella no gozaba de ese título, su aspecto europeo le permitía disfrutar de un trato diferencial. Iba enfundada en la capa de terciopelo que Michela le había empacado y emanaba un aire distinguido.

—Buenos días. Quisiera saber si hay algún joyero y cómo puedo encontrarlo —le dijo Isabella al hombre joven que la recibió dentro del Cabildo.

—En realidad, no tenemos joyeros —respondió el hombre como avergonzado por ello—. Aún —agregó rápidamente—. Si vuesa merced desea joyas deberá esperar al próximo arribo de un barco con mercaderías. Muchas veces traen piezas de valor.

—No, no, no. No estoy interesada en comprar sino en vender una joya —explicó Isabella.

—Ah, entiendo —otra benemérita con dificultades económicas, pensó el hombre sin sorprenderse. Sabía lo que tenía que hacer. La Guzmán era muy generosa cuando le enviaba damas como aquella. Le explicó cómo llegar a la casa de doña Lucía González de Guzmán, aunque sin mencionar los orígenes de la fortuna de la dama.

Isabella caminó poco más de una cuadra y llegó a una calle en la que sólo había mansiones. Sintió que había salido de la aldea y estaba otra vez en el Viejo Continente, en Torino. El portero del Cabildo la había mandado al sitio correcto. Pasó frente a cuidados jardines y hasta construcciones de dos pisos. Se detuvo ante un caserón con paredes de ladrillos rojizos y una amplia puerta de madera labrada custodiada por dos esclavos vestidos con libreas, pero descalzos. Se acercó a ellos seguida de cerca por Lucinda y pidió ver a la dueña de casa.

El esclavo de más edad evaluó su elegante capa de terciopelo oscuro con alamares dorados mientras le hablaba y con una inclinación de cabeza la hizo pasar.

—La esclava de vuesa *mercé* debe *esperá* aquí —le dijo.

Lucinda le hizo un gesto de asentimiento, transmitiéndole a su ama que estaría bien, se envolvió en su burda capa de lana tejida y sentó su gruesa humanidad en la calle de tierra.

Isabella atravesó un patio y llegó a un salón de grandes dimensiones, con el piso recubierto por ladrillos. Sintió que el clima cambiaba apenas traspasó la puerta. Hacía calor. Vio un brasero encendido aunque no había nadie allí. Unos cuantos espejos con trabajados marcos dorados aportaban suntuosidad. En la puerta apareció silenciosamente una esclava que la llevó a una sala más pequeña que la otra, pero igualmente impactante y caldeada. Pesados cortinados de brocato cubrían todas las paredes, de una punta a la otra, excepto el rincón de la chimenea, donde brillaba una intensa fogata. En el centro del salón se elevaba un estrado de madera tallada con apliques de oro, presidido por un sillón que asemejaba un trono. A su alrededor había sillones con almohadones de terciopelo y seda entremezclados. Una gran cantidad de candelabros de plata brindaba buena iluminación a toda hora. —Un escenario más propio de la realeza europea que de esa aldea perdida en el fin del mundo —pensó Isabella. Una sonrisa asomó a sus labios en el mismo momento en que unos tacones de madera anunciaron otra presencia en la habitación. Se giró para encontrarse frente a una mujer de edad indefinida. Podría ser su madre, calculó por las arrugas alrededor de ojos y labios, pero hacía todo lo posible por disimularlo con su atuendo: excesos de encajes adornaban su cuello y desde los bordes de su jubón de terciopelo carmesí nacían amplias mangas jironadas, casi tan anchas como su enorme saya. Se peinaba con infinitos bucles rizados sobre su frente, sujetos con llamativas cintas, y la abundancia de joyas estaba a tono con la fastuosidad de la casa. Isabella recordó haber visto a esa mujer en la puerta de la iglesia bajando de una silla de mano llevada por esclavos e intuyó lo que se esperaba de ella: ofreció una reverencia con gran despliegue de elegancia.

Doña Lucía González de Guzmán se sintió encantada de tener enfrente a una dama rindiéndole pleitesía. A pesar de ser su deseo más profundo, ocurría pocas veces.

—¿A quién tengo el *prazer de recever*? —preguntó la dueña de casa en un español que no permitía dudas sobre su origen portugués.

—Mi nombre es Isabella de Laurentien.

—No es española…

—Nací en el Piamonte, en una región que hoy vuestro rey considera española.

—No lo decía como una crítica. Yo tampoco lo soy, vine de Portugal, como debe saber.

—No, no lo sabía. Llegué hace muy poco y no conozco a casi nadie en la Trinidad.

—Pero vino a mi casa, no es éste el lugar para hablar de negocios si está buscando trabajar… ¿Quién la envió aquí? —preguntó la dama alterando el timbre de su voz con impaciencia y mostrando una molestia inesperada.

—El portero del Cabildo. Dijo que vuesa merced podría estar interesada en comprar mis joyas. Las traje de Europa. Y como mi chacra no está dando los resultados que esperaba, necesito vender algunas.

El tono de doña Lucía se suavizó con la misma rapidez con la que se había alterado:

—Comprendo. Pase por aquí, doña Isabella, por favor.

En lugar de ubicarse en el estrado, la dama salió por una puerta lateral hacia otra habitación, más pequeña pero no menos recargada. Otro brasero de plata la calentaba y una pequeña ventana permitía la salida de parte del humo. Doña Lucía se sentó tras un enorme escritorio con ribetes de marfil en los bordes. Le señaló a su visita una silla al otro lado del mismo y tomó de un cajón una pequeña lupa con mango de oro.

Isabella puso entre ambas un grueso anillo de oro rojizo con la base tallada y una enorme piedra azul en la cima, rodeada de más de una docena de brillantes cuadrados.

Después de estudiar con admiración la pieza, la dama le ofreció seiscientos maravedíes, que no llegaban a representar dos ducados de oro. Isabella sabía que su joya valía mucho más. Y se lo dijo.

—Puede ser, pero eso es lo que estoy dispuesta a pagarle. Tómelo o déjelo —desafió la portuguesa, segura de ganar. Ya había negociado muchas veces con damas empobrecidas necesitadas de dinero.

—Lo dejo. Sin duda encontraré otra dama con buen gusto y fortuna deseosa de lucir una pieza que adornó las manos de la duquesa de Savoia —le mintió Isabella. Todas las joyas que tenía pertenecían a Michela, habían sido creadas por su marido para ella. Pero no iba a permitir que esa portuguesa se aprovechara de su necesidad. Si para conseguir un precio justo debía mentir, lo haría. Gran parte de su vida ya era una mentira. Así que fijó sus ojos en doña Lucía y sostuvo su mirada sin demostrar la menor duda.

—¿La duquesa de qué…? —dijo la portuguesa.

—De Savoia. La princesa Catalina de Habsburgo, difunta esposa del príncipe Carlo Emanuele I del Piamonte.

—¿La infanta Catalina, hija del rey Felipe II de España? —exclamó doña Lucía enderezándose lejos del respaldo de su sillón.

—Me da gusto que la conozca. Ahora vuesa merced entiende el verdadero valor de este anillo.

—¿Puedo saber cómo ha llegado esta pieza a *vossas* manos?

—Soy amiga de la familia. La princesa Margarita heredó este anillo de su madre y me lo obsequió. Hoy es la duquesa de Mantova.

—Sí, lo sé. Es la virreina de Portugal —reconoció con presteza doña Lucía.

—Así es.

La portuguesa entrecerró los ojos y evaluó en silencio a su visita.

—Me sorprende encontrar a alguien tan cercano a la nobleza en estas tierras… Imagino que no tendrá alguna carta de la virreina que pruebe el origen de este anillo… —le dijo la anfitriona.

—No, no tengo sus cartas conmigo. Pero vuesa merced puede escribirle y preguntarle por nuestra amistad en el próximo barco que parta hacia la península, en unos meses —la desafió Isabella, con la esperanza de que no lo hiciera—. Lamentablemente no podré esperar a la respuesta de mi amiga. Necesito el dinero ahora y la virreina es una mujer muy ocupada, como vuesa merced sabe.

Por lo que no le haré perder más tiempo.

Isabella se puso de pie y extendió la mano hacia el anillo que descansaba sobre el escritorio. Doña Lucía fue más rápida: lo tomó y se lo puso en su dedo índice. Sin dejar de admirarlo exclamó:

—Tres ducados.

La joven sonrió y volvió a sentarse.

—Cuatro.

Doña Lucía le sostuvo la mirada unos segundos, volvió a mirar el anillo en su dedo y asintió con la cabeza. Sacó una llave de su generoso escote y abrió uno de los cajones del escritorio, tomó un pequeño bolso con monedas de oro y le pagó.

—Ahora pasemos a mi estrado a tomar un chocolate caliente y conversar. Me encantaría escuchar anécdotas de la corte.

Isabella no quiso desairar a la anfitriona y aceptó. Sin incluir detalles que pudieran revelar su identidad, entretuvo a la portuguesa con coloridos detalles de la vida en el palacio en Torino. Salió de la casa una hora más tarde tras haberse visto obligada a prometerle a doña Lucía que sólo le vendería sus joyas a ella y que asistiría a una exclusiva velada de lujo que estaba organizando para las semanas siguientes.

Contenta por la cifra obtenida, que les permitiría vivir sin apremios varios meses, Isabella se dirigió a la tienda de ramos generales para comprar unas telas. Felizmente nuevas mercaderías europeas habían llegado desde su última visita, aunque ningún barco se había visto en el puerto. Prefirió ignorar el origen ilegal de lo que tenía en sus manos y eligió una sentadora lanilla verde que le había pedido Giulia para ensanchar su guardainfante. También llevó unas varas de liencillo blanco. Debían empezar a preparar el ajuar de su sobrino. La tienda estaba ubicada cerca de la plaza y Lucinda esperó afuera una vez más, junto a un bebedero para bueyes donde un par de esclavos se estaban lavando las caras.

Al salir Isabella no encontró a Lucinda donde la había dejado. Tampoco estaba en los alrededores. La buscó un buen rato hasta que finalmente la vio hacia el sur de la Plaza Mayor, cerca del predio de los jesuitas y junto al Fuerte, en la zona conocida como

Plaza de Armas. Se dirigió hacia allí y a medida que se acercaba pudo distinguir lo que había atrapado la atención de Lucinda y de otros caminantes. En el rollo de justicia, un alto tronco instalado por Garay durante la fundación, un esclavo estaba recibiendo un castigo.

La camisa desgarrada permitía ver su espalda en carne viva. Líneas rojizas se entrecruzaban en la piel oscura marcando llagas sangrantes. El hombre no se quejaba, apenas exhalaba con fuerza al recibir cada golpe y se acercaba más al tronco. Su respiración era el único sonido. El dolor inspiraba silencio. No había murmullos ni carretas moviéndose. Tampoco cascos de caballos andando. Sólo algunos pájaros se atrevían a romper la quietud del aire invernal.

El estallido del látigo sobre la piel que se rasgaba sobresaltó a Isabella. Se detuvo junto a Lucinda muy quieta, con las bases de sus chapines hundidas en el barro. No quería quedarse viendo el sufrimiento de ese hombre. Quería irse, pero sus pies no le obedecían. Cruzó los brazos y se abrazó a sí misma, arrebujándose en su capa.

El siguiente azote hizo que se doblaran las rodillas del esclavo. El peso de su cuerpo quedó colgando de sus brazos, sujetos por grilletes sobre su cabeza. Sus manos encadenadas trajeron a la mente de Isabella recuerdos de días oscuros. Otro latigazo. El hombre se desmayó e Isabella no pudo reprimir un grito de horror.

Lucinda la tomó por el brazo e intentó alejarla de allí. Pero su ama se negaba a irse.

—Hay que curar las heridas de ese hombre.

—No, *sinhá*. Sólo su dueño puede *ordená* bajarlo. Nadie puede tocarlo si está en el *rolo*. Lo ayudarán sus compañeros más tarde. Los esclavos sabemos *curá* latigazos, estamos acostumbrados.

—¿Cómo pueden saber curar?

—Hay que limpiarlo con orina fresca, *poné* savia de agave en la carne abierta y cubrirla con grasa animal derretida —le respondió Lucinda sin emoción alguna en la voz.

Isabella estaba alterada. Recordaba sus propios grilletes. Quería liberar al esclavo de su tortura.

—Dejarlo allí no está bien. Cualquier haya sido su crimen, ya recibió su castigo. ¡Hay que ayudarlo!

—No, *sinhá* Isabella. Déjelo. *Mejó vamo' pa'* la casa.

Desoyendo el pedido de su esclava, dio unos pasos rápidos hacia el cuerpo inconsciente que colgaba con la cabeza caída hacia atrás. Estaba a punto de llegar a su lado cuando el oficial de justicia, aún con el látigo en la mano, se interpuso en su camino.

—Le advierto que no puede interferir.

—Ese hombre está sufriendo, ¡sólo quiero aliviar su dolor! Bájelo de allí, por favor.

—Se quedará donde está hasta que su dueño venga a buscarlo.

—Lo bajaré yo misma —lo desafió Isabella.

—Vuesa merced no puede tocarlo, es propiedad de otro.

—¡Entonces que alguien más lo baje! ¡Está sufriendo!

—¿Desde cuándo a una mujer blanca le preocupa el dolor de un negro? ¿O es que acaso quiere poner sus manos en su cuerpo por motivos que no se atrevería a contarle a su confesor?

Indignada, Isabella sintió que sus mejillas ardían. Ya se había reunido un pequeño grupo de mirones a su alrededor y las palabras del hombre provocaron sonoras risotadas. Lucinda intentó sacarla del tumulto pero cada vez más gente los rodeaba y les cerraban el paso. Envalentonado por el apoyo de la muchedumbre, el oficial prosiguió:

—Quizás quiera curarlo y comprarlo para...

—¡Basta ya! ¡Ni una palabra más! ¡Esa no es forma de dirigirse a una dama!

La voz se hizo escuchar por encima de la multitud y las risas se interrumpieron. Pedro de Aguilera era muy alto, más que la mayoría de los hombres allí reunidos, y debajo de su capa asomaba la punta de su espada. Acero toledano sin herrumbre, se podía apreciar. Nadie se atrevió a desobedecerle cuando ordenó:

—¡Fuera de aquí! ¡Todos! El circo ha terminado.

El oficial de justicia lo miró detenidamente. No conocía al caballero pero evaluó su vestimenta: era toda de calidad, significaba que el hombre tenía poder. Decidió no desafiarlo. Empezó a enrollar el látigo y se giró para marcharse pero Pedro lo detuvo con un golpe seco en el hombro.

—La dama se merece una disculpa.

—Ella estaba protegiendo a un esclavo... No sabía que era una dama. Y yo cumplía con el castigo dictado por la justicia —respondió.

—No me interesan las excusas. Ningún servidor de la corona española puede hablarle así a una dama. Y estoy seguro de que el gobernador opina lo mismo que yo. Si gusta podemos consultarle... —dijo e hizo un ademán hacia la humilde fortaleza a sus espaldas. Las paredes de adobe del fuerte mostraban el daño causado por el agua de las crecientes del río. Pero aun así, era un símbolo de poder.

A regañadientes el hombre ensayó una disculpa ante Isabella, quien muy pálida se apoyaba en el brazo de Lucinda. Para demostrar su autoridad recorrió el espacio que lo separaba del rollo y se plantó al lado del esclavo sangrante: no dejaría que nadie ayudase al dolorido negro.

Pedro lo ignoró y se volvió hacia las mujeres:

—¿Está bien, doña Isabella?

Ella asintió con la cabeza. Ya no sentía miedo sino vergüenza. Que uno de sus pocos conocidos tuviera que rescatarla de esa situación la abochornaba. Y que hubiera sido justamente él hacía arder sus mejillas. No sabía qué decir. Además, quería curar las heridas del esclavo azotado. Lo vio todavía colgando del rollo y se estremeció.

Pedro pensó que temblaba por las ráfagas de viento que venían del río y no dudó:

—Vamos, la acompañaré a su casa.

Esa joven extranjera que había conocido en casa de su madre unas semanas atrás le provocaba un fuerte impulso de protección. Y al encontrarla indefensa frente a un grupo de extraños no pudo contenerse. Eran tan delgada y delicada. Parecía fuera de lugar allí. Quería asegurarse de dejarla a salvo.

—Pero el esclavo... Quisiera ayudarlo...

—No hay nada que podamos hacer por él. Cuando su dueño

indique lo llevarán a su casa y allí lo cuidarán sus compañeros.

—Pero si no limpian sus heridas ahora le darán fiebres...

—Señora, es inútil insistir. Se están cumpliendo las leyes. El castigo puede resultar una visión dura para los ojos femeninos. La semana pasada colgaron a tres hombres aquí en la Plaza de Armas y sus cabezas estuvieron dos días exhibidas en picotas. Por eso las damas salen poco. Sólo van a misa y regresan directo a sus casas. No es hora de misa y vuesa merced estaba en la plaza. Quizás eso provocó la confusión del oficial.

Antes de que Isabella pudiera reaccionar él la tomó del codo y empezó a caminar, forzándola a acompañar su andar. Era la primera vez que la veía de pie y le sorprendió que fuera tan alta. Le faltaba poco para alcanzar su hombro y podía acompañar su paso con facilidad. —Debe tener piernas largas —pensó.

—¿Está sugiriendo que ese hombre me tomó por una mujerzuela? —Isabella se detuvo de golpe y llevó las manos al rostro para cubrirlo. La vergüenza la invadía. Sintió el calor recorriendo su cuerpo y enrojeciendo su piel.

Ese gesto la mostró vulnerable. Pedro tuvo deseos de volver sobre sus pasos para ajustar cuentas con el responsable de la humillación. Pero no quería dejarla sola. Así que con cuidado tomó una de las manos de ella, destapó su cara y con una suave sonrisa le preguntó:

—¿Por dónde...?

Habían llegado a una esquina y él le mostraba con la mano dos calles, dos senderos de tierra abiertos entre los pastos, en realidad.

Isabella estaba tan avergonzada que no entendió. Fue la negra Lucinda quien respondió:

—A la calle del convento de San Francisco, *sinhó*.

Pedro asintió y eligió el camino que ascendía. Pero en vez de tomar a Isabella por el codo nuevamente, le ofreció su brazo. Ella apoyó en él sus dedos y se dejó guiar. Alejados del peligro, Pedro había recuperado su buen humor. Venía de pasar la tarde en el burdel más caro de la aldea, al que sólo asistían los caballeros con mucho dinero. Capitanes del ejército real y comerciantes confederados.

Los menos afortunados se conformaban con las baratas ofertas de placer que florecían en los alrededores del puerto. La casa de entretenimientos "Esquina rosa" estaba ubicada al norte de la plaza. Pertenecía a Simón de Valdez y su amante, Lucía González de Guzmán, y Pedro asistía regularmente. Allí mantenía sus contactos con los contrabandistas. Entre partidas de naipes, juegos de truques[2] y copas, los caballeros cerraban rendidores negocios. Después se relajaban acompañados en lujosas camas con baldaquinos de terciopelo rojo y pasamanería dorada. Una decoración dictada por el ostentoso gusto de la dueña del lugar.

Pedro salía de allí contento por la cifra que había accedido a pagarle Valdez por el cargamento que entregaría la semana siguiente, y en la plaza se encontró con la viuda amiga de su madre siendo objeto de burlas frente a una muchedumbre. La joven que le provocaba ese extraño instinto protector de verdad necesitaba ser salvada. Una vez resuelta la situación recuperó su buen ánimo. Pero sus esfuerzos por entablar una conversación resultaron inútiles. Isabella caminó en silencio durante el trayecto hasta su casa. La imagen del esclavo encadenado volvía una y otra vez a su mente. Y avivaba el doloroso recuerdo de su reciente pasado como prisionera. Aunque luchaba con todas sus fuerzas para olvidar, Isabella sabía que a su alma le llevaría mucho tiempo cicatrizar las heridas.

Pasaron frente a la iglesia y detrás de unos pastizales apareció una casa mediana, parecida a todas las demás. Isabella se detuvo frente a su puerta de madera descolorida. Lucinda se apresuró a golpear para que la chiquilla de la cocina les abriera.

Pedro lamentó haber llegado a destino. Le gustaba la sensación que la mano de Isabella provocaba en su brazo. Cuando ella la retiró se sorprendió por el vacío que sintió.

—Es una dama de pocas palabras, doña Isabella. No me ha respondido qué le parece nuestra pequeña ciudad con sus trescientas casas. ¿Tan diferente de Europa que ni vale la pena contestar a mi pregunta?

—Discúlpeme, por favor. Estaba distraída. Sí, es muy diferente.

2 *Juego similar al billar. (n. del e.)*

No quise ofenderlo, don Pedro. Pero sigo pensando en aquel esclavo, yo podría ayudarlo...

—No me ofende, señora. Me preocupa que insista con eso. Los esclavos son propiedad privada y nadie puede tocar las piezas de otros—. Pedro empezaba a irritarse con la insistencia de la joven.

—Es que sufren... Los castigan hasta hacerlos sangrar.

—Pues deberá acostumbrarse a ello. El puerto del Buen Ayre es la principal vía de entrada de esclavos para el Potosí. Hay miles de ellos esperando en galpones hasta que sea la hora de su traslado para ser vendidos a mejor precio en las minas.

Isabella no podía creer lo que escuchaba. Lo miraba horrorizada y negaba con la cabeza.

—¡No le creo! Lo dice sólo para molestarme.

—¿Por qué querría yo molestarla? Se lo digo para que sepa en dónde está viviendo y se acostumbre a las reglas locales. Así podrá evitar que la maltraten en público.

Antes de que Isabella respondiera la puerta se abrió y Lucinda se apuró a entrar. Un par de gallinas que correteaban por el patio aprovecharon para escapar y una pequeña de piel oscura salió corriendo descalza tras ellas.

—¿Me está acusando de haber provocado a esos hombres? —el enojo en tono musical de Isabella casi le provoca una carcajada a Pedro.

—No me malinterprete. Lo digo para ayudarla, para que sea más fácil su estancia aquí. Los esclavos saben cuidarse entre ellos. No debe preocuparse.

—Me cuesta creerlo.

—Le propongo que lo vea personalmente. Acompáñeme mañana a mi hacienda y verá cómo viven los esclavos en la *senzala*.

—¿Qué es eso?

—El término portugués para la alquería, la vivienda de los esclavos. Aquí también la llamamos así. Tenemos mucha influencia de los portugueses en estas tierras, sobre todo los esclavos. Como muchos aprenden a hablar con ellos, utilizan sus palabras como propias.

Isabella se sorprendió. No sabía que los esclavos podían tener un espacio para vivir exclusivo. En su casa los tres sirvientes dormían en el tercer patio, junto al fogón de cocinar. Y en su chacra no había esclavos sino indios, con costumbres muy distintas. La tentó la idea de ver cómo vivían, pero no estaba segura de que fuera correcto.

Pedro intuyó su confusión. Él mismo le había aconsejado que no hiciera cosas que no correspondían a una dama y luego le sugería algo tan impropio como alejarse de la aldea para visitar una *senzala*. Se dio cuenta de lo ridículo de la situación, pero algo en su interior lo empujaba a pasar más tiempo con la joven, así que la desafió:

—Entenderé si no se anima. Son sólo negros...

Isabella entrecerró los ojos, ladeó la cabeza y aceptó la invitación.

—Iré —dijo.

Él la miró en silencio un largo rato, tanto que la hizo sentir incómoda. Isabella sentía sus ojos fijos en ella pero no se animaba a devolverle la mirada. Luego Pedro se tocó el sombrero en señal de despedida y le aconsejó:

—Saldremos temprano, con la luz del sol. Lleve bastante abrigo.

Isabella entró a la casa y se apoyó contra la pared para intentar calmarse. Ese hombre la había puesto nerviosa.

Capítulo 8

Habían pasado casi tres meses desde su llegada e Isabella había recuperado algo del peso perdido en la prisión y en el barco. Todavía recordaba los mareos que habían marcado varios de sus días durante el cruce del océano. En las tormentas era aún peor, porque el capitán Pessoa la obligaba a quedarse en el minúsculo y mal ventilado camarote que compartía con Giulia y Tomassino. Cuando el tiempo estaba bueno y el bergantín avanzaba veloz con sus velas desplegadas, pasaba muchas horas en la cubierta. El aire marino la ayudaba a controlar su estómago y a retener las duras galletas de a bordo, único alimento que toleraba.

Ahora, gracias a las tortas fritas de maíz que Lucinda le servía cada mañana junto a un chocolate caliente, la ropa ya no le quedaba tan holgada.

Ese día iba a perderse el ritual del desayuno. Se presentó en la cocina con la capa ya puesta para avisarle a Lucinda que iba a salir. Sorprendió a la negra que estaba encendiendo el fuego.

—Dile a Rosaura que se abrigue, viene conmigo.

Todavía adormilada, la chiquilla subió junto a su ama al carro de bueyes de Pedro de Aguilera, conducido por un esclavo. No había carruajes en el Río de la Plata. Estaba prohibida su importación y su construcción, por orden del rey anterior, Felipe II. Sólo se podían fabricar rústicas carretas de madera abiertas. Las damas debían resignarse a las sacudidas. Para que viajaran mejor, el esclavo Avelino había llevado gran cantidad de almohadones y mantas.

Isabella se acomodó contra las tablas de un costado del carro y se cubrió hasta la nariz. La manta olía bien, a lavanda fresca. Le habían dicho que en septiembre empezaría el calor, especialmente cerca de los mediodías. Pero a esa hora el sol aún no calentaba. Una fina niebla flotaba en el aire alrededor de ellos, cubriendo el paisaje. Isabella no lograba ver las cortaderas de la calle. Apenas alcanzaba a distinguir a Pedro, en el lado opuesto del carro. Sus largas piernas extendidas rozaban la manta de ella, a la altura de sus muslos. Isabella intentó correrse un par de veces pero las sacudidas del carro la volvían a empujar hacia él. El calor que le transmitía el contacto le daba una grata sensación en esa mañana helada y después de un rato dejó de apartarse. Supuso que sería un viaje corto, hasta la zona de las chacras se tardaba cerca de una hora a pie. Los pesados bueyes iban a la misma velocidad que un hombre caminando. Cuando Isabella calculó que ya había pasado más que eso y seguían andando entre altas pasturas, se volvió hacia él y descubriendo parte de su cara le preguntó:

—¿No deberíamos haber llegado?

—No vamos hacia las chacras cercanas a la aldea, allí trabajan principalmente indios. Nos dirigimos a mi hacienda, queda más al norte. Son unas cuatro o cinco horas de viaje. Llegaremos a media mañana.

¡Cuatro o cinco horas! Tendrían que calcular el tiempo para volver antes de que oscureciera. ¿Y si se encontraban con enemigos? Isabella había escuchado que muchas tribus autóctonas se resistían a vivir bajo las reglas de los españoles y que atacaban a todo aquel que se animara a alejarse de la seguridad de la aldea.

—¿Qué hay de los salvajes? ¿No es peligroso andar por aquí?

—Todo el Nuevo Mundo es peligroso, señora. Era territorio de los nativos hasta nuestra llegada. Los indios pelean para defender sus tierras cuando se sienten atacados. Pero nadie los atacará hoy. Al menos no desde este carro —intentó suavizar la respuesta con una sonrisa.

—Pero está armado. Además de su espada veo un mosquete y pólvora…

El asintió con la cabeza y dijo:

—Los vecinos tenemos la obligación de andar armados. Lo marca la ley. Nunca se sabe cuándo se puede necesitar un metal filoso o algo de pólvora. Para cuidado personal o para defender la ciudad. Aunque no siempre los enemigos son los indios. También existe el riesgo de los piratas y otros malvivientes.

Isabella se quedó pensando en que ella no tenía armas.

—Nosotros... Mi cuñado no posee armas en casa. ¿Cree que debería conseguir alguna?

—Sin duda. Es su obligación defender a su esposa y a su familia. Me sorprende que él mismo no haya pensado en eso.

—Tomassino es muy joven. No está acostumbrado a tomar decisiones. Su hermano se ocupaba de todo —Isabella bajó la voz al decir la última frase. No le gustaba mentir, pero había aprendido a hacerlo. Ya no era la joven incauta que había caído en las garras de un noble lascivo. Era una sobreviviente, con fuerza suficiente para escapar de la temible Inquisición. Su seguridad se basaba en la credibilidad de su historia. Y si para eso tenía que mentir, lo haría.

—No es fácil tomar el rol de jefe de la familia, y más cuando éste llega sin haberlo pedido. Pero el muchacho deberá asumir la responsabilidad.

Ella no sabía si se refería a Tomassino o a sí mismo. Estaba a punto de preguntarle, pero el rictus en la boca de Pedro la hizo guardar silencio. Lo pensó mejor y le pidió ayuda:

—¿Podría enseñarle a disparar al marido de mi hermana?

—No veo por qué no.

Después de un rato en silencio Isabella agregó:

—Yo también quisiera aprender.

Pedro la miró sorprendido. Esa mujer de aspecto indefenso quería disparar un arma de fuego. Le costaba imaginarla apuntando a alguien y mucho menos tirando del gatillo.

—¿Y bien? ¿Hay alguna ley aquí que lo prohíba? —lo apuró.

—No lo creo. Pero supongo, por la decisión de su voz y por cómo la vi actuar ayer en la plaza, que eso no la detendría.

Una carcajada volvió a sorprenderlo. Era la misma risa contagiosa que había llamado su atención en casa de su madre, pero ahora provocada por él. Le gustó la sensación de calidez que le causó.

—Tiene razón. No me lo impediría. Quiero aprender a defendernos. Mi hermana y su futuro hijo son la única familia que tengo en estas tierras. ¿Me enseñará?

Pedro asintió.

—Podemos empezar hoy mismo si quiere. Tengo unas pistolas pequeñas en la hacienda. Son más livianas que los pistolones o el mosquete y podrá levantarlas. Ya falta poco para llegar.

A Isabella la sorprendía la pericia con la que el esclavo dirigía a los bueyes a través de los pastizales. No había un camino marcado por el paso de las carretas, como había visto en las primeras leguas. La niebla se había disipado. Era una hermosa mañana de sol, en la que se podía apreciar el encanto de la naturaleza. Cortaderas, arbustos, cardos, inmensos árboles cuyas ramas caían hasta unirse con el pasto formando tupidas paredes verdes, más densas a medida que avanzaban. Isabella los miraba fascinada. Los reconoció de las ilustraciones hechas por su abuela junto a sus anotaciones.

—¿Esos árboles se llaman sauces?

El asintió y se quedó viendo como ella los observaba con deleite.

—¿No los conocía?

—Conozco sus propiedades pero nunca los había visto. Su corteza sirve para calmar ciertos dolores del cuerpo.

Sorprendido, Pedro iba a preguntarle sobre el origen de sus conocimientos cuando ella soltó una exclamación de sorpresa y se incorporó para ver mejor.

Detrás de los sauces apareció un río. No tan ancho como el Plata, y con aguas más claras. Parecía un inmenso espejo. En sus bordes se reflejaba el verde de los árboles y en el centro el mismo tono azulado del cielo. Una imagen serena.

—Es muy hermoso. ¿Es parte del Río de la Plata?

—No, se llama Río de las Conchas —le explicó Pedro—. Y está lleno de peces. Más tarde podremos verlos desde la orilla.

La carreta avanzó acompañando el curso del agua durante un rato. Su suave corriente era silenciosa. La quietud sólo se interrumpía por el sonido de algún pez que saltaba y volvía a caer al agua, sumándose a los cantos de los pájaros. Se escuchaban gorjeos y trinos. Benteveos, horneros, carpinteros y zorzales superponían sus voces. Un rato después divisaron la casa de la hacienda. Una construcción sencilla, con paredes de adobe y una sola planta, como todas, pero que fue creciendo a lo ancho a medida que se acercaban. Cuando el carro se detuvo Pedro bajó de un salto. Isabella se puso de pie y se disponía a hacer lo mismo con la ayuda de Rosaura cuando su anfitrión la tomó por la cintura y sin esfuerzo la alzó para depositarla suavemente en la tierra. Recuperado el equilibrio sobre sus pies, Isabella sintió que las manos de Pedro le transmitían un calor excesivo a su cintura. Como si la quemaran, aumentaban su temperatura a través de la ropa. Una sensación agradable en esa fresca mañana, que la hizo olvidar el frío del viaje. Él debió sentir lo mismo porque las dejó ahí.

Parados uno frente a otro, fue como si todo lo que los rodeaba dejara de existir. Ignoraban el canto de los pájaros y los saltos de Rosaura corriendo entre los pastos altos. Sólo se miraban fijamente y escuchaban sus respiraciones. Pedro se sorprendió al ver de cerca los ojos de Isabella. Los había percibido verdes, pero estando a apenas un palmo de distancia pudo distinguir que los bordes del iris verde oscuro se aclaraban alrededor de la pupila hasta convertirse en un intenso dorado. El brillo de ese oro lo atrapó. No podía despegarse de allí. El silencio pesaba entre ellos. La tensión crecía. Isabella se sentía cada vez más incómoda. Ese hombre alteraba su habitual tranquilidad. Soltó una risa nerviosa.

Pedro se inclinó para besarla pero ella se puso rígida y giró la cabeza hacia un costado. Él no intentó seguir sus labios sino que se desvió para acercarse y susurrar en su oído:

—Eres diferente a todas las mujeres que he conocido.

Enseguida sacó las manos de su cintura y le ofreció el brazo para escoltarla hasta la casa.

A Isabella le costó recomponerse. La cercanía de Pedro la había dejado sin aire. Temblaba. La asustaron las palpitaciones que sentía en su pecho y temía que él también pudiera escucharlas. Inspiró con fuerza un par de veces y tomó el brazo que le ofrecía. Apoyó sus dedos enguantados sobre la gruesa capa y trató de caminar con naturalidad.

Una india de mediana edad encargada de las cuestiones domésticas los recibió en la casa, donde no se veían señales de lujos. No había vidrios en las ventanas ni ladrillos en el piso.

—Jasy, asegúrate de que la señora encuentre todo lo que necesita para liberarse de la tierra del camino —le dijo.

La mujer de pelo grisáceo asintió en silencio y le mostró a Isabella una habitación destinada a las visitas. Rosaura la siguió de cerca para ayudarla a lavarse y sacudir su capa. Pedro desapareció en el otro lado de la casa.

Sobre la cómoda Jasy dejó una jarra de cobre con agua fresca. Estaba demasiado fría. No era agua de un barril, sino recién traída del río. Al igual que en la Trinidad, las casas no tenían aljibe. Los esclavos la juntaban en baldes en la orilla. Mientras Rosaura la volcaba sobre sus manos arriba de una jofaina, Isabella pensaba que era ideal para calmar el calor sufrido un rato antes cuando las manos de Pedro habían hecho arder su sangre. Mojó sus mejillas y sus ojos y se sintió mejor.

Ya recompuesta, se dirigió a la sala a buscar a su anfitrión para la visita prometida: quería ver cómo vivían los esclavos en su comunidad. Secretamente también pensaba ofrecerles sus conocimientos si necesitaban ayuda con alguna dolencia, pero no sabía si lograría hacerlo frente a Pedro. Ese hombre le provocaba sentimientos extraños. Por momentos la intimidaba y en otros la hacía sentir tan cómoda como nunca antes había estado.

Escuchó pasos y se giró con una pequeña sonrisa espontánea en los labios. La amplia sonrisa de Pedro al verla le pareció muy seductora e inmediatamente enrojeció. ¡Santo Dios! El pensaría que ella le estaba coqueteando. Recordó las palabras del hombre del látigo en la plaza… ¿Y si Pedro también opinaba que ella era una mujer fácil? Había aceptado ir con él hasta esa alejada casa, ¿no? —¡Ay! ¡Cómo pude equivocarme tanto! —se recriminó en silencio. Decidió que haría lo posible para evitar situaciones de dudoso significado.

Pedro le señaló unos sobrios sillones de madera en el salón:

—He pedido que nos sirvan un refrigerio antes de salir.

—Prefiero ir ahora, para eso vinimos.

Si le sorprendió el tono cortante de Isabella no lo demostró:

—Las carretas no pueden pasar y el camino es largo. Debemos caminar. Conviene ir bien alimentados.

—Será mejor si partimos ya. No quiero regresar de noche a la ciudad.

Pedro no insistió.

—Le diré a Jasy que ponga unas viandas en una canasta.

Rosaura estaba unos pasos al costado, esperando indicaciones con la capa de su ama en las manos. Ante un gesto de Isabella la ayudó a ponérsela y luego tomó la canasta que le dio la india Jasy.

Caminaron los tres en silencio por un sendero abierto con machetes entre los matorrales, en dirección opuesta al río. Unos quince minutos después llegaron a una zona desmalezada pero en la que no se veía a nadie. A un costado había un círculo formado con piedras en el suelo y un caldero de hierro sobre unos restos de cenizas.

Pedro le señaló con el brazo una amplia construcción de madera y hacia allí fueron.

—Esta es la *senzala*.

Aunque la pesada puerta estaba abierta de par en par, Isabella notó que tenía dos grandes cerrojos de hierro en su exterior. La cruzaron y le pareció estar dentro de un establo. Se veía y olía igual que uno. Había paja limpia amontonada de manera desigual y cada tanto algunos tabiques marcaban espacios de diversos tamaños, quizás para ofrecer a sus habitantes algo de intimidad. Las pocas ventanas estaban lejos del piso y no tenían vidrios ni postigos, sino rejas.

—No hay nadie. Esto está deshabitado.

—No, los esclavos están trabajando ahora. Por eso quise que almorzáramos primero, así habríamos llegado a la hora en que ellos vuelven para comer.

Isabella se mordió el labio. Había sido una tonta. Ese hombre no tenía malas intenciones. No era Dante.

Algo se movió en una esquina de la *senzala*. Ambos dirigieron su mirada hacia allí y vieron a una joven esclava de piel muy oscura con la camisa abierta y sus generosos pechos al descubierto. Estaba amamantando a un bebé más claro que ella, con su mismo cabello de rulos apretados, un mulato de sangre mixta.

—Lo siento, *sinhó*. No quise *incomodá* a vuesa *mercé*. Escuché voces y me asomé.

—No te preocupes, Taína. Sólo le estaba mostrando a esta dama la *senzala*. ¿Cómo está tu hijo? Me contaron que fue un parto difícil.

—Sí, amo. El bebé era muy grande. Estuvimos luchando dos días *pa'* sacarlo. Finalmente logró *pasá* pero no respiraba. Hasta que la Mané le dio unas *palmás* y le sopló en la boca y ahí sí empezó a *gritá* fuerte. Y ahora se prende a la teta todo el día. Resultó sanito. Tendrá otro buen trabajador.

Pedro no respondió. Su cara se había puesto pálida durante el relato de Taína.

Isabella no imaginaba que él fuera tan impresionable. Trató de desviar su atención hacia algo más banal:

—¿Y cómo se llamará tu niño? —preguntó a la muchacha.

—Si el *sinhó* lo permite, me gustaría llamarlo Pedro —respondió tímidamente la esclava.

Isabella sintió una puntada de celos. ¡El niño era de él! Había descubierto que muchos caballeros disfrutaban carnalmente de sus esclavas en las colonias pero hasta ese momento no lo había imaginado a él en esa situación. Lo veía en su mente apoyando sus manos en la redondeada cintura de la esclava, tomándola del brazo como a ella un rato antes. La escena le parecía insoportable. No sabía qué decir. Quería alejarse de esa negra con los pechos desnudos.

Pedro no dijo nada. Apenas asintió con la cabeza y salió al exterior. Necesitaba tomar aire. La narración de Taína le había traído recuerdos que él se esforzaba por desterrar. No hablaba de ello con nadie. No tenía con quién compartir el dolor por la prematura muerte de su hijo, un bebé a quien habían bautizado Pedro.

Isabella estaba dispuesta a seguirlo pero vio algo que la espantó: al fondo de la *senzala* había una docena de grilletes encadenados a la pared. Salió de allí casi corriendo. Al llegar afuera la luz del sol la enceguarió. Buscó con la mirada al anfitrión y lo que descubrió aumentó su ira. No lo había visto antes: bajo la sombra de unos árboles había un cepo. Varios listones de madera con los huecos para cuello, manos y tobillos de un hombre daban forma a ese artefacto igual a los que Isabella había visto en el sótano de la Inquisición. Los presos pasaban días enteros allí sin comida ni bebida, sin poder moverse ni siquiera para hacer sus necesidades. Era inhumano.

Isabella no pudo controlar el torbellino de emociones que sentía. Recordaba su propia humillación, la impotencia al estar encadenada a la pared de piedras. El miedo. Quería huir. La indignación pudo más que el dolor y fue a confrontar al dueño de ese aparato de tortura.

—¿Cómo puede ser tan cruel? ¡Un cepo y grilletes! ¿Esto es lo que quería mostrarme? ¿Y dónde tiene el látigo? ¿Mandó a ocultar a sus esclavos para que yo no viera sus heridas?

La mujercita flaca e indefensa avanzaba hacia Pedro con la espalda bien erguida, el mentón en alto y un dedo acusador. A él lo sorprendió el cambio, pero no se amilanó. Respondió en una exhalación:

—En la época de mi padre aquí había un rollo de justicia para los azotes también. Yo lo mandé quemar. El cepo sobrevivió pero no se usa para castigar a los esclavos sino como recuerdo de lo que aquí no les toca pero sí se usa a diario en otras haciendas. Mis esclavos saben que quien trate de escapar será vendido en cuanto lo atrapen. Vendí a un fugitivo, y ninguno más lo intentó. Y los grilletes siguen allí para seguridad de las mujeres. Las noches de sábado los esclavos tienen permitido tomar chicha de maíz. Hacen fiestas, bailan hasta la madrugada y la bebida libera sus instintos, muchos terminan acorralando a las mujeres contra su voluntad. Por eso, si alguna se queja a Bernardo, el más anciano de ellos, o al capataz, don Alfio, al borracho le ajustan los grilletes hasta que duerma la mona.

Isabella se avergonzó de sus palabras. Ese hombre no dejaba de sorprenderla. No maltrataba a sus esclavos y cuidaba a las mujeres. Le molestaba su hijo con la esclava, pero ella no tenía derecho a reclamarle por eso. Así que sólo pronunció una disculpa.

—Lo siento. Lo juzgué sin saber.

Estaban a apenas dos pasos de distancia, parados frente a frente. El asintió en silencio, seguía enfadado. No le gustaba que ella lo viera con malos ojos. Instintivamente buscaba su aprobación.

—Vamos por aquí, así podrá ver a los esclavos trabajando —le dijo volviendo al trato más formal. Señaló el camino para dejarla pasar primero, pero esta vez no le ofreció su brazo.

Isabella caminó junto a Rosaura por un sendero abierto a la fuerza del paso entre la densa vegetación. Al rato de andar apareció ante sus ojos una escena que nunca había visto: más de una docena de formas oscuras trepadas a árboles de los que recogían unas bolas amarillas y las arrojaban en canastos ubicados a sus pies.

—¿Qué son esas cosas de color amarillo?

—Son unos frutos más grandes que las naranjas y de un sabor similar, se llaman toronjas. ¿No las conoce?

—No. Sí conozco las naranjas, pero no me gustan, son demasiado amargas.

—Dicen que en España las naranjas son amargas, y supongo que en su tierra también tendrán ese sabor, pero aquí son muy dulces, como si tuvieran azúcar en su interior.

Isabella lo miró intrigada.

—Vamos, la llevaré a probarlas. Más allá de las plantas de toronjas están los naranjos.

Caminaron hasta donde más de un centenar de árboles de fino tronco y anchas copas cargadas de frutos cambiaban el color del paisaje. El amarillo se convertía en naranja. Como no había esclavos trabajando en ese sector, Pedro se quitó la espada de la cintura y con facilidad se trepó él mismo por las ramas de un árbol para alcanzar las frutas de la parte superior.

—Cuidado, por favor, don Pedro. Se puede lastimar si cae de esa altura.

Él sacudió la cabeza con una curva en los labios. Le gustó que se preocupara por su seguridad. Enseguida bajó con cuatro naranjas en sus manos.

—¿Por qué subió tan alto? Si con sólo estirar su brazo puede alcanzar esas que están allí — lo retó mientras señalaba unas frutas cercanas a la cabeza de él.

—Las que están aquí abajo reciben menos sol y aún no maduraron. Las de arriba ya están listas y son más dulces.

Mientras hablaba se agachó y sacó una daga de su bota. Con ella cortó la parte superior de la fruta, como quitándole una tapa, y al entregársela le dijo:

—Pruebe. Apoye sus labios y absorba.

Ella obedeció y descubrió un exquisito jugo. Pedro abrió una fruta para Rosaura y la chica se alejó para comerla.

—¿Y bien? —preguntó él.

—Delicioso. Mejor aún que horchata de limón azucarada.

Volvió a llevar la fruta a su boca y bebió su jugo hasta terminarlo. Pedro le ofreció:

—¿Quiere otra?

Ella negó con la cabeza y agregó:

—A pesar de su dulzura son ácidas. Me arden los labios.

Él los miró y no pudo despegarse de ellos. Eran anchos, ocupaban una buena parte del rostro de la joven. Y además estaban enrojecidos e hinchados por la fruta, todavía algo húmedos. Se acercó a Isabella y tomándola por la cintura le hizo dar unos pasos hacia atrás hasta el tronco del árbol. No podía quitar la vista de sus tentadores labios. Se inclinó para besarlos y esta vez ella no lo esquivó. Su boca los cubrió y los absorbió suavemente, como había hecho antes con la naranja. Le supieron a gloria. Los disfrutó por un largo rato, mientras ella se quedaba muy quieta.

Cuando se apartó clavó sus ojos en los de Isabella, estaba muy cerca y pudo apreciar la extraña mezcla de destellos.

—Tus ojos son verdes y dorados. Tan únicos como tus dulces labios.

Ella no pudo responder. El beso le había quitado el aliento. Extraños cosquilleos recorrían su espalda.

Él volvió a besarla, recostándola contra el árbol. Aunque no usó la fuerza, esta vez fue más exigente: su lengua buscó entrar en su boca mientras los labios de ambos se movían. Ella sintió la invasión y se asustó. Intentó alejarse pero su cabeza descansaba contra el naranjo. Sus brazos colgaban a los costados del cuerpo. No se animaba a tocarlo. La lengua de él recorrió el interior de su boca. El vello de su nuca se erizó, el de su espalda, el de todo su cuerpo. Sus piernas se aflojaron. Estaba a punto de caer pero unos fuertes brazos la sujetaron.

—¿Estás bien?

—Sí, no fue nada.

El aliento de él sobre su mejilla no le permitía recuperarse. Escuchaba sus propias palpitaciones aceleradas.

—Pero será mejor que regresemos —dijo respirando con fuerza y sin mirarlo a los ojos.

—Mmnno, déjame disfrutar de tu dulzura un poco más —dijo sujetándola contra el naranjo—. Por favor.

No le molestó que él hubiera cambiado el trato distante por uno más cercano, pero no se animaba a imitarlo. Se quedó en silencio.

Unos fuertes labios volvieron a cubrir los suyos. Su prolija barba le picaba pero no quería que se apartara. Le causaba un extraño pero agradable hormigueo.

Mientras se besaban Isabella levantó sus manos caídas y tímidamente las apoyó en los antebrazos que descansaban en su cintura. El contacto aumentó el calor entre ellos. Pedro llevó sus brazos hasta la espalda de ella y la frotó de arriba abajo. La apretó contra sí. Ella sintió su dura virilidad a través su falda y se apartó de inmediato con un paso al costado.

—Deberíamos ir a ver a los esclavos, tal como me ofreció —le dijo—. No quiero regresar tarde —agregó intentado calmar su agitada respiración.

—¿No quieres ir a probar las toronjas? —le dijo con una mirada cómplice—. Algunas son amarillas en su interior, y otras rojas. Te sorprenderás.

Ella negó con la cabeza.

—Bien, regresemos —se resignó.

Pedro le ofreció su brazo pero tampoco lo aceptó.

Habían caminado un rato por el sendero abierto entre las cortaderas cuando Isabella escuchó un extraño silbido. Se giró para preguntarle a Pedro qué era y vio la preocupación en su rostro. Enseguida la tomó por el codo y empezó a correr casi arrastrándola a su lado. Vio que Rosaura los seguía unos pasos atrás. Les faltaba todavía bastante para llegar a la *senzala* cuando otro silbido sonó más cerca y al mismo tiempo dos indios armados con lanzas saltaron sobre ellos.

Ambos cayeron por el empujón. Pedro se puso de pie de un salto y desenvainó su espada justo a tiempo para detener el golpe de uno de los atacantes.

—¡Corre, Isabella! ¡Sigue por el sendero! —le gritó.

—No... Rosaura... Tú... Yo no...

—¡Corre! — repitió.

Isabella se levantó pero dudó. Rosaura desapareció. Ella se quedó. Vio que Pedro luchaba con fuerza pero su fino metal poco podía hacer frente a la gruesa lanza. El otro indio estaba parado muy cerca, esperando su turno para atacar. Ambos llevaban el cabello oscuro suelto y sus brazos y piernas descubiertos. Unos cueros irregulares colgaban desde sus hombros hasta sus muslos. Su aspecto era aterrador. Un grito escapó de los labios de Isabella cuando el salvaje que había estado observando el combate avanzó hacia Pedro con un hacha de piedra afilada en alto. Él notó que ella aún estaba allí y le ordenó nuevamente:

—¡¡Vete ya!!

Esa distracción hizo que el hacha del hombre derribara su espada. Y con un segundo golpe le clavó la lanza en el hombro izquierdo. Pedro sintió cómo se rasgaba su carne.

Isabella, inmóvil en el mismo lugar, volvió a gritar. Él se agachó y tomó la daga en la mano derecha, dispuesto a un combate cercano. Los dos indígenas lo cercaron. Eran fuertes, macizos. Pedro estaba herido y mal armado. Sabía que no tenía muchas chances de sobrevivir, pero no iba a entregarse. La manga de su camisa empapada en sangre se pegaba a su brazo. Le pesaba y no podía moverlo. Pero le preocupaba la suerte de Isabella. Los querandíes no mataban a las mujeres blancas de inmediato, las tomaban como cautivas. Las llevaban a sus tiendas y las convertían en sus esclavas. Las obligaban a realizar las tareas cotidianas y a compartir sus lechos. Lo desesperaba pensar que eso le ocurriría a la joven dentro de poco.

Pedro estaba estudiándolos, calculando cuál se movería primero, cuando vislumbró una figura oscura que salía de los pastizales y silenciosamente se acercaba a su atacante por la espalda. Este no emitió sonido alguno cuando el grueso cuchillo de Avelino se metió con precisión entre sus costillas y atravesó uno de sus pulmones y su corazón. Cayó sobre sus rodillas y luego su cabeza golpeó el suelo. El otro indígena cambió de adversario y empuñó el hacha hacia el negro. La levantó sobre sus hombros y avanzó, hasta que se escucharon gritos que se acercaban a ellos. El indio se dio vuelta y empezó a correr entre la maleza, intentando escapar. Enseguida se oyó un estruendo y el disparo del capataz de la hacienda lo alcanzó en la espalda.

Pedro se sentía agotado. Le latía la cabeza. Ya no sentía dolor en el hombro sino una extraña pesadez en todo el cuerpo. Levantó la mirada con cuidado buscando a Isabella. Vio que estaba a salvo junto a Avelino y se relajó. Se sentó entre los pastos y cayó hacia un costado, viéndolos cada vez más cerca de su cara.

Se despertó tres días después. Había estado semiconsciente en algunos momentos pero su mente estaba confusa. Las escenas se mezclaban. Los naranjos, el camino, Avelino saltando sobre ellos, Isabella junto a los indios, sus besos. Creyó verla vendando su herida. Trató de ordenar sus pensamientos. Tenía sed. Jasy, sentada en una esquina de la habitación, vio que había abierto los ojos y le acercó una copa con agua. Al intentar incorporarse, el dolor en su hombro le hizo recordar el ataque. Cayó hacia atrás.

—Despacio, don Pedro. Ha perdido mucha sangre.

Sostuvo su cabeza mientras le acercaba la copa y él bebía.

—¿Isabella? —preguntó.

—En la sala, esperando noticias suyas. Ella misma le curó la herida. Hizo que dejara de sangrar. Y no quiso regresar a la ciudad, aunque don Alfio le ofreció llevarla con una escolta de hombres armados.

—Dile que venga.

Poco después la joven entró a la habitación. Se acercó a su lecho y le apoyó la mano en la frente. Sonrió y le dijo:

—La fiebre ha cedido. Es una buena señal.

—Lo que hiciste fue una locura —empezó a retarla.

—Pensé que iba a agradecerme por curarlo—le dijo sorprendida.

—Eso después, primero tienes que entender que no puedes quedarte parada frente a un ataque indígena, debiste obedecerme y correr.

—Me hubieran seguido y alcanzado —respondió con irrefutable lógica.

—Por eso yo los distraje, para que pudieras escapar. Arriesgaste tu seguridad al quedarte —insistió con seriedad.

Se dio cuenta de que él se estaba enojando y decidió no contradecirlo. Necesitaba descansar.

—La próxima vez echaré a correr.

—Mejor ponte a rezar para que no haya una próxima vez.

La pequeña charla lo había agotado. Cerró los ojos y en pocos instantes se quedó dormido.

Isabella aprovechó para mirar sus facciones. En esos días en que la palidez y la fiebre alternaban en su rostro lo había estudiado evaluando su estado. Ahora que había recuperado su temperatura y colores habituales lo hizo de otra manera. Los párpados cerrados le permitieron ver sus largas pestañas negras. Sus tupidas cejas tenían casi un dedo de alto, el marco perfecto para esos ojos del color del océano. Sus cabellos sueltos caían en cascada, algunos mechones se enganchaban en los pliegues del costado del cuello mezclándose con su barba oscura. Uno se cruzaba sobre su boca y se enredaba en el prolijo bigote que no ocultaba sus bien delineados labios. Lo tomó con dos dedos y lo acomodó con cuidado. No quería despertarlo.

Apoyó la mano en su mejilla unos momentos para llevarse el contacto como recuerdo y se fue. No quería volver a verlo. El miedo que había sentido al tenerlo tendido frente a ella con el pecho y el brazo ensangrentados fue mayor al que le habían causado los indios. Recurrió a todos sus conocimientos para intentar salvarlo, pero no tenía las hierbas y polvos necesarios. Sólo consiguió algunos que le dio Jasy, asegurándole que servirían para una herida sangrante. En esos tres días casi no durmió, pendiente de las fiebres de él. Las controló mojándolo a cada rato con la helada agua del río. Mandaba a Avelino en busca de cubetas frescas constantemente. Recién ahora que la fiebre había cedido y Pedro ya había despertado se animaba a irse de su lado. Durante esos días había descuidado a Giulia. Le había enviado un mensaje, pero sentía que su prioridad debía ser cuidar de su hermana. La ansiedad vivida en los últimos días era similar a la que había sentido en Génova mientras esperaba escondida en la posada, sin saber si Giulia llegaría o no para que escaparan juntas. Cuando finalmente apareció junto a Michela y Tomassino en un coche de alquiler, el abrazo entre las hermanas fue tan fuerte y conmovedor que quienes las rodeaban tampoco pudieron contener las lágrimas. Ambas querían consolarse una a otra por todo lo vivido y cuidarse mutuamente para evitar nuevos males. Y ahora Isabella sentía que por ocuparse de Pedro se había alejado de su principal responsabilidad, Giulia. No podía seguir pensando en ese extraño.

Pidió a Jasy que llamara al capataz y cuando llegó le preguntó:

—¿Es posible que vuelvan a atacarnos esos indios, don Alfio?

—Esos mismitos no porque están bien muertos —dijo. Se rió de su propio chiste y continuó—. Y si bien siempre hay que estar prevenido, creo que fue un asalto aislado. No eran parte de un malón. Buscamos por ahí y sólo había huellas de dos caballos.

—Entonces acepto su oferta de llevarme a la ciudad. ¿Cuándo podemos partir?

—Esta tarde si vuesa merced gusta, le diré a Avelino que prepare todo.

Capítulo 9

Ya había pasado un mes desde el regreso de Isabella a su casa. Sólo había estado fuera tres días, pero Giulia la abrazó y lloró tanto cuando llegó que profundizó su culpa por haberse quedado a cuidar a Pedro.

—El mensajero dijo que habías sufrido un ataque a manos de indios salvajes pero que estabas bien. ¿Por qué no regresaste antes?

—El dueño de la estancia estaba herido. Necesitaba mis cuidados.

—Ese afán tuyo por cuidar a cualquiera hace que te olvides de todo, hasta de tu familia.

Las palabras de su hermana hicieron que la noticia tomara forma en su cabeza: Pedro no era un cualquiera para ella. Le importaba mucho salvarlo. Había pasado momentos de verdadera angustia junto a su lecho. Empezó a reír en voz alta y Giulia la miró extrañada.

Para que la perdonara, decidió ponerla al tanto de su descubrimiento.

—Es que ese hombre no es uno más. Creo que podría ser especial.

Por un momento su hermana recuperó la alegría que la había caracterizado en otros tiempos y dijo con una sonrisa:

—¡Ya mismo quiero saber más!

—No hay más. Es sólo eso. Es galante y muy gentil conmigo. Me gusta estar cerca de él.

—¿Sientes un cosquilleo en la espalda cuando te besa?

—¡Giulia! ¿Cómo me preguntas eso?

—Es lo que yo sentía cuando me besaba Fabrizio —dijo en voz

baja.

—¿Fabrizio?

—El capitán Positano.

—No sabía que él te había besado.

—Sí. Yo lo amaba. Por eso fue tan duro cuando me obligaron a casarme con otro.

Por primera vez Giulia se animaba a hablar de su dolor. Su hermana la abrazó y contuvo su cabeza mientras lloraba. Cuando cesaron las lágrimas, Giulia la miró y dijo:

—Me alegra que haya alguien que acelere tu corazón. Pensé que eras una causa perdida.

La burlona sonrisa de su hermana la dejó con la boca abierta. No sabía si ofenderse o alegrarse. Decidió que era un buen comienzo. Giulia podría recuperarse.

Durante esos días Isabella visitó la casa de doña Juana con frecuencia. Buscaba las noticias del convaleciente que cada tanto le enviaban a su madre con un mensajero; Pedro no quiso que doña Juana se arriesgara a visitarlo y por eso la mantenía informada. Así Isabella supo que un médico había viajado a verlo y que le había ordenado quedarse en la estancia hasta que se formara una cicatriz sobre la herida. Se enteró de cuando Pedro ya pudo sentarse y luego levantarse para caminar dentro de la casa. También escuchó sobre la impaciencia de él por regresar, pero se lo impedía el tajo aún abierto.

Ese detalle la preocupó, ya debería haber cerrado. Ella le había aplicado un ungüento que había preparado con las hierbas que le había conseguido Jasy. Isabella conocía otras más efectivas pero no las tenían en la hacienda. No estaba segura de que se hubiera curado correctamente con aquella mezcla. Si la herida no había cicatrizado en ese tiempo algo estaba mal. No lograba tranquilizarse. Debía ir a verlo.

A través de doña Juana averiguó que Avelino iría a la aldea esa semana con un encargo y volvió a visitarla el día previsto. Dejó a Rosaura afuera, con la orden de avisarle si aparecía el esclavo. Su plan funcionó. Isabella se paró frente a él y le pidió que la llevara a la estancia para que pudiera curar a su patrón. El negro dudó. Los indios no solían atacar carros vacíos, pero llevar a una dama era más peligroso. Él no tenía pistolas para defenderla, sólo su cuchillo. Los esclavos no podían andar armados, pero el amo Pedro lo había autorizado a llevar siempre una *faca*. Felizmente, eso le había salvado la vida.

—No creo que al *sinhó* le guste que vuesa *mercé* se arriesgue. Se enojará conmigo.

—Pues si no me llevas no creo que tengas un patrón para que se enoje contigo. Si esa herida no cerró es porque está muy mal. ¡Puede morir!

La desesperación en el tono de Isabella lo convenció. Si su amo estaba en peligro Avelino era capaz de todo. Su lealtad hacia él era incondicional: Pedro lo había salvado diez años atrás de que le cortaran el pie cuando aún era un bozal, un recién llegado de África. Lo habían bajado encadenado de la bodega del buque negrero y arrastrado junto con sus compañeros. La fuerza de sus diecisiete años le había permitido sobrevivir el cruce del océano. Más de la mitad de los embarcados habían muerto y habían sido arrojados al mar. Los hombres que lo habían atrapado con redes en la selva de Guinea le daban órdenes que no entendía. Caminó siguiendo la fila porque la cadena en su cuello lo obligaba. Los gritos de quienes lo precedían lo pusieron en alerta. Los estaban quemando en el brazo con un metal calentado en un brasero. Intentó correr pero lo detuvo la cadena, y un guardia se apuró a "serenarlo" con varios latigazos. Cayó al piso y mientras lo sujetaban con una rodilla sobre su espalda, lo marcaron en el hombro. Sintió el olor de su carne quemada antes que el dolor. Mucho después supo que esa cicatriz era un número para identificarlo.

Los llevaron a un galpón del que los sacaban una vez al día para hacerlos caminar en círculos. Vivía amontonado junto con un centenar de africanos, durmiendo en el piso o sobre las piernas de otros. Ninguno hablaba el lenguaje de los barbudos y no entendían por qué les tocaba enfrentar esa situación, por qué eran prisioneros.

No supo cuántos días pasaron hasta que los llevaron a otro lugar. Una especie de reunión en un espacio abierto, sin árboles, y con unas casas alrededor. Allí un negro ladino, que servía a los barbudos y hablaba su lengua, les explicó que se pararan derechos porque los iban a vender. Él se quedó quieto, estudiando por dónde escapar mientras un hombre le revisaba los dientes y le levantaba el taparrabos para ver si tenía todas sus partes. Ese mismo hombre asintió con la cabeza y lo apartaron a otra fila. En cuanto se dio cuenta de que otra vez se dirigía a una fogata junto a un carimbo, no lo dudó: empujó a uno de los guardias y empezó a correr. Llegó hasta uno de los extremos de la plaza pero dos guardias aparecieron en su camino. Otros dos venían atrás de él. Sus látigos lo hicieron regresar. El hombre que lo había comprado decidió ponerlo como ejemplo: enseguida tres hombres lo sujetaron y otro se le acercó con un largo machete. Uno de ellos le estiró una pierna y se sentó sobre su rodilla. Con horror descubrió que le iban a cortar un pie. En lugar de retorcerse, se quedó muy quieto y levantó su mirada hacia el sol. Estaba esperando el golpe pero oyó unos gritos. El guardia se bajó de su rodilla. El negro ladino se le acercó y le explicó que otro hombre lo había comprado. Le dijo que no volviera a escapar porque no había a dónde ir. No había selva, ni barcos para llevarlo de regreso. En esa planicie sólo encontraría las casas de los blancos y animales salvajes tan peligrosos como los leones, aunque sin melena, que se lo comerían antes del anochecer.

El hombre que lo había comprado se había fijado en él por su actitud altiva y su fortaleza cuando iban a amputar su pie. Vio un brillo especial en sus ojos y él estaba buscando alguien así. Su destino junto a don Pedro había sido mejor que el de muchos otros esclavos. Después supo que él fue el primer bozal que su amo compró. Le puso un nombre cristiano y nunca usó el látigo para enseñarle. Con el tiempo Avelino se convirtió en su hombre de confianza. Sabía que su amo estaba intentando conquistar a esa extranjera que hablaba cantando. No creía que ella le estuviese mintiendo. Si el *sinhó* Pedro estaba en peligro y la dama podía ayudarlo, la llevaría hasta él. Le dijo que partirían al día siguiente.

Isabella pidió al boticario lo que necesitaba y metió todo en una pequeña cesta. No era su canasta de siempre, pero le transmitió una sensación de seguridad. También puso algunas prendas en un bolso de terciopelo que le había dado Michela para el viaje, no sabía cuándo regresaría.

Giulia estaba al tanto de su partida y le había insistido para que fuera. Antes de irse a dormir esa noche le dijo:

—No estaré tranquila hasta que regreses, pero haz lo necesario para curarlo si de él depende tu felicidad.

Isabella no supo qué contestar. Había reconocido ante Giulia que ese hombre tenía algo especial. Pero se había dicho a sí misma que iba a ayudarlo movida por su pasión por curar. Si había alguien sufriendo y ella podía hacer algo para evitarlo, esa era su misión, legado de su abuela. Pensó en cuánto extrañaba a la anciana Valerie y sus sabios conocimientos. Había muchas plantas y hierbas que no conocía en esas lejanas tierras, y otras que echaba de menos. No quiso dejarse atrapar por la melancolía y apretó fuertemente a Giulia cuando su hermana la despidió con un abrazo. Rosaura estaba con fiebre y le pareció mejor no llevarla. Le indicó a Lucinda qué infusión prepararle.

Partieron al alba. No hacía tanto frío como en el viaje anterior. De cualquier manera, Isabella iba oculta por una manta y algunas cestas. Viajaba acostada sobre almohadones y con la cabeza también cubierta. A pesar de las intensas sacudidas del carro debido a las irregularidades del terreno, llegaron a la estancia sin sobresaltos. Cuando se liberó de la manta inspiró con fuerza un par de veces. Disfrutó del aire fresco cargado con los aromas de la hierba y las flores. Avelino la ayudó a bajar del carro y la vio marchar con paso decidido hacia la casa.

Isabella esperaba encontrar a Pedro en su habitación, tendido en la cama, sin fuerzas y con la herida abierta. Se sorprendió al verlo en el salón principal, escribiendo en una silla junto a una ventana. Tenía una manta indígena sobre las piernas pero el color de sus mejillas la tranquilizó.

La pequeña tabla de madera con el tintero de cuerno sobre su regazo impidió que él se levantara de golpe al verla entrar.

—¿Cómo se te ocurre venir hasta aquí sin escolta? ¿No has descubierto con tus propios ojos los peligros que acechan en la llanura?

A Isabella le molestó que la retara como a una niña.

—Doña Juana me dijo que su estado había empeorado y vine a ayudarlo.

—¿Y no pensaste en los riesgos que corrías? Avelino me ha fallado esta vez.

—No es su culpa, no lo castigue, yo lo convencí para que me trajera. Le dije que estaba grave y sólo yo podía curarlo.

—¿Por qué le dijiste eso? —le preguntó sorprendido.

—Porque no quisiera que vuesa merced muriese por mi culpa. Yo grité y lo distraje y por eso el indio lo lastimó.

—Pero te fuiste sin despedirte.

—Suponía que ya estaba bien.

—Y ahora estás aquí porque pensabas que estoy grave...

Pedro se quedó en silencio unos momentos. No había regresado a la ciudad porque las sacudidas del caballo podrían abrir la herida pero no estaba grave. Seguía atendiendo sus negocios desde allí, a través de cartas y mensajeros. La noticia de que a ella le importaba su estado lo puso de buen humor. Tanto que decidió sacar ventaja de ello. Le gustaría tenerla unos días a su lado.

—Está bien, dejaré que te ocupes de mi salud, dado que el médico no ha logrado que mejore. ¿Quieres ver mi herida?

Ella asintió. Todavía estaba de pie con el rebozo de la capa sobre su cabeza. Se la quitó y se acercó con su cesta.

El no llevaba jubón. Sólo tenía una amplia camisa de algodón sobre sus calzas.

—¿Puede quitarse la camisa o necesita ayuda?

—Ayúdame, por favor.

Levantó el brazo sano y esperó que ella hiciera todo el resto. Isabella quitó con cuidado la tela y la pasó por arriba de su cabeza. Un perfume se alzó hasta ella provocándole ganas de inhalar con fuerza. Era una mezcla de jabón, almizcle y sándalo. Con un suave dejo de lavanda y algo de sudor. El aroma de él, distinguió. Le gustó. Inspiró profundamente. Exhaló controlándose y desató las vendas con suavidad. Cuando vio la herida frunció los labios y los torció hacia un costado. No había cicatrizado como ella esperaba, pero tampoco estaba tan mal. No vio tejido verde ni morado alrededor del corte ubicado cerca de su axila, un poco más arriba del corazón. No había piel en mal estado. La lanza lo había penetrado con fuerza y había arrancado un pedazo de carne. Pero no había cortado el músculo y no había quedado afectada la movilidad de su brazo. Los bordes desparejos del ancho corte dificultaban la cicatrización. Jasy limpiaba la herida cada día y luego le aplicaba una mezcla que olía a hierbas coagulantes dejada por el médico. Como no había sangre a la vista Isabella decidió cambiar el ungüento y lo empezó a preparar allí mismo. Sacó de su cesta unos polvos y aceites que había pedido al boticario y los mezcló en un cuenco de madera. Cuando se acercó para colocar esa pasta en su hombro él se quejó:

—Eso huele mal.

—No sea infantil. Le hará bien. Si desea otro día le puedo preparar una colonia. Olerá como la primavera misma, pero no le garantizo que se cure.

Él la miró divertido. Le gustaba su humor. Mientras le aplicaba la pasta en la herida de bordes irregulares le dijo:

—No sabía que podías curar. ¿Dónde aprendiste?

—Mi abuela me enseñó, en mi infancia. Y pude ayudar a mucha gente que no podía pagar a un médico en mi tierra.

—Mi madre me dijo que tu padre era un noble y que habías estado en la corte.

—También —asintió—. Hubo diferentes etapas en mi vida.

—¿Allí conociste a tu marido?

Isabella evitó mentirle ignorando la pregunta. Sacó de su cesta los lienzos limpios cortados en tiras que había llevado y empezó a envolverlo.

—¿Puede levantar un poco el pecho?

Él se movía según sus órdenes.

—Listo. La venda está bien colocada y la preparación hará

efecto. ¿Lo ayudo a ponerse la camisa?

—Sí, por favor.

Cuando terminó le dedicó una mirada intensa con sus ojos turquesas y le dijo divertido:

—Tus manos son más suaves que las de Jasy. Podrías ayudarme a vestirme todos los días.

—O podría dejarle el nuevo ungüento a Jasy e irme. No me parece que necesite mi presencia.

—No, quédate por favor. Me siento algo débil.

—Es por la sangre que perdió, aún no la recuperó y su cuerpo siente la falta. Deberá alimentarse bien, descansar y hacer algo de ejercicio. Caminar, por ejemplo. Puede empezar ahora mismo.

—Estoy cansado, empecemos mañana. Tú me acompañarás. No puedo hacerlo solo. Ahora me gustaría ponerme al tanto de las noticias de la ciudad.

Conversaron hasta la hora del almuerzo y luego Isabella insistió para que durmiera la siesta. Él le pidió ayuda para pararse y caminar hasta su habitación. Tenían la altura perfecta: la axila de él encajaba justo sobre su hombro. Era una de las mujeres más altas que había conocido. Ella se detuvo en la puerta.

—¿No me ayudarás a acostarme?

—Si desea puedo ir a buscar a Avelino. Es más fuerte que yo.

—No, gracias. Me arrastraré solo —le respondió burlón.

Una vez en su lecho, le costó dormirse. No terminaba de descifrar qué quería. Él había decidido evitar cualquier relación. Había sufrido por la muerte de su mujer y su hijo. Amar causaba dolor. Para no volver a sufrir, eligió no volver a sentir. Se había negado la posibilidad de acercarse a una mujer. Había estado solo los últimos años, ni siquiera tenía amantes. No quería correr el riesgo de encariñarse. Prefería la ocasional frialdad de los ardientes lechos del prostíbulo.

Por eso no entendía por qué, sin proponérselo, a cada instante buscaba seducir a Isabella. Ignorando el voto de soledad que se había impuesto a sí mismo, cuando la tenía cerca la quería para él. La deseaba. Ella despertaba sus sentidos adormecidos.

Soltó un suspiro. La muchacha era viuda, y estaba allí, en su casa, por su propia voluntad. Si llegaba a meterse en su lecho no estaría arruinando su futuro. Decidió dejarse guiar por sus instintos. Y con esa joven alta y extraña en sus pensamientos, se durmió.

El convaleciente acató las órdenes de su curadora. Se hicieron el hábito de salir a caminar a media mañana. Ambos disfrutaban esos encuentros. Hablaban de las cosas que le gustaban a cada uno. De hierbas ella, de caballos él. Al principio daban sólo unas vueltas alrededor de la casa y a medida que pasaban los días empezaron a alejarse más. Como precaución Pedro llevaba siempre su pistola cargada.

Ese día estaban caminando lentamente e Isabella se detenía cada tanto para recoger algunas flores. Una de ellas llamó su atención y la tomó para verla más de cerca:

—¡Sí, es camomila! —dijo contenta y se rió—. Disculpe, don Pedro, ¿podríamos detenernos a recoger más de estas flores? No las había visto desde mi llegada a la Trinidad. En mi tierra las usaba para infusiones y quisiera llevar algunas para prepararle té de camomila a mi hermana.

Pedro observó la flor que la joven le mostraba y asintió con la cabeza.

—Vamos por este lado, sé dónde crecen en cantidades. Aquí le decimos manzanilla.

La llevó hasta la orilla del río e Isabella descubrió que el verde del pasto estaba salpicado por infinidad de puntos blancos y amarillos. Empezó a correr entre ellos riendo y agachándose a recoger sus preciosas flores entre saltitos.

Pedro sonrió involuntariamente. La alegría de Isabella le resultaba tan contagiosa como su risa. Se sentó a observarla mientras seguía recolectando.

Cuando finalmente sus manos estaban desbordando, la joven volvió, dejó su tesoro en el césped, se quitó la capa y se sentó a su lado. Se la veía feliz, con las mejillas enrojecidas levemente por el sol primaveral que a esa hora ya hacía sentir su calor.

Pedro la vio tan llena de alegría que no pudo contenerse: tomó las delicadas mejillas de Isabella entre sus palmas, inclinó su cabeza y apoyó sus labios sobre los de ella. Eran, tal como recordaba, suaves y carnosos. Ella se sobresaltó e instintivamente intentó retirarse, pero las manos de él retuvieron su rostro. Después de unos segundos Isabella ya no quiso separarse. La unión era muy agradable, rica, no quería que terminara. Ella cerró los ojos y se dejó besar. Sorpresivamente él se echó hacia atrás, dejando los labios de ella con ganas de más. Pedro quería mirarla, saber si ella deseaba ese beso tanto como él. Feliz por la boca que vio esperándolo, volvió a tomarla, esta vez poniendo el brazo sano detrás de los hombros de Isabella y acercándola hacia él. Su boca abierta cubrió la de ella. La movió varias veces delicadamente y después se animó a mojarle los labios con la punta de su lengua. Los lamió. Ese jugueteo la enloqueció e hizo que los separara, esperando más. El aceptó la invitación.

La catarata de sensaciones que fluían por su cuerpo mareó a Isabella. Sentía que su piel se erizaba y que su propia lengua se movía para bailar abrazada a la de él. Cuando apartó su boca para tomar aire no se alejó. Se mantuvo dentro de su abrazo, bajó la cabeza y apoyó la frente sobre el hombro sano de Pedro intentando controlar su acelerada respiración. Él sintió su aroma y se alegró por su proximidad. No quería dejarla ir. Tampoco quería decir nada que pudiera arruinar ese mágico momento.

Finalmente ella habló:

—No sabía que un beso podía sentirse así…

Fueron las palabras perfectas. Pedro volvió a besarla y no la dejó seguir hablando. A ella no le importó demostrarle cuánto le gustaba lo que estaban haciendo. Se relajó, apoyó despacio las manos en sus brazos y se animó a besarlo.

Las manos de él empezaron a recorrer su cuello, acariciándolo. Su respiración cambió, se hizo más agitada. Luego continuó por su espalda. Se apartó unos centímetros para mirarla fijamente transmitiéndole su deseo.

Sin dejar de besarla, una de sus manos desabrochó los primeros botones del jubón de ella. Lo abrió hasta dejar a la vista la delgada camisa de algodón. La mano derecha de Pedro buscó su seno izquierdo y lo apretó. Isabella emitió un suave quejido que él absorbió dentro de su boca. Siguió besándola y acariciándola. Sus dedos se concentraron en el erguido pezón: lo apretaron y soltaron alternadamente hasta que ella creyó no poder soportar más esa exquisita sensación. Debía tener alguna conexión con el extraño hormigueo en su entrepierna, pensó. Aumentaba con la misma potente intensidad. Alejó su boca de Pedro buscando aire y él aprovechó esa libertad para inclinar la cabeza hacia su pecho y apoyar sus labios sobre la tela de la camisa, exactamente cubriendo su pezón.

Isabella no podía creer lo que estaba sintiendo. Por momentos su mente le recordaba la incorrección de esos actos. Pero algo tan delicioso no podía estar mal.

Cuando la tela empapada en la saliva de él se adhirió a la piel del pecho de Isabella, Pedro se alejó para contemplar su obra: el rosado oscuro del centro contrastaba con las curvas del seno, que se marcaban prominentes en los costados. La visión lo hizo gemir. Sin pensarlo tomó la mano de Isabella y la llevó hasta su entrepierna. Quería que ella sintiera cuánto la deseaba, que percibiera la excitación que le provocaba. Pero ante el contacto con la dureza Isabella se sobresaltó. Retiró la mano bruscamente y cruzó los brazos sobre su pecho expuesto, intentando cubrirse.

Pedro no entendía su reacción. A ella le estaba gustando lo que hacían. No tenía dudas de eso.

—Disculpa si te tomé con fuerza, no quise lastimarte.

—No, no es eso.

—¿Entonces qué es? No puedes negar que disfrutas de esto tanto como yo.

Isabella enrojeció. Torció la cara hacia un costado, sin animarse a mirarlo a los ojos. Pedro pensó que se estaba comportando como una virgen, pero eso era imposible. Ella era viuda.

—No te avergüences por disfrutar del amor, Isabella. Quizás te frene que yo no sea tu marido, pero no es necesario estar casados para sentir placer. Tu cuerpo quiere vibrar junto al mío.

Isabella no dijo nada. No se animaba a hablar de placeres. Él tomó el silencio por consentimiento y la abrazó. A ella le gustó la calidez que le transmitía su pecho y se apoyó allí para calmarse. Al rato él volvió a besarla, con gran suavidad. Apoyó sus labios primero en uno de sus ojos cerrados, luego sobre el otro párpado. Continuó delicadamente por las sienes y fue bajando por las mejillas hasta su cuello. El perfume que de allí emanaba lo perdió. Era suave y picante a la vez, una mezcla de vainillas y algo más. Empezó a frotar sus labios contra la piel de Isabella como queriendo absorberla toda. La respiración entrecortada de ella le indicaba cuánto le gustaba. Las bocas se encontraron y las lenguas trabaron un combate sin vencedores ni vencidos. Todo era placer. Pedro no se conformó con eso. Quería más.

Suavemente la recostó sobre los altos pastos sin dejar de besarla y se echó a su lado. Su mano volvió a jugar con sus pechos sensibles y ella gimió. Luego la metió bajo las sayas de Isabella. Ella intentó quejarse pero la lengua en su boca le impedía hablar. Los dedos de él desataron las cintas de sus calzones de algodón. Con facilidad se deslizaron hasta la entrepierna y la encontraron tal como Pedro la imaginaba: húmeda y abierta, lista para él. Isabella se sobresaltó y tironeó de su codo, intentando alejar su mano de allí, pero no lo logró. Los dedos de él ya la acariciaban con deliciosos movimientos. Dibujaba círculos en sus pliegues con el líquido que brotaba de su interior. Cada caricia de Pedro le provocaba nuevas sensaciones, sentía su sangre fluir veloz y caliente por todo el cuerpo. Se sentía mojada, sin saber por qué. Pero no podía ponerse a buscar un motivo para esa humedad en ese momento. Su mente giraba. Apenas lograba concentrarse en las cálidas oleadas de placer que atravesaban su cuerpo. Sus bocas seguían unidas. El movía diestramente sus dedos, entrando y saliendo de ella. Una y otra vez. La acariciaba por dentro. Cuando el cuerpo de Isabella absorbió sus dedos índice y mayor por completo entre gemidos, Pedro decidió que estaba lista. La rigidez en su ingle se estaba volviendo insoportable. Necesitaba tenerla.

Mientras su boca la besaba, Pedro liberó su miembro de los

pantalones. Estaba a su lado pero ella no percibió sus movimientos. Apoyándose sólo en un brazo se colocó sobre su cuerpo y su virilidad desnuda tocó la parte más sensible de ella. Isabella se quedó muy quieta. Dejó de besarlo. Sintió miedo. Recordó el dolor que había sentido al tener un hombre encima de ella. ¿Cómo había llegado voluntariamente a esa situación esta vez?

Las imágenes de la celda volvieron a su mente invadiendo todo. Borrando el placer que estaba sintiendo. Justo en ese momento Pedro se apoyó en la húmeda abertura. Ella sintió la suave presión y gritó, empujándolo con fuerza. Su desesperación le hizo olvidar dónde estaba. Pataleaba y le pegaba en el pecho mientras intentaba cerrar las piernas, pero el peso de él se lo impedía. Igual que en la sucia prisión subterránea.

Pedro no entendía si la había lastimado. Pero era claro que Isabella lo estaba rechazando y él nunca había tomado a una mujer por la fuerza, así que decidió retirarse. Se deslizó hacia un costado y guardó su dolorido miembro en sus pantalones. La tirantez de la tela le molestaba pero le pareció mejor así.

Le costó acomodarse utilizando una sola mano. Cuando se volvió hacia Isabella la encontró acurrucada de costado, llorando ruidosamente con los ojos cerrados.

Se sentó a su lado y la abrazó, esperando que no lo rechazara. Ella ignoró su presencia y continuó llorando con profundos sollozos. A Pedro le dolían sus lágrimas, se sentía culpable. Él nunca actuaba así. Saciaba sus instintos en el burdel de la Guzmán y sabía comportarse con las damas. Pero los besos de Isabella habían despertado en él una pasión incontrolable. Y la respuesta de ella lo excitaba más aún. La recordaba fogosa, gimiendo a su lado... Esas ideas no lo estaban ayudando a controlar su erección. Trató de pensar en otra cosa.

La llamó dulcemente por su nombre:

—Isabella, por favor, no llores. Perdóname si te lastimé. No fue mi intención. Es que eres tan especial. Te prometo que no te haré daño. Nunca haremos nada que tú no quieras. No volveré a tocarte hasta que olvides a tu marido. Shhhh, por favor, Isabella, deja de llorar. Ya cálmate, dulce Isabella.

De a poco la voz de él logró sacarla de la oscura celda y traerla de vuelta al claro junto al río. Lentamente sus lágrimas cesaron. Se incorporó, se acomodó la ropa y se quedó sentada mirando el agua.

—¿Quieres contarme qué te ocurrió?

Isabella negó con la cabeza.

Él acercó su mano a su cara pero ella se echó hacia atrás.

—Sólo iba a secar tus lágrimas. Ten, hazlo tú misma —dijo mientras le ofrecía un pañuelo—. No quiero que me temas, Isabella. Para tu tranquilidad, te prometo que no volveré a besarte hasta que tú me lo pidas. Tendrás que suplicarme si quieres que te bese nuevamente alguna vez.

La original promesa le provocó una pequeña sonrisa.

—¿Ves? Así está mejor. Mucho mejor. Te hará bien beber un poco de agua. Vamos hasta la orilla. Fueron juntos y ella se agachó para refrescar su rostro. También ahuecó su mano y bebió varias veces. Después se secó con el pañuelo de él y lo mantuvo apretado entre sus manos, estrujándolo mientras regresaban en silencio, cada uno perdido en sus pensamientos.

Esa mañana no había sido una más. Ambos habían descubierto cosas nuevas sobre sí mismos.

Pedro, que Isabella podía excitarlo más que cualquier prostituta. Lo encendía aún más que su difunta esposa. El dolor continuo en sus pantalones se lo recordaba. La deseaba intensamente.

E Isabella había probado un mundo nuevo, en donde no todo era horror y dolor en las relaciones, como le había ocurrido con Dante y con el guardia. Pedro le provocaba sensaciones que ella desconocía, y que le gustaban.

Pero a ambos los asustaba lo que podía haber detrás de esos descubrimientos. ¿Y si esto era sólo la punta de un ovillo? Y si ellos aceptaban tirar de ella, ¿qué encontrarían en el otro extremo?

Capítulo 10

Desde su regreso no había vuelto a verlo. Isabella se había quedado unos días más en la hacienda desde aquella mágica tarde junto al río, y Pedro había cumplido su palabra. Ella vio cómo luchaba contra sus instintos, devorando su boca con la mirada, pero sin acercarse para besarla. Cuando Isabella consideró que la cicatriz no se abriría, le permitió viajar.

Ya en el Buen Ayre, él se hizo tiempo para enseñarle a usar un arma a Tomassino, tal como habían arreglado. Y aunque el joven cuñado de Isabella ponía gran voluntad de su parte, no le ayudaba en la tarea su escaso conocimiento del español. Isabella había abandonado la idea de aprender ella misma. Después de lo ocurrido no quería pasar mucho tiempo cerca de ese apuesto caballero de pómulos marcados y mirada mágica. Pedro de Aguilera la alteraba. Su gran altura y sus anchos hombros no le permitían ignorarlo. Su presencia era como un imán para ella: acaparaba toda su atención y aceleraba sus pulsaciones. Prefería evitar estar nuevamente a solas con él.

Una tarde, tras su tercer día intentando aprender a usar un arma, Tomassino regresó a su casa de mal humor. Se sentó con fuerza en una silla y golpeó un puño sobre la mesa. Isabella pocas veces lo había visto enojado. El ruido del golpe la sobresaltó. Conocía al joven desde su infancia y la buena relación que tenían se había convertido en una sólida amistad.

—¿Qué ha ocurrido para molestarte tanto, *caro*?

—No sirvo para eso. ¡No soy lo suficientemente hombre como para defender a mi mujer! Jamás lograré que Giulia se fije en mí y me acepte totalmente como su marido. Y además no sé nada de labranzas. No podré mantener a mi familia. Sólo soy un cochero…

—No digas eso, ¡eres mucho más para nosotras! Eres el hombre que nos salvó. Sin ti no hubiésemos logrado escapar. Evitaste mi muerte en la hoguera. Y rescataste a Giulia de las garras de ese salvaje…

—Pero Giulia no me ve como su héroe, sino como a un amigo. Igual que antes. Quisiera ser más para ella —se quejó el muchacho y escondió la cabeza de cabellos claros y desprolijos entre sus brazos apoyados sobre la mesa.

—Lo serás, Tomassino. Dale tiempo. Además de todo lo que sufrió por culpa de Dante, Giulia descubrió que lleva un hijo de esa bestia en su vientre. Imagina el torbellino que tiene en su cabeza.

—Yo le dije que bautizaremos al niño con mi nombre. Y más allá de nuestra fachada de esposos, estoy dispuesto a criarlo como si fuera mi hijo. Pero ella ni siquiera reaccionó. Sólo quisiera que Giulia vuelva a ser la de antes. Ya nunca ríe…

Isabella suspiró.

—Lamentablemente ninguno de nosotros volverá a ser como antes. No podemos borrar lo vivido. Sí podemos crearnos una vida nueva. Para eso hemos venido a estas tierras: a crear un mundo nuevo para nosotros. Y como todos los caballeros aquí saben disparar, tú también lo harás.

—No lo creo —respondió dubitativo.

—¿Por qué no? ¿Tanto miedo tienes?

—No es eso, es que no le entiendo nada a don Aguilera cuando me explica lo que debo hacer…

Isabella contuvo una carcajada para no herir el orgullo ya golpeado de su amigo. La convirtió en una sonrisa y le dijo:

—Entonces el problema está resuelto: yo iré a las lecciones para traducirte lo que él dice. Además también quiero aprender.

Tomassino la miró sorprendido pero no dijo nada. Conocía el carácter decidido de Isabella. Sabía que no aceptaría órdenes de ningún hombre, así fuera su cuñado. Apoyó su mano sobre la de ella y la palmeó un par de veces, agradeciéndole.

Isabella continuó:

—Y no te preocupes por cómo mantenernos. La chacra pronto dará ganancias.

Él sintió la falta de convicción de sus palabras y se lo transmitió en un gesto. Ambos se miraron un momento a los ojos y cada uno se recluyó en su silencio. Ya verían cómo resolver eso más adelante. Todavía les quedaban algunas joyas de Michela.

La tarde siguiente Isabella acompañó a Tomassino a su clase en su chacra. Pedro ya estaba allí y se alegró al verla, aunque no hizo comentarios al respecto. Le gustaba mirarla en silencio mientras esperaba que ella tradujera sus indicaciones al muchacho. El cabello de la joven estaba recogido y resguardado bajo una cofia con encajes, pero algunas hebras rebeldes mecidas por el viento se escapaban y jugaban sobre sus mejillas. Su cuerpo tenía formas más redondeadas que cuando la había conocido. Sus labios se veían suaves y tentadores. Se movían con rapidez al hablarle a Tomassino, mostrando cada tanto una suave sonrisa. Pedro intentó desviar su atención de ellos. Escuchó lo que Isabella decía. Su tono sonaba distinto en su propia lengua, más melodioso aún que lo habitual. Le gustaba mucho ese sonido.

En ese momento estaba enseñándoles a colocar la cantidad correcta de pólvora en un pistolón con mango de madera. Muy poca no empujaría las municiones y demasiada podría lastimar a quien la utilizara. Con la ayuda de Isabella, Tomassino entendió rápidamente y ya estaba practicando contra unos árboles cercanos. La pistola no ofrecía buena puntería. Había que acercarse mucho al objetivo para acertar. Lo importante era acostumbrarse al peso del arma y al sacudón al disparar.

Isabella imitó a Tomassino. Cargó su pistola y la levantó. Pero a pesar de las indicaciones de Pedro no lograba acertar los troncos elegidos como blanco.

—Déjame ayudarte.

Pedro se acercó a Isabella y le mostró cómo pararse firmemente sobre los dos pies. Le dijo que extendiera el brazo con el arma lo más posible hacia adelante a la altura de su hombro. Ella lo intentó pero el peso de la misma la obligaba a flexionar su codo. Se paró a su lado, su cuerpo pegado al de Isabella, y levantó su brazo junto al de ella para ayudarla a sujetar el arma.

—Así, debes mantenerla a esta altura.

Ella lo intentó, pero cuando él soltó su muñeca el brazo volvió a caer unos centímetros.

—No puedo.

—Mmmmm... Te resulta muy pesada. Entonces deberás usar ambas manos unidas y sostenerlas en el centro de tu pecho. Así.

Pasó por arriba de sus hombros y apoyó sus brazos extendidos junto a los de ella hasta que sus manos se unieron sobre la pistola. El calor del cuerpo de él junto a su espalda perturbaba a Isabella.

—¿Estás lista para disparar?

Ella negó con la cabeza. Le costaba concentrarse.

—Te mostraré. Lo haremos juntos. Recuerda sostenerla firmemente, apunta al centro de lo que quieres acertar, contiene la respiración y jala del gatillo.

Él siguió los mismos pasos que iba diciéndole pero al intentar contener la respiración junto al cuello de ella y con su cuerpo entre sus brazos, ésta se aceleró e hizo que le temblara el pulso. El disparo no dio en el blanco.

Esa mujer lo distraía.

Su ego masculino hizo que repitiera la operación. Se alejó unos pasos de Isabella, recargó la pistola, apuntó inspirando tranquilamente e hizo volar el tronco por los aires.

Se volvió hacia ella con una mueca de satisfacción.

La risa de Isabella ante su infantil actitud no le molestó. Por el contrario, le encantaba escucharla reír. Y desde aquella tarde que culminó en lágrimas no había vuelto a hacerlo. Esa risa selló la paz entre ellos.

—Me complace escucharte reír. Es mucho más agradable que tu llanto.

Isabella se ruborizó.

—Prefiero no recordar aquella tarde, y agradecería que vuesa merced tampoco lo haga.

—Pues yo insisto en recordarla. Me gustó mucho. Es una

lástima que insistas en tu trato distante. Creo que se acortaron las distancias entre nosotros.

Su voz grave y seductora fue como una caricia en los oídos de Isabella y su corazón se aceleró. Pero no iba a permitir que él la enloqueciera nuevamente. Estaban ahí con un propósito y decidió aferrarse a su tarea.

—Lo siento, don Pedro. Pero éste es el trato que puedo ofrecerle. No soy una viuda en busca de diversión. Soy una mujer honrada con la responsabilidad de cuidar de su familia. Le agradezco infinitamente que nos enseñe a disparar, tendrá mi eterna gratitud, pero no espere otra cosa de mí. La confusión del otro día no se repetirá.

Isabella habló con voz firme, en su simpático tono, y mirándolo a los ojos. Sólo en la frase final rehuyó su mirada, apuntándola a unas cortaderas que se movían con el viento.

Pedro no insistió. Él no estaba buscando una relación estable. Esa italiana se había cruzado en su camino y casi lo hace cambiar de idea. Sería mejor si aquello no se repetía.

Continuaron practicando un largo rato y ambos alumnos acertaron el blanco elegido varias veces.

El capataz Cascallar los observó de lejos toda la tarde pero no se aproximó. Se mantuvo cerca del rancho donde se guardaban las herramientas y se envasaban las cosechas en barriles. En un rincón del mismo tenía un catre y una mesa para su uso personal.

Los indios dormían en tiendas de cuero en los alrededores. Aunque estaban bajo encomiendas, su anterior patrón no les había dado una vivienda cristiana. Sólo se sentía obligado a llevarlos a misa los domingos y a enseñarles a trabajar para él. Con el cambio de manos de la propiedad nada se modificó. Aprovechando la ignorancia de Tomassino sobre las tareas del campo y de la lengua, Cascallar seguía manejando todo a su antojo.

Pero la visita de Aguilera cambiaba las cosas. Si un caballero local cortejaba a la viuda, que también era propietaria, podría querer meter sus narices allí, y ese era su territorio. Decidió que estaría atento para evitar sorpresas.

Con su misión de enseñanza cumplida, Pedro de Aguilera se retiró. Le debía una visita a su madre y decidió no postergarla más. Llegó a la casa familiar al caer la tarde. La negra Severina lo recibió con cariño y le llevó el chocolate caliente que siempre le regalaba al joven amo, como aún lo llamaba, al estrado de doña Juana. La dueña de casa recibía allí a todas las visitas. Esa tarde estaba con doña Leonor, con una costura entre manos. Cosía concentrada en sus pensamientos y oraciones. Ambas recibieron al joven con abrazos, aunque tras los saludos su tía discretamente se retiró de la habitación.

—Si tía Leonor se escabulló es porque vuesa merced quiere que hablemos a solas. ¿Ocurre algo?

Doña Juana se aclaró la garganta y asintió con la cabeza.

—Hace un tiempo te dije que quería hablarte de algo importante, pero desde entonces no estuvimos a solas y nunca encontraba la oportunidad. Así que Leonor decidió crearla para mí. Ella insiste en que te lo diga. Aunque no creo que esto afecte ni modifique tu vida, es algo importante para ti también.

—¿En qué insiste la tía Leonor? No la entiendo, madre.

—Bien… Bueno… No es fácil. Hace mucho que estoy sola.

—Vuesa merced no está sola. Nos tiene a nosotros, a su familia.

—Tu padre murió hace varios años.

Pedro se mostró incómodo ante su mención.

—Y aunque tenía sus caprichos y sus ideas rígidas, lo extraño. Estuvimos juntos cerca de treinta años. Sabes que me casaron con él cuando yo tenía doce.

—No entiendo por qué estamos hablando de esto.

—Quiero que lo sepas por mí antes de que escuches habladurías en la aldea. Hay un caballero interesado en mi compañía.

Pedro se quedó callado, sin terminar de comprender la noticia.

Su madre juntó coraje frente a su silencio y continuó:

—Bien sabes que muchos portugueses han llegado a estas tierras en los últimos años dado que toda la península ibérica pertenece a Felipe III, pero que el Cabildo sólo otorga título de vecino a caballeros de origen español…y también a sus parientes.

Varios beneméritos han entregado sus hijas a ricos comerciantes portugueses a cambio de cuantiosas dotes.

Pedro no entendía a dónde apuntaba su madre. Hablaba de hijas de beneméritos, pero sus hermanitas eran demasiado jóvenes. Concepción tenía doce años. Aunque legalmente podría casarse, sabía que su madre no lo permitiría. Después de lo vivido en carne propia, doña Juana siempre dijo que sus hijas no se desposarían antes de los dieciséis.

—Don Edmundo dos Santos me ha pedido que me case con él.

Doña Juana terminó la frase y su hijo soltó la jícara que estaba acercando a sus labios con la bebida humeante. El chocolate cayó al piso y la taza se partió con estruendo.

Enseguida se asomó Severina para recoger los trozos pero Pedro la detuvo con una voz que no permitía dudas:

—Déjanos. Vuelve después para limpiar esto.

Esperó a que la negra saliera y volviéndose a su madre le dijo con tono helado:

—Y si teme que escuche habladurías es porque ya aceptó… ¿Acaso ya recibe sus visitas aquí?

—¡Cómo te atreves a hablarme así! ¡Te eduqué mejor que eso!

—¿Y cómo se atreve vuesa merced a entregarse a un portugués? Los que hasta aquí llegan son judíos conversos que ocultan su origen casándose con españolas devotas.

—¡No me he entregado a él! —exclamó con rabia y la cara enrojecida doña Juana— ¿Y desde cuándo te importa la inclinación religiosa de la gente? Muchos de tus amigos confederados son portugueses de origen judío que escapan de la Inquisición. Edmundo no lo es.

Pedro calló. Los confederados no eran sus amigos. Eran eslabones necesarios en su cadena de negocios. Pero no podía decírselo a su madre. Y en realidad a él no le molestaba la religión del candidato. Le hubiera incomodado lo mismo si un asistente del Papa buscara aproximarse a su madre. La religión fue la excusa más simple que encontró para enmascarar sus celos. Intentó calmarse y pensar con frialdad. Debía ganar tiempo para averiguar más sobre ese hombre. Enemistarse con ella no lo ayudaría.

—¿Y a qué se dedica este portugués?

—Don Edmundo llegó hace unos meses del Brasil en su propio navío. Realiza viajes desde las costas de Santa Catarina, pero no puede vender sus mercaderías aquí legalmente. El Cabildo no le otorga los permisos necesarios. Le dicen que están demorados.

—Y seguirán demorados para siempre —pensó Pedro, pero no dijo nada. Sólo asintió con la cabeza.

Doña Juana continuó:

—Él cree que si tiene papeles españoles podrá negociar más fácilmente. Y yo podría ayudarlo.

—Madre, ¿por qué a vuesa merced le preocupa el destino de ese hombre?

—Porque estoy sola y extraño a tu padre. Y aunque Edmundo no se le parece en nada, su compañía me resulta muy agradable. Tú vives en tu propia casa y tus hermanas son pequeñas aún, sólo comparto mis horas con Leonor. Tengo lugar en mi vida para un marido. Así que he decidido aceptarlo.

Pedro seguía serio y no dijo nada. Su madre era viuda y bonita. Aunque había llegado a los cuarenta años, su aspecto no lo demostraba. Su piel olivácea esquivaba el cultivo de arrugas y la oscuridad de su cabellera sin canas le restaba edad. La escasez de españolas casaderas hacía que pocas viudas estuvieran solas mucho tiempo. Legalmente él nada podía hacer para evitar esa unión si ella decidía seguir adelante. Las viudas no necesitaban la autorización de ningún pariente. Eran dueñas de su destino. Pensar en eso le hizo recordar a otra joven viuda que se colaba en sus pensamientos a cada rato. El encuentro de esa tarde con Isabella lo había dejado excitado. Ahora la noticia recibida de boca de su madre no lo ayudaba a serenar su ánimo. Se quedó un rato más, aunque sin volver a mencionar al portugués ni el pedido de mano. Cuando se despidió estaba alterado, decidió que antes de regresar a su casa pasaría por el burdel.

Ya había oscurecido cuando Pedro llegó a "Esquina rosa". A

los costados de la puerta de la construcción de ladrillos había dos esclavos sosteniendo grandes antorchas. Ambos lo reconocieron e inclinaron la cabeza cuando entró. Sin prestar atención a los juegos de naipes que se realizaban en las mesas de la primera habitación, Pedro se dirigió al salón rojo. Así llamaban al amplio espacio con paredes enteladas y sillones tapizados en terciopelo de ese color. Candelabros con una cantidad discreta de velas creaban un clima agradable, que invitaba a los caballeros a relajarse mientras elegían la compañía adecuada. Esa noche Pedro no perdió tiempo en los almohadones sino que entró y tomó de la mano a una joven blanca vestida con una bata de encaje abierta que mostraba su corsé y unos calzones de seda que cubrían sólo hasta las rodillas. Había varias mestizas, mulatas, negras e indias, pero Pedro eligió a una de las pocas europeas que trabajaban allí. No le importaba que sus servicios fueran más caros. Tenía ganas de ver la piel de una mujer blanca debajo de su cuerpo.

Ella se colgó de su brazo y lo condujo hacia el pasillo con infinitas puertas. Todas eran iguales, Pedro lo sabía. La de Jussara, tal el nombre de la muchacha portuguesa, tenía una amplia cama con baldaquino de terciopelo rojo decorado con detalles dorados. Él había pasado momentos muy agradables en ella otras veces. Solía dejar que la joven acariciara su cuerpo desnudo antes de poseerla. Esta vez, en cambio, ni bien entraron él se sacó las botas y se sentó en el borde de la cama mientras le ordenaba:

—Acerca esas velas y quítate la ropa frente a mí. Quiero verte mientras lo haces.

Jussara sonrió dispuesta a complacerlo. Estaba acostumbrada a tratar con los clientes más ricos, por lo que todos solían tener más edad. Pero ya había recibido a ese joven caballero antes. Sabía que era generoso con su dinero y fogoso en la cama. Iba a resultar una noche entretenida.

Él la miraba fijamente mientras cumplía su pedido. La bata de encaje, las medias de seda, los calzones con frunces y volados. Todo fue cayendo al suelo lentamente. Cuando Jussara se liberó del corsé, Pedro le hizo un gesto para que se aproximara a donde él estaba sentado.

—Toma una teta con tus manos y ponla en mi boca.

La mujer no dudó en obedecer y mientras él le chupaba un pezón, apoyó su otra mano detrás de la cabeza de Pedro empujándola hacia ella. Lo obligó a meter todo el seno en su boca. Presionaba con fuerza y aflojaba pero no lo dejaba retirarse. A Pedro le gustó el juego. Cerró los ojos y pensó en los pechos de Isabella. Aunque sólo los había besado a través de la tela, se imaginaba que eran los de ella. Siguieron así un rato, hasta que Jussara notó la erección de Pedro y acercó su mano al pantalón. Él gimió. Seguía pensando en Isabella. Con la ayuda de Jussara se liberó rápidamente de sus ropas. En unos segundos echó a la joven de espaldas en la cama y se ubicó sobre ella. Antes de penetrarla recorrió con los ojos esa delicada piel blanca, luego los cerró con fuerza y empujó hacia adelante. Se sumergió imaginando que la carne que lo recibía era la de Isabella.

Fue un falso encuentro. Pedro sabía dónde estaba. No se movía con la pasión esperada por la prostituta. Pero Jussara conocía su trabajo, sin que sus cuerpos se despegaran los hizo girar hasta tenerlo atrapado debajo de ella y el experto movimiento de sus caderas le dio a Pedro el alivio que necesitaba.

Cuando se retiraba por el extenso pasillo, ya vestido pero con la capa doblada colgando desde su antebrazo, sintió que una mano se apoyaba allí.

—Don Pedro de Aguilera. ¡Qué honor su visita por aquí! Espero que lo hayan tratado bien. ¿Cuál de mis muchachas lo ha cuidado esta noche?

El gesto denotaba una confianza que en realidad no tenía con la dueña de esa voz. Doña Lucía González de Guzmán no le gustaba. Esa mujer con labios enrojecidos con algún truco ficticio y mirada siempre entrecerrada le generaba desconfianza. Pedro frecuentaba su *maison* por necesidad. Tanto personal como de negocios. El socio de doña Lucía —y su amante, como toda la aldea sabía— era el poderoso Simón de Valdez, cabecilla del Cuadrilátero y tesorero del Cabildo.

Pedro inclinó la cabeza y dejó que ella lo guiara a una pequeña mesa. Enseguida les trajeron una jarra con vino español y dos copas de plata. Lo sorprendió tanta gentileza. Él nunca antes había recibido ese trato de parte de la anfitriona.

Tuvo que escuchar a doña Lucía hablar de los gloriosos días vividos junto a Valdez en el Caribe antes de que su alma intrépida lo impulsara a partir en busca de nuevos desafíos. Primero fueron a España en pos de un título y cuando el rey le concedió el de Tesorero enfilaron felices al sur de las Indias, decididos a convertir esa aldea en una próspera ciudad.

—Por eso construimos este salón de juegos similar a los europeos, al igual que nuestras casas. Siempre aspiramos a mejorar —explicó con una sonrisa ambiciosa la portuguesa.

Nada dijo de la esposa e hijos que Valdez dejó en España, detalle que los obligaba a vivir en casas separadas, ya que la corona prohibía el concubinato.

La moral de esa aldea, la última y más alejada en el mapa de las colonias españolas, resultaba ambigua. Era muy rígida en algunos aspectos y casi inexistente en otros. No se permitía el concubinato, pero Valdez y su amante asistían a misa tomados del brazo, vivían en casas vecinas y todos sabían que dormían juntos cada noche en una u otra mansión.

Por otro lado, se exigía la asistencia diaria a misa de todos los habitantes, pero se concedió el permiso para construir frente a la Iglesia Mayor el impactante burdel. Y aunque desde España la Iglesia ordenaba condenar las relaciones extramatrimoniales, cualquier descendiente de europeos podía ser bautizado y recibir el apellido de su padre, aunque éste no estuviera casado con su madre, o tuviera ya otra familia. La corona necesitaba poblar las colonias con blancos, el crecimiento de la cantidad de mestizos y mulatos asustaba a los dirigentes en la península. Por eso promovían las uniones que generaran descendientes de españoles de sangre pura. Con esas reglas, cada uno interpretaba la moral a su manera y la acomodaba a su gusto y necesidad. Los embarazos no deseados eran frecuentes y los frutos de ellos se anotaban legalmente. Muchas veces los niños se criaban en casa del padre. Las madres por lo general preferían enviarlos lejos a cambio de buen dinero.

Así, damas casadas de rigurosa moral en público recibían a jóvenes amantes a la hora de la siesta. Las viudas se animaban a los encuentros clandestinos hasta el alba. Enseguida debían acicalarse para no perderse la misa de la mañana, donde todas miraban con altivo desdén a "la Guzmán". Para desquitarse de ese tratamiento, doña Lucía organizaba cada tanto una fiesta de gran lujo en la que disfrutaba mostrando sus envidiables riquezas a las matronas de doble moral. Nadie faltaba a la cita. Sólo Pedro. Él nunca iba a esas reuniones, aunque la Guzmán siempre lo invitaba. Pero no lo hacía por desplante hacia ella, sino porque evitaba cualquier fiesta. No quería arriesgarse a caer en las garras de ninguna dama.

Ahora, la Guzmán insistiría, pensó él. Y acertó.

—Estoy preparando una velada de gala en mi residencia. Un baile. Será la semana próxima y tengo un mensaje para vuesa merced. Recuerdo que ha rechazado mis invitaciones antes, don Aguilera. Pero esta vez tengo una misión: don Simón de Valdez me dijo que lo invitara muy especialmente. No sé qué asunto el tesorero desea tratar con vuesa merced pero debe ser importante. Y como muestra de mi buena voluntad y mi perdón por no haber asistido antes, considere lo de esta noche un obsequio de la casa.

Doña Lucía dijo eso con un guiño y sin esperar respuesta se levantó de la mesa con un ostentoso ruido de sedas y tafetanes a su alrededor.

Pedro fijó su mirada en la pared unos segundos mientras pensaba. Había tratado con Valdez por cuestiones de negocios varias veces antes. Si el tesorero pedía hablar con él podía ser importante. Terminó su copa, se puso la capa y camino a la salida se inclinó sobre uno de los sillones para susurrar al oído a Jussara:

—Dile a doña Lucía que allí estaré.

Capítulo 11

Esclavo de sus palabras, allí estaba Pedro una semana después. En la tina que Avelino le había preparado, lavándose antes de vestirse para la fiesta. A diferencia de muchos descendientes de españoles, Pedro se bañaba desnudo. Había tomado la costumbre de sus parientes indígenas. Los guaraníes entraban y salían del agua varias veces por día. El calor de la selva los invitaba a refrescarse. Vivían desnudos, desconocían el pudor. Cuando llegaron los españoles se espantaron con sus hábitos paganos e intentaron enseñarles a cubrirse. Fue inútil. Los nativos mantuvieron el ritual de disfrutar del agua. Se reían y miraban sorprendidos cómo esos extraños seres con pelos en la cara se metían al río siempre vestidos. Incluso cuando se lavaban se dejaban puesta una camisa y se frotaban por encima de ésta. Los sacerdotes decían que esa higiene era suficiente, predicaban que tocar el propio cuerpo era pecado y que al lavarlo se podían provocar los demonios que encerraba. Por eso a pesar del calor tropical en muchas regiones de las colonias se prohibía el baño en exceso. No se consideraba apropiado más de una vez por semana. Los conquistadores intentaron inculcar ese antihigiénico hábito en sus encomiendas, pero los olores que emanaban de esos seres peludos no convencieron a los guaraníes y continuaron con sus baños frecuentes. Pedro había adoptado esa costumbre y el fiel Avelino le calentaba agua para su tina todas las noches. El africano extrañaba los baños que disfrutaba en los ríos de su tierra y le complacía esa tarea.

Pedro se puso de pie y se secó, mientras Avelino le preparaba la ropa. Eligió sus mejores galas. Sabía que eso mismo haría el tesorero y como ignoraba qué iría a ofrecerle, quería negociar con él de igual a igual. Vistió una camisa blanca de mangas muy amplias y puños de encaje, con un jubón de terciopelo azul marino cerrado con broches de plata. La hebilla de su cinturón también era de ese material, así como el soporte y la empuñadura de su espada. Los pantalones anchos de seda azul oscura lucían parejos tajos desde donde brillaba un tono celeste plateado. Debajo de éstos llevaba unas medias oscuras que se pegaban a sus músculos en muslos y pantorrillas. En los zapatos de terciopelo azul se destacaban las hebillas también de plata. Un atuendo impecable como señal de poderío económico. Sonrió satisfecho al ponerse el sombrero en el que un broche con piedras sujetaba la pluma. Estaba listo para una provechosa noche de negocios.

La casa de Lucía González de Guzmán estaba tan iluminada por antorchas que resultaba imposible equivocar el camino. Sólo la luna llena brindaba algo de claridad al resto de la aldea en esa noche de noviembre. Las calles estaban siempre oscuras, pero alrededor de la mansión parecía de día.

Porteros con librea ayudaban a los recién llegados a descender de sus sillas de mano o tomaban sus caballos. Algunos carros guiados por esclavos se acercaban hasta la puerta para que bajaran los amos y luego se dirigían a la plaza a esperar que los llamaran. Pronto el espacio frente al Cabildo se convirtió en un gran estacionamiento. Todos los personajes importantes porteños estaban en la fiesta.

Pedro llegó a caballo y tendió sus riendas a un muleque del lugar. Al entrar recibió el impacto buscado por la dueña de casa. El exceso de candelabros e infinitas velas creaban una atmósfera pocas veces vista en el puerto del Buen Ayre. Había varios salones iluminados y los invitados se movían libremente entre ellos. En algún lugar estaba tocando un grupo de laúdes, se escuchaba su música a pesar del fuerte murmullo de las voces. Buscó al motivo de su visita pero sin éxito. El tesorero no estaba a la vista. Esperaría, se dijo, mientras tomaba una copa de una bandeja de plata.

Alejados de los salones abiertos a los invitados, cuatro hombres estaban reunidos. El Cuadrilátero resolvía sus problemas con copas de jerez en las manos. A pesar del aire indiscutiblemente femenino del lugar, Valdez ocupaba el sillón principal detrás de un escritorio con bordes de marfil. Se sentía el anfitrión. Del otro lado estaban don Mateo Leal de Ayala, flamante gobernador interino, y el portugués Diogo de Veiga, dueño de la flota en la que traían los productos ilegales desde Brasil y África. Don Juan de Vergara estaba parado a un costado, de espaldas a ellos, mirando hacia el iluminado jardín por una ventana. El gobernador se mostraba preocupado:

—La carta del virrey es muy clara. Dice que si no detengo el contrabando de productos más baratos que los de la Corona se quejará al rey para que me destituya.

—Vamos, hombre. El rey hoy no debe ser una preocupación para nosotros. Las próximas noticias que lleguen de España inevitablemente traerán un nuevo nombramiento, es lo que cabe esperar. Y también nos ocuparemos de él, pero falta mucho para eso —Valdez exageró abriendo los brazos, para minimizar la situación.

—¿Qué más decía la carta de Montesclaros? —preguntó Vergara sin darse vuelta.

—Insistía en que si no cesa el contrabando de negros hacia el Potosí y la salida de plata por este puerto, enviará a la brevedad un pesquisidor para que investigue la muerte de Negrón.

El puño de Valdez golpeó fuerte contra la mesa.

—¡Maldito sea! ¿Cómo se enteró?

Vergara se giró y con la mirada le recriminó el exabrupto.

El tesorero vio la cruz de Santiago que brillaba sobre el pecho de su socio contrabandista y recordó que también era notario de la Inquisición. Además de aprovechar el poder que le daba la Iglesia, Vergara disfrutaba siendo un fiel defensor de sus leyes. No toleraba las blasfemias.

—Me disculpo, querido amigo.

Vergara apenas hizo un gesto de reconocimiento y estimó:

—Sin duda por alguna carta de los beneméritos del Cabildo.

—Es posible. Supe que don Cristóbal Remón envió un sobre sellado a Lima poco después del fallecimiento —dijo Veiga

—Sería el tiempo lógico para la llegada de una respuesta. ¿Qué debo hacer? ¿Qué le respondo? —preguntó Ayala.

Antes de que Valdez pudiera hablar, Vergara definió:

—Nada. Dentro de un tiempo el Cabildo le escribirá una carta formal al virrey comunicándole que el contrabando ha disminuido y que ya no debe preocuparle ese asunto.

—Dudo que esos beneméritos le escriban de parte nuestra al virrey Montesclaros.

—Mantenga la calma, don Mateo. Pronto el Cabildo hará lo que nosotros digamos. Ya no será un estorbo en nuestro camino.

El gobernador interceptó la mirada que cruzaron sus socios y se alegró de estar de su lado. Les debía su puesto, pero sabía que así como se lo habían dado también se lo quitarían si se interponía en sus planes.

—Brindemos por eso, caballeros —dijo Valdez y levantó su copa—. Y ahora vayamos a disfrutar de la fiesta o doña Lucía no me lo perdonará.

A Vergara le molestó la mención abierta de la amante como si fuera su esposa pero no emitió comentario alguno. Apenas frunció los labios. La débil moral de los porteños le permitía hacer grandes negocios. Muchos vecinos le compraban objetos introducidos ilegalmente porque eran más baratos que los traídos de Lima. Él dejaba que les tomaran el gusto a las piezas de buena calidad para tener a la población a sus pies. Sabía que todos en esa villa apoyaban su negocio porque disfrutaban de una pequeña parte de sus ventajas. Desde la partida de su gran enemigo, el anterior gobernador, Hernandarias, nadie se había animado a desafiarlo. Sólo el iluso de Negrón. Darle veneno había sido una buena decisión. Su médico, el *dottore* Menagliotto, se lo había conseguido y funcionó de maravillas. La cifra pagada había valido la pena. Salió del escritorio pensando en el italiano y justamente lo encontró hablando con una joven en su lengua nativa. No les prestó demasiada atención y se dirigió a buscar un bocadillo.

Junto a uno de los ventanales del salón, Isabella y el médico conversaban animadamente de las hierbas curativas que él había descubierto desde su llegada.

—¿Cómo sabe tanto de esto? —le preguntó sorprendido el especialista, mientras ella calculaba que debía tener la misma edad de su padre. Y eso le dio la idea:

—Mi padre también fue médico. Yo lo ayudaba en casa a preparar su botiquín cuando iba a ver a los pacientes —respondió alterando un poco la verdad.

—Entiendo, ¿practica la medicina en Piamonte o en América? Quizás podamos intercambiar conocimientos por carta.

—Ya no lo hace: falleció —dijo ella con rapidez.

—Lo siento —dijo el médico conmovido. Viuda y sin padre, esa joven necesitaba protección, decidió Menagliotto. Él estaba dispuesto a dársela y respondió encantado todas sus preguntas sobre las hierbas locales.

En otro extremo de la mansión, Pedro acababa de encontrarse con Simón de Valdez.

El tesorero lo saludó con un amigable golpecito en el hombro que lo sorprendió.

—Le agradezco la invitación, don Simón.

—Y yo agradezco que haya venido. No suele honrarnos con su presencia en las fiestas, don Pedro. Aunque sí sé de sus visitas al salón —completó la frase con una risotada y un gesto a un esclavo para que se aproximara. Valdez siempre tenía uno o dos sirvientes a pocos pasos.

—Vino para mí y para mi amigo —ordenó.

El vino español era una rareza. Difícil de conseguir y muy caro. Pero el tesorero tenía muchos arcones con la deliciosa bebida traída ilegalmente en sus depósitos. Servirla en una fiesta era otra muestra más de su poder. En menos de un minuto las copas estaban frente a ellos.

—Quisiera pedirle un favor, don Pedro. Es de gran importancia para mí, y dado los negocios que nos unen, me animo a pedirle lo que le voy a pedir.

La misma palabra repetida tantas veces le dijo a Pedro que aquello no sería un pedido sino una orden.

Valdez hizo una pausa, esperando un consentimiento tácito. Pero ante el silencio de Pedro se vio obligado a continuar.

—Un primo de doña Lucía busca integrarse a nuestra comunidad a través de una unión matrimonial. Supe que dicha dama está interesada pero hay algo que la frena: la oposición de su hijo. No es que le quepa al muchacho darle autorización alguna, pero la madre no quiere enemistarse con él. Por eso busca su aprobación antes de aceptar. Para complacerla, el candidato me ha pedido ayuda. Por eso estoy aquí hablando con vuesa merced.

A medida que escuchaba las palabras de Valdez, Pedro se sintió atrapado. Había llegado hasta allí llevado por su propia codicia y ésta se le había vuelto en contra. No podía negarse a un pedido directo de uno de los hombres más poderosos de la ciudad. Enemistarse con Valdez equivalía a perder todos sus negocios.

Con dificultad tragó la amarga saliva que llenaba su boca y fingió una tranquilidad que no sentía.

—Mi madre no necesita mi aprobación para casarse, don Simón. Mismo así, estaré a su lado si esa unión es el ferviente deseo de ella, y de vuesa merced —agregó.

—Así se habla, don Pedro. No tenía dudas de su respuesta. Brindemos por esa boda.

Volvió a hacer un gesto y apareció otro esclavo con una bandeja, esta vez con cuatro copas. Detrás de él vio avanzar a su madre, apoyada en el brazo de un desconocido. Pedro apretó las mandíbulas. No tenía cómo huir. La pareja llegó a su lado y Valdez disfrutó de la pomposa presentación:

—Don Pedro de Aguilera, hijo de los fundadores de la ciudad don Miguel de Franco y Guijón y de doña Juana de Aguilera, éste caballero es don Edmundo dos Santos. Creo que pronto serán parientes.

Pedro apenas inclinó la cabeza en señal de respeto hacia el portugués, sin abrir la boca. Después se acercó a su madre y apoyó sus labios en la frente de ella, aplastando su delicado peinado.

A doña Juana no le importó. Suspiró aliviada. Necesitaba la aprobación de su hijo para el paso que estaba a punto de dar.

Ese beso le transmitió la tranquilidad que buscaba. Una sonrisa se dibujó en su rostro y la iluminó desde adentro. A su flamante prometido le pareció que estaba más bonita que nunca. Dos Santos se había fijado en ella porque su prima se la había señalado en misa como una de las posibles candidatas beneméritas. Doña Juana era vecina fundadora, había llegado con Garay. Una boda con ella sería la garantía para quedarse legalmente en esa ciudad.

Doña Lucía también le había mostrado a otras dos jóvenes casaderas, hijas de beneméritos necesitados de dinero. Sin duda estarían dispuestos a entregarlas a un próspero comerciante. Pero a él le gustó más la mayor. Le resultaba difícil calcular su edad, Lucía dijo que tenía un hijo ya adulto. Dos Santos la estimaba cercana a sus treintaisiete. No quería una niña a su lado. Tampoco una anciana deslucida. La imagen de doña Juana, con su mantilla de encaje negro sobre su cabello también oscuro, le resultó tentadora. Le pidió a Lucía que se la presentara y su prima aprovechó para que se cruzaran en ese mismo momento. Unos días después Dos Santos simuló un encuentro casual con la dama en la calle, antes de ir a misa y caminó a su lado hasta la iglesia. A la salida se ofreció a acompañarla y tímidamente ella aceptó su brazo. No le importaron las miradas de las otras damas que salían de allí que se decían sus amigas. Ella era viuda y decidió aprovechar una de las ventajas de ese estado: no dar explicaciones.

Doña Juana apreció la charla del caballero durante el trayecto y cuando él se ofreció a buscarla otra vez a la mañana siguiente aceptó. La compañía se hizo habitual y la disfrutó cada día durante dos semanas. Hasta que él le dijo que se ausentaría por un viaje a Brasil. Ella no pudo ocultar la desilusión en su rostro. Iba a extrañarlo. No lo dijo pero él lo supo. Le pasaba lo mismo. Se había encariñado con ella y realmente le gustaba su compañía. Dos Santos estuvo lejos casi dos meses. Al regresar fue directo a ver a doña Juana y sorprendió a Severina cuando pidió ser recibido por la dueña de casa a solas. La negra se quedó espiando desde afuera, lista para dar la alerta si el desconocido hacía algo sospechoso. Pero en cuanto doña Juana entró a la sala el hombre se puso de rodillas, tomó una de las manos de su ama y la besó. Sin soltarla le dijo algo que la hizo irrumpir en un llanto que desbordaba alegría, por lo que la esclava abandonó el puesto de vigilancia con discreción.

La reacción adversa de Pedro era lo único que opacaba la felicidad de Juana. Su hijo mayor ocupaba un lugar muy especial en su corazón. Lo había tenido siendo muy niña, y muchas veces sintió que crecían juntos. En sus primeros años en la Trinidad, junto a un marido al que casi no conocía, lejos de su Asunción natal y de sus hermanos guaraníes, la joven Juana sólo encontraba consuelo en el pequeño Pedro. Poco después del nacimiento de su primogénito volvió a quedar embarazada, pero el bebé no sobrevivió. Don Miguel no se lamentó demasiado, no era un hombre apegado a su familia ni sabía demostrar cariño. Cuando Pedro ya corría en el patio entre las gallinas, la cintura de doña Juana volvió a engrosar. Esa vez la niña nació muerta. Las lágrimas de la joven madre sólo encontraban consuelo frente a las risas de su único hijo. Después llegó Tadeo —un niño simpático que desde muy joven puso su cuerpo al servicio del Señor y por ese entonces estaba en las misiones jesuíticas en la selva del Guayrá—, y más tarde nació la rebelde Jacinta, felizmente ya casada y viviendo en Santa Fe. Durante unos años Juana no tuvo más embarazos. Ya había perdido las esperanzas de formar una gran familia, pero para su sorpresa volvió a concebir. Una niña. La llamaron Concepción, y al año siguiente llegaron otras dos juntas, Amanda y Justina. Después de eso don Miguel dejó de visitar la alcoba de su esposa.

Doña Juana no extrañaba los encuentros íntimos. Estos nunca le gustaron, eran su obligación. Pero echaba de menos las charlas con su marido. Los últimos años de su matrimonio se había generado en ellos una gran camaradería. Doña Juana esperaba tener eso con Edmundo dos Santos.

Cuando Pedro le transmitió su apoyo con el beso en la frente, sintió que su felicidad era completa.

El brillo de sus ojos y el repentino color que alegró sus mejillas hizo que la entrepierna de Dos Santos empezara a punzar. Por consejo de su prima Lucía, el portugués no se había insinuado sexualmente a la viuda todavía. Pero la deseaba cada vez más. No veía la hora de tenerla en su lecho.

Valdez, contento por el resultado de su intervención, se excusó y partió a darle la buena nueva a doña Lucía. Esperaba que su amante le demostrara su agradecimiento esa noche.

Liberado de su anfitrión, Pedro quería irse de allí. Estaba enojado por la situación, se sentía engañado. Se despidió de su madre y cruzó el salón buscando la salida. La multitud no le permitía avanzar. Vio abierta una puerta hacia el jardín y le pareció el escape oportuno. Al acercarse, sintió una sorpresa mayor aún que cuando llegó su madre colgada del brazo de un extraño. Aquella escena lo indignó. Esta nueva que le mostraban sus ojos le dolió. Fue como si hubiera recibido un golpe en el pecho. Allí estaba Isabella, de pie a apenas unos palmos de distancia de él, pero inalcanzable. La rodeaban tres caballeros que claramente competían entre sí por su atención. Y las risas de ella, esas mismas que tanto le gustaban, ahora le sonaron a burla. Le decían que la joven estaba disfrutando del momento.

Uno de los hombres que la rodeaban era mayor, de cabello entrecano. Pedro lo reconoció, era el médico italiano. A su lado había otros dos, más jóvenes. Las miradas seductoras que todos le dirigían a Isabella le provocaron ganas de matarlos. Pedro controló su ira con dificultad. Los celos eran una novedad para él. Pocas veces los había sentido, y nunca con esa intensidad. Le molestaba muchísimo que otros hombres se sintieran con derecho a coquetear con Isabella. No se detuvo a pensar que él tampoco tenía ningún privilegio sobre ella. Avanzó hacia el grupo e interrumpió la conversación. Ofreció su mano extendida en el aire entre ellos, con la palma hacia arriba esperando que ella aceptara la invitación:

—Disculpe la demora, doña Isabella. Me costó encontrarla. Le recuerdo que me había prometido bailar esta pieza.

Sorprendida por la aparición, a Isabella le costó reaccionar. Su corazón empezó a latir con más fuerza y eso le hacía difícil ordenar sus pensamientos. Él seguía con la mano suspendida pero uno de los aspirantes a conquistar a la joven extranjera se sentía con más derecho por haber llegado primero e intentó empujar su codo. Antes de que Pedro pudiera mover su brazo y utilizarlo para golpear al intruso, tal como preveía su gesto, Isabella apoyó su mano sobre la de él y apretó con fuerza el pulgar desde abajo.

—Por supuesto, don Pedro. Toda promesa es una deuda. Vamos.

Pedro sonrió triunfante. Se llevó a la joven frente a las narices del despechado galán y la escoltó hacia la pista de baile sin despegar los ojos de ella.

Isabella llevaba un vestido de seda verde esmeralda con mangas abullonadas jironadas y una anchísima falda. Lucía sobre él un jubón de terciopelo del mismo color. Una verdadera rareza en esas latitudes, donde todas las telas tenían los tonos de la tierra debido a las tinturas naturales. Llamaba la atención y no dejaba lugar a dudas en cuanto a su origen. Michela se lo había empacado en su baúl, junto con las joyas ideales para acompañarlo. Ella ya había vendido la pulsera de esmeraldas, pero aún tenía un colgante y zarcillos con piedras verdes, que realzaban el tono de sus ojos. Esa noche la anfitriona le había ofrecido comprárselos en cuantos los vio, pero Isabella logró negarse sin desairarla. Había asistido a la fiesta justamente para mantener la relación con doña Guzmán, por si debía venderle alguna otra joya en el futuro. Pero ya estaba aburrida y con ganas de irse a su casa. El médico italiano se había comprometido a llevarla en su carreta, pero aún no mostraba señales de querer partir. Dos jóvenes, uno nativo y otro español, estaban tratando de acaparar su atención, cuando don Pedro apareció de la nada ante ella y la sacó de allí.

Agradecida, dejó que la condujera hacia la pista de baile con piso de madera. Poco antes de llegar él se detuvo y sosteniendo su mano le dijo mirándola a los ojos:

—Debo hacer una confesión: te robé de allí porque no soportaba la forma en que te miraban esos imbéciles. Pero mi excusa no fue buena, porque no sé bailar.

Isabella estalló en una carcajada. Ese hombre que se mostraba siempre tan seguro, capaz de pelear con dos indios a la vez y de hacerla temblar con sus besos no sabía realizar algo tan natural y simple como bailar. Ella y sus hermanas lo hacían desde niñas.

La risa de ella no molestó a Pedro, se sintió aliviado por no verse obligado a seguir esos tontos pasos junto a los demás. Todos hacia un lado, todos hacia el otro… Eso no era para él. Cuando dejó de reír Isabella le dedicó una mirada extraña, decidida a divertirse un rato.

—No sé si podré perdonarlo, don Pedro. Tengo muchas ganas de bailar. Desde hace tiempo que no lo hago. Si vuesa merced no puede complacerme me veré obligada a aceptar a alguno de aquellos caballeros como compañero en la pista.

El gesto de Pedro cambió. Su mirada se endureció. Sus ojos se oscurecieron a través de sus pestañas entrecerradas y parecían echar chispas.

Antes de que se enfadara de verdad Isabella agregó rápidamente:

—Hay algo que vuesa merced puede hacer para que lo perdone: permítame que le enseñe a bailar. Aquí, ahora.

El enojo de la cara de él se transformó en espanto. ¿Aprender a bailar? ¿Y en público?

Presintiendo la negativa, la joven arriesgó:

—En el jardín, a solas, nadie nos verá.

Con su mano todavía apoyada en la de Pedro, lo guió hasta el exterior.

La casa de la Guzmán era una de las pocas viviendas porteñas con el lujo de tener un jardín al estilo europeo. Las demás tenían patios de tierra apisonada por donde circulaban perros, gallinas y patos dejando huellas de sus pasos con sus desechos. Allí, en cambio, las plantas recortadas mostraban el esmerado cuidado de los esclavos y las flores ya asomaban sus coloridos pétalos. Los caminos entre los arbustos invitaban a recorrerlos y había bancos de madera para descansar. Todo iluminado con antorchas. Isabella se olvidó por un momento que estaba en el Nuevo Mundo. Se sintió trasladada a Torino. Cerró los ojos y escuchó la música. Tuvo ganas de bailar.

Pedro la vio dar un par de vueltas entre las plantas, girando sobre sus pies, le pareció hermosa. En sus anteriores encuentros se había sentido atraído por Isabella, pero sin encontrarla bella. Ahora le parecía que no había otra mujer tan linda como ella. Su cuerpo había cambiado y llenaba con gracia el vestido. La seda marcaba sus curvas en los lugares exactos y el terciopelo del jubón se recortaba para revelar un tentador escote.

Se acercó hasta donde ella estaba y se rindió:

—Demostraste confianza en mí para aprender a disparar. Creo que eso me obliga a confiar en tu destreza para enseñarme un baile.

—¿Sólo uno? —dijo con una pequeña risa.

—Uno ya es demasiado —le dijo con seriedad.

Ella se conformó:

—Estará bien por ahora.

Justo en ese momento cesó la música y se escucharon las palmas.

—Pronto empezará la próxima pieza. Debe prestar atención, don Pedro.

—Será más sencillo si dejas de lado la formalidad, Isabella. Ya nos conocemos lo suficiente.

Ella se sonrojó, pero tuvo que reconocer que él tenía razón. Y aunque le costó, le dijo:

—Está bien. Caminaremos cuatro pasos hacia cada lado, tomados de la punta de los dedos y cuando la música se haga más rápida deberás tomarme por la cintura y girarme en el aire. Una vuelta completa hasta volver al mismo lugar y me tomas la mano nuevamente. Luego serán ocho los pasos hacia los lados y dos vueltas... ¿Cómo está tu brazo? ¿Crees que podrás levantarme?

—Ya no me duele y puedo moverlo perfectamente —respondió. Y agregó— Pronto descubriremos si puedo levantarte. Si terminas en el suelo recuerda que tú fuiste quien me curó.

Ella rió con ganas.

Pedro memorizó las indicaciones y no le costó caminar al son de los acordes sujetando apenas sus dedos. Cuando sus manos se posaron en la cintura de Isabella la hizo girar con facilidad, pero al depositarla en el suelo no quiso soltarla. Ella sintió la presión pero se escabulló y lo tomó de la mano, obligándolo a ir hacia los costados. En la vuelta siguiente él no la dejó ir. Permitió que sus pies tocaran el suelo pero la mantuvo entre sus brazos y la besó con suavidad. Isabella ya no intentó escapar. Se quedó pegada a él, disfrutando de su beso.

La música continuaba, pero ellos ya no la escuchaban. Ajenos a todo, sólo repiqueteaban en sus oídos los latidos de sus corazones y la fuerza de las respiraciones. La boca de Pedro se movía sobre la de Isabella con hambre, quería absorberla toda. Sus labios se abrían y cerraban sobre los de ella cada vez más deprisa. Su lengua empujaba buscando su par.

Isabella sintió que su boca se abría, invitándolo a recorrerla, cuando unas risas a sus espaldas la trajeron de vuelta a la realidad. No estaban solos al lado del río, sino en una casa junto a gran parte de la sociedad porteña. Separó sus labios de los de Pedro e intentó salir de su abrazo.

Él no se lo permitió. Cruzó los brazos detrás de su espalda y con su boca en la oreja de ella murmuró:

—Salgamos de aquí. La lección de baile ha concluido.

Ella asintió con la cabeza y estaba dispuesta a entrar para pedirle al doctor que la llevara a su casa, cuando Pedro apoyó una mano en un costado de su cintura y la obligó a caminar por el exterior, entre las plantas.

—Debo ir a buscar al *dottore*... Él me llevará...

—Olvídate de él. Yo te llevaré. Vamos por aquí, así evitaremos las despedidas.

A Isabella no le parecía apropiado retirarse a solas con un caballero, pero había descubierto que en la Trinidad muchas veces los límites de lo correcto se tornaban difusos. Se cruzaron con otras dos parejas que disfrutaban de la tranquila intimidad que ofrecía el exterior. Rodearon la casa por el jardín y al llegar al frente, mientras se ponían sus capas, Pedro pidió a un esclavo que le trajeran su caballo.

¿Pedro pretendía llevarla a caballo? Isabella no sabía montar. Le aterrorizaba la idea de subirse a un animal de esos. Estaba a punto de decirle que entraría para buscar al doctor Menagliotto cuando apareció un esclavo con el enorme caballo palomino y antes de que ella pudiera hablar, él ya la estaba tomando por la cintura.

—No, no quiero subir... No puedo...

Pedro ignoró sus reclamos, la alzó con facilidad y la sentó de lado delante de la montura. Apenas unos segundos después se ubicó con destreza detrás de ella.

Isabella estaba aterrada. Miraba hacia abajo y veía el suelo muy lejano. En cuanto el caballo empezó a moverse sintió miedo de caerse y se aferró al brazo derecho de Pedro que llevaba las riendas. El sintió su miedo y rodeó su espalda con el izquierdo, sujetándola contra su pecho. Volvía a ser la joven indefensa que lo había cautivado. Eso lo conmovió. Quería transmitirle seguridad, que supiera que nada malo le pasaría estando con él.

Él llevó el caballo al paso. Isabella estaba tan asustada que viajó todo el tiempo con los ojos cerrados. Solamente cuando el animal se detuvo volvió a abrirlos. A pesar de la oscuridad, la luna llena le permitió ver que no estaban frente a su casa. Aún con miedo, preguntó:

—¿Por qué se detuvo el caballo? ¿Ocurre algo malo?

—Yo lo detuve. Esta es mi casa.

Los ojos turquesas la miraban fijamente. Isabella inspiró y preguntó:

—¿Y qué esperas que haga?

—Que entres conmigo.

Ella no respondió. Agachó la cabeza y la sacudió de lado a lado suavemente.

—Sólo quiero estar más tiempo a tu lado, Isabella. Me gusta verte y escucharte reír. Quiero besarte y disfrutar de tu compañía sin gente curioseando alrededor. Te prometo que no haremos nada que no quieras.

Mientras hablaba observaba el perfil de la joven. No quería dejarla ir. Las yemas de sus dedos acariciaron suavemente su mejilla. Ella sintió cómo su piel se erizaba. Volvió a negarse con la cabeza. Las palabras quedaban atrapadas en la repentina sequedad de su garganta. Pedro se resignó con un suspiro.

—Bien, te llevaré a tu casa —le dijo. Y tiró de las riendas hacia un costado para que el caballo se girara. Pero el animal se opuso y mostró su disgusto con un relincho, sacudió su enorme cruz, ladeó la cabeza y dio unos pasos en círculo en el lugar mientras golpeaba sus cascos.

La habilidad de Pedro le permitió controlarlo fácilmente, pero el susto fue demasiado para Isabella:

—¡Bájame de aquí ahora! ¡Por favor, ya! ¡Quiero bajar!

Pedro sintió su miedo y no quiso dejarla sola arriba del caballo encabritado. La tomó por la cintura y la sentó con cuidado sobre una de sus piernas mientras traía la otra hacia adelante por encima de la cruz del animal. Así, con ella sobre su regazo, Pedro dio un salto para caer con ambos pies en la tierra y ella entre sus brazos.

Isabella aún temblaba. Pedro no la soltó. Avelino, que dormía junto a la puerta esperando la llegada de su amo, había escuchado al caballo. Se asomó a tiempo para sujetar al animal y Pedro caminó hacia el interior de la casa todavía abrazándola. La llevó hacia la sala, suavemente iluminada por un candelabro con tres velas. Isabella miró a su alrededor y vio un ambiente sobrio, sin excesos a pesar del dinero del dueño de casa. A falta de estrado, había un largo sillón de madera donde recibir a las visitas. Unos almohadones de tela ayudaban a hacerlo más confortable. Pedro la sentó allí.

—Se nota la ausencia de una mano femenina —pensó ella complacida.

Qué tonterías se permitía su mente, se recriminó enseguida. Debía pensar en otra cosa: estaba sola en la casa de un hombre, y aún afectada por el susto. Pedro observó su palidez y pidió a Avelino agua fresca con azúcar. El esclavo trajo enseguida una bandeja con una copa. Pedro la tomó, se arrodilló frente a Isabella y la acercó él mismo a sus labios. Ella bebió y se sintió un poco mejor. Pero la cercanía de las manos de Pedro alteraba su respiración. Cuando él retiró la copa unas gotas de agua se volcaron sobre su barbilla. Ella iba a secarlas con el revés de la mano pero él la apartó suavemente y las absorbió con su boca. Primero el mentón y luego fue subiendo hasta sus labios. Estaban cálidos y naturalmente húmedos. Al sabor de ella que él ya conocía se sumaba la dulzura del azúcar.

—Una combinación exquisita. ¡Qué increíbles sensaciones me provoca esta mujer! —pensó Pedro y dijo—: Mi dulce Isabella. No imaginas cuánto te deseo.

Sus palabras la halagaron, pero a la vez la asustaron. Le gustaban sus besos, pero recordaba lo ocurrido en la tarde junto al río. La aterraba la idea de un contacto íntimo. No quería que ningún hombre la penetrase. Tendría que decírselo. El problema era hacerlo sin revelar su pasado.

—Dijiste que no haríamos nada que yo no quisiera —empezó a decir ella.

—Es cierto. Lo dije y lo cumpliré. Pero sé que pronto también me desearás. Y entonces te haré mía. Serás inmensamente feliz.

La voz grave de él la seducía, y la aterraba a la vez.

El percibió su temor. Y le dolió. Le dijo en voz muy baja:

—No debes temerme. No te lastimaré, cuando nuestros cuerpos se unan sólo tendremos placer.

Ante esa imagen las lágrimas inundaron sus ojos. No podía pensar en un encuentro carnal sin recordar el dolor y su impotencia con el verdugo moviéndose sobre ella. Sacudió la cabeza intentando borrar las imágenes y las lágrimas escaparon por debajo de sus pestañas cerradas. Empezó a temblar. Pedro la vio y tomó su cara entre ambas manos alarmado. No quería que ella lo rechazara otra vez. No toleraba que le tuviera miedo.

—Cuéntame, Isabella. Dime qué fue lo que te ocurrió para que temas el contacto con mi cuerpo. ¿Fue tu marido? ¿Él te lastimó?

A Isabella no le gustaba mentir. Había tenido que hacerlo desde su llegada para sobrevivir. Muchas veces, tantas que ya se había resignado y hasta acostumbrado. Pero con Pedro era distinto. No quería mentirle a él. Prefirió mentirse a sí misma diciendo que la idea de un marido que la lastimaba había partido de su boca. Empezó a contar lo sufrido en la cárcel como si la hubiera atacado el imaginario difunto.

—Fue una experiencia horrible. Yo era virgen. Sólo había recibido unos besos antes. Pero fueron besos inocentes, puros. Nunca había sentido esto que me provocas…

Pedro la escuchó y asintió. Le creía. Los besos con ella también le causaban sensaciones desconocidas hasta entonces.

—Continúa con tu historia.

—Esa noche él entró a donde yo estaba y quiso tomarme para demostrarme su poder sobre mí. Yo me negué a entregarme. Me derribó con un golpe y me aplastó con su cuerpo. No me podía mover. Rasgó mi falda y mi ropa interior... y sentí un dolor tan fuerte que me quitó la respiración.

—Me alegro de que esté muerto, me ahorra el trabajo de matarlo yo mismo —Pedro no pudo contener sus palabras. Se puso de pie de un salto y empezó a caminar de un lado a otro. Apretaba los puños deseando tener entre ellos la garganta de ese desgraciado. Al volverse la vio llorar e intentó calmarse.

Mientras Isabella hablaba las lágrimas corrían por sus mejillas. Muchas. Bañaban su rostro y caían hasta su vestido.

A Pedro le dolía verla y escucharla. Pero intuía que sólo si arrancaba ese recuerdo de su alma ella podría sanar. La ayudó a continuar:

—Esa bestia te forzó contra tu voluntad.

Ella asintió:

—Fue esa única vez. Pero no puedo sacarla de mi cabeza. Se sacudió mucho rato aplastándome contra el piso. Dolor, dolor, dolor... —dijo entre sollozos—. No logro olvidar...

—Lo lograrás, lo olvidarás. Yo te ayudaré.

Se sentó a su lado y la abrazó suavemente. Dejó que la cabeza de ella descansara en su pecho durante un rato, hasta que las lágrimas dejaron de brotar.

De a poco Isabella fue recobrando la calma. Le gustaba escuchar los latidos de Pedro. Su oreja había quedado apoyada a la altura de su corazón y descubrió que ese sonido acompasado la tranquilizaba. Cuando él intentó incorporarla, ella le pidió:

—No, por favor. Quiero escuchar tu cuerpo unos momentos más. Me hace bien.

El la abrazó con fuerza en la misma posición y la besó con suavidad en la coronilla.

—¿Lo ves? Mi cuerpo sólo quiere hacerte bien. Déjame hacerte feliz, Isabella.

Ella levantó su rostro hacia él y le regaló una leve sonrisa. Las lágrimas se habían secado.

La angulosa mandíbula de él se relajó. En medio de la barba que oscurecía sus mejillas asomó una triunfal línea de dientes. Su alegría era sincera. No quería ver a Isabella sufriendo. Quería hacerla feliz. Y le pareció que era el momento de empezar.

Isabella lo vio ponerse de pie y desabrocharse el jubón de terciopelo y le dedicó una mirada interrogante.

—Sólo quiero quitarme esto porque está mojado, me han llovido algunas lágrimas encima.

Ella no pudo evitar reír. Luego se quitó los anchos pantalones de seda e Isabella volvió a mirarlo asustada.

—Confía en mí. Tengo otro par ajustado debajo, son unas medias tan gruesas que se sienten como otro pantalón. ¿Lo ves?

Isabella lo miró a la luz de las velas, mientras se acomodaba la amplia camisa de encaje sobre las calzas. Vio el vello oscuro de su pecho asomar por el escote de la camisa y calculó que le gustaría apoyar su oreja allí otra vez, sin la tela entre ellos. También le gustó ver las formas de sus piernas. Se marcaban perfectamente todos sus músculos.

Pedro la detectó observándolo y sonrió.

—Me gusta que me mires.

Ella enrojeció.

—Nada de lo que nos guste debe avergonzarte, Isabella. Déjame enseñarte a disfrutar de tu cuerpo. Y del mío. De ambos. Tal como te dije, haremos sólo lo que tú quieras.

Ella asintió mientras un calor subía desde su pecho, llegaba a su rostro y le quemaba las mejillas.

—Estás hermosa. Quiero ver más de ti.

La tomó de la mano para ponerla de pie y con cuidado desprendió los broches de su jubón y los moños de su camisa de seda. Le sacó las dos prendas. Luego desató las cintas de su enorme falda verde y la dejó caer. Había otra más clara debajo. Ella se rió ante la mueca de decepción de él. Lo ayudó a desatar la saya que daba forma a la anterior. Una cayó sobre la otra y ella quedó atrapada en el centro de una enorme montaña de tela. Tendió sus brazos hacia Pedro para que la rescatara de allí. Él sintió que su miembro se hinchaba. La imagen de Isabella cubierta apenas con su corsé y su ropa interior pidiéndole que la tomara en sus brazos le aceleraba la respiración. Obedeció con rapidez. La levantó por la cintura con ambas manos y la alejó de la ropa caída. Al bajarla nuevamente la pegó contra su cuerpo. A pesar de sentir la dureza de su miembro, ella no opuso resistencia al abrazo. Le gustaba la sensación que le provocaba. Poco después levantó la cabeza ofreciéndole sus labios. Pedro los tomó con ganas. Los besó juntos, después los separó con la punta de su lengua y los besó de a uno. Eran carnosos. No se cansaba de ellos.

Isabella descubrió que ese jugueteo le provocaba una incomodidad en la entrepierna. Se sentía mojada, igual que en el encuentro junto al río. Los besos de él continuaron, ahora bajando por su cuello hasta llegar a las cimas de sus pechos. Estaban atrapados por el corsé para lucir el escote del vestido de fiesta, parecían servidos en una bandeja especialmente para él. Pedro agachó la cabeza y apoyó sus labios sobre ellos. Los mojó recorriéndolos con sus besos hasta llegar al pezón. Allí apartó la fina tela de la camisa que apenas los cubría. Isabella gimió. No estaba acostumbrada a sentir sus pechos desnudos. En su infancia le habían enseñado a dejarse la camisa para bañarse y se la quitaba sólo para secarse y ponerse otra enseguida.

A Pedro le gustó escucharla gemir y cubrió el pezón con su boca. Lo saboreó. Lo acarició con la lengua y la punta de los dientes hasta dejarlo erguido. Sólo lo abandonó para hacer lo mismo con el otro. Isabella sentía que sus piernas flaqueaban. Se enderezó y arqueó la espalda hacia adelante. Aunque lo hizo sin intención, impulsó sus pechos más profundamente en la boca de él.

Pedro emitió un gruñido de satisfacción. Intentó ignorar el dolor punzante en su miembro. Se separó de Isabella y se ubicó detrás de ella para aflojarle las cintas del corsé. La liberó y lo arrojó a un lado mientras rozaba su nuca delicadamente con sus labios. Con cuidado le sacó la camisa por encima de la cabeza.

175

—Aunque me gusta el peinado porque me permite besar tu cuello, me encantaría ver cómo luce tu cabello.

Inmediatamente la joven subió los brazos y cumplió su deseo. Sacó con rapidez las horquillas que sujetaban el tocado. Suaves ondas color miel cayeron en cascada sobre su espalda desnuda. La giró y vio deleitado como algunas también enmarcaban sus pechos redondeados.

—Eres hermosa. No me canso de decírtelo. Espero que no te canses de oírme.

—Me avergüenza que lo digas, pero no me cansa.

La timidez de ella lo divertía. Sentía pudor y a la vez desbordaba sensualidad.

—Te haré perder esa vergüenza a fuerza de besos —le dijo él entre risas. La besó en los pechos nuevamente, pero esta vez con besos cortos y delicados. Y con ellos fue recorriendo todo su torso. Al llegar a la cintura sus dedos se deslizaron por el borde de los calzones y liberaron su moño. Él siguió besándola. Su boca estaba en su ombligo cuando sus manos tiraron hacia abajo y la tela de algodón cayó sobre sus tobillos. Isabella quedó completamente desnuda y él dio un paso atrás para verla en su totalidad.

—No, por favor. No me mires.

Él la ignoró.

—Justamente te desnudé para poder mirarte. Eres tan hermosa.

Su mirada paseó por su vientre, las curvas en sus caderas y el vello que oscurecía el triángulo en la unión de sus piernas.

Elevó los brazos y con un rápido movimiento se quitó la camisa. Ella estaba admirando su pecho y sus brazos musculosos. Era muy distinto tenerlo de pie semidesnudo que tendido sangrando o delirando de fiebre. Vio que su cicatriz se estaba aclarando. Excelente señal. Recorrió su vientre y sus ojos siguieron la línea de vello que desaparecía debajo de sus calzas. Cuando él bajó las manos para desatar las cintas de sus propias medias le pidió:

—Espera. No te las quites aún.

Él se detuvo.

—Muy bien. Te dije que sería como tú quisieras.

Se acercó al sillón, tomó los almohadones, los ubicó todos juntos en el piso formando un improvisado colchón y se echó en ellos. Las medias oscuras no ocultaban su erección. Ella desvió su mirada de allí. Si su falo lograba levantar la tela de esa manera seguramente era enorme, estimó angustiada.

Él vio su cara de preocupación y adivinó su miedo.

—Es grande, sí, pero nunca te lastimará. Ven aquí, a mi lado. No me temas. Por favor.

Isabella vio a ese poderoso hombre echado a sus pies y no sintió miedo. Sus facciones eran admirables, delicadas sin ser femeninas. En algún momento él había perdido el lazo que sujetaba su cabello y ondas oscuras de diferentes largos jugaban en sus mejillas. Y le gustaba su barba prolijamente recortada. Miró los fuertes brazos que la habían sostenido y el pecho que la había protegido un rato antes y sintió ganas de tocarlo.

Se arrodilló a su lado y llevó una mano hasta su herida. La tocó con suavidad. Sus dedos la acariciaron y luego recorrieron su pecho, jugueteando con el vello que allí nacía. Pedro cerró los ojos y disfrutó su toque. Como sabía que no la veía, junto coraje y se recostó junto a él. El calor en su entrepierna no aflojaba. Suavemente apoyó su oreja encima de su corazón y prestó atención. Esta vez los latidos no transmitían calma. El corazón de Pedro pulsaba a gran velocidad. Podía escucharlo.

—Tú eres la culpable de esos latidos veloces, Isabella.

Ella seguía en el mismo lugar, le gustaba sentir sus suaves vellos contra su mejilla. Giró su boca apenas unos centímetros y la apoyó sobre el pecho de él. Lo besó allí tímidamente y le gustó. Siguió haciéndolo y escuchando cómo él le respondía con suaves quejidos.

Mientras lo besaba y lo creía quieto, Pedro la sorprendió deslizándole su mano en la entrepierna. Sus dedos recorrieron esos pliegues húmedos convirtiéndolos en el centro de toda su atención. Isabella pensaba que toda la sangre de su cuerpo se acumulaba allí. Sintió un dedo de Pedro moviéndose en su interior. No le dolió. Le gustó. Toda la zona latía. El calor se expandía. Llegaba a cada rincón de su cuerpo. Su cabeza giraba. Nada más importaba.

Pedro escuchó su respiración entrecortada y calculó que estaba lista. Retiró los dedos y apenas movió el borde de sus pantalones para liberar su dolorido miembro.

Isabella estaba acostada de lado cuando Pedro se apoyó contra su vello púbico. Instintivamente ella se echó hacia atrás y cayó de espaldas sobre los almohadones. Pedro se ubicó encima de ella sin aplastarla, repartiendo su peso entre rodillas y manos. Sólo agachó la cabeza para besarla con los labios separados. Sintió que su boca lo recibía con ganas a pesar de su miedo y le introdujo la lengua. Isabella torció su cabeza para besarlo mejor.

La respuesta lo estimuló y acercó su pelvis. Isabella sintió la dureza de su miembro contra su cuerpo desnudo y se quedó muy quieta. Pedro percibió su reacción y volvió a besarla. Ella no se resistió. Le devolvió el beso, aumentando su pasión. Él empezó a moverse lentamente, frotándose con suavidad en la parte más sensible de ella. La cabeza de su pene se resbaló en la mojada abertura que encontró y ambos gimieron. Pedro se detuvo, miró la cara de Isabella debajo suyo y le dijo suavemente:

—Abre tus ojos. Mírame.

Los ojos turquesas de él se fijaron en los dorados de ella y se quedó muy quieto, no se movió ni un poco. Le estaba pidiendo permiso.

—Sólo cuando tú quieras —susurró.

Isabella entendió el esfuerzo que estaba haciendo. Sabía cuánto la deseaba. Ese gesto desarmó la última traba que la detenía. Sin necesidad de palabras, lo miró a los ojos y asintió. Enseguida su cuerpo se abrió para él, Isabella separó las piernas naturalmente y Pedro se deslizó en su interior sintiendo que llegaba a un lugar nuevo, desconocido. Isabella no era virgen pero sí muy estrecha. Su pene era grande y grueso, apenas podía moverse sin provocarles a ambos una fricción tan dolorosa como desesperadamente placentera. La abundante humedad de ella le facilitaba la tarea. Pedro se retiró casi totalmente y volvió a hundirse. Lo repitió una, dos, tres veces. Más de diez. Cada vez que entraba le arrancaba a ella gemidos de placer y eso lo enloquecía. Sentía que su propio placer estaba muy cerca pero se contuvo, quería darle más a ella en esa primera vez. Siguió moviéndose hasta que en una de esas embestidas Isabella arqueó la espalda hacia atrás, elevando sus pechos y dejando caer la cabeza. El suave quejido que salió de sus labios fue la canción más hermosa para sus oídos. Acompañó su quietud enterrándose firmemente en ella y la explosión que sintió al chocar ambas pelvis le provocó un grito gutural que tapó cualquier otro sonido. No se comparaba con nada que hubiera sentido antes. Le parecía que había alcanzado la cima de una montaña muy alta. Y desde allí se dejó caer. Estaba tratando de recuperar su respiración cuando escuchó un sollozo. Isabella lloraba en silencio entre sus brazos. Con su miembro aún dentro de ella, no sabía cómo consolarla. Se retiró con lentitud, intentando no dañarla, pero ella soltó un quejido ante la pérdida. Le gustaba tenerlo con ella.

La abrazó y dijo:

—Tienes más lágrimas de las que imaginaba.

Para sorpresa de él, Isabella lo miró con una gran sonrisa:

—Estas son de felicidad. Nunca pensé que pudiera existir algo tan hermoso.

Pedro no dijo nada. Esa mujer era realmente increíble. Le hizo descubrir un mundo nuevo. Apoyó sus labios suavemente sobre los de ella y se echó a su lado. Cerró los ojos unos segundos y sin darse cuenta se quedó dormido. Cuando despertó Isabella dormía junto a él.

Estaban recostados en los almohadones lado a lado. El brazo de él cruzaba por encima de ella y su mano descansaba sobre su seno cubriéndolo por completo. Lo acarició y eso la despertó.

—Me gusta tenerte cerca. Quiero más de ti, tenerte toda para mí.

—Aquí me tienes.

—Pero quiero que seas sólo mía. Hoy casi enloquezco en la fiesta al verte codiciada por esos buitres.

Isabella lo silenció apoyando suavemente dos dedos sobre sus labios.

—Shhh… En cuanto me ofreciste tu mano la tomé. No me fui

con ellos. Olvídalos.

Él aprovechó la cercanía de los dedos con su boca y empezó a besarlos. Luego los chupó. A ella la sorprendió el gesto pero le gustó. Supuso que a él también le gustaría y lo imitó. Tomó su mano e introdujo su índice en su boca. Lo mojó con su lengua y jugueteó girándole alrededor. Pedro la observó mientras ella lo hacía y su mirada se encendió. Su miembro reaccionó, listo para entrar en acción otra vez. Se giró hasta quedar encima de ella y murmuró mirándola a los ojos:

—Eres única, Isabella. Te deseo como nunca deseé a nadie en mi vida. Quiero amarte hasta que tu cuerpo quede marcado en mi piel de la misma forma en que acabas de marcar mi corazón.

Ella no respondió. No podía hablar. Las olas de sensaciones que la atravesaban iban creciendo en intensidad. Escuchaba sus propios latidos golpeando con fuerza. Mientras él la acariciaba, Isabella presintió que no se iría de allí antes del amanecer.

Capítulo 12

El embarazo de Giulia avanzaba sin complicaciones. Su barriga crecía y habían tenido que estirar el guardainfante ya dos veces. Aunque prácticamente no salía de la casa, iba a misa a diario, al igual que el resto de los porteños. Ella, Isabella y Tomassino asistían a la iglesia de San Francisco, ubicada muy cerca de su casa. Allí la joven le rezaba al santo de los pobres para que su hijo naciera sano. Temía que el viaje en barco pudiera haberle afectado.

Isabella la descubrió más de una vez sentada a la sombra de un álamo plateado, en el patio de tierra, acariciando su hinchado abdomen. Su mirada no estaba perdida sino que apuntaba a donde anidaba su niño y le hablaba con voz suave.

—Es una buena señal —pensó Isabella—. Está olvidando los horrores del pasado y mirando hacia el futuro.

Ella misma también había logrado olvidar al despiadado hijo del conde. En su mente ahora sólo había lugar para Pedro. Pensó en la noche anterior y una sonrisa brotó en sus labios. Él la dejó en su casa poco antes de que sonaran las campanadas de las seis. El cielo apenas empezaba a iluminarse. La llevó en el lomo de una mansa yegua y apretada contra su pecho. Ella casi no sintió miedo. Sentía muchas otras cosas. La principal, una inmensa alegría por haber descubierto el amor. Nunca había imaginado que fuera así. Recordó las charlas con Michela sobre las pasiones incontenibles y soltó una carcajada. Ella no le había creído entonces. Ahora sí. Pensar en Pedro aceleraba su corazón, agitaba su respiración. Quería estar todo el tiempo cerca de él.

Antes de dejarla Pedro le había arrancado la promesa de verse nuevamente la tarde siguiente. Casi no había dormido, pero aceptó.

Isabella debía ir hasta la chacra para hablar con su capataz y él se ofreció a acompañarla. Un paseo al aire libre les permitiría disfrutar de su mutua compañía.

Poco después del almuerzo la esclava Rosaura anunció la llegada de un caballero y su séquito.

Isabella se extrañó por la descripción de la chiquilina, pero se aprestó a ponerse su capa y su sombrero. Una dama no podía salir sin ellos.

Lo que encontró en la calle la dejó sin habla. Pedro estaba de pie junto a su alto caballo rubio de siempre y a su lado cuatro esclavos estaban acomodando las cortinas de una silla de mano vacía. ¿Acaso él suponía que ella iba a viajar allí?

La sonrisa que Pedro le dedicó al verla borró cualquier otro tema de su mente. Él se acercó, tomó su mano y la besó apoyándole sus labios por un largo rato. Ella sintió que los latidos de su pecho se aceleraban tanto que invadían hasta su estómago.

—Te he extrañado cada momento desde que te dejé.

No exageraba. Casi no había podido concentrarse en sus tareas. A pesar de su amplia experiencia sexual, recordaba el placer de la increíble noche que habían pasado juntos, con sus nuevas sensaciones. Y la emoción que lo invadió al rencontrarse con ella también fue una novedad.

Las palabras con que lo recibió Isabella sumaron alegría a su ya exultante ánimo:

—Yo también he pensado en ti todo el día.

—La solución para eso será encontrarnos otra vez esta noche —respondió él velozmente y con una mirada que revelaba a las claras sus intenciones.

Ella rió y sostuvo su mirada, pero no le respondió.

—Será mejor que partamos, así no regresaremos tarde —Pedro habló y dio un paso al costado extendiendo su brazo hacia la silla portátil, invitándola a subir.

—Yo no voy a viajar en eso. Los esclavos no son caballos ni bueyes. No los obligaré a transportarme hasta la chacra.

El tono decidido de Isabella lo sorprendió tanto como el

contenido de sus palabras.

—Pero tú temes a los caballos. ¿Cómo piensas ir hasta allá?

—Pues... caminando. Una tarde que se rompió la rueda del carro en la chacra, Tomassino y yo regresamos a pie.

—Déjate de tonterías. La silla de mano es el transporte ideal para una dama. Además mi carro partió hoy temprano a la estancia y aún no regresó. Esta es la mejor solución. Sube ya que se hace tarde.

—Dije que no. Los esclavos no son animales, son personas. Aunque en estas tierras no estén acostumbrados a tratarlos como tales

El tono helado de su voz y los brazos cruzados sobre el pecho hicieron que Pedro se acercara a su lado para convencerla. La tomó por los hombros y la giró hacia él.

—A ellos no les incomoda llevarte. Es una de sus tareas. Quizás no estabas habituada a tener esclavos en tu casa, pero aquí en las Indias son muy necesarios, son parte de nuestra vida.

—En mi casa teníamos sirvientes, a quienes se les pagaba por su trabajo. No comprábamos sus vidas. No me subiré.

—¿Por qué eres tan terca y obstinada? —exclamó él exasperado.

A Isabella no le gustó ver a Pedro enojado.

Las manos de él en sus hombros parecían quemarla. Pero sus palabras le dolían. ¡Terca y obstinada! Se soltó con una sacudida de hombros. ¿Cómo se atrevía a llamarla así? Era cierto que cuando se proponía algo se esmeraba para lograrlo, pero eso no merecía un insulto.

—No tienes derecho a ofenderme.

—No te quise ofender. Sólo dije la verdad. Nos perderemos una agradable tarde juntos porque eres terca y obstinada.

Isabella se mordió el labio inferior mientras pensaba. Quería compartir el paseo con él, pero no le gustaba la idea de viajar sobre la espalda de cuatro esclavos.

—Lo siento. No puedo hacerlo.

Pedro arriesgó:

—Entonces ven conmigo en mi caballo.

Isabella palideció. En silencio negó con la cabeza y bajó la mirada.

Habiendo agotado sus recursos, Pedro apretó los puños y se acercó a su oído para decirle en un duro tono:

—Lamento que no quieras acompañarme. Muy pronto te arrepentirás. Nos lastimas a ambos por un capricho.

Se dio vuelta y en un mismo salto subió a su caballo y lo espoleó antes de que ella pudiera responder. Hizo un gesto a los esclavos para que lo siguieran y se sacó el sombrero hacia ella en señal de despedida.

El galope del caballo levantó una nube de polvo que cubrió a los esclavos mientras se alejaban con la silla sobre sus hombros. En unos segundos Isabella ya no podía distinguir nada. Se quedó parada sola frente a su puerta.

Cuando entró a la casa encontró a Giulia de buen humor, su gran barriga estaba cubierta con un delantal y se dirigía al patio del fondo, a la cocina.

—Quiero preparar un dulce con estas frutas oscuras que trajo Tomassino. Son ácidas pero creo que con azúcar quedarán bien. ¿Me ayudas?

Isabella quiso contestarle que sí a su hermana, pero las lágrimas la invadieron y quebraron su voz. Sacudió la cabeza y se marchó a su habitación. Quería echarse sobre la cama y llorar durante horas. Se había negado a hacer lo que más deseaba: estar con Pedro. Estaba enojada consigo misma. Se sentía una tonta. Las palabras de él resonaban en su cabeza: "nos lastimas a ambos... te arrepentirás". Tenía razón. Había sido terca y no estaban juntos ahora por culpa de ella. Intentó calmarse pensando que cuando lo viera le pediría disculpas.

Los pensamientos revoloteaban en su mente y la atormentaban. ¿Y si no se lo cruzaba en los próximos días y él la olvidaba? Con su aspecto y su riqueza fácilmente podría encontrar consuelo en brazos de otra mujer. Recordó con una punzada de celos a la esclava que amamantaba a su hijo mulato. ¿Y si él estaba ahora con alguna esclava? Probablemente tenía muchas a su disposición en su casa.

La angustia no la dejaba dormirse, pero estaba agotada por la noche en vela y finalmente el sueño la venció.

Una semana después la Plaza Mayor estaba alborotada. No era un día común. Desde allí partiría la caravana de esclavos al Potosí. En tiempos del gobernador anterior esos preparativos se hacían en una zona alejada, cerca del depósito de esclavos. Pero la complicidad de Leal de Ayala permitía organizar ese traslado ilegal frente al mismísimo fuerte de la ciudad.

Se aprestaban a partir treinta carretas cargadas con mercaderías y tras ella se formaba una fila de más de ciento cincuenta esclavos. Había hombres, mujeres y niños. Cada uno tenía grilletes en manos y pies, además de otra cadena que los unía del cuello a sus compañeros en la hilera. Los más ancianos y débiles se habían descartado porque no resistirían el viaje. Serían unos cuarenta días caminando por planicies, sierras y luego montañas. Muchos de los jóvenes tampoco lograrían llegar. Algunos morirían por agotamiento, otros por enfermedad. Para no detener la caravana, cuando algún esclavo caía y ni siquiera respondía a los latigazos, los traficantes le cortaban la cabeza para sacarlo de la cadena principal y lo dejaban allí. Pero eso no les convenía a los dueños de la mercadería. Cada pieza que no llegaba era una gran pérdida. Un esclavo que se pagaba entre cien y ciento cincuenta maravedíes en el Río de la Plata podía venderse a seiscientos o setecientos en el Potosí. Quienes explotaban las minas de plata necesitaban renovar constantemente la fuerza de trabajo para seguir extrayendo sus grandes riquezas. Las duras condiciones dentro de la montaña causaban una alta mortalidad entre indios y negros. Como los africanos eran más resistentes, los potosinos los preferían y pagaban buenos precios por ellos.

Para no perder dinero, los traficantes de personas habían aprendido que les convenía fortalecer a los negros antes de enviarlos en esas duras caravanas. Así, cada vez que llegaba un barco de África, el dueño se ocupaba de poner en condiciones a su cargamento humano. Después de aplicarles en el hombro su carimbo —un sello de hierro con la marca del propietario que se calentaba al rojo vivo—, los llevaba a un galpón. Allí los encerraban mientras los alimentaban con harinas y carnes para fortalecerlos, les daban naranjas para que no se les cayeran los dientes, y apartaban a los enfermos para evitar los contagios. Ese tratamiento de recuperación y engorde solía durar dos o tres meses. Luego los enviaban al Potosí a pie.

Esta era la primera partida de una caravana que Isabella presenciaba. La horrorizó lo que vio. Esclavos encadenados y acomodados en la fila a empujones, cuando muchos apenas entendían lo que les decían. Eran bozales, negros no enseñados. Recién llegados de Guinea o Angola, y que partían a un nuevo destino, cada vez más lejos de su vida anterior.

Isabella se sentía parecida a ellos, alejada de su hogar sin haberlo elegido, viviendo en un lugar extraño, con otra lengua y otras costumbres. Y ella también había sido prisionera, había llevado cadenas que lastimaron su piel. Recordó cómo había curado las heridas en sus muñecas mientras esperaba a Giulia en Génova antes de embarcar. Buscar hierbas y preparar el ungüento mantuvo su mente ocupada. Un recurso útil para alejar el miedo. Durante esos días casi no durmió, la aterraba la idea de que los inquisidores la atraparan. Cada vez que se acercaba un caballo a la posada su corazón se aceleraba por el pánico. Si volvía a prisión ya no tendría privilegios. La llevarían encadenada ante el verdugo Benedetto. La angustiaba esa posibilidad. Recién cuando el barco se alejó de las costas del Viejo Continente y se lanzó al mar abierto, Isabella pudo apartar el miedo de su mente. Pero el recuerdo siguió guardado en un rincón de su alma. Y la visión de los esclavos encadenados lo reavivó.

Isabella se estremeció. Estaba cerca de la pared de la iglesia, con Rosaura tras ella, cuando escuchó unos pasos a sus espaldas que se acercaban y se detenían. La plaza estaba llena. Imaginó que Pedro también iría. No lo había visto en toda una semana. Temió que estuviera evitándola. Pero sin duda no se perdería ese espectáculo. Y no se equivocó. Tan guapo como siempre, con su barba prolija y su cabello bien peinado, se tocó la punta del sombrero como saludo y se paró frente a ella.

Antes de que Pedro hablara, Isabella se le adelantó:

—Lo siento —le dijo—. No debí comportarme así.

La sonrisa de alivio de él le dijo que su enfado había desaparecido.

—Creo que podría perdonarte por el tiempo que perdimos si te ofreces a recuperarlo.

—No entiendo...

—Puedo organizar otro paseo para esta tarde, si lo deseas.

—Está bien —aceptó ella. Y enseguida agregó—, pero prefiero compartir tu caballo. ¿Podría ser la pequeña yegua amarilla, esa en la que me llevaste al amanecer?

Al decir la última frase se ruborizó. Él rió con ganas.

—Se llama bayo el pelaje de esa yegua. No hay problemas. Iremos en ella. Y por cómo te ruborizas veo que aún no pierdes tu vergüenza —le dijo.

Le fascinaba esa mezcla entre la inocencia natural de Isabella y la fogosidad que él sabía que se escondía en su interior. Presentía que ella podría liberarse más aún para disfrutar de sus encuentros amorosos. La había extrañado. Había viajado a la hacienda y en esos días que no se vieron la recordaba a cada rato. Deseaba tenerla a su lado. Volvió decidido a reconciliarse con ella. Su iniciativa le facilitó las cosas. Se fijó en sus mejillas enrojecidas y tuvo que reprimir las ganas de besarla.

Isabella asintió, pero su cara reflejaba tristeza.

—Pronto te enseñaré a no sentir más pudor. Anímate, sonríe.

—No puedo.

—¿Por qué? ¿Te ocurre algo malo?

—Es por todo esto —hizo un gesto amplio con su brazo señalando lo que ocurría en la plaza—. Me molesta ver cómo tratan a los esclavos. Los llevan peor que si fueran animales. Son personas.

—Los capataces son duros porque les están enseñando a obedecer —explicó tratando de justificarlos.

—Quieren dominarlos para venderlos a mejor precio. Sólo lo hacen por dinero.

A Pedro le incomodaron sus palabras. Porque eran ciertas.

Y él era uno de los que se beneficiaba si mejoraba el valor de los prisioneros. Cinco esclavos en la hilera le pertenecían. Eran el pago que recibía por los alimentos que les vendía a los contrabandistas para engordar a los africanos recién llegados. Pero no pensaba decírselo a Isabella. No quería mentirle, pero después de escuchar su opinión sobre la caravana prefirió cambiar el tema de la conversación.

—Tengo un recado de mi madre para ti. O mejor dicho, una invitación. Iba a ir hasta tu casa para transmitírtela si no te encontraba en la plaza esta mañana. Pero supuse que, como todos, estarías aquí.

A Isabella le gustó saber que estaba dispuesto a visitarla para verla. Entonces él también la había extrañado. Disimuló sus sentimientos y preguntó curiosa:

—¿Y qué se le ofrece a doña Juana?

—Te invita a su boda. Se unirá a un portugués, don Edmundo dos Santos. Y me ha pedido que te diga que le encantaría que asistieras.

—¿Le has contado algo a tu madre de nosotros? —preguntó alarmada. Si bien la moral no era muy rígida en esa ciudad, Isabella no quería que su nombre circulara en boca de todos.

—Claro que no, ¿crees que le cuento a mi madre cada vez que me quito los pantalones?

No le gustó que él hiciera referencia a su agitada vida sexual. Frunció los labios y lo miró con las cejas juntas para mostrar su enojo.

Él no se dio cuenta y continuó hablando:

—Ella nos vio bailando en el jardín en la fiesta de doña Lucía. Dijo que percibió que nos conocíamos más allá de la presentación en su sala. Y como está apurada con los preparativos, solicitó que la ayudara con algunas invitaciones.

—¿Cuándo será la boda?

—Dentro de dos sábados, en la misa de las doce, en la Iglesia Mayor.

—¿Tan pronto?

—El novio debe partir a Brasil el mes próximo y prefirieron casarse antes de su viaje. Entonces, ¿qué le respondo a mi madre?

¿Asistirás?

—Por supuesto. Doña Juana ha sido muy agradable conmigo. Allí estaré.

—También me pidió que invitara a tu hermana, díselo, por favor. En cuanto a esta tarde, ¿te parece bien que pase por tu casa después de almorzar?

Isabella asintió. Él se despidió con un beso en su mano y ella se quedó mirándolo mientras se alejaba con paso decidido hacia el tumulto en el otro extremo de la plaza. Su figura era como un imán para sus ojos. Le gustaba verlo caminar, tenerlo cerca, besarlo, hablar con él. Le gustaba todo de Pedro. Se había enamorado de él.

Suspiró sin quererlo y su atención volvió a fijarse en la caravana que ya arrancaba. Ruidos de cadenas, órdenes, gritos. Cuando escuchó el inconfundible sonido de los latigazos, se estremeció.

—Vamos a casa —le dijo a Rosaura, y se alejó lo más rápido que pudo de allí.

Cuando Pedro llegó a buscarla ya estaba de mejor ánimo. El viaje hasta la chacra fue lento a bordo de la vieja yegua, pero ambos lo disfrutaron. Pedro había colocado un almohadón delante de su montura e Isabella se sentó de lado sobre el animal. Sus cabezas quedaban casi juntas, por lo que podían conversar con facilidad.

—Cuéntame de tu infancia —le dijo Isabella.

—¿Qué quieres saber?

—Cómo fue.

—Para mí fue normal, pues no conocía otra cosa. Pero imagino que habrá sido muy diferente a la de alguien nacido en el Viejo Continente.

—Cuéntame a qué jugabas con tus amigos, por ejemplo.

—La mayoría de mis amigos eran indígenas. Fui uno de los primeros hijos de españoles nacidos en la Trinidad. Casi no había otros niños de mi edad. Así que jugaba con los hijos de los encomendados de mi padre. A él no le gustaba verme correr descalzo pero yo me divertía mucho junto a ellos. También aprendí a atrapar caballos: les lanzaba unas bolas atadas con correas que se enredaban en sus patas y les impedían correr. Ese conocimiento me es muy útil hoy cuando salimos en vaquerías desde la hacienda.

—¿Vaquerías? ¿Qué es eso?

—La caza de ganado cimarrón.

—¿Es una cacería organizada?

Las carcajadas de Pedro resonaron cerca de su oreja.

—No, su alteza. Puede que en su tierra la caza sea por placer, pero aquí lo hacemos para sobrevivir. Comemos su carne, vendemos el cuero y el cebo.

A Isabella no le gustó que se burlara de su falta de conocimiento, pero no dijo nada. Sin duda habían tenido vidas muy diferentes.

—Ese ganado, ¿son bueyes?

—No, vacas.

—¿Y de quién son esas vacas? ¿Tuyas?

—En teoría pertenecen al rey. Pero son animales salvajes, manadas traídas por Garay y Hernandarias que se reprodujeron naturalmente. Hoy están sueltas en la llanura y la Corona no se beneficia con ellas. El ganado envejece y muere. Por eso conviene cazarlo y aprovecharlo.

—¿Se puede cazar libremente?

—En realidad no, hay que tener un permiso especial del Cabildo para cada cacería.

—¿Lo tienes?

—A veces sí… —repuso con cuidado sin revelar demasiado—. Y también cazamos cuellos delicados, para comerlos…

Mientras hablaba Pedro se inclinó hacia adelante y besó la piel que aparecía entre el encaje de la gorguera y la oreja de Isabella. Ella rió porque su barba le hacía cosquillas, pero no se movió. A pesar de estar cómoda y de la creciente confianza adquirida, recordaba que estaba arriba de un caballo. El continuó besándola, descubriendo cada vez más piel de su cuello.

—Me gustas mucho, Isabella. Mucho. Cada vez más.

La voz de él sonaba más gruesa que lo habitual.

—Y te deseo cada vez más. Tienes un poder especial sobre mí. Me enciendes con tu presencia, con tu voz. Me fascina escucharte hablar. Beso tu cuello y ya quiero más de ti. Ahora mismo quisiera darte vuelta, girarte hacia mí y unirnos aquí, sobre este animal.

Isabella palideció ante esta última sugerencia y se tomó de sus brazos con fuerza.

Él la calmó enseguida:

—Dije que me gustaría, no que fuera a hacerlo. Sólo quise demostrarte lo que provocas en mí. Aún no me crees que no haré nada que tú no quieras, ¿verdad? Eres como una niña. Aunque el otro día fuiste toda una mujer. Se me ocurre que no sé tu edad. ¿Cuántos años tienes?

—Veinte.

—¡Santo Dios! No eres una niña pero sí mucho más joven que yo.

—¿Y tú cuántos tienes?

—Más de treinta.

Isabella se quedó un momento en silencio y luego dijo:

—¿Eso importa?

—¿Para qué?

—Para seguir viéndonos. ¿Te molesta esa diferencia?

Con una sonrisa y una mirada lasciva le dijo:

—No, y te recuerdo que no nos importó el otro día.

Ella le respondió con un suave beso sobre sus labios. La boca de él la imitó al instante y luego la abrazó sujetando con fuerza la mano debajo de su pecho, justo sobre el corazón de Isabella. Era la primera vez que ella lo besaba espontáneamente. Y eso le provocó una cálida sensación.

Una vez en la chacra Isabella se acercó al capataz. Pedro se ofreció a acompañarla pero ella le aseguró que no era necesario. Apenas le ordenaría detalles de rutina. Cascallar era un hombre de mediana altura, muy robusto, con una barriga que luchaba por escapar de su gastado jubón de cuero. Bajo su dirección los indios producían maíz y trigo. Isabella veía las extensas áreas sembradas y le costaba entender por qué obtenían tan poco por las ventas de las cosechas.

—Don Cascallar, quiero que espere antes de entregar los próximos barriles de semillas. Avíseme cuando estén listos. Intentaré negociarlos en otro molino.

—No es necesario, doña. Estamos recibiendo su justo valor.

—No lo creo. Por eso voy a probar suerte en otro lado.

—Pero todos los molinos pagan lo mismo. Eso es perder el tiempo. Y tardaremos más en cobrar.

—Me arriesgaré.

—No me parece…

—No le estoy consultando, don Cascallar —lo interrumpió con voz cortante—. Le estoy ordenando. Avíseme cuando la cosecha esté lista para el despacho. Buenas tardes.

El hombre se quedó mirándola con los ojos entrecerrados mientras Isabella se alejaba. Vio cómo Pedro la subía al caballo y se acomodaba luego detrás de ella. Definitivamente la viudita se había convertido en un problema.

Durante el regreso a la aldea ella le contó a Pedro las palabras que había intercambiado con su capataz.

—¿Por qué no me dejaste acompañarte? Podría haber negociado mejor que tú.

—No había nada que negociar. Ese hombre trabaja para mí, debe obedecer mis órdenes.

—Los hombres no están acostumbrados a recibir órdenes de mujeres en esta región.

—Pero Tomassino aún no domina el español. No tengo otra salida.

—Sí la tienes. Déjame ayudarte.

Isabella negó con la cabeza. Quería salir adelante sola.

—Podrías ayudarme dándome información. Dime cuánto te pagan por tus barriles de semillas y a quién se los vendes y yo iré a ofrecer allí mis mercaderías.

Pedro no quería decirle que negociaba con traficantes de esclavos y con molineros honestos indistintamente, según la demanda del día. Pero tampoco quería abandonarla a su suerte. Pensó unos momentos y le propuso:

—Son hombres a la antigua, no les gusta negociar con mujeres y mucho menos aceptarían tratar con una desconocida recién llegada. Te diré lo que haremos: suma tus barriles a los míos y en mi próxima entrega los negociaré todos juntos a un mejor precio. Ellos no lo sabrán y tú recibirás el valor de tu parte.

Isabella no estaba segura de aceptar. Él percibió su duda y sugirió:

—Hazlo al menos una vez. Si no te parece un buen negocio no lo repetirás.

Eso la convenció.

—Te avisaré cuando esté lista la cosecha para que la unas a la tuya.

Cuando entraron a la ciudad el sol ya buscaba juntarse con los árboles sobre la planicie. Era un hermoso atardecer. Pedro tenía muchas ganas de continuar el paseo hasta su propia casa, pero notó que el viaje había cansado a Isabella y dirigió a la yegua hacia la de ella.

Bajó él primero de un salto y luego la depositó en el suelo con cuidado. Sin retirar las manos que rodeaban su cintura, le dijo:

—Tengo tantas ganas de ti como siempre, pero veo el cansancio en tu rostro. ¿Quieres venir a mi casa mañana? ¿Qué te parece por la tarde? Nada mejor que una reparadora siesta…

Isabella rió, pensando con gusto en la propuesta. La tensión arriba del caballo la había agotado, pero de vuelta en tierra firme ya se sentía mejor. Las manos de Pedro todavía a su alrededor la encendían. No quería que las quitara de allí. No quería que él se fuera.

—La idea es tentadora, pero prometí a mi hermana que dedicaríamos todo el día de mañana al ajuar del bebé. Falta poco para que llegue el niño y estamos muy atrasadas.

La desilusión en la cara de él la animó a decir lo que sentía:

—Pero no quiero que te vayas. Podemos pasar más tiempo juntos ahora, aquí mismo.

—Tus deseos son órdenes, mi querida —le dijo acercándola más a su cuerpo.

—Espérame aquí un momento. Iré a ver dónde están todos.

Isabella conocía la rutina de la casa. Sólo confirmó que se cumpliera. Era la hora de la cena, su hermana y Tomassino estaban en el comedor y Lucinda sirviéndoles. Los demás esclavos, en el patio del fondo. Volvió a buscar a Pedro, le hizo un gesto de silencio y lo condujo de la mano hasta el segundo patio, donde entraron a su habitación. Cerró la puerta con cuidado y se dirigió a correr el cuero que hacía de cortina para permitir la entrada de aire y la salida del humo que generaba el brasero. El ambiente estaba cálido pero la densa humareda hacía arder los ojos y picar la garganta.

Mientras ella se movía suavemente Pedro la miraba. Contemplaba las facciones angulosas, la boca ancha, el cabello fino y sin un tono definido que acababa de revelar al sacarse el sombrero, las curvas de su cuerpo que se marcaban bajo la tela. El jubón de lanilla ocultaba sus pechos, pero ella lo desabrochó y lo arrojó en una silla junto con la capa. Se dejó el corsé y la camisa sobre la piel. Tampoco se animó a sacarse la falda. Se quedó quieta donde estaba, sin saber cómo seguir. Se volvió lentamente para mirarlo. Pedro estaba parado junto a la puerta. Se había quitado con cuidado sombrero, capa y espada. Pero seguía vestido. Llevaba botas de montar y ajustadas calzas en las que ya se marcaba una potente erección. Estaba quieto, observándola, Isabella se estaba desnudando para él. En su propia habitación. Esa joven que tanto le gustaba se le iba a entregar porque realmente lo deseaba, sin presiones. La idea lo enloquecía. Estaba tratando de controlar su respiración cuando ella levantó los brazos para desarmar el moño que sujetaba su cabello. Al hacerlo sus pechos también se elevaron y un pezón asomó por encima del escote de la camisa. Cuando bajó los brazos la cascada color miel cubrió gran parte de su piel y el pequeño círculo rosado oscuro desapareció de su vista.

Fue demasiado para Pedro, no resistió la tentación. Se acercó a ella, la abrazó y corrió la fina tela. Buscó el pezón con su boca con desesperación. Lo encontró y se apoderó de él. Sus brazos subían y bajaban por la espalda de Isabella, apretándola más contra él. De la boca de ella salían suaves gemidos y cada tanto apoyaba sus labios sobre la coronilla de él.

Mientras seguía alternando entre sus pechos, sus manos empezaron a bajar y rodearon las nalgas de Isabella. Primero las apoyó encima de la falda y enseguida le pidió que se la quitara.

—Por favor —dijo entre jadeos.

Ella dejó caer la tela con rapidez y él se pegó nuevamente a su cuerpo. Sentía su miembro endurecido contra ella. Las manos de Pedro se apoyaron sobre su trasero y lo atrajeron hacia sí. La boca de ella buscó la suya. Los labios se encontraron. Los dedos de él se deslizaron desde su espalda hacia dentro de sus calzones y acarició la piel desnuda de las nalgas. Agarró una en cada mano y las apretó con fuerza. Sin salir de su beso, Isabella gimió. Él volvió a soltar, y a apretar. Ella se retorció entre sus manos. Buscó su lengua con avidez. Esa mujer lo enloquecía. Sacó las manos de su ropa interior sólo para aflojar sus cintas y liberarla de la misma. Volvió a apoderarse de su trasero, y tomándolo desde abajo la levantó en el aire para llevarla con él hasta la pared. Apoyó la espalda de ella allí y la besó con ganas.

Le fascinaba que ella confiara en él y lo dejara hacer a su antojo. Quería hacerle descubrir las infinitas posibilidades de placer que ofrecía su cuerpo. Quería disfrutarla por entero.

—Sube tus piernas, Isabella. Abraza mi cintura con ellas.

Ella recostó su peso contra la pared y ayudándose con las manos sobre los hombros de él, le obedeció. Pedro sintió el sensual abrazo a su alrededor y una punzada sacudió su ingle.

Sin soltar la mano que apretaba el trasero de Isabella, llevó la otra hacia adelante, quería comprobar lo que los jadeos de ella ya le decían, que estaba húmeda y lo deseaba. Dejó que sus dedos juguetearan allí. Isabella se retorcía. Pedro decidió no esperar más. Liberó su pene entumecido del pantalón y colocando las dos manos debajo de ella, la movió en el aire intentando acomodarla frente a su miembro.

—No entiendo lo que quieres hacer —susurró ella.

—Amarte ya mismo. Así, de pie.

—¿Se puede?

Él reprimió una sonrisa:

—Se puede todo lo que nos guste, mi amor. ¿Esto te disgusta?

—Mmmnoo.

—Entonces ayúdame: pon mi verga en tu entrada.

—Yo no... No sé cómo hacerlo.

—Sólo tómame. Y acércame a tu abertura húmeda.

Sin mirar hacia abajo, ella colocó la mano entre ellos y encontró rápidamente el enorme falo. Le sorprendió la suavidad de su piel, tan opuesta a su firmeza. Lo tomó torpemente con la punta de sus dedos y lo llevó hacia la zona que latía en su cuerpo.

Cuando Isabella lo tocó Pedro sintió que estaba a punto de explotar. En cuanto se encontró con la humedad no necesitó más guía. Con un rápido empujón de su pelvis introdujo la mitad de su miembro dentro de ella. Isabella soltó un quejido.

—¿Estás bien, mi amor? —le preguntó dulcemente. Quería darle placer sin lastimarla. Quizás estaba yendo demasiado deprisa. Intentaría controlarse un poco.

Pero ella le respondió:

—Sí, estoy bien. Sigue, sigue.

Esa orden lo enloqueció, sacudió su cadera y empujó con fuerza hasta el fondo.

La invasión total hizo que el túnel que lo contenía se contrajera en fuertes espasmos. Su pene estaba atrapado, sentía que los músculos de Isabella lo absorbían cada vez más, lo apretaban, invitándolo a liberar su presión. Cuando escuchó que ella se estremecía, contrayendo su cuerpo y apretando las piernas a su alrededor, él se retiró unos centímetros y finalmente dio un último empujón.

—Isabella, mi amooooor.

La frase salió de sus labios junto al oído de ella y luego ya no pudo hablar. Ya no pudo pensar, todos sus sentidos temblaron, afectados por la onda expansiva provocada por la explosión ocurrida entre sus piernas y las de esa mujer.

Mientras ambos todavía temblaban, Pedro caminó con sus

cuerpos enganchados hasta el borde de la cama. Se sentó allí y se dejó caer hacia atrás, sujetando firmemente a Isabella sobre su pecho. Apoyó sus labios sobre la frente de ella e intentó ordenar sus pensamientos. Ya no era un muchacho, sino un hombre de treintaidós. Y ahí estaba, embobado por esa muchacha. Una linda viuda, pero tan inexperta en la cama como una virgen. A él mismo le costaba creerlo. Quería tenerla en su lecho en todo momento. Pero ella era joven, existían las posibilidades de un embarazo si seguían amándose cada vez que se encontraban. ¿Cómo seguir?

Un movimiento de Isabella lo interrumpió. Resbaló de su pecho y se acurrucó a su lado.

—Me alegra que te hayas quedado.

—No sabes la felicidad que me ha causado estar aquí contigo. Discúlpame si fui muy intenso, no quise apresurarme, pero tú me enloqueces, Isabella. Tu cuerpo, tu piel, tu aroma. Me provocas algo especial, me das placeres únicos. Todo lo que me pasa contigo es nuevo para mí. Me provocas sensaciones que no había tenido antes.

—Pero tú tienes experiencia en esto… ¿Quieres decir que no siempre los encuentros son así? Digo, ¿cuando los dos quieren no ocurre siempre esto? Yo sólo tuve una única vez …

—Sí, lo sé. Y quisiera borrarla de tu mente. Pero te voy a responder a tu pregunta para que lo sepas: no, no siempre que dos personas se unen logran la mágica sensación que se crea entre nosotros. Es algo que ocurre pocas veces.

Isabella se quedó pensando.

—Entonces tengo mucha suerte por haberte encontrado.

Pedro se giró hasta que su cabeza quedó sobre la de ella y la besó con una suave presión en sus labios.

—Tenemos toda la suerte, mi amor. Pero ahora me marcharé para que puedas descansar.

Isabella lo observó desde la cama mientras él acomodaba sus ropas. Sus ojos le pesaban. Quería dormirse, pero debería vigilar el pasillo y acompañarlo a la puerta. Se incorporó pero él la detuvo empujando su cabeza hasta la almohada con un beso.

—Quédate ahí y descansa, amor mío. Ya sé cuál es tu habitación y podré venir a verte pronto otra vez. Sólo deberás dejar abierto tu postigo de madera. Ahora ciérralo después de que salga.

Y para su sorpresa, en lugar de dirigirse hacia la puerta, Pedro caminó hacia la ventana. Se trepó con facilidad y en pocos segundos desapareció en la oscuridad que ya se instalaba en el exterior.

Isabella rió suavemente, se giró de costado y en pocos segundos se durmió.

Capítulo 13

Había velas encendidas en los candelabros, a pesar de ser la misa del mediodía. La iglesia estaba llena, al límite de su capacidad. Beneméritos amigos de doña Juana de Aguilera se entremezclaban con los confederados convocados por Simón de Valdez para la boda del pariente de la Guzmán. Nadie quiso desairarlo. Así, damas de diferentes edades y alcurnias poblaban ese reducido espacio. Cada una arrodillada sobre su propio almohadón o alfombra, a falta de asientos en el lugar. Ninguna quería ensuciar su vestido y sabían que los pies embarrados de todos los asistentes transformarían el piso de tierra del templo en un chiquero. Había llovido toda la noche y desde el amanecer los chaparrones sólo se interrumpían de a ratos.

—La lluvia durante una boda es símbolo de suerte —Isabella escuchó el cotorreo entre dos jóvenes damas que se ubicaron a su lado.

Mantillas de encaje cubrían sus cabezas, como era de rigor, pero las telas de sus atuendos le resultaron demasiado llamativas a Isabella para asistir a la iglesia.

—Te aseguro que la suerte será toda de doña Aguilera. El novio es como un semental. Imposible de detener.

—Pues entonces se va a unir a la familia correcta: su futuro hijastro es un amante inolvidable.

A Isabella le molestó el comentario. Sin duda la muchacha hablaba de Pedro. De "su" Pedro. Y además la escandalizó. No esperaba escuchar detalles tan íntimos en la nave central de una iglesia. Eso correspondía al confesionario. Se sintió incómoda al pensar en ese lugar. No se había confesado desde su llegada. No podía confiar en que su oyente no fuera miembro de la Inquisición.

Algunos sacerdotes que se enteraban de cuestiones de interés inquisitorial se animaban a romper su voto de silencio para denunciar al pecador. Así, Isabella se acostumbró a no confesarse. Lo cual le venía muy bien dada su actual situación con Pedro. No podría contarle a nadie lo que hacían. Sus visitas se habían repetido con frecuencia. Casi todas las noches entraba a su alcoba por la ventana. Ella lo esperaba ansiosa con una palmatoria encendida. La anterior madrugada no había ido por culpa de la tormenta, pero sabía que se encontrarían allí en la boda. No le gustaba estar un día sin verlo. Los encuentros con Aguilera se habían convertido en una parte imprescindible de su vida.

Sus vecinas volvieron a elevar la voz y acapararon su atención. Se les había unido un joven que apenas lucía barba en su aniñado rostro pero a quien evidentemente ya conocían. Le estaban contando sobre las recientes actividades del novio:

—Doña Lucía le dio total libertad a su primo con nosotras. Y Dos Santos la aprovechó bien. Durmió todas las noches en el burdel esta última semana. Dijo que quería despedirse de la vida de soltero a lo grande, porque después de la boda pensaba serle fiel a su esposa.

Las risas de las muchachas indicaban que no lo creían capaz de cumplir su palabra. Pero lo que más llamó la atención de Isabella fue descubrir que la mujer que le había comprado sus joyas era la dueña de un burdel. Dada su fortuna no dudó de que se trataba de la impresionante casa de juegos que estaba apenas cruzando la calle. ¡Y doña Juana iba a emparentarse con ella! Probablemente la dama desconocía los negocios de la portuguesa. Pero ¿y Pedro? ¿Por qué había apoyado esa unión de su madre? Él debía saber. Isabella no dudaba de que su amante había visitado ese lugar en incontables ocasiones. En algún lugar debía haber aprendido todo lo que le enseñaba a ella en su cama, pues él nunca había vivido fuera de la Trinidad. Pero descubrir que había estado en el lecho de una de esas muchachas que cuchicheaban a su lado le molestó. Los celos la invadieron. ¿La habría besado como la besaba a ella? Le repugnó la idea. Empezó a moverse inquieta.

Apenas se escuchó la primera campanada de las doce todas las cabezas se movieron hacia el altar buscando una mejor visión. Dos Santos se aproximó desde un costado, sosteniendo los dedos de doña Juana sobre la palma de su mano. Ella lucía radiante. Un alto peinetón otorgaba gran altura a su mantilla de encaje bordada con hilos dorados, regalo del novio. Por debajo asomaba un jubón de brocato dorado y una ancha falda beige de seda natural poblada por volados y moños, también de procedencia extranjera. Las exclamaciones de admiración del público femenino se repitieron una tras otra. A doña Juana le incomodó. Ella no había elegido ese vestido. Quería llevar uno más discreto, en brocato celeste oscuro y con mantilla negra. Le parecía más apropiado dada su edad y su estilo sobrio. Pero don Edmundo insistió. Le aseguró que lo había encargado en Brasil especialmente para ella. Allí estaba entonces, disfrazada de chiquilla, pensó. Suspiró y decidió que no era momento para dejarse llevar por asuntos livianos como esos. Estaba por unirse ante Dios. Eso era más importante. Se ubicaron detrás del párroco. Era el padre Justiniano. A pesar de los intentos de Valdez, el obispo de Tucumán no había viajado hasta esa lejana aldea para la boda. A ella no le importaba. Sólo quería la bendición cristiana para poder disfrutar de una nueva etapa en su vida, ansiaba una tranquila unión.

Pedro y tres niñas de cabellos oscuros que se vislumbraban bajo sus mantillas claras se ubicaban detrás de ellos. Isabella recordó haber visto a una de ellas jugando en el patio en casa de doña Juana. Sin duda eran sus hermanas. Se le formó un nudo en la garganta. Recordó a las suyas, en ese momento tan lejos y a quienes no volvería a ver. La reconfortó pensar en que ella y Giulia se tenían una a otra. El hinchado vientre no había permitido a su hermana asistir a la boda, pero ella le contaría los detalles más tarde.

Unos pasos al costado de Pedro estaba doña González de Guzmán. Esa cercanía le molestó a Isabella. Suponía que él ya había estado en el lecho de ella y ahora estaba a su lado. Sintió ganas de hacerle tragar a la portuguesa las piedras de sus anillos que tanto codiciaba. Tuvo que contenerse durante toda la misa para no salir corriendo de allí.

Una vez terminado el ritual, la flamante pareja se detuvo en el atrio para las felicitaciones. Dos Santos se veía exultante. Recibía y prodigaba abrazos por doquier. Cada movimiento de su capa permitía que se luciera una gruesa cadena de oro de la que pendía una cruz sobre su pecho. Y al palmear hombros amigos impactaba el movimiento del rosario de madreperlas y plata que llevaba enrollado en su muñeca. El hombre sin duda quería demostrar su devoción cristiana. Cada tanto volvía su atención hacia su flamante esposa y le dedicaba una mirada especial. Isabella estaba observando complacida ese detalle cuando sintió una presencia cercana detrás de su espalda.

Se dio vuelta con una sonrisa en los labios, esperando encontrar a Pedro, pero ante ella estaba parado un hombre de cabellos claros enrulados y barba del mismo tono, elegantemente vestido. Le hizo recordar a Dante.

—Oh.

El inevitable gesto de desilusión de Isabella no pasó desapercibido.

—Le ruego que me disculpe, señora. Veo por su expresión que estaba esperando a otra persona —le dijo.

—No, no es eso. Es que... —Isabella no supo qué decir. No era habitual que un desconocido dirigiera la palabra a una dama sin haber sido presentados.

—Permítame presentarme a mí mismo: soy Rodrigo Leal de Ayala, hermano del gobernador. La estuve observando durante la boda y quedé atrapado por su encanto. Sé que no es apropiada esta conducta, pero me resultó difícil contenerme ante tanta belleza.

Isabella se mantuvo en silencio, no estaba segura de cómo responder.

El galante desconocido –seguía siéndolo aunque supiera su nombre– continuó:

—Estoy ante doña Isabella de Laurentien, ¿no es así?

Ella asintió con la cabeza.

—Estuve fuera de la ciudad un tiempo. Regresé hace poco del Potosí y al verla hoy aquí no pude dejar de preguntar por su persona. Así supe de su lamentable viudez. Por lo que me ofrezco a ser su escolta hasta la residencia donde se realizarán los festejos por la boda.

—Agradezco la oferta pero ya tengo planes.

—Oh, no sabía que ya está comprometida. Sin duda su belleza ha cautivado a otros caballeros también. Lamento no haber regresado a la Trinidad antes.

—En realidad no... No sé...

—Permítame sugerirle cambiar sus planes por mi compañía.

Y le ofreció su brazo, seguro de que ella aceptaría. Su altiva actitud lo asemejó más aún al desagradable italiano que quería olvidar. Isabella decidió no dar más explicaciones a un extraño.

—Lo siento. Adiós.

Hizo una pequeña reverencia y se alejó de él sin prestarle mayor atención. Fue a saludar a doña Juana y la abrazó cariñosamente. Se había formado una cálida relación entre ellas, que fue creciendo a través de visitas mutuas. Isabella le hablaba de sus días en Europa y la madre de Pedro la ponía al tanto de cómo enfrentar la vida cotidiana en esa ciudad, tan diferente a lo que conocía.

Isabella le tenía un sincero afecto, pero no se animaba a contarle sobre su relación con su hijo. Temía que su amiga la juzgara con liviandad por compartir el lecho sin estar casados. Doña Juana había mencionado, con algo de pudor, que ella no había tenido intimidad con su prometido aún.

Ahora, mientras ambas se abrazaban, Pedro se apareció a su lado y la sorprendió con sus palabras:

—¡Qué hermosa imagen! Las dos mujeres más importantes en mi vida se llevan bien.

Isabella se ruborizó. Su madre lo miró con cariño:

—Así es, hijo mío. Doña Isabella es una buena amiga mía. Y creo que tuya también, aunque no me haya contado nada.

—Doña Juana, le aseguro que nunca quise ocultarle... esto. Simplemente, no supe qué decir.

—No es necesario que digas nada, querida. Él tampoco habla del asunto. Pero puedo ver la felicidad en la cara de mi hijo nuevamente. Me alegro que sea debido a ti.

Pedro tomó la mano de su madre y la besó delicadamente:

—Deseo que encuentre felicidad en esta boda, madre.

—Amén, hijo. Que así sea.

Un relámpago iluminó la iglesia mientras hablaban. Afuera el cielo oscureció repentinamente. Se hizo de noche en pleno día. Retumbó un trueno y empezaron a caer gruesas gotas aisladas.

—Será mejor que nos marchemos. La tormenta empeorará con rapidez.

Pedro le ofreció su brazo a Isabella. Ella se sorprendió pero lo aceptó con una tímida sonrisa. Él estaba haciendo pública su relación con ese gesto. Salieron juntos de allí frente a todos.

El carro de él los esperaba afuera. Sus hermanitas ya estaban ubicadas sobre unos almohadones. La mayor, Concepción, le dedicó una tímida sonrisa a Isabella. Ella vio los mismos ojos profundos y turquesas de Pedro y acarició su mejilla al sentarse a su lado. Pedro dio la orden y Avelino arrancó enseguida. Pocos minutos después se detuvo frente a la casa de doña Juana. Aunque doña Lucía había insistido en realizar una fiesta en su mansión, a su primo le pareció mejor ofrecer una pequeña reunión en la que sería su nueva residencia. A pesar de la falta de lujo del lugar, quería empezar a sentirse un hidalgo vecino. Invitó a Valdez y sus secuaces, por supuesto, y a los más íntimos de su flamante esposa.

Cuando llegaron, Isabella aceptó que Pedro la condujera a su antigua habitación para arreglarse. Estaba empapada. La lluvia había traspasado su capa y su tocado. Los cabellos se pegaban sobre su frente.

—Aunque me encantaría quedarme aquí contigo y desnudarte, debo regresar al salón junto a los invitados —se lamentó Pedro. Se acercó a ella desde atrás y la abrazó apoyando los brazos cruzados delante de su cintura—. Enseguida te traerán telas para secarte.

Depositó un suave beso en su nuca y se marchó.

Isabella se sentó en la silla que estaba frente al tocador e intentó acomodar los cabellos que escapaban del moño. Fue inútil. Decidió que debía rehacerlo. Estaba en eso cuando entró una esclava a la habitación. Era Taína, que traía unas toallas de lino para ella.

Isabella la reconoció al instante, aunque no tenía al niño en brazos. Doña Juana había pedido a su hijo que trajera algunos esclavos de la hacienda. Severina necesitaba ayuda extra.

—Buenas tardes, *sinhá*. Aquí le traigo unas toallas, como mandó el amo Pedro —dijo temerosa.

—Apóyalas aquí, por favor. Estoy con las manos ocupadas —respondió Isabella mientras sujetaba unos mechones sobre la coronilla.

La joven miró fascinada las largas ondas que caían sobre la espalda de Isabella. Sus cabellos eran finos y sedosos.

Isabella la vio por el espejo y le preguntó:

—¿Sabes peinar? ¿Puedes ayudarme?

La muchacha negó con la cabeza. Desde pequeña había trabajado en las huertas, cuando su cuerpo cambió y el patrón que tenía entonces la quiso cerca de su lecho, la mandaron a la cocina de la casa. Ella nunca había asistido a una dama. Sólo peinaba su crespo cabello corto con los dedos y luego lo cubría con un pañuelo.

—No sé *hace'lo*.

—Ven aquí y te enseñaré. No es difícil, y necesito unas manos extra. Ten tirantes estas puntas mientras yo lo sujeto del otro lado.

Taína tomó con cuidado el cabello enroscado que Isabella le ofrecía. Nunca había tocado algo tan suave. Le dio lástima tener que soltarlo cuando el peinado estuvo listo.

—Gracias. Quedó muy bien —mientras se secaba el cuello y la cara todavía húmedos, Isabella le preguntó— ¿Cómo está tu niño?

—Muy bien, crece muy rápido. Ya se sienta solo. El amo Pedro es muy bueno, me dejó *trae'lo* conmigo de la estancia. Aunque vine para *trabajá* mucho estos días, no quería *deja'lo*. Le dije que mi Pedrito necesita mi leche.

La explicación fue como un cachetazo para Isabella. Le mostró la confianza existente entre el hombre que amaba y esa mujer que le había dado un hijo.

Terminó de secarse en silencio y despidió a Taína con un gesto de la mano. Prefería no volver a verla.

Regresó al salón y lució una compostura que no sentía. Demasiados detalles de Pedro que le molestaban se habían cruzado en su camino ese día. Las noches en el burdel, el hijo con esa esclava, la intimidad con que Taína lo mencionaba. Estaba enojada. Se sentó en un sillón ansiando un momento de tranquilidad. Pero inesperadamente a su lado se ubicó don Rodrigo de Ayala.

—Me alegro por volver a verla, doña Laurentien.

Él no la había visto del brazo de Pedro en la iglesia. Le gustaba la viudita de ojos claros y curvas generosas. Nada mejor para su lecho en una tarde de lluvia. Su anterior amante había quedado encinta antes de su partida y él no pensaba visitarla mientras estuviera hinchada. Una vez que naciera el niño él lo entregaría a su familia para criarlo y entonces quizás volviera a ella. Mientras, estaba buscando una nueva candidata para sus amoríos.

—No ha pasado mucho desde el anterior encuentro, señor —le respondió con ironía.

Él le siguió el juego:

—Es que el tiempo lejos de vuesa merced parece eterno. Quisiera tener un reloj gigante para detenerlo y así disfrutar por siempre este delicioso momento.

Las tonterías que él decía provocaron la risa de Isabella. Ese mismo sonido que a Pedro le encantaba, pero que en ese momento le indignó. Él estaba a pocos pasos de ellos, viendo cómo ese detestable de Ayala intentaba conquistar a su mujer. Cuando la escuchó reír la rabia se apoderó de él y se plantó frente al sillón dispuesto a alejarlo de ella.

—Don Rodrigo, no sabía que había regresado. ¿Cómo andan sus negocios en el Alto Perú?

—Afortunadamente muy bien.

—¿Estuvo más tiempo fuera en este último viaje verdad?

—Es cierto, cumpliendo unos recados para don Simón en el Potosí, pero no sabía que llevaba el cálculo de mis ausencias, estimado amigo.

—Nada más alejado de mis intenciones. Lo presumo porque acabo de verlo intentando congraciarse con doña Isabella de

Laurentien.

—Es imposible no querer conquistar a esta dama, dada su belleza, don Aguilera.

A Isabella le molestó que hablaran de ella como si no estuviera presente. Era el motivo de la tirante conversación, pero ignoraban su persona por completo.

—Debido a su ausencia veo que no se ha enterado, don Rodrigo: doña Isabella es mía. Así que le sugiero que se aleje de ella.

—¡Pedro, por favor! —lo interrumpió ella— Yo no soy propiedad de nadie.

Dicho eso se puso de pie y pasó entre ambos sacudiendo su amplia falda con paso apurado.

Necesitaba respirar. Se dirigió al patio pero la lluvia le impedía caminar para tomar aire. Decidió ir hacia el fondo, a la misma habitación donde se había peinado. Nadie la buscaría allí, pensó. Y corrió pegada a la pared bajo la lluvia hasta su refugio. Pero se equivocó. Pedro la siguió y entró tras ella empujando la puerta con fuerza. Apenas cruzó el umbral se detuvo. De su cabeza chorreaba agua, algunas mechas mojadas se pegaban sobre sus tupidas cejas oscuras, y sus ojos azules echaban chispas.

—¡¿Cómo te atreves a negar que eres mía?! Tú eres mía, Isabella. ¡Sólo mía!

Todavía enojada y celosa, se puso de pie y le respondió en la cara:

—Pues soy tan tuya como tú eres mío: ¡sólo de a ratos!

Herido, él contraatacó:

—¿El resto de tu tiempo quieres pasarlo con Ayala? Pues ve con él. Corre. Podrás meterte en su lecho con facilidad. Te está esperando.

Ella sintió sus palabras como un golpe. Se quedó muda. Las lágrimas inundaron sus ojos pero la rabia que sentía la ayudó a controlarlas para que él no las viera. El hombre que amaba la creía capaz de acostarse con otro. Pensaba que ella era una cualquiera, que iba de lecho en lecho. Tenía que salir de allí. No quería verlo más. Tomó su capa y su sombrero y pasó a su lado para llegar a la puerta.

—Hasta nunca, don Aguilera.

Sus palabras fueron como una afilada daga para él.

—¡Noooo! ¡No puedes irte! ¡No puedes dejarme! —la retuvo sujetándola de un brazo— ¡Lo dije en serio, Isabella! Tú eres mía, ¡y de nadie más! ¡Eres mi mujer!

Mientras hablaba la atrajo hacia él y la abrazó con fuerza. Demasiada.

—¡Ay! Me lastimas.

—Perdóname. Pero no soporto pensar en que puedas irte con otro hombre. No te dejaré salir de aquí.

—Sabes bien que no me iré con nadie —le respondió ella con frialdad.

—Te escuché reír al lado de Ayala, con quien también hablaste en la iglesia. No quiero que nadie disfrute de tus risas, que nadie más te desee. Por eso le aclaré que eres mía.

—¿Y quién te ha dicho a ti que eso es cierto? —lo desafió peligrosamente.

Pedro aflojó su abrazo pero sujetándola por los hombros clavó su mirada azulada en ella y le dijo:

—Me lo dice tu boca cada vez que me besas, y tu cuerpo cada vez que se enciende para recibirme. Puedes negarlo con palabras, pero sé que eres mía por cómo tiemblas en mis brazos cuando nos amamos.

No rehuyó su mirada y a pesar del poder hechicero que Pedro tenía sobre ella se animó a decirle:

—Si quieres tener exclusividad sobre mí, yo quiero ese mismo derecho.

—No te entiendo.

—Quiero que seas sólo mío.

—Ya lo soy. Eres dueña de mi cuerpo y de mi alma desde que te conocí.

—No es lo que escuché decir a unas muchachas del burdel de la Guzmán que estaban en la iglesia.

La voz de Isabella se hizo más grave y más baja, hasta que unas lágrimas escaparon de sus ojos.

Entonces Pedro entendió el motivo del enojo de ella. Celos. Reprimió una sonrisa para no enojarla más. La apretó entre sus brazos y dijo:

—Claro que soy tuyo, mi amor. Sólo tuyo. Tú eres mi vida, Isabella. Sólo contigo soy feliz. Esas muchachas son parte de mi pasado, no lo niego. Pero ahora soy todo tuyo. Y para siempre.

Sintió como ella se relajaba junto a su pecho y soltaba un suspiro. Enseguida buscó su boca y la cubrió con sus labios. Instintivamente los de ella reaccionaron entreabriéndose, invitándolo. Él respondió sin dudar. Esa mujer lo enloquecía. Quería tenerla entre sus brazos todo el tiempo. Mientras sus lenguas se encontraban, se arrancaban la ropa el uno al otro. Las prendas mojadas de ambos se amontonaban mezcladas en el piso. Sus cuerpos desnudos de pie, pegados desde los hombros hasta las rodillas. Las manos recorrían la piel del otro, disfrutándose. Pedro agachó la cabeza para besar los pechos de Isabella y se sorprendió al sentir la mano de ella sobre su miembro. Ella sólo lo tocaba si él le pedía que lo acomodase de alguna manera. Esa vez en cambio fue como una caricia. Empezó pasando los dedos en los costados del falo ya hinchado. Luego acarició su gruesa cabeza, sus dedos encontraron un pequeño agujerito en la tensa piel. Juguteó allí un rato con la yema de su pulgar, sin saber cómo seguir. Pedro le guió la mano y la apoyó alrededor de su tronco. Ella cerró sus dedos y apretó. Pedro gimió. Esa mujer tenía el poder de hacer arder su sangre con su simple tacto.

—¿Te gusta? —preguntó ella con inocencia.

—Sí, mi amor. Mucho.

Ella movió su puño hacia atrás y adelante, imitando el movimiento que él hacía cuando la penetraba. Él sintió que sus piernas flaqueaban. Necesitaba tenerla. Pero no sabía si ella estaba lista. La llevó hasta el borde de la cama y la empujó delicadamente, dejando que sus pies cayeran hacia abajo. Se agachó frente a ella y le dijo:

—Isabella, mi amor. Quiero pedirte algo: quiero que confíes en mí. Tal como viniste haciendo hasta ahora, pero más aún.

Ella lo miró sorprendida. Ignoraba qué se le podía ocurrir a ese hombre. Todo lo que le hacía en la cama le encantaba. Cada roce, cada toque. Sus dedos provocaban una extraña magia al entrar en contacto con su piel. Asintió con la cabeza y quedó expectante.

—Sigue vigente mi promesa de hacer sólo cosas que te gusten y te den placer. Recuéstate, cierra los ojos y confía.

Ella obedeció.

Él separó las piernas de Isabella y se ubicó arrodillado en el piso, entre los tobillos de ella. Con su cara frente a su entrepierna sintió que acababa de encontrar su lugar preferido. Separó sus vellos púbicos y delicadamente acarició sus pliegues con dos dedos. Cuando sintió que unas gotas brotaban de ella introdujo un dedo de la otra mano y lo movió en su interior. El doble jugueteo hizo que las caderas de Isabella se levantaran mientras un suave gemido escapaba de sus labios.

—Te gusta, mi amor. Puedo sentirlo. Entonces sigue con tus ojos cerrados un poco más.

Sin hacer ruido agachó su cabeza y en un instante cambió los dedos que la acariciaban por su lengua. Los gemidos aumentaron. Pedro lamió sus pliegues, pasó la lengua lentamente por ellos, de arriba hacia abajo, una y otra vez. Luego no resistió esa abertura que lo miraba, como invitándolo, e introdujo su lengua lo más profundo que pudo, hasta que su barba chocó contra la sensible piel sin vello. Isabella gimió y se sentó sobresaltada. El cabello de él se desparramaba por sus muslos y su cabeza estaba enterrada en su entrepierna. ¡Santo Dios! ¿Qué estaba haciéndole?

—¡Pedro! ¡Por favor! No puedes hacer esto.

Él levantó la cabeza y habló con voz enronquecida por el deseo:

—Sí, puedo. Eres deliciosa. Tu jugo es muy dulce. Dime si no te gusta y dejaré de hacerlo. Pero me parece que te gusta mucho, mi amor. Te estás mojando más y más. Así que recuéstate y déjame continuar. Por favor...

Sin esperar respuesta sumergió nuevamente su lengua en ella, sacándola y metiéndola una y otra vez. De a ratos volvía a lamerla por afuera.

Isabella sintió que los latidos en esa zona aumentaban y se dejó caer hacia atrás. Las ondas expansivas de placer partían de allí e invadían el resto de su cuerpo. Todos sus sentidos se concentraban en lo que hacía esa boca, que estaba besando la pequeña puntita escondida entre sus pliegues. Pedro chupó, mordisqueó y besó con fuerza, hasta que sintió que el cuerpo de Isabella se estremecía en convulsiones incontrolables; su cabeza se sacudía sobre la almohada mientras sus caderas empujaban contra la boca de Pedro. Con una sonrisa triunfante él siguió lamiéndola mientras metía dos dedos en ella. El éxtasis de Isabella continuaba. Él aprovechó ese instante para ubicarse encima e introducirse en su interior. Empezó a mover su cadera siguiendo el ritmo de las contorsiones de ella. La ronca exhalación entrecortada que salió de la boca de Isabella fue una señal de liberación para él. Ella lo acompañaba en su viaje de placer. Se permitió moverse, sacudirse y empujar dentro de la mujer amada hasta saciarse. Finalmente explotó dentro de ella y soltó un grito profundo, largo, grave, capaz de confundirse con un trueno en esa tarde de tormenta. Agotado, cayó encima de ella y permaneció en silencio escuchando sus respiraciones.

A Isabella le llevó un largo rato salir de su sopor. Cuando abrió los ojos Pedro estaba a su lado, mirándola.

—Perdóname si te hice sufrir antes, mi amor. Me desesperé pensando que pudieras estar con otro hombre. Tú eres mía, Isabella. De nadie más. Te quiero siempre conmigo. Necesito acostarme y dormir a tu lado cada noche. Y cuando lo hago deseo que la mañana nunca llegue.

Ella sentía lo mismo, pero no se animaba a ponerlo en palabras. Se aclaró la garganta y sólo pudo decir:

—¿Eso que me hiciste hace un rato es una manera de pedir disculpas?

—Es mi manera de demostrarte cuánto te amo. Es la unión más íntima que hay entre dos personas que se aman. Quiero adueñarme de tus sabores. El de tu boca, el de tu piel, el de tu cabello, el de tu más profunda intimidad. Quiero absorberte toda y llevarte dentro de mí. Que una parte tuya quede en mi boca para siempre.

—¿Tú me amas?

Con una risa suave le preguntó:

—¿Aún lo dudas?

Ante la falta de respuesta esos increíbles ojos turquesas la miraron fijamente. Pedro se arrodilló en la cama y dijo:

—Isabella, te amo. Y tú lo sabes. Ahora quiero que todos sepan que eres mi mujer: ¿quieres casarte conmigo?

La propuesta la tomó por sorpresa. No la esperaba. Sí había fantaseado con dormir abrazada a Pedro cada noche cuando él se vestía y abandonaba su habitación en la madrugada. Pero no había contemplado un casamiento en sus planes. —¿Por qué no? —se preguntó a sí misma. Amaba a ese hombre. Nada la haría más feliz que compartir su vida con él. La frenaba la promesa de obediencia que contenían los votos matrimoniales. Lo pensó y recordó que él no le daba órdenes, le enseñaba, pero siempre respetaba su voluntad.

El largo silencio empezaba a preocupar a Pedro. Se movió inquieto, sentado sobre sus talones. Necesitaba que esa mujer lo aceptara. La deseaba con una fuerza superior a su voluntad. No podría vivir sin ella... Tenía que aceptarlo...

—Sí, sí y sí. Quiero estar siempre a tu lado.

Pedro saltó sobre ella con tal ímpetu que rodaron juntos y casi caen de la cama. Sellaron su compromiso con un largo beso que entremezcló el sabor del jugo de ella en sus bocas y se durmieron abrazados.

Capítulo 14

El hombre de cabello gris estaba de espaldas al escritorio, de pie frente a la ventana. Miraba las turbulentas aguas del Paraná con tristeza. Se acarició su rala barba y pasó la mano por la cicatriz que había paralizado su mejilla derecha. Las noticias no eran buenas.

—Me temo que el virrey ha ignorado mi carta, don Hernando —Cristóbal Remón habló y sacudió la cabeza. El escribano del Cabildo porteño había llegado a Santa Fe para reunirse con Hernandarias.

—Me sorprende la falta de una respuesta de su parte. En anteriores ocasiones Montesclaros ha dilatado el asunto cuando no podía proveer una solución al problema, pero siempre al menos enviaba unas líneas. ¿Esta vez ni siquiera un mensajero?

—Nada.

Se dio vuelta y dijo con seriedad:

—Entonces quizás debamos pensar que la información no llegó a sus manos. Los peligros entre Lima y el Buen Ayre aún son muchos, no sólo nos amenazan los indios. Sugiero que vuelva a escribirle al marqués contándole las barbaridades que se cometen en estas tierras del rey con la complicidad del gobernador interino.

—Ayala ya sospecha de mí. Si él ordenó interceptar ese correo a Lima y leyó su contenido entonces sabe que los he acusado a él y su banda de asesinar a Negrón.

—Quizás sea momento de ir personalmente a Lima, estimado amigo.

—Lo pensé, pero lamentablemente no dispongo de los medios y ya sabemos quién es el tesorero del Cabildo. Valdez nunca aprobaría ese viaje.

La noticia no sorprendió a Hernandarias. Como todo vecino honrado de la Trinidad, los ingresos de Remón apenas le alcanzaban para vivir sin lujos. Y él no podía financiarlo. Los confederados sin duda usarían ese detalle para acusarlo de conspiración contra un funcionario del rey. Tampoco podía ir en persona hasta Lima. Generaría suspicacias y sus enemigos podrían decir que lo hacía movido por sus propios intereses políticos. En parte era cierto. Don Hernando Arias de Saavedra había sido gobernador del Río de la Plata dos veces. Desde que había dejado el cargo, cuatro años antes, la ciudad se había convertido en el principal punto de contrabando de las colonias españolas. Entraban esclavos y mercaderías a cambio de la plata del Potosí. Esa fama atrajo a toda clase de estafadores y malvivientes. Aumentaban las pulperías y burdeles en las zonas bajas alrededor del puerto del Buen Ayre y se multiplicaban los espacios para desembarque ilegal en sus alrededores. Exceptuando el crecimiento de las propiedades de los contrabandistas, no había señales de prosperidad en la Trinidad. Seguía siendo una aldea sin calles, con chozas de barro de una sola planta y muchos techos eran sólo atados de ramas. Él había construido una fábrica de ladrillos y ordenó que empezaran a levantar una Catedral, pero sólo alcanzó a ver cumplida la primera parte de su plan. La Iglesia Mayor no hacía honor a su nombre, era apenas una capilla comparada con las de Asunción, Lima o Córdoba. Los ladrillos sólo proveían de solidez a los que mejor pagaban, los confederados. El Cabildo seguía con sus paredes de adobe que se caían con las lluvias. La indignación lo movilizaba. Él quería volver a gobernar esa ciudad para echar a todos esos malnacidos en la cárcel. Quería hacerla crecer. Que su nombre pasara a la historia asociado a la grandeza. Convertir la pobre aldea de la Trinidad en una gran ciudad era su tarea pendiente.

A lo lejos se escuchó un trueno.

—Esa tormenta viene del sudeste.

Remón lo miró con admiración. El hombre no dejaba de sorprenderlo:

—Sí, me acompañó siguiéndome por el camino desde la Trinidad durante los dos días de viaje —le respondió.

—La habrán pasado mal en el Fuerte —comentó—. Y en las casas del bajo. Temo por la Iglesia Mayor. Sus paredes no resistirán mucho más.

—Justamente hoy se realiza la boda de una benemérita allí.

—¿Hija de algún amigo? —curioseó.

—No, la mujer de uno. Doña Juana de Aguilera y Franco, viuda de don Miguel.

—¿Y quién la desposa?

—Un pariente de la Guzmán, la concubina de Valdez. Y ya presentó su pedido para que el Cabildo lo acepte como vecino —contestó con gesto despectivo el escribano—. Lo entregó el viernes y dijo que pasaría para buscar su título de vecino esta semana.

Hernandarias asintió con la cabeza. Sabía que los portugueses sin papeles acechaban a las mujeres españolas. Emparentarse con alguna de ellas era una garantía para no ser expulsado de esa tierra. Las damas de sangre peninsular siempre habían sido codiciadas en las colonias. Debido a su escasez, al rey se le ocurrió enviar a las Indias una expedición cargada de mujeres casaderas. A mediados del siglo anterior había entregado el título de Adelantado del Río de la Plata a Juan de Sanabria, con la tarea de llevar jóvenes damas de buena cuna a la ciudad de Asunción. Los preparativos del viaje llevaron dos años. Sanabria reclutó a ochenta damas interesadas en casarse con hombres de fortuna sin necesidad de entregar dote, a cambio de hacerlo en aquellas lejanas tierras. Se ocupó de ello su esposa, doña Mencía. Las muchachas elegidas tenían entre doce y quince años, incluidas sus propias hijas, Mencía y María. Pero poco antes de la partida de la expedición, Sanabria murió. Su viuda decidió continuar con la misión ella misma. Doña Mencía Calderón de Sanabria partió de Sevilla al frente de tres embarcaciones. Cada una tenía su capitán, pero todos le obedecían a ella y la llamaban la Adelantada, un título que no existía.

La expedición resultó más complicada de lo previsto. Uno de los barcos naufragó frente a las costas de África, las otras naves fueron abordadas por piratas, que se quedaron con todos los bienes y las joyas de las damas, a cambio de preservar su integridad.

Al llegar a las playas de Brasil una tormenta destruyó las naves y los arrojó en la isla de Santa Catarina, en manos de portugueses e indios tupíes, una tribu de antropófagos. Ante el peligro de los tupíes, la Adelantada negoció protección con los portugueses. Al principio tuvieron un trato digno de reinas, con grandes lujos. Pero como sólo algunas accedieron a casarse con los portugueses que las pretendían, al resto las convirtieron en prisioneras. Fueron transferidas a dos galpones de madera cerca de la playa con escasas comodidades. Sólo podían moverse por sus alrededores. Estuvieron allí, sin libertad, dos años. Mientras, intentaron construir un barco con los restos de las embarcaciones originales. Pero la madera podrida se deshizo en cuanto lo echaron al mar. Agotada pero sin rendirse, la Adelantada decidió seguir el único camino posible: escapar atravesando la selva del Matto Grosso. Partió con lo que quedaba de su expedición en línea recta hacia el oeste, buscando tierras españolas. Caminaron durante cinco meses. Recorrieron unos cuatrocientos kilómetros entre densa vegetación, animales salvajes, insectos y un calor agobiante. Cuando entraron a pie, con digno porte y andrajoso aspecto en Nuestra Señora de la Asunción, nadie las esperaba. Pero ese extraño grupo de cuarenta mujeres descalzas, sucias y mal alimentadas, revolucionaron la vida en la ciudad. Esas españolas de sangre pura conformaron la nueva *elite* del lugar.

Hernandarias conocía las penurias del viaje porque su propia madre las había vivido. En su infancia había escuchado los relatos de María de Sanabria miles de veces. Hernando Arias de Saavedra antes tenía otro nombre, aunque pocos recordaban por qué lo había cambiado. Se llamaba Hernando Suárez de Sanabria y Saavedra, hijo de doña María de Sanabria y Calderón y de Martín Suárez de Toledo, el capitán de una de las naves. Era nieto de doña Mencía Calderón de Sanabria, la Adelantada.

Hernandarias también conocía a muchas otras de las damas llegadas en la "expedición Sanabria". Como su suegra, doña Isabel de Becerra y Contreras. Él mismo se había casado con Jerónima de Garay y Becerra Contreras, hija del fundador y de doña Isabel.

—Se ha quedado callado, don Hernando.

—La noticia del casamiento de doña Aguilera con un confederado me ha dejado pensando. Quizás podamos aprovechar esa boda a nuestro favor, don Cristóbal.

—Lo escucho.

—Supongo que doña Juana no contrajo enlace por gusto, sino por necesidad, como muchas otras damas de familias dignas tuvieron que hacerlo para subsistir. No creo que le agrade su nueva situación. Entonces, es posible que acepte denunciar las actividades ilegales de su marido ante el rey.

—¿Ante el mismísimo rey? —se sorprendió Remón— ¿Cree que la carta llegará a las manos de Su Majestad? Valdez tiene aliados en la corte. El duque de Lerma…

—Lo sé, lo sé. Pero ella es una de las vecinas fundadoras de la Trinidad. Si escribe denunciando a su propio marido deberá ser tenida en cuenta.

—¿Y cómo lograremos que lo acuse?

—Yo me ocuparé de eso.

A los cincuenta y dos años, Hernandarias veía una posibilidad para expandir sus horizontes políticos una vez más. Aunque para eso tuviera que aprovecharse de la confianza de una antigua amiga.

Se preguntó qué estaría haciendo doña Juana en ese momento.

Mientras Pedro e Isabella se reconciliaban en la antigua habitación de él, su madre se preparaba en la suya para su noche de bodas. O en realidad, tarde de bodas. Después del almuerzo, el flamante esposo agradeció la presencia a sus invitados y se excusó para retirarse. Deseaba estar a solas con su esposa, dijo a los hombres con un guiño y saludó con respetuosas reverencias pero sin explicaciones a las damas presentes.

Cuando don Edmundo le dijo que se preparara para recibirlo, doña Juana se ruborizó. Aún era de día. Pensaba entregarse a él en la oscuridad de la noche, como había hecho siempre con don Miguel. Afortunadamente el cielo estaba oscuro, enormes nubes negras anticipaban el anochecer.

Le había asignado a su nuevo esposo la misma habitación que ocupara el difunto, que se comunicaba con la suya a través de una puerta interior. Le pidió que esperara un cuarto de hora antes de visitarla. Cuando él llegó, Juana vio que su flamante marido sólo llevaba una camisa, que apenas le cubría los muslos. Descubrió que sus largas piernas eran muy velludas y estaban algo arqueadas, como recién bajado de un caballo.

Ella se había quitado su vistoso traje y lo esperaba dentro del lecho, recostada contra las almohadas del respaldo y cubierta con una sábana hasta la cintura. Llevaba puesto un camisón bordado con encajes. Demasiados y con poco escote, estimó en un primer vistazo el novio. Pero no dijo nada, no lo dejaría en su sitio por mucho tiempo.

—Estás hermosa, querida mía. Con tus cabellos negros sueltos y tu ropaje blanco eres como un ángel, pura tentación para mí.

A ella le gustó escuchar sus palabras. No estaba acostumbrada a las frases galantes en la alcoba. Sólo cumplía su deber marital allí. Que él quisiera suavizar el momento la conmovió.

—Gracias, don Edmundo.

—Creo que ya podemos quitar la formalidad de nuestro trato, Juana. Eres mi esposa y muy pronto, en momentos nada más, serás mi mujer. Dejemos los títulos fuera de aquí.

Mientras hablaba él se sentó a su lado. A Juana le gustó el fresco aroma floral que le llegó, acompañando sus movimientos. Edmundo se había perfumado para ella. Cerró los ojos e inspiró para captar su esencia. Él la tomó por los hombros y la acercó a sí para besarla. Apoyó los labios sobre los suyos con fuerza y los frotó hasta que ella tuvo que abrirlos para respirar. Aprovechó para introducir su lengua y moverla dentro de su boca buscando la de ella. Igual que las anteriores veces que él la había besado, Juana no sabía cómo responder. Apenas abría su boca para dejar que su marido entrara. Esta vez fue igual, sólo que él se demoró más tiempo en la búsqueda. Jugueteó con su lengua profundamente, y después la utilizó para recorrer la forma de los labios de ella.

Esos besos provocaban en Juana un cosquilleo nuevo, que partía de la base de su nuca y terminaba en la hendidura de su trasero. En realidad, más abajo.

De repente Edmundo se alejó y ella suspiró. Él se sentó y le dijo:

—Antes de que continuemos debo hacerte una confesión.

—No soy sacerdote, pero te escucho —respondió bien predispuesta.

—Has de saber que muchos portugueses llegan a estas costas escapando de persecuciones religiosas. No es mi caso, puesto que decidí instalarme aquí por cuestiones de negocios. Pero lo cierto es que nací bajo otra religión, y si bien desde hace años abrazo la fe católica con fervientes pruebas de ser honesto en mis creencias, quedan huellas en mi cuerpo de mi pasado como judío.

Dijo esta última parte en una sola exhalación, casi con miedo de su reacción.

—Me ocultaste que eres judío...

—No, ya no lo soy. Hace muchos años me convertí al catolicismo, apenas dejé la casa paterna. Soy tan cristiano como el que más.

—¿Entonces por qué me lo dices? Si es porque quieres empezar nuestra vida juntos sin secretos está bien. Pero si se trata de una cuestión de fe, podemos hablar de esto más tranquilamente mañana, ¿no crees?

—Me pareció mejor decírtelo yo, antes de que lo descubrieras por ti misma en la cama.

—No comprendo cómo podría darme cuenta de algo religioso en la alcoba. ¿Es que tienes alguna práctica especial por haberte convertido? —prosiguió ella.

—No, mi amor, pero tengo el recuerdo imborrable de la circuncisión. Y temí que al verme desnudo desconfiaras de mí. Como no quiero tener secretos con mi esposa, te lo estoy contando antes.

—Como mujer católica que soy, nunca he visto una circuncisión, así que no podría reconocerla.

—Pero justamente, te darás cuenta porque el mío es diferente a los penes con prepucio. No lo tengo.

Juana sintió que sus mejillas ardían. Estaba en su lecho nupcial hablando con su nuevo esposo de penes y prepucios. Conocía las palabras y sabía a qué se refería, pero no entendía lo que él le decía. Nunca había visto un pene adulto de cerca en su vida. Sólo había cambiado los pañales de sus hijos cuando eran bebés, y cada vez que se encontraba con indios desviaba la vista de esa zona donde no siempre estaba el taparrabos.

—Edmundo, yo...

Juana no sabía cómo seguir.

—Te aseguro que soy católico, querida mía. Tu devota alma puede estar tranquila al respecto.

—No es eso. Es que yo no sé distinguir la diferencia que me estás explicando.

—No te preocupes, mi querida. Sólo te lo comenté para que no te sorprendieras. Sigamos con lo nuestro.

Apretó una de sus manos y volvió a besarla. Esta vez ella se animó a asomar la punta de su lengua y unirla con la de él. El la besó y succionó con fuerza, obligándola a sacar más, a entregársela. La absorbió con ganas. Luego lamió sus labios, siguió por su mejilla hasta su cuello y chupó el lóbulo de su oreja. Ella se estremeció. El portugués volvió a recorrerle el cuello con sus labios y su lengua. Se demoró sobre las clavículas y bajó sobre el pequeño escote. Intentó correrlo para descubrir más piel pero la tela no cedía. Apoyó su mano sobre uno de los senos de Juana y lo agarró sobre el camisón. Le molestaba el encaje entre sus dedos, pero la carne que percibió debajo le gustó. El seno era grande y pesado. Lo apretó con cuidado y lo soltó. Volvió a agarrarlo y descubrió el pezón erguido. Lo tomó entre sus dedos y lo pellizcó con suavidad, tironeó de él. Juana lo veía hacer fascinada. Lo que en otra época la hubiera hecho gritar de terror, en ese momento le provocaba extraños gemidos que quedaban encerrados en su garganta. Edmundo atrapó el otro pecho también y apretó los dos a la vez. Sin soltarlos, se inclinó hacia su boca y la besó con avidez. Con la respiración entrecortada le pidió:

—Quítate ese camisón, por favor. Quiero verlas, quiero tus

tetas.

Ella enrojeció y dijo:

—Pero, Edmundo... es mi camisón nupcial. No hay necesidad de quitarlo.

Mientras hablaba se sentó en la cama y descorrió la sábana con la que se cubría. El vio a qué se refería. Sin poder contenerse soltó una larga carcajada. Se rió con fuerza hasta que unas lágrimas cayeron de sus ojos.

—Tú no esperas que yo me conforme con eso, ¿verdad? Es una broma...

Se refería al larguísimo camisón que ella llevaba, que la cubría hasta los pies, y lucía un pomposo ojal en forma de cruz, rodeado con más encajes, a la altura de su entrepierna.

Con su rostro ardiendo en brasas, Juana no sabía si acompañarlo en su risa o echarse a llorar.

—Vamos, querida. A esta altura de mi vida me gusta disfrutar del cuerpo de una mujer, no de una tela. Me casé contigo para poder saborearte en el lecho, Juana. Y no voy a permitir que ese trapo me lo impida.

—¿Y qué quieres que haga?

—Pues... que te lo quites. ¿Qué otra cosa puedo querer más que a mi mujer desnuda?

—¿Desnuda? —Juana bajó la voz— Pero, Edmundo, yo no... Yo nunca he estado desnuda con un hombre.

Él se sorprendió. La noticia le molestó. Si bien se había casado con ella para obtener sus papeles de vecino, su intuición le indicaba que Juana podría ser una potra salvaje en la cama. No quiso una jovencita justamente porque no buscaba pacatería sino experiencia.

—Y me ha tocado una hidalga chupacirios, ¡maldita suerte! —pensó. Lamentaba no haberla probado antes. Pero como también él acababa de hacerle una confesión, no se sintió con derecho a reclamarle demasiado. Decidió realizar un experimento, indagar para descubrir hasta dónde ella se animaría a ceder.

—No te preocupes, mi vida. Para todo hay una primera vez.

Se inclinó sobre ella, tomó los bordes del cuello de su camisón entre sus manos y con un tirón rasgó la tela con facilidad, abriéndola hasta revelar su ombligo.

Juana dio un respingo y se irguió asustada. El movimiento le empinó los pechos e hizo que uno de sus pezones rozara su mejilla.

—Bien, veo que ya entiendes cómo es esto. Así estamos mucho mejor —dijo, y se movió unos centímetros hasta atrapar el botón en su boca.

Ella reprimió un alarido al sentir su barba frotándose contra su piel mientras lo succionaba. El suave dolor se transformaba de inmediato en una extraña corriente que la recorría. Como el curso de un río furioso, oleadas de calor circulaban por su cuerpo. Sintió cómo su mano amplia tomaba su seno desde abajo y lo apretaba, luego lo empujaba para introducirlo dentro de su boca. Juana sintió un escalofrío que la recorrió entera. Deseaba besar a Edmundo pero a la vez quería que él siguiera chupándola, que no se detuviera nunca. Antes de pasar su boca al otro seno, le mordisqueó el pezón y lo retorció entre sus dedos. Juana soltó un gemido. Eso lo complació.

—Vamos bien —pensó—. Quizás prejuzgué a mi mujercita demasiado deprisa.

Después de un rato, con los pezones de Juana enrojecidos y en alto, y su respiración acelerada, él bajó la mano hasta su entrepierna. No le sorprendió encontrarla húmeda.

—Muy bien —le dijo con una sonrisa de aprobación.

Fijó su mirada en los ojos de ella e introdujo un dedo en su interior. Juana gimió, pero no se asustó. Acostumbrada a entregarse cada vez que su marido lo demandaba, separó un poco las piernas y flexionó las rodillas hacia los costados. Un truco para reducir el dolor. Él lo interpretó como una invitación y sonrió encantado. Retiró el dedo y volvió a introducirlo con fuerza, ahora junto a otro más.

La repentina incomodidad hizo que Juana abriera más sus piernas.

El aceptó su juego:

—Sí, querida, así. Ábrete para mí.

Arrancó lo que quedaba de tela alrededor de ella y se puso de pie de un salto para quitarse su camisa.

Juana dejó de preocuparse por sus alocadas acciones. Recordó que, como había hecho tantas veces antes, debía ceder a los deseos de su esposo en el lecho. Los de don Miguel habían sido echarse sobre su cuerpo para introducir su verga tiesa en ella a través de sus camisones y sacudirse resoplando hasta depositar su semilla en su interior. Ella lo había soportado con dolor los primeros años y con acostumbramiento y resignación después. Pero nunca había sido placentero. Este marido se comportaba de manera muy diferente, pero debía complacerlo también. Se relajó sobre las almohadas y aprovechó la tenue luz exterior para admirar su cuerpo musculoso. Su curiosidad pudo más que su pudor y su mirada se detuvo en el grueso miembro erecto, con su oscurecida cabeza brillante. Como no había visto el de su difunto esposo, Juana no podía comparar. Pero ese nuevo descubrimiento le gustó.

Edmundo se colocó a su lado y volvió a mojar sus dedos dentro del cuerpo de ella. Al sacarlos los metió en su propia boca.

—Mmmm. Quería descubrir tu sabor. Me encanta. Ya te probaré directamente más tarde. Ahora vamos a divertirnos un poco.

Ella lo observaba entre sorprendida y fascinada. Vio cómo acercó la cabeza a su ombligo, allí su piel no estaba tensa sino suave, se hundía cuando la besaba, como a él le gustaba. Jugueteó allí con su lengua mientras sus manos se deslizaban por las voluptuosas caderas y recorrían los generosos costados de las nalgas. Luego apoyó la palma en el pubis de ella y cubrió todo el vello. Estiró el índice hacia abajo y hurgó entre sus húmedos pliegues. Le costó encontrarlo, pero tras mucho frotar, el montoncito de carne apareció. Lo apretó entre sus dedos índice y mayor un rato. Echó una mirada a su mujer y la vio mover la cabeza de lado a lado sobre la almohada. Aumentó la presión y a la vez hizo girar el clítoris un largo rato, hasta que Juana soltó un grito semi ahogado y se sacudió sin control.

—¡Santísima Virgen, madre de Dios! ¿Qué ha sido eso? —logró preguntar mientras se santiguaba cuando recuperó el aliento.

—No me equivoqué contigo, pequeña. Eso ha sido el primero

de tus orgasmos, mi querida. La cima del placer. Hay mujeres que no los conocen nunca. Pero felizmente tú ya no eres una de ellas. Prepárate porque aquí vienen más.

Juana nunca había escuchado esa palabra antes. Sabía que a sus parientas indias le gustaban los encuentros íntimos con sus parejas, pero siempre había supuesto que era una parte de la herencia sanguínea de sus ancestros salvajes, algo que ella no poseía. Nunca se había animado a hablar de eso con ninguna dama española y mucho menos con su confesor. Cumplía con su deber marital poniéndose el camisón nupcial para recibir a su marido cada vez que él lo solicitaba. Tuvo seis hijos con él y nunca había temblado de placer. Ni siquiera una cálida oleada. Con Edmundo, en cambio, acababa de descubrir infinitas nuevas sensaciones. No sabía ni cómo empezar a describirlas. Ciertamente no lo haría con el lenguaje soez de él, que la incomodaba, pero prefería atribuir tamaña vulgaridad a que el español no era su lengua madre. No iba a recriminarle nada. Iba a disfrutar todo lo nuevo que él le ofrecía. Le había encantado vibrar en sus manos. Quería más.

Mientras pensaba en eso notó que Edmundo estaba echado a su lado. Su pudor la había obligado a cubrirse con la sábana. Él, en cambio, seguía desnudo.

—Antes de seguir quiero preguntarte si te gustó lo que te hice hace un momento.

—Sí, fue maravilloso.

—Eso es sólo una pequeña muestra de lo mucho que puedes sentir, de lo que podemos sentir juntos.

Ella sonrió.

—Pero para descubrirlo todo tienes que aceptar una condición: obedecerme sin chistar en el lecho. Deberás hacer cualquier cosa que te diga, sin quejarte. Y dejarme hacer lo que sea, aunque te escandalice. ¿Aceptas?

—Sí, acepto. Ya prometí obedecerte. Mi voto no venía con excepciones. Pero para que te quedes tranquilo, lo confirmo. Fíjate, has hecho que te acepte dos veces en el mismo día —intentó bromear.

A lo que él respondió con lascivia mientras acercaba su boca a la de ella para sellar el pacto:

—Te aseguro que no te arrepentirás.

Cuando le introdujo la lengua, Juana volvió a sentir que su piel se erizaba. Las manos de él apartaron la sábana, jugaron en sus pechos y notaron los pezones erguidos. Los hizo vibrar con pequeños pellizcos, provocando que su respiración se acelerara. Llevó un dedo a su entrepierna para comprobar si estaba mojada y enseguida se ubicó arrodillado sobre ella.

—Te deseo desde que te vi, Juana. He pensado muchas veces en este momento, con mi *pica* entrando en tu carne. Así, lentamente y bien profundo.

Edmundo acompañaba sus actos con palabras. Hablar de lo que le iba haciendo lo encendía. Ella prefería no escucharlo. En el momento en que él se introdujo entre sus pliegues, Juana exhaló y contuvo un quejido. Su miembro era más ancho que el que había conocido. Su forma de compararlos estaba allí, en su interior. Su cuerpo tenía memoria. A pesar de que ahora estaba más abierta, Edmundo la llenaba más. Su canal abrazaba y apretaba su pene. Él se movía lentamente hacia atrás y adelante y cada roce le provocaba una agradable sensación.

—Así, me gusta, voy cada vez más adentro de ti. Tómame todo, así... Y ahora tómala otra vez.

Juana empezó a sentir un latido dentro de ella, justamente donde él se movía, que se aceleraba con cada uno de sus empujes. Le estaba gustando. El calor y los latidos en la zona aumentaban. Se imaginó que ello la llevaría a desbordar otra vez. Quería volver a temblar como antes. Pero sorpresivamente él se retiró. Juana se incorporó y miró su miembro hinchado, enrojecido y mojado por la humedad de ella, que se alejaba. Sintió un vacío en su interior, donde el latido se alteraba, reclamando por la ausencia.

Edmundo se echó a su lado, de espaldas.

—Móntame —le ordenó.

—Nnnno sé cómo hacerlo.

—Haz de cuenta que yo soy un caballo y tú mi jinete.

225

Juana sintió el calor en sus mejillas otra vez. Estaba desnuda, una sensación muy extraña, y además él podría verla desde abajo.

Él esperaba. Como ella no se movía, la ayudó. Sin hablar, la irguió tirando de sus manos, luego la animó a pasar una pierna arriba de él. Tímidamente ella se sentó sobre sus muslos.

—Ven más adelante —dijo. La tomó de la cintura y la arrastró hasta dejarla sentada sobre su vello púbico, junto a la base de su pene—. Sí, allí. Quiero ver cómo te subes un poco y desciendes justo sobre mí, metiéndome en tu lindo agujero.

Ella se pasó la lengua sobre los labios, dudando.

—Prometiste obedecer, Juana querida —le dijo él—. Dos veces. Ante Dios, y ante mí. Además ese gesto tuyo me provoca. Me tienta. Me calienta. Vamos, tómame. Méteme dentro tuyo, Juana —la subió agarrándola de las caderas y la ubicó encima de su pene. Allí la soltó—. Bájate sobre mi palo. Así, sí, muy bien. Esooo. Más abajo, más. Muy bien. Súbete para que mi *pica* se salga y métela otra vez. Ah, lo haces muy bien. Me gusta. Me gusta mucho. Ay… ay… Otra vez, por favor, otra vez. Una más, con fuerza. Sí, así. Uy, ¡que ricas tus tetas! Déjame una en la boca.

Ella disfrutó del silencio y siguió moviéndose, pero a su propio ritmo. Se subió hasta que el miembro se salió de ella. Para regresarlo se movió sobre su punta, intentando hacerlo entrar. Esa fricción hizo alguna extraña conexión con los pinchazos que emitía su pezón apretado entre los dientes de él y Juana sintió que su propio cuerpo empezaba a temblar. Bajó su pelvis con fuerza absorbiéndolo en su totalidad mientras fuertes espasmos en su interior lo apretaban. Con cada presión una ola que partía de allí se expandía por su cuerpo, llevando un océano de placer por su torrente sanguíneo a todas partes. Sus piernas, su pecho, su cabeza, ella era como la arena de la orilla que el mar iba invadiendo y empapando.

—Así, así. Uy, uy, uy… Ahora más profundo, así, así, síííííííííí.

La narración cesó mientras Edmundo la sujetaba por la cintura apretándola contra su cuerpo. Las convulsiones de él extendieron el placer de ella. Hasta que las olas se fueron alejando y finalmente se perdieron en la playa.

Empapada de sudor, se desplomó sobre el pecho de él. La novedosa sensación del vello contra sus pezones también le gustó.

—Eres mucho más sensual de lo que esperaba. Tendremos mucho placer, querida mía. Te mostraré todos los secretos que encierra tu cuerpo y ambos los disfrutaremos, Juana. Durmamos un rato. Luego seguimos.

La ayudó a salir de encima de él, le dio un suave beso en la frente, acomodó la cabeza en la almohada y en menos de un minuto ese seductor portugués que se había convertido en su marido se durmió.

Juana se quedó mirándolo un largo rato. Intentaba ordenar sus pensamientos. Sospechaba que todo lo que acababan de hacer no era normal. Ella nunca había sentido algo así antes. —Si fuese habitual todos hablarían de eso… ¿no? —pensó.

También suponía que el encuentro carnal sin camisones era pecado. En realidad estaba segura de ello. Así se lo había dicho su confesor en Asunción poco antes de la boda, cuando ella le habló horrorizada sobre esa prenda que iban a incluir en su ajuar.

—Después ya no volví a pensar en ese asunto. Nunca se lo mencioné al padre Justiniano aquí en estos años —reflexionó—. Quizás sea obligatorio para las niñas jóvenes. Yo ya soy una mujer, además mi marido no quiere que lo use. Y debo obedecerle.

La explicación para si misma la reconfortó. Analizaría el tema en profundidad en otro momento. La cálida placidez que sentía y el golpeteo parejo de la lluvia en el techo la adormecían. Los truenos habían pasado. Ya casi estaba oscuro afuera. Había sido la tarde más sorprendente de su vida. Intentaría dormir un rato, antes de que Edmundo despertara y quisiera empezar con su noche de bodas.

Capítulo 15

Giulia escuchaba con atención pero movía su cabeza de lado a lado mostrando su evidente desacuerdo con los planes de su hermana.

—No entiendo por qué te niegas a festejar tu boda con una fiesta.

—Porque no quiero ser el centro de la atención de todos en esta aldea. Prefiero realizar la ceremonia a solas. Contigo, Tomassino y la familia de Pedro, por supuesto. Pero nadie más.

Desde que le contó que había aceptado el pedido de mano de Pedro, su hermana menor intentaba organizar todo, tal como hubiera hecho su madre. Isabella prefería hacer las cosas a su manera.

Pedro había ido a visitarla para oficializar el compromiso y ella lo recibió con Giulia y Tomassino en la sala principal, con horchata y tortas fritas acompañadas con crema preparadas por Lucinda. Los caballeros ya se conocían. El español del joven había mejorado bastante y pudieron entenderse para conversar sobre caballos. Tomassino le preguntó quién podría venderle un buen ejemplar y Pedro se ofreció a llevarlo hasta una hacienda donde tenían animales en venta. Antes de irse prometió repetir la visita pocos días después.

El atractivo caballero conquistó la voluntad de Giulia en el instante en que ella vio cómo miraba a su hermana. Le dirigía una mirada intensa, cargada de deseo y a la vez de cariño. Idéntica a la forma en que Fabrizio Positano la miraba a ella. Sus ojos tenían un lenguaje propio que sólo ellos entendían, y que a su vez les decía a quienes los rodeaban que se estaban hablando sin palabras. Sin duda estaba enamorado de Isabella. Y pudo ver que ella le correspondía.

Nunca la había visto tan feliz antes. No entendía por qué su hermana se negaba a celebrar su unión con bombos y platillos.

—Al menos una pequeña reunión —volvió a insistir—. Don Pedro dijo que a él le gustaría, pero que se hará tu voluntad.

Isabella se negó sacudiendo la cabeza varias veces, pero una sonrisa curvó sus labios. Le gustaba la idea de convertirse en la esposa de Pedro. Lo amaba. Quería pasar cada día de su vida a su lado.

—No sabes lo que daría por tener al capitán Positano aquí para realizar una gran boda y desparramar mi alegría a su lado delante de todos —dijo con un suspiro—. Tienes mucha suerte por tener cerca a este caballero y su amor. Disfruta tu dicha junto a él.

Isabella vio el dolor en los ojos de Giulia. Pero ella no podía aliviarlo. Ni siquiera aceptando dar una fiesta. No iba a dejarse convencer:

—Pedro aceptó que la boda sea a mi gusto. Para mí la felicidad es estar a su lado. Compartiremos ese momento sólo con nuestros seres más íntimos.

Definida la cuestión de la fiesta, o de la ausencia de la misma, quedó por resolver el tema de la fecha. Pedro quería casarse lo antes posible. Esa misma semana, o la siguiente. Quería llevar a Isabella a su casa y rodearla de lujos. Poner un anillo en su dedo y que todos supieran que esa mujer era suya.

Isabella no quería hacerlo antes del nacimiento del bebé de Giulia.

—No puedo dejar a mi hermana justamente ahora. Falta poco más de un mes para la llegada de su hijo. Nos casaremos después de eso.

—Voy a enloquecer viviendo todo ese tiempo lejos de ti. Te necesito a mi lado cada día, cada noche. Cada minuto, Isabella.

Mientras hablaba se acercó y la besó en el cuello, debajo de la oreja, empujando el encaje hacia abajo con su mentón. Sus manos buscaron acariciar sus costillas pero se toparon con la dureza del corsé.

—Quiero abrazarte sin tus prendas, sentir tu piel bajo mis dedos cada vez que te toco. Te juro que lo haré todo el tiempo cuando seas mi esposa, no nos vestiremos nunca. Viviremos desnudos, sin salir de nuestra alcoba, ¿qué te parece?

Su indecente propuesta provocó esas carcajadas musicales de Isabella que le encantaban y él volvió a juguetear en su cuello.

—Cásate conmigo ahora, mañana mismo. No quiero esperar. Quiero que seas mía ya.

—Ya soy tuya, cada noche. Eso no va a cambiar. Te propongo que sigamos así hasta que Giulia dé a luz. Puedes venir a visitarme cuando quieras. Esta misma noche dejaré abierto el postigo de mi ventana para ti.

Pedro resopló con resignación.

—Eres terca y obstinada, tal como te dije aquella vez. Pero no puedo enojarme ahora porque lo haces movida por nobles intenciones. Piensas en tu hermana antes que en ti misma. Tu corazón es demasiado bondadoso, deberías ser un poco más egoísta.

Isabella estaba a punto de reclamar pero él la abrazó con fuerza, apretándose contra ella junto al tronco de un árbol. Sus bocas se buscaron hambrientas. Sus respiraciones se agitaron. El beso no los aplacó. Unos instantes después él se apartó. Estaban en la chacra de ella. Se escuchaban los sonidos de gente trabajando en los alrededores. Deberían esperar hasta la noche para saciarse. Pedro trató de ubicar la erección en sus pantalones de forma que no le incomodara tanto y caminaron de regreso hasta el carro con sus brazos entrelazados.

La había llevado hasta allí para que Isabella hablara nuevamente con Cascallar. Esta vez la acompañó también durante la conversación.

—¿Cuándo terminarán de guardar esas semillas, don Cascallar?

Isabella apuntó con el brazo hacia dos altas pilas de trigo y maíz que unos indios estaban levantando con palas para guardar en barriles de madera.

—Y… Unos cuantos días, doña…

—¿No podrá ser antes? Las necesitamos para pasado mañana.

—Lo veo difícil, doña. Hay mucho por hacer.

Pedro no pensaba intervenir, pero no soportó que ese sujeto engañara a Isabella. Dijo:

—Déjese de pavadas, hombre. No le mienta a su patrona. Esa cantidad estará terminada mañana a esta hora. Tiene suficientes indios y palas por aquí. Si necesita ayuda para hacerlos trabajar bien puedo enviarle a mi capataz.

Con un vistazo experto calculó que las semillas que restaban podían envasarse en unas cinco o seis horas.

—No será necesario —respondió con rapidez—. Terminaremos a tiempo.

—Entonces espero que las entregue en mi chacra mañana por la tarde. Las venderemos al día siguiente.

Isabella, sorprendida por la interrupción, estaba a punto de intervenir a su vez. Pero el curso que tomó la charla la hizo callar. Ciertamente Pedro podía manejar a ese hombre mejor que ella, aunque no fuera su patrón. Quizás debería dejar que él se ocupara de las tierras, como le había ofrecido. Tomassino aprendería a su lado para después hacerse cargo.

Dirigió una silenciosa mirada a Pedro levantando apenas sus cejas. Él le respondió con un breve consentimiento con su cabeza, por lo que Isabella agregó:

—Supongo que sabe dónde es la chacra de don Aguilera, Cascallar.

El hombre asintió.

—A partir de ahora diríjase allí para cualquier cuestión de esta chacra. Don Aguilera y yo vamos a casarnos. Será su nuevo patrón. Hable con él o con su capataz.

Cascallar no dijo nada. Se quedó con la vista hacia abajo, mirando los agujeros que la punta de su gastada bota abría en esa tierra oscura y fértil. Él había ganado una buena suma engañando a sus dos últimas patronas. Ellas ignoraban lo que realmente se producía allí. Eran tierras muy ricas. Y la mitad de las ganancias iba a parar a su bolsillo. A veces más. Aunque las monedas estaban allí poco tiempo antes de que las perdiera en las mesas de juego.

Ahora esa estúpida iba a arruinar su negocio haciendo que otro hombre lo supervisara, se dijo. Ya no tendría con qué pagarle a la mulata de una sola pierna que solía frecuentar en una choza de mala muerte cerca del puerto. A pesar de tener un repulsivo muñón donde debería estar la rodilla, la negra Flaviana no recibía gratis a nadie. Cascallar los vio alejarse juntos y sacudió la cabeza. Miró al horizonte un rato y luego escupió cerca de sus pies. Le quedaba poco tiempo. Tenía que apurarse para preparar su plan.

Mientras Avelino agregaba agua caliente recién traída de la cocina a la tina, Pedro descansaba con los ojos cerrados. El cabello mojado se pegaba sobre sus hombros. Estaba pensando cómo le contaría a Isabella la verdad sobre su pasado. Quería hablarle del dolor por la pérdida de su hijo, aunque hubiera vivido sólo un día. Tampoco quería ocultarle la existencia de la madre del niño. Ignoraba cómo lo iba a juzgar por eso. Cuál sería su reacción. Esa misma noche lo descubriría. Primero él iría a comer con su amigo Tarcísio de Quesada. Luego la visitaría. Se revolvió inquieto y le pidió a Avelino más agua caliente. La tensión no le permitía relajarse.

Doña Juana se miró en el espejo de pie con marco de madera labrado que Edmundo había traído cuando se instaló en su casa. Lo había ubicado en la habitación de ella porque sería más útil, le dijo. Al principio no entendió a qué se refería. Ya llevaban dos semanas casados y aunque él tenía sus prendas en la habitación contigua, dormía siempre a su lado. Pensó que hablaba de compartir el dormitorio, y por lo tanto el espejo. Pero la noche anterior había descubierto la verdadera utilidad que Edmundo pensaba darle al objeto. Lo había colocado junto al lecho y cuando estaban unidos, concentrados en los latidos que les provocaban los encuentros de sus pelvis, con los pulsos acelerados y las respiraciones agitadas, él le indicó:

—Mira hacia el costado, al espejo. Míranos mientras nos amamos.

Instintivamente ella giró la cabeza y lo que vio la espantó: un hombre desnudo empujando sobre ella. Quiso escapar y cubrirse. Pero al mismo tiempo lo vio a Edmundo buscando sus ojos en el espejo. Se encontraron. Los de él ardían, eran puro deseo. Ella sostuvo esa mirada fijamente, sintió que el calor en su interior aumentaba mientras sus caderas se movían cada vez más deprisa. La excitación de él hizo que su voz sonara más ronca:

—Me gusta verte así. Te siento y te veo. El placer es doble. ¿A ti te gusta?

Juana no se animaba a hablarle mientras sus cuerpos estaban unidos. Apenas se estaba acostumbrando a la verborragia de él. Se quedó en silencio, jadeando.

—Dime si te gusta —insistió Edmundo. Le agarró un seno con la mano más cercana al espejo y buscó la imagen. Gruñó con satisfacción y se enterró con fuerza en ella.

Juana giró la cabeza, vio cómo él apretujaba su pecho y al mismo tiempo sintió cómo la llenaba con sus líquidos haciendo que el creciente y potente latido que partía de sus entrañas se convirtiera en mil y uno que se desparramaban por su cuerpo, todos con la misma intensidad.

—¡Sí! Me gusta. ¡Me gusta mucho!

Escuchó su propia voz con sorpresa. No lo dijo por complacerlo. Las palabras habían escapado de su boca.

Ahora, frente al espejo, intentaba analizar lo que estaba viviendo. Había pensado que tras su sorprendente descubrimiento, ella se acostumbraría al placer que ocultaba su cuerpo. Que una vez pasada la novedad, esas ansias que sentía por un nuevo encuentro se aplacarían. Pero se había equivocado. Edmundo la buscaba todas las noches. A veces también por la tarde. Y al despertar. La montaba al alba, antes de ir a misa. Le ocasionaba temblorosas explosiones internas cuando menos lo esperaba. Y ella no se saciaba. Le gustaban esos momentos de placer, quería seguir experimentándolos.

—Quizás se debe a que Edmundo no cesa de sorprenderme con sus propuestas. Como lo del espejo. Cuando las novedades se conviertan en rutina me calmaré —pensó. Pero enseguida la asaltó una duda—. ¿Y si nunca deja de sorprenderme? Hasta ahora cada encuentro ha tenido algo nuevo, diferente —recordó cuando la había besado en su parte más privada hasta hacerla gritar.

—Su lengua es mejor que sus dedos —se dijo, mientras sus mejillas tomaban color y calor.

Y todavía pensaba en la extraña sensación que había descubierto cuando su miembro le llenó la boca. Le sorprendió que las arcadas iniciales se transformaran en ganas de chuparlo y saborearlo. No se imaginaba cómo se vería en el espejo haciéndolo.

—¡Ay! ¡Qué susto me has dado!

Se sobresaltó cuando las manos de él la abrazaron desde atrás y sintió su miembro contra su trasero. No lo había oído entrar.

Edmundo apoyó su boca junto a la oreja de ella y le preguntó:

—Me complace encontrarte frente al espejo. ¿Estabas pensando en nuestras sacudidas de anoche?

Juana enrojeció. Le costaba hablar de esas cuestiones. Hacerlas estaba bien. Le gustaba lo que sentía. Comentarlas le resultaba impúdico.

—Me estaba cambiando —respondió sin mentir. Se había quitado la gorguera, el jubón, la camisa de lino y la falda, pero aún le quedaban las prendas interiores: el corsé, la camisa de liencillo y los largos calzones.

A pesar de la insistencia de él, Juana no se animaba a esperarlo desnuda. Se desvestía completamente y se ponía un camisón. Aunque luego Edmundo se lo quitaba en pocos segundos, pero ella no lograba acostumbrarse a exponer su piel voluntariamente.

—Estás perfecta así —evaluó—. No te quites nada más. Ven conmigo.

—¿A dónde quieres que vaya así, sin ropas, Edmundo?

—Recuerda que prometiste obedecerme sin protestar —le dijo con voz seductora mientras la abrazaba y le chupaba el lóbulo de la oreja.

Ella sintió que su pulso empezaba a acelerarse y llevó la mano a la oreja para sacarse el zarcillo de plata que se entrometía entre ellos.

—Vamos a mi habitación —le dijo. Tomó su mano y la llevó hacia la puerta que las conectaba. Allí vio que Edmundo había cambiado la cama. La sencilla base de madera con respaldo que usaba don Miguel, muy similar a la de ella, ya no estaba. En su lugar había una amplia cama con dosel, del que colgaba un baldaquino de seda.

Doña Juana lo miró extrañada.

—Hice que la trajeran hoy, mientras estabas en misa, y le pedí a Severina que no te dijera nada. Quería sorprenderte.

—Lo lograste —respondió cabizbaja.

—¿No te gusta?

—Pues... Esto significa que dormirás aquí de ahora en más —dijo casi en susurros. Y se animó a agregar: —Me estaba acostumbrando a que te quedaras conmigo. Me gustan tus visitas.

Se sintió henchido de orgullo por sus palabras. Sabía cuánto le habría costado a su pudorosa mujer decirlas. Le contestó con suavidad y tomándola de la barbilla:

—Esta cama es para los dos. Si duermo aquí, será contigo a mi lado.

Ella lo miró sorprendida.

—¿Hay algo malo en mi lecho? —le preguntó.

—Nada, pero aquí será diferente.

La mirada lasciva de él no le permitía dudar sobre a qué se refería. Pero seguía sin entender. Se encogió de hombros.

—Te lo mostraré ya mismo. Ven aquí —le dijo. La tomó de la mano y la llevó junto a los pies del lecho—. Párate frente a la columna, levanta tus brazos y apoya las palmas juntas en la madera. Es suave y lisa. Puedes dejar que tu cabeza y tu frente se apoyen allí. Relájate y no te des vuelta.

Edmundo le hablaba con suavidad. Y mientras dirigía los actos de ella no dejaba de darle besos. En la nuca, en los hombros, en las mejillas. Su boca la recorría despacio mientras sus dedos le desataban los cordeles del corsé. Cuando Juana se encontró liberada de la incómoda presión inspiró profundamente y soltó el aire con fuerza. Sus pechos subieron y bajaron. Las manos de Edmundo los estaban esperando y los agarraron desde atrás en un cálido apretón. Juana soltó un breve gemido.

—Sí, mi amor, relájate. Todo lo que haremos hoy te gustará.

Le quitó la camisa con facilidad por arriba de su cabeza y se dedicó a recorrerle la espalda con los labios, con delicados besos. La respiración de ella le dijo que le gustaba. Estaba lista para seguir. La liberó de sus pomposos calzones hasta los tobillos y continuó los besos por sus caderas, bajando hasta sus nalgas.

—Edmundo... —la escuchó empezar a quejarse. Pero no la dejó continuar.

—Basta, Juana. Recuerda tu palabra —le dijo con voz firme.

Ella decidió no insistir. Las caricias en su trasero la ayudaban a dejar de pensar, la invitaban a sentir.

De repente la sorprendió un pequeño pellizco cerca de donde Edmundo la estaba besando. Luego otro, y otro más. A cada uno le seguía un beso. Sus labios húmedos se apoyaban enseguida en la zona todavía dolorida. La mezcla de sensaciones la confundía. No podía definir si le dolía o si le gustaba el ardiente calor que estaba invadiéndola.

Una mano de él apretó con fuerza su nalga izquierda mientras la otra y su boca se aplicaban en la derecha. La ya familiar humedad entre sus piernas la desbordó. Unas gotas cayeron por el interior de su muslo. Se retorció con placer. Empezó a bajar los brazos, con ganas de tocar a su marido. Pero su voz la detuvo:

—No, no bajes los brazos.

—Es que me canso en esta posición —dijo Juana, y dejó colgar sus manos a los costados del cuerpo.

—Tómate de la columna.

—Ya no puedo, me pesan los brazos.

—Esto te ayudará — dijo él, y volvió a subírselos.

Ajustó una delicada tela alrededor de sus muñecas y las sujetó sobre la columna de la cama.

—Edmundo, ¿qué haces? ¿Cómo se te ocurre atarme?

—No te escandalices. Es un pañuelo de seda. Es suave, no te hará daño y nos permitirá seguir.

—No estoy escandalizada, ¡estoy indignada!

—Vamos, querida. Nada de lo que te he hecho te desagradó. ¿No tienes curiosidad por saber qué viene? ¿Qué nuevo placer te presentaré hoy...?

Juana se mordió el labio inferior. Él tenía razón. Ella se había espantado ante cada nueva sugerencia de él. Y después todas le habían gustado. Quizás esa también.

Mientras se convencía a sí misma, los dedos de Edmundo habían retomado su tarea. Los pellizcos eran cada vez más pequeños y más apretados. Le provocaban pinchazos. Su piel ardía. Cuando las puntadas fueron en la curva inferior del cachete, casi en el interior del muslo, soltó un gritito y giró sus caderas. Le gustaría tener a Edmundo en su interior. Y se lo dijo:

—Desátame y tómame ahora... por favor.

Él se irguió triunfante.

—Sabía que te gustaría. Conozco tus deseos mejor que tú misma, mi querida.

Se puso de pie muy cerca de ella pero sin que los cuerpos se tocaran. Sólo inclinó la cabeza para besar el costado de su cuello e introducir la punta de su lengua en su oreja.

Juana echó la cabeza hacia atrás con los ojos cerrados, invitándolo a continuar. El calor aumentó en su entrepierna.

La sorprendió el sonido de un cachetazo y la repentina picazón en su trasero.

El segundo golpe y su ardor le confirmaron que Edmundo la estaba castigando como a una niña.

—¿Edmundo? —lo llamó.

—Tranquila, mi querida. Sólo estoy convirtiendo tu hermoso culo en el centro de nuestras atenciones. Estoy seguro de que te mojas ante cada palmada. Déjame ver.

Juana sintió su piel arder otra vez. Las olas de calor se expandieron por toda su pelvis.

Edmundo se apoyó contra su espalda y frotó su rígido miembro en la zona donde un segundo antes le había pegado. Bajó una mano entre sus nalgas y acarició la entrada de su vagina desde atrás. Dos dedos resbalaron en su interior y ella se retorció sobre ellos. Sin sacarlos, le dio un cachetazo con la otra mano. El gemido de Juana y las gotas entre sus dedos le indicaron que estaba lista.

—Inclínate. Lleva tus pechos hacia adelante y ese caliente culo hacia atrás —le ordenó mientras deslizaba hacia abajo el pañuelo por la columna unos cuantos palmos, hasta la altura de su cintura, pero sin liberarla.

Una parte de ella quería negarse. La otra quería que Edmundo la penetrara en ese instante. Incluso en esa vergonzante postura. Inspiró hondo y obedeció.

Dio un paso hacia atrás y bajó su torso, con los brazos aún atados a la cama.

Él la observó en esa posición, totalmente vulnerable y entregada a él, y temió que su pene fuera a estallar. Le costó contenerse.

—Eres increíble, Juana. Tu hermoso cuerpo es puro deleite. Ese culo lleno, tan rojo y ardiente, que me pide más. Toma más, aquí va mi mano. Sí, sé que te gusta. Te retuerces. Quieres otra. Ten. Muy bien. Te mojas. Y quieres tenerme. Separa bien las piernas. Así. Aquí voy. Mi *pica* es tuya. Ahhh, así. Tómala. Ay, qué mojada estás. Mi verga se patina en ti. Desde aquí puedo verla entrar y salir. Veo cómo los labios de tu agujero se abren para mí. Sí, así, atrápame bien adentro tuyo. No me dejes salir. Aprieta más. Toma otra nalgada. Te gusta mucho. Ten otra. Te arde, te da placer. Sí, lo sé. Empújate contra mí todo lo que quieras.

Las palabras de su marido ya no le molestaban. Juana se agarraba con fuerza de la columna para resistir las embestidas de su verga. No quería caer hacia adelante. Quería quedarse donde estaba para recibir su fuerza en su interior. Cada empujón de él la acercaba más a la explosión que sabía que vendría. Se mantuvo firme y hasta se animó a empujar contra la columna para echarse hacia atrás y pegarse a su pelvis.

Edmundo se enterró en ella como nunca antes. Sus testículos chocaron contra su carne. Ambos dejaron escapar el grito de sus gargantas al mismo tiempo.

Isabella todavía estaba vestida. Se había demorado preparando una colonia de vainilla que quería usar esa noche. Desde la desgraciada fogata encendida sobre la cara de Dante no había vuelto a preparar ninguna fragancia. Pero Pedro le había dicho que le encantaba el suave aroma a vainilla natural de su piel y decidió intensificarlo.

Dejó la colonia sobre la cómoda, junto a un pequeño candelabro con tres velas. También estaba encendida la palmatoria sobre la mesa de luz. Aunque en diciembre oscurecía más tarde, Pedro le había avisado de su demora: cenaría con un amigo que había regresado a la Trinidad tras una larga ausencia y luego la visitaría.

Frotó el tapón de la colonia en el lado interior de sus muñecas y debajo de las orejas. Sonrió pensando en el momento en que Pedro la oliese. Escuchó un ruido en la ventana y se volvió, creyendo que él se había liberado antes de lo esperado. Pero en el lugar donde habitualmente aparecía con una sonrisa el hombre que amaba estaba Cascallar, el capataz de su chacra. Su entrada por la ventana no presagiaba nada bueno. Isabella se dio vuelta y abrió la boca para gritar con todas sus fuerzas pidiendo ayuda. Pero él fue más rápido. A pesar de su ancho tamaño, se acercó a su patrona en un salto y le dio un fuerte garrotazo en la cabeza. La muchacha se desvaneció antes de llegar al piso, donde golpeó con un ruido seco.

Cascallar temía que alguien lo hubiera oído. Planeaba matar a Isabella, pero lejos de allí. Iba a arrojarla al río para que no encontraran su cuerpo. Así todos creerían que la viuda se había marchado. En ese caso todo seguiría igual, con Tomassino al frente de la chacra y él haciendo sus propios negocios. El tal Aguilera podría acusarlo, dada la discusión de esa tarde. Pero sin cadáver no podrían demostrarlo. Tampoco quería dejar sangre allí. Se la llevaría en el carro.

Tomó el cuerpo laxo de Isabella por las manos y lo arrastró hasta la ventana. Vio su capa sobre la silla y la agarró. La usaría para cubrirla, para que nadie la viera.

Pedro estaba disfrutando una copa de vino español en casa de su amigo Tarcísio de Quesada y Larrañaga, recién llegado de España. Su padre, Honorato de Quesada, había amasado una cuantiosa fortuna en el Potosí años antes y en lugar de regresar adinerado a su Andalucía natal, decidió quedarse con su familia en el Nuevo Mundo. Según las malas lenguas se debía a su sangre no del todo pura. Compró grandes cantidades de tierras en la frontera sur del Virreinato como inversión. Le gustaron los aires húmedos de la región más que el seco polvo del Potosí y se instaló allí con su esposa y sus hijos aún impúberes.

Tarcísio y Pedro se habían convertido en buenos amigos. A ambos les gustaban los caballos, aprendieron juntos a cabalgar, a nadar en el río y a usar las espadas. Al crecer Tarcísio se interesó en la medicina y su padre lo envió a estudiar a la península. Tras ejercer allá varios años, algo lo había motivado a regresar. Llegó con su esposa y un niño de cuatro años, tan rubio como él. Aún no había encontrado casa, vivía en la de su padre, y allí estaban con su amigo, poniéndose al tanto de las noticias de cada uno. Doña Filomena de Ballesteros y Quesada los había dejado a solas.

—Tu esposa es encantadora, querido amigo.

—Sí, es verdad. Tuve mucha suerte al encontrarla. Cuéntame más sobre quien pronto será la tuya. Me intriga saber qué clase de mujer ha logrado hacerte cambiar de opinión sobre tu soledad.

—Isabella es única. Ha traído alegría a mi vida. Cuando la conocí estaba algo triste debido a su reciente viudez. Sentí una gran necesidad de protegerla, de hacerla feliz. Es hermosa por dentro y por fuera. Su alma es noble, piensa siempre en los demás antes que en ella misma. No entiendo cómo pude vivir creyéndome feliz antes de conocerla. Creo que entonces apenas existía.

Tarcísio echó un largo silbido.

—Vaya, amigo. Nunca supuse que escucharía un discurso como ese saliendo de tus labios. No veo la hora de conocer a esa dama tan especial. Y brindo por haber regresado a tiempo para tu boda.

—Bebamos por eso, pero que sea la última copa. Debo marcharme.

—Quédate un rato más, aún es temprano. Y hay algo sobre lo que quiero consultarte. Mi padre aspira a conseguirme un cargo político a través de sus contactos en el Alto Perú. No estoy interesado pero él insiste. Dice que no me llevará mucho tiempo ocuparme y que sería una gran alegría para él ver mi nombramiento antes de morir. El viejo no anda bien de salud y sólo lo estoy considerando para evitar darle un disgusto. Dime la verdad: ¿cómo están las cosas aquí en la Santísima Trinidad?

Pedro soltó un suspiro. Si bien don Quesada no era un fundador de la ciudad, se había instalado allí mucho antes de la llegada de los contrabandistas. Se lo consideraba un vecino honorable y digno, un benemérito.

—Ahhh, como siempre, Tarcísio. Los beneméritos controlan el Cabildo pero no pueden evitar el contrabando organizado que dirigen los confederados. Intentarlo sería una tarea titánica e inútil.

Su amigo asintió con la cabeza mientras tragaba el vino.

—Veo que nada ha cambiado. Supe que don Hernandarias estaba queriendo volver y supuse que quizás había chances de cambiar la situación.

—No he escuchado nada de Hernandarias. Parece que desde ultramar traes mejor información que la que yo tengo aquí.

—No, me lo ha dicho mi padre. El antiguo gobernador vive en Santa Fe, pero anda buscando apoyos por aquí y lo contactó. Dice que tiene un plan.

—Un plan… ¿para qué?

—Para que el rey vuelva a nombrarlo gobernador.

Pedro se movió incómodo en su silla. Eso no beneficiaría sus negocios. Tarcísio sabía que él les vendía alimentos a los confederados, pero suponía que era para contrabandearlos al Brasil. No estaba al tanto de los tratos con los traficantes de negros, que habían empezado durante su estadía en España. Le dijo:

—Mira, amigo. Podremos conversar de esto mejor mañana. Ahora es tarde y estoy cansado. Me voy.

Se despidieron con un abrazo y Pedro se marchó en su caballo al trote. Eran apenas unas cuadras hasta la casa de Isabella. Cuando estaba llegando escuchó las campanas de la iglesia de San Francisco repicando. Las once. Había volado el tiempo sin que se diera cuenta. Probablemente Isabella estaría dormida. Se asomaría a su habitación para darle un beso de despedida. Sabía que quizás eso los llevaría a algo más. Sonrió complacido. Ató las riendas del caballo a un arbusto y apuró el paso. Distinguía la luz de las velas en su habitación, la imaginó esperándolo. Deseaba tenerla en sus brazos.

Cuando entró en la habitación se desilusionó. Isabella no estaba. Su lecho tampoco estaba revuelto. No había signos de que se hubiera acostado esa noche. Pensó que quizás su hermana la había llamado por algo y se sentó a esperarla un rato.

La campanada de once y media lo sobresaltó. Se había adormecido.

Decidió buscarla por la casa. Se asomó al patio pero todo era silencio y oscuridad. Lo mismo en la cocina y en la sala. Regresó a la habitación de Isabella y se fijó en algo que no había visto antes: un frasco de perfume abierto y volcado en el piso de tierra. Se agachó y al recogerlo reconoció el aroma a vainillas. Isabella. Su olfato le dijo que era de ella. Lo puso sobre la cómoda y vio el tapón. Sin dudas ella no habría dejado su perfume abierto en el piso. Al instante sintió como si le hubieran clavado una espada en el pecho: Isabella había salido de allí en contra de su voluntad.

Cada vez más malvivientes se instalaban en la Trinidad, aprovechadores y hombres sin escrúpulos. También había esclavos fugitivos a quienes les serviría una mujer blanca como escudo. Indios. Los peligros eran muchos.

Pedro caminaba nervioso por la habitación. Su angustia no le permitía pensar con claridad. Quería salir a buscarla en ese mismo instante. Pero no sabía por dónde empezar. En una de sus vueltas pateó la silla y ésta cayó golpeando la cómoda de madera con gran estrépito. La levantó con cuidado. A los pocos minutos escuchó un golpe en la puerta y se asomó la cara de Giulia.

—¿Estás bien, Isabella?

Pedro palideció. Definitivamente Isabella no estaba cuidando a su hermana. Su última esperanza desapareció y el secuestro se convirtió en una realidad.

A pesar de su desesperación trató de no alarmar a Giulia cuando le explicó lo que ocurría. La joven inspiró profundamente y se sentó con cuidado en el borde de la cama, sujetando su enorme barriga con una mano.

—¡Santo Dios! La Inquisición se la ha llevado otra vez —dijo Giulia, y empezó a llorar.

Pedro intentó calmarla pero era inútil. Cada vez surgían más lágrimas y más sollozos. Él le preguntó a qué se refería pero ella hablaba entre llantos, mocos e hipos. Él poco pudo descifrar.

Al rato llegó Tomassino, preocupado por su demora. La vio llorando en la cama de Isabella y con Aguilera agachado a sus pies. Gritó algo que Pedro no entendió y Giulia le respondió en su lengua. Aun entre lágrimas el joven la comprendió y se sentó a su lado, pasando un brazo sobre sus hombros. Hablaron entre ellos un rato más, hasta que Pedro no pudo contenerse y los interrumpió.

—Si saben quién se llevó a Isabella díganmelo, por favor. Quiero ir a buscarla cuanto antes.

—Es complicado, don Pedro. Giulia cree que se la ha llevado la Inquisición. Pero yo le digo que si fueran ellos vendrían por la puerta y de día. No la secuestrarían.

—Muy cierto. Entonces, ¿por qué lo cree?

—Porque eso ya ocurrió una vez.

El muchacho resumió como pudo los últimos meses vividos por las hermanas en el Viejo Mundo debido a la falsa acusación.

Mientras escuchaba Pedro pasó por varios estados de ánimo. Sorpresa, indignación, rabia, impotencia, dolor. Su dulce Isabella había estado en una prisión. Apretó los puños con fuerza hasta que sus nudillos quedaron blancos. Le molestaba que no se lo hubiese dicho, pero entendía que no era una noticia fácil. Él también guardaba secretos que le costaba contarle.

Tomassino no había mencionado ninguna violación, pero él dedujo que había ocurrido en la cárcel, ya que nunca había habido un marido en la vida de Isabella. La imaginó desamparada en semejante lugar y se desesperó.

Pensar en eso ahora no lo ayudaría a encontrarla, se dijo a sí mismo. Necesitaba ayuda.

—Don Tomassino, por favor, envíe a uno de sus esclavos a mi casa a buscar a Avelino, avísenle que venga a caballo. Y mande que busquen el mío, está atrás de esta habitación.

—Enseguida. ¿Puedo pedirle que traigan un caballo para mí también? Quiero ayudar a buscar a Isabella, es como una hermana para mí.

Pedro vio que los ojos del joven se llenaban de lágrimas y sintió que los suyos también se humedecían. Asintió con la cabeza y carraspeó antes de responderle:

—Sí, claro, que vayan ya. Y que venga una esclava a atender a su esposa.

En cuanto lo dijo se dio cuenta de su error. No estaba casado con Giulia. Pero no podía ocuparse de esos detalles. Tenía que pensar con claridad y el llanto ruidoso de la joven no lo ayudaba.

Cuando apareció Lucinda él tomó una palmatoria en la mano y se fue al salón principal.

A pesar de la impactante noticia de que la Inquisición perseguía a la mujer que amaba, Pedro descartó que el brazo del Santo Oficio se la hubiera llevado por la ventana y en medio de la noche. Intentó imaginar quiénes podrían ser enemigos de Isabella en esa ciudad. No se le ocurría ningún nombre. Ella era buena con todos. Nunca la había visto levantar la voz a sus esclavos. Sólo le había gritado a aquel oficial de justicia que estaba azotando al negro desmayado en el rollo. Pero eso había ocurrido varios meses antes. Nadie esperaría tanto para vengarse. Ni siquiera había puesto en su lugar al capataz esa tarde cuando el hombre trató de engañarla. Fue él mismo quien lo descubrió y arruinó sus planes de vagancia.

Debía pensar más, más. Si no se le ocurría quién podría ser su enemigo no la encontraría.

Estaba a punto de enloquecer cuando escuchó los caballos. Avelino entró corriendo y Tomassino se le unió.

—Somos muy pocos. ¿No convendría reunir a más gente? Podemos llamar a mi capataz y al suyo si le parece —sugirió el italiano.

Pedro asintió. La hacienda estaba lejos pero tenía algunos hombres en la chacra. Estaba a punto de organizar la búsqueda cuando su esclavo lo interrumpió:

—Disculpe, *sinhó*. Permita a este negro *decí* que sería perder el tiempo mandar a buscar a Cascallar a la chacra de la *sinhá* Isabella. Hoy lo vi partiendo en la oscuridad con un carro cargado.

—¿Qué dices, Avelino? Ese hombre no debía cargar nada hoy. ¿Dónde lo viste?

—Por los caminos de salida de la aldea. Yo regresaba de la hacienda y ya 'taba oscuro. Se me hizo tarde... —dijo bajando el tono de voz— Disculpe, *sinhó*. Es que la Taína...

—Ya, ya. Cuéntame de Cascallar. ¿Qué llevaba en el carro?

—Supuse que frutos. Los bultos parecían canastos, pero todo estaba cubierto con un trapo negro.

—No tenemos frutos en la chacra. Las semillas van en barriles —dijo Tomassino—. ¿Estás seguro de que era él?

—Sí, 'toy seguro. Tenía ese horrible sombrero que parece un *tambó* con una pluma. Y hasta me reconoció, porque me dejó pasar. Cuando me vio se desvió por el camino hacia el río.

—No te dejó pasar, ¡se estaba escapando de ti porque llevaba a Isabella! Lo hace para vengarse de mí por lo que le hice hoy. Vamos. Muéstranos dónde lo viste, Avelino. ¡Ya!

El esclavo lo había visto una hora antes, pero un carro de bueyes era lento. Todavía estaban a tiempo de encontrarla. Si ese hombre le tocaba un pelo a Isabella lo mataría con sus propias manos, pensó Pedro. Palpó las alforjas para asegurarse de que la pistola estaba allí y también tenía su espada. Clavó los talones en los flancos del caballo. Era un animal veloz y Pedro un excelente jinete. Afortunadamente sus acompañantes también. Tomassino lo seguía pegado a las ancas de su animal y Avelino apenas unos metros más atrás. Avanzaron en la quietud absoluta que reinaba en la llanura, sólo interrumpida por el silbido del viento entre las plantas y el golpeteo de los cascos de los caballos. El negro les mostró dónde había visto el carro y desmontaron. La luna creciente les permitió descubrir la huella de unos pastos recientemente aplastados y la siguieron. Iba hacia la orilla del río. Pedro volvió a su silla y galopó hacia allí. Los otros lo imitaron. Se detuvo al encontrar el carro vacío junto a unos árboles caídos. —No pudo pasar con el carro —dedujo. Miró en su interior y vio la capa de Isabella. No se habían equivocado. Ese malnacido la había secuestrado. Hizo retroceder a su caballo, tomó carrera y lo obligó a saltar sobre los troncos.

Avanzó hacia la orilla y distinguió una figura agachada cerca del agua. Apuró al animal y al acercarse vio a Isabella tendida en el barro. El hombre estaba arrodillado sobre sus pies y ella estaba muy quieta. Demasiado. Pedro sintió que su corazón latía tan fuerte que iba a estallar. No podía estar muerta. Si ese hombre se la había quitado para siempre enloquecería. No podría soportar un dolor así.

—Isabella, despierta, mi amor. Despierta por favor —su mente repetía las palabras mientras se acercaba.

Cascallar escuchó los cascos del caballo y se levantó. Isabella seguía sin moverse. Pedro vio que el capataz le apuntaba con un pistolón. No le importó. Desenvainó su espada y dirigió el caballo hacia él.

—Lo mataré, lo mataré —pensó.

El hombre disparó, pero falló. El ruido asustó al caballo, que frenó de golpe y se paró sobre sus patas traseras. Cascallar aprovechó para correr. Pedro se mantuvo en su silla y cuando el animal se acomodó saltó a tierra. Corrió tras él y lo alcanzó en pocos pasos.

—Detente, maldito. No mato a nadie por la espalda.

Falto de aire, el gordo capataz se detuvo. Empezó a inventar alguna excusa pero Pedro no lo escuchó. En cuanto el hombre se giró su espada le atravesó el pecho.

Cayó hacia atrás emitiendo roncos quejidos y echando sangre por la boca.

—Asegúrate de que no se levante —le dijo a Avelino, mientras él corría hacia Isabella. Tomassino ya estaba inclinado a su lado y le hablaba en italiano, pero la muchacha no respondía. Pedro se arrodilló junto a ella e intentó incorporarla. La abrazó con delicadeza y apoyó la mano en su mejilla. Estaba helada. Pedro sintió que el dolor lo invadía. La sostuvo con fuerza, queriendo retenerla para siempre con él. La apretó tanto que ella emitió un suave quejido. Estaba viva.

—Isabella, mi amor. Respóndeme, ¿puedes hablar? ¿Puedes oírme?

Nada. Ni una palabra, ni un sonido.

Recorrió su cuerpo con la mirada buscando heridas. No vio sangre en sus ropas. Sólo unas sogas atadas en sus pies. En los otros extremos de las mismas había rocas. El maldito iba a matarla y arrojarla al río. Deseaba poder matarlo dos veces.

—Desátela —le dijo a Tomassino.

Pedro se puso de pie y levantó el cuerpo flojo en sus brazos con cuidado. Las ropas de ella y su cabello estaban empapados por las aguas del río. Pedro la llevó hasta el carro. La subió y se recostó a su lado. La cubrió con su capa y la abrazó todo el trayecto para darle calor. Cada quejido de ella ante las sacudidas del camino aumentaba las esperanzas a Pedro.

Poco antes de llegar a la aldea Isabella abrió suavemente los ojos. Miró al cielo unos segundos y volvió a cerrarlos. Pedro sentía que la presión en su pecho no aflojaba. No podía perderla.

Capítulo 16

La vigilia junto al lecho en la habitación iluminada con velas le resultaba angustiante. Pedro miraba la cara de Isabella sobre la almohada y le costaba reconocerla. Su piel estaba pálida. Sus ojos verdes seguían cerrados. Sus claros y suaves cabellos se veían oscuros, endurecidos por el lodo del río, ya seco. Parecían los de una estatua. Su amigo Tarcísio había descubierto unas gotas de sangre y un fuerte chichón en la parte posterior de la cabeza de Isabella. Le había aplicado un ungüento que llevaba en su maleta, un paño mojado en la frente y dijo que nada más podía hacer. Restaba rezar y esperar.

Pedro cerró los ojos y recordó las últimas horas. Cuando llegó con Isabella en brazos, Giulia y Lucinda corrieron tras ellos hacia la habitación.

—Está empapada y helada. Traigan agua caliente y ropa limpia —ordenó—. ¡Rápido!

Apoyó el cuerpo inconsciente de Isabella en la silla y se agachó a su lado para sostenerla junto a él.

Giulia retiró la capa que la envolvía. Aflojó la gorguera y desabrochó el jubón de su hermana. Pedro la sostuvo para que pudiera retirarlo. La camisa exterior también estaba mojada. Lucinda volvió con las toallas. Él humedeció un extremo en la jofaina que estaba sobre la cómoda a su lado y la pasó suavemente por su rostro, limpiándole parte del barro.

Mientras la esclava le retiraba los zapatos de tela arruinados, Giulia desató los cordones de la camisa. Antes de quitársela se enderezó y le dijo directamente:

—Gracias, don Aguilera, por su ayuda. Desde aquí seguiremos

nosotras solas.

Pedro la miró fijo a los ojos.

—No me iré. No la dejaré ni un segundo.

Ella le devolvió la mirada sin amedrentarse.

—¡Santo Dios! Sus ojos son iguales a los de Isabella. Espero que no sea tan terca como ella —se dijo a sí mismo.

—Lucinda y yo debemos cambiar todas las prendas de mi hermana, están muy mojadas.

—Lo sé, por eso la estoy sosteniendo aquí, para que puedan hacerlo sin llevar el lodo a su lecho. Háganlo, cámbienla.

—Estamos perdiendo el tiempo con esta discusión. Debe esperar afuera. Lo haremos solas.

—Doña Giulia, tiene razón, estamos perdiendo el tiempo, no me convencerá. No me iré. Isabella es mi mujer y me quedaré a su lado hasta que se recupere.

Su grave voz resonó con firmeza.

—No es su esposa aún —se justificó Giulia.

—Es mi mujer —insistió él.

La esclava se dio cuenta de que podrían seguir así un largo rato. Su ama seguía mojada, por lo que tirando del brazo de Giulia la llevó a un costado y le dijo en voz baja:

—*Sinhá* Giulia, el *sinhó* dice la *verdá*. La *sinhá* Isabella ya es su mujer. Yo me ocupo de cambiar las sábanas y recojo los orinales por las mañanas. Él la visita desde hace rato —vio que Giulia palidecía pero Lucinda continuó—. Y con esa barriga vuesa *mercé* no puede *sujeta'la* bien. Déjelo que ayude.

Pedro no estaba dispuesto a irse. Si esas mujeres no le quitaban la ropa mojada a Isabella, pronto lo haría él mismo.

Enseguida vio que se acercaban para continuar.

Cuando ya la habían recostado llegó el médico. Pedro había enviado a Avelino a casa de Tarcísio de Quesada ni bien entraron a la aldea. Tras revisarla éste aconsejó a todos que se calmaran durante la espera.

La desolación de Pedro preocupaba a su amigo. Nunca lo había visto así. Alternaba entre la desesperación y la apatía. Caminando sin cesar dentro de la habitación y exigiéndole que hiciera algo para salvarla, o mudo y cabizbajo, hundido en la silla con la vista clavada en el piso. Estaba pálido y profundas sombras grises subrayaban sus ojos. Sin duda esa mujer se había metido hondo bajo su piel. A él no le pareció bonita. No era fea, pero tampoco nada especial. Su amigo la veía con los ojos del amor.

Tarcísio lo acompañó toda la noche. Cada tanto levantaba los párpados de la paciente y miraba de cerca sus pupilas con la ayuda de una vela. También ordenó mojar su frente constantemente con paños embebidos en agua fría. Giulia iba a hacerlo cuando Pedro le tendió la mano y le dijo casi suplicante:

—¿Puedo?

Esa vez ella aceptó sin discutir. Se acercó y dejó la tela mojada en sus manos. El amor que ese hombre sentía por su hermana parecía ser tan sincero y profundo como el dolor que demostraba.

Al amanecer el médico volvió a inspeccionarle las pupilas.

—Ay, ¡mi ojo!

La queja de Isabella provocó sonrisas de alivio. Todos los que estaban en la habitación la rodearon. Ella abrió los ojos y vio que Giulia, Pedro, Lucinda y un desconocido la miraban. —¿Qué estaban haciendo allí? —se asustó. Intentó incorporarse pero un fuerte dolor invadió toda su cabeza y la obligó a retroceder lentamente.

—Despacio, mi amor. Con cuidado, recibiste un golpe en la cabeza.

—¿Qué ocurrió?

—Cascallar te secuestró y te llevó junto al río para matarte, ¿no lo recuerdas?

—No... recuerdo que lo vi entrar por la ventana e intenté correr... Nada más.

—Será mejor dejarla descansar —el desconocido dio la orden y Giulia y Lucinda se retiraron—. Tú también, amigo, vamos. La señorita debe dormir ahora.

—Me quedaré sólo un momento, Tarcísio. Debo decirle algo a Isabella.

En cuanto el desconocido se marchó Isabella sintió que Pedro tomaba su mano entre las suyas. Se arrodilló al lado de su cama para besarla con suavidad y dijo:

—No te contaré todos los detalles ahora, habrá tiempo después. Sólo te diré que en un momento pensé que estabas muerta y sentí que mi corazón estallaba. No podría vivir sin ti, Isabella. A partir de ahora te exijo que me dejes cuidarte de cerca. Y para eso debo ser tu marido. Nos casaremos mañana mismo. Ya que tú no deseas una fiesta, iremos a la iglesia en cuanto puedas ponerte de pie.

A Isabella le sorprendió su discurso pero no quiso discutir con él. La cara de angustia y agotamiento de Pedro, más el barro seco que lo ensuciaba de pies a cabeza le decían que no había pasado momentos agradables esa noche.

—Está bien —le dijo en voz baja. Él besó con cuidado su mano otra vez y vio cómo sus ojos se cerraban. Se quedó dormida en pocos instantes.

Tarcísio autorizó a que su paciente se levantara una semana después, cuando desaparecieron sus dolores de cabeza. La boda fue por la mañana, en un soleado día de diciembre, antes de la celebración de la Navidad. Isabella llevaba un conjunto de seda celeste con mantilla de encaje del mismo color. Estaba preciosa. Un brillo especial iluminaba su rostro.

Quedaba muy bien de pie al lado de Pedro, con su impecable traje de terciopelo azul con detalles de plata. Cuando él le deslizó un anillo de oro con varias pequeñas piedras en su dedo anular, no le soltó la mano. La retuvo entre las suyas fuertemente frente al altar. El apretón transmitió una cálida corriente por el brazo de Isabella. Sin desprender sus dedos se miraron a los ojos. Todo lo demás dejó de existir.

Después de la ceremonia Pedro la llevó a su propia casa. Partirían a la hacienda al día siguiente. Isabella debía descansar y no lo haría si se quedaba en la aldea. Estaba preocupada por dejar a Giulia, pero Pedro la convenció:

—No podrás ayudar a tu hermana si tú no estás bien, mi querida.

En un par de semanas te recuperarás. Y si fuera necesario pueden enviar un mensajero a buscarnos y estaremos aquí en unas horas. Fue Tarcísio quien sugirió que descansaras allí.

—Parece un médico comprometido con sus pacientes ese amigo tuyo.

—Sí, prometió venir a visitarnos para acompañar tu recuperación. Pero no creo que eso sea necesario. Yo mismo te controlaré a cada rato. Miraré tus ojos y escucharé tus latidos directamente con mi oreja en tu piel. Sin ese extraño tubo de madera cuyo extremo él apoyó sobre tu ropa.

Isabella se rió con pequeñas carcajadas por su propuesta. Pedro recordó lo cerca que había estado de perderla y se estremeció. Verla bien le causaba una gran felicidad. La deseaba con locura pero no la había poseído desde que despertó de su desmayo. Temía que sus embestidas pudieran hacer daño a su cuerpo todavía convaleciente.

El día anterior le había preguntado a su amigo Tarcísio si podía consumar su matrimonio sin poner en riesgo la salud de Isabella y él le había respondido con una sonrisa:

—No es parte del tratamiento, pero tampoco afectará su curación. Evita los movimientos bruscos y cuida que nada golpee su cabeza, ni siquiera las almohadas.

Pedro había decidido esperar. Buscaría el momento adecuado en la hacienda, cuando ella estuviera más fuerte. Esa sería su primera noche en su casa y quería hacerla sentir cómoda, no la presionaría.

Después de la cena Pedro la llevó de la mano a su habitación. Planeaba verla dormir a su lado. Velar su sueño sin tocarla.

En la esquina del enorme aposento Avelino había preparado la tina de agua caliente para su amo. Isabella la descubrió y vio que estaba enganchada en una especie de estrado. Era su lugar habitual. Se sorprendió. Ella prefería darse el baño semanal por las mañanas. Lucinda y Rosaura llevaban la tina de madera a su habitación, la llenaban con agua caliente y ella se sumergía con su camisa fina aún puesta. Le demandaba un buen rato lavar y desenredar el cabello. El resto de los días se lavaba algunas partes de su cuerpo con agua fría junto a la jofaina.

—¿Por qué tienes una tina en la habitación?

Pedro vio su cara de asombro y explicó:

—Es una costumbre que adopté. Me doy un baño todas las noches. Me ayuda a relajarme antes de acostarme —le dijo.

Se quitó la ropa y caminó desnudo hasta la esquina donde lo esperaba el agua humeante. Isabella lo miraba sin pudor, disfrutando de la visión. Recorrió su pecho salpicado en el centro con vello oscuro, sus hombros anchos, sus brazos musculosos. Extrañaba su cuerpo y ahora ya era su marido. Fijó su vista en su trasero deleitándose. La mirada de ella hizo que su miembro se endureciera antes de meterse en el agua.

Pedro estaba decidido a contenerse esa noche. Se bañaba frotando el cuerpo con fuerza con un pequeño paño para no pensar que tenía a Isabella cambiándose junto a su lecho, sólo a unos pasos de distancia. Lo sorprendió escuchar su voz cerca de su espalda.

—Quiero probar si me gusta esto del baño por la noche. ¿Crees que podremos acomodarnos allí los dos?

Isabella estaba parada al lado de la tina, desnuda, tendiéndole la mano. Enseguida él extendió el brazo y sujetándola con fuerza para que no resbalara la ayudó a subir al estrado.

Pedro flexionó las largas piernas para dejarle lugar y ella se sentó frente a él.

Un liencillo cubría el interior de la tina de cobre redonda, con sus bordes colgando hacia afuera. Isabella se recostó sobre la tela e inspiró hondo. Al hacerlo sus pechos salieron del agua. Pedro los veía embelesado. Tenía a la mujer que amaba dándose un baño con él. Sus pezones rosados asomaban y se sumergían con cada una de sus respiraciones. Sin pensarlo se inclinó hacia ellos y tomó uno entre sus labios. Se endureció enseguida. Chupó y mordisqueó el otro y vio que ella se retorcía.

Sus intenciones de esperar se esfumaron. Tiró del lienzo y la arrastró hacia él. La abrazó, la levantó con cuidado y la apoyó sobre sus muslos extendidos. Isabella separó las piernas y se acomodó encima de su miembro. Sintió que su cuerpo lo absorbía lentamente. Se levantó para volver a descender y Pedro atrapó uno de sus pechos en su boca. Lo mantuvo allí, succionándolo. Eso hacía crecer el latido que ella sentía en su interior. Él la tomó por la cintura y la bajó más sobre su pelvis. Ambos sintieron cómo su miembro entraba muy profundamente.

—Te amo, Isabella. Mi dulce Isabella. Eres mía. Toda mía. Mi esposa, mi amante, mi mujer. Dime, ¿te sientes mía?

—Sí, mi amor, siempre tuya.

Sus cuerpos se acunaron juntos, con movimientos lentos en el agua, en una perfecta unión.

Llevaban una semana en la hacienda cuando Pedro se animó a mencionarle a su esposa que estaba al tanto de su fuga de la Inquisición. Había esperado hasta verla más fuerte para hablar de eso y esa mañana sus mejillas estaban rosadas como antes. Caminaron cerca de la orilla y se sentaron a la sombra de un sauce, uno de esos árboles cuyas ramas caían unidas casi formando muros verdes que fascinaban a Isabella. Su espalda descansaba sobre el tronco y él estaba tendido a su lado, con la cabeza en su regazo.

—Isabella, mi amor, quiero decirte que conozco tu secreto. Giulia me lo contó la noche de tu secuestro.

—¿Qué quieres decir? —preguntó con cuidado, sin revelar nada.

—Lo de la Inquisición. Sé que estuviste presa injustamente y que debiste escapar para salvar tu vida.

Isabella soltó un suspiro y preguntó:

—¿Por qué te contó eso mi hermana?

—Porque estaba asustada. No sabíamos quién te había llevado y ella pensó que la Inquisición te había apresado otra vez.

Se movió incómoda. Pedro sabía que le había mentido, pero así y todo se casó con ella. Tras varios minutos de silencio, dijo:

—¿Estás enfadado conmigo porque te lo oculté? Yo no quise mentirte, pero una vez armada mi falsa vida me resultaba muy difícil contarte la verdad. No sabía cómo empezar…

—Sólo me enojé al enterarme, pero ya pasó. Entiendo que lo hiciste por tu seguridad, pero me hubiera gustado que me lo contaras cuando te convertiste en mi mujer. Debes confiar en mí. Protegerte de todo lo que pueda dañarte es mi prioridad. Sea un capataz estafador, un indio salvaje, un conde mentiroso o un inquisidor.

Ella forzó una sonrisa, con la garganta dolorida por el llanto allí atrapado.

—Y también quiero protegerte de tus malos recuerdos, liberarte de ellos. ¿Todavía te duele al pensar en aquellos momentos?

—Sí, fueron horribles. Los peores días de mi vida.

Cuando lo dijo las lágrimas alcanzaron sus ojos.

—Cuéntame, mi amor. Saca todo aquello de adentro.

Sus ojos azules la miraban con infinita ternura mientras su voz grave buscaba tranquilizarla con un suave tono.

Isabella se quedó unos momentos en silencio, inspiró profundamente y se animó a decir:

—Al principio pensaba que vendrían por mí, a liberarme. Pero después creí que a nadie le importaba y que iba a morir en la hoguera —dijo, y un sollozo escapó de sus labios.

—¿Por qué pensaste algo así?

— Porque estuve presa más de un mes y nadie de mi familia fue a verme. Sólo Dante.

Giulia ignoraba esos detalles, así que él tampoco podía saberlo. Se lo dijo para sacar a ese monstruo de su cabeza para siempre.

—¿Dante?

—Fue quien me acusó de brujería. Es hijo de un conde.

—¿Puedo saber por qué te acusó?

—Porque no quise acostarme con él. Esa bestia intentó forzarme y mientras me defendía lo quemé en la cara accidentalmente.

Pedro apretó los puños, inspiró con fuerza y dijo:

—Y para vengarse te envió a prisión. ¿Entonces te violó después, cuando te visitó?

—No, un verdugo de la Inquisición lo hizo. Él fue a verme para torturarme diciéndome que se había casado con mi hermana para hacerla sufrir, y que su dolor era mi culpa.

Lo dijo con voz muy baja. Durante toda la conversación lágrimas silenciosas habían recorrido sus mejillas y llegaban hasta su cuello. A Pedro le dolía verla llorar, quería borrar esos recuerdos que todavía lastimaban a Isabella. Tan frágil, tan indefensa. Y a la vez llena de secretos. Eran una pesada carga en su alma. Él mismo conocía ese peso. No quería seguir escondiéndole una parte de su pasado. En cuanto Isabella se calmara un poco iba a revelarle lo que él llevaba oculto en su corazón.

—Para sanar tus heridas trata de pensar en la parte buena de todo lo malo que te ocurrió, mi amor. Si no hubieras escapado de allí no estarías en estas lejanas estas tierras, ni tendrías a este caballero a tus pies dispuesto a hacerte absolutamente feliz. Mi dulce Isabella.

Ella lo miró a los ojos y asintió, secándose las lágrimas.

Pedro sintió el calor que le transmitía esa intensa mirada verde y se sintió hechizado por ella. Podría quedarse disfrutando de su encanto durante horas. No quería arruinar ese momento revelándole algo que quizás la enojaba. Ignoraba cuál sería su reacción.

Estaba pensando por dónde empezar su historia cuando apareció corriendo un esclavo para anunciarles que tenían visitas. La madre de Pedro, doña Juana, y el doctor Tarcísio de Quesada.

Sorprendidos, Pedro e Isabella abandonaron la confortable sombra y su mágica conexión. Caminaron tomados del brazo hasta la casa. Ya no había huellas de las lágrimas en el rostro de ella, sino placidez por haberse liberado de una pesada carga.

Los viajeros habían llegado en el carro del médico junto a dos fornidos esclavos. También los acompañaban cuatro hombres a caballo de los Quesada, fuertemente armados. El médico se había enterado de unos recientes ataques de indios que habían causado la muerte de tres españoles y decidió ir preparado en su viaje para revisar a la paciente. Aprovechando la escolta, se había ofrecido a llevar también a la madre de su amigo de la infancia. Regresarían esa misma tarde.

El encuentro estuvo marcado por la alegría. Hubo intercambio de abrazos y risas. Se acercaba la hora del almuerzo y tras quitarse la tierra del camino que los cubría, los visitantes se unieron a los anfitriones alrededor de la mesa para disfrutar del locro, una especie de cocido con mucho maíz, papas y trozos de carne. Jasy sirvió los platos humeantes con una sonrisa en ese cálido mediodía de verano. Después el médico sugirió a su amigo que dieran una caminata hasta los frutales. No conocía sus famosos árboles de naranjas dulces. Pedro los había plantado después de su partida.

—Me gustaría conocerlos. Vayamos solos, para no exigir demasiado a tu esposa.

—¿La ves desmejorada?

—Tranquilízate, que la vi muy bien. La revisaré a conciencia a nuestro regreso, pero creo que ya se ha recuperado. Sugerí que se quedara porque en el almuerzo ella comentó que ya había paseado contigo esta mañana. No es conveniente que se agote. Además a las damas les gusta conversar a solas.

Pedro asintió. Le agradaba el cariño que había entre Isabella y su madre. Las vio reír mientras conversaban en los sillones junto a la ventana. Se despidió de ellas con un cálido beso en la frente a cada una y partió con su amigo.

Isabella le estaba contando de los excesos de cuidados que le prodigaba Pedro.

—No me deja hacer nada excepto sentarme y descansar — dijo con una sonrisa —. Si salimos a caminar y quiero recoger una flor él se agacha y la corta para mí. Si quiero agua y no hay ningún esclavo cerca, me sirve la copa él mismo.

—Que te cuide no te hará mal, querida. Disfrútalo. Cuando lleguen los niños deberás ocuparte de cuidar a los demás. Pedro y tú son jóvenes, estimo que tendremos novedades muy pronto —le dijo con una cálida sonrisa.

Sus palabras hicieron que se ruborizara. Doña Juana era su amiga pero también era su suegra. Sabía que era una devota católica y que no se había entregado a su segundo marido hasta después de la boda. Suponía que las prácticas desenfrenadas que Pedro y ella disfrutaban en el lecho escandalizarían a su madre. Se habían amado en el agua de la tina la noche anterior y habían vuelto a unirse otra vez entre las sábanas antes del amanecer. Dormían desnudos, sus cuerpos se buscaban constantemente. Pero no podía decírselo a esa santa mujer. La avergonzaría saber que su hijo la cuidaba de día pero no le daba descanso por las noches.

—Sin duda Dios así lo querrá —dijo. Estaba pensando cómo seguir cuando la salvó una discusión con voces que iban aumentando de volumen al frente de la casa.

Ambas damas se asomaron y encontraron a un hidalgo caballero de cabellos grises, ya ralos, que se había aproximado a pie, seguido por dos hombres armados. Exigían hablar con Doña Juana de Aguilera. Avelino los detuvo y dijo que nadie podía entrar a la casa cuando su amo no estaba.

Los guardias de Quesada estaban unos metros más allá pero se quedaron en su lugar. Ni amagaron moverse.

El hombre mayor se dirigió hacia la puerta pero Avelino se cruzó en su camino y sacó el facón de su cintura. Su ama Isabella estaba allí y él no lo dejaría entrar. No le fallaría al amo Pedro. Uno de los recién llegados apuntó su mosquete hacia el esclavo.

—¿Qué está ocurriendo aquí?

La voz de Isabella desvió la atención hacia ella.

—Buenas tardes, señora. Le suplico disculpe nuestra irrupción. No queremos lastimar a su esclavo. Ni a nadie más. Estoy buscando a doña Juana de Aguilera y supe que se halla de visita aquí.

Doña Juana salió de las sombras de la casa y se cubrió los ojos con una mano para evitar el fuerte reflejo del sol.

—¿Quién me busca?

—Los años no pasan para vuesa merced, querida señora.

El hombre mayor hizo una reverencia hacia ella mientras hablaba. Se incorporó y empezó a acercarse pero Avelino levantó el cuchillo.

Doña Juana lo detuvo:

—No, Avelino. Está bien. Deja pasar a este caballero.

Y dirigiéndose al visitante agregó:

—Pero sus hombres esperarán afuera, don Hernando.

Él asintió y la siguió al fresco interior de la casa. Allí doña Juana apoyó su mano sobre el brazo de Isabella:

—Querida mía, debo hablar con este caballero a solas. Esta es tu casa ahora, ¿te molesta si lo recibo en la sala?

—No, por supuesto que puede hacerlo, esta sigue siendo su casa, doña Juana. Pero me preocupa que lo haga sin compañía. ¿Quiere que mande a buscar a Pedro?

—No será necesario. Y no te preocupes, se trata de un caballero y un viejo amigo. Es el anterior gobernador, Hernando Arias de Saavedra.

Isabella vio que Avelino se quedaba de guardia junto a la puerta y se marchó a su habitación.

Doña Juana entró a la sala con paso decidido. Hernandarias estaba de pie y sólo se sentó después de que ella lo hizo.

—¿Cómo está doña Jerónima? —le preguntó Juana con su habitual cortesía. Se refería a la esposa de don Hernando, doña Jerónima de Garay y Becerra Contreras, hija de don Juan de Garay. Ese parentesco le había valido al asunceño las mejores tierras de la Santísima Trinidad en la repartija que hizo su suegro al fundar la ciudad. En diagonal al Fuerte, sobre la plaza y cerca de la Iglesia Mayor.

—Muy bien, gracias. En nuestra casa de Santa Fe.

—Se lo ve poco por estos pagos, don Hernando. Dicen que está cerrada su casa en el Buen Ayre. ¿Qué lo trae por acá?

—Me gusta que sea directa. Eso facilitará nuestra charla. Supe que ha contraído enlace en segundas nupcias con un portugués emparentado con Valdez.

Ella asintió con la cabeza, sin saber a dónde apuntaba la conversación.

—Aprovechando esa condición, me animo a pedirle que le escriba al rey denunciando las actividades ilegales de él y sus parientes. Y la complicidad del gobernador también.

Doña Juana se irguió en su asiento de golpe. Ese hombre había enloquecido.

—Don Hernando, ignoro por qué supone que voy a denunciar a mi propio marido. Desconozco sus actividades comerciales y no tengo por qué inferir que sean ilegales.

—Vuesa merced sabe perfectamente que los barcos que vienen de las costas de Brasil no llegan vacíos. Menos aún si el propietario es pariente del descarado tesorero contrabandista.

Doña Juana se movió incómoda en su silla.

—Aun si así fuera, no voy a acusar a mi marido. Le he prometido ante Dios obediencia, respeto y lealtad. No voy a traicionarlo.

—Doña Juana, es importante que el rey reciba esa denuncia de parte de una vecina fundadora. Y será doblemente tenida en cuenta si acusa a su propio marido.

—Lo siento, no puedo hacerlo. ¿Por qué no le escribe vuesa merced mismo? Su nombre tiene más peso en cuestiones políticas que el mío.

—Justamente no puedo hacerlo por mis antecedentes políticos. Mis enemigos dirían que me mueve un interés personal para recuperar el poder. Nada más alejado de mis nobles intenciones.

Juana lo miró con los ojos entrecerrados.

—¿Y qué lo mueve entonces, don Hernando?

Él la miró en silencio. No le respondió.

—¿Ha venido especialmente desde Concepción de Santa Fe para verme? Podría haber enviado a un mensajero.

—No, querida señora. Vine personalmente porque ante una negativa suya, soy el único capaz de convencerla.

Pensaba que él no se animaría a amenazarla con aquella vieja historia. Se equivocó.

—Si no acepta escribir esa carta, doña Juana, me veré obligado a informar lo que sé al Cabildo. Y como una bastarda no puede ser vecina de la Santísima Trinidad, le retirarán su título. Y, por supuesto, también lo perderá su marido.

Juana palideció.

La información que tenía Hernandarias la implicaba pero no era culpa de ella. Juana había crecido pensando que era hija de don Gonzalo de Aguilera y su difunta esposa Domitila, que había muerto al dar a luz. Recién a los doce años descubrió que en realidad era la hija bastarda de Fray Juan Fernández Carrillo y Aguilera, hermano de don Gonzalo, llegado al Nuevo Mundo en la expedición Sanabria. En el famoso barco de las mujeres de la Adelantada Mencía de Calderón.

El sacerdote se enamoró durante la travesía de una de las muchachas casaderas, doña Hilaria Saez, de quince años. La ilícita relación continuó con idas y vueltas aún mucho después de la llegada a las tierras de Indias. Doña Hilaria estaba casada pero su marido se hallaba en expedición en la selva cuando quedó embarazada. No tuvo dudas: era del fraile. La niña fue entregada a la familia de su padre. La mujer de don Gonzalo murió en un parto pocos meses después del nacimiento de la pequeña Juana. Él crió a la hija de su hermano en su casa pero nunca se mostró interesado en ella. Y en cuanto la niña tuvo edad suficiente, apenas doce, la entregó en matrimonio. Cuando Juana le suplicó a su supuesto padre que no la casara tan pronto, él le contó la verdad sobre su origen. Pocos conocían su historia; sólo algunas otras damas venidas en aquel barco, que habían sido testigos del romance y sus consecuencias. Entre ellas María de Sanabria, madre de Hernandarias. Doña María mantuvo su amistad con doña Hilaria y justamente las damas estaban hablando sobre esa difícil situación —no le permitían visitar a su hija recién nacida— cuando el pequeño Hernando, de apenas diez años, las escuchó por la ventana mientras jugaba en el patio.

Ya adulto, don Hernando había usado esa información para presionar a una joven Juana en sus primeros años en la Trinidad en una cuestión de privilegios en la iglesia para complacer a doña Jerónima, su esposa. Doña Juana accedió y su primer marido nunca supo de su origen bastardo. La sangre hidalga era un valor muy apreciado en aquellos días. Ella aspiraba a que su segundo esposo tampoco se enterase.

Y ahora ese hombre, ya mayor, volvía a aprovecharse de aquella historia. Doña Juana no sabía qué hacer. Si le escribía la carta al rey denunciando las actividades de su marido y sus amigos, perdería a Edmundo. Y si no la escribía, Hernandarias la denunciaría a ella ante el Cabildo por sus orígenes, la despojarían de su título de vecina y a causa de eso también perdería a Edmundo.

Se sentía atrapada. El nudo que tenía en la garganta se deshizo y las lágrimas llegaron a sus ojos.

En un gesto de desesperación le suplicó:

—Por favor, don Hernando. No me obligue a esto.

Pero Hernandarias era un hombre duro. Había librado muchas batallas y derramado mucha sangre por la grandeza de esas tierras. Las lágrimas de una mujer no eran un escollo en su camino.

Se puso de pie y negó con la cabeza.

—Lo siento. Le aseguro que es importante, doña Juana.

—¿Por qué esto ahora?

—Porque ayer se realizó la elección del nuevo Cabildo, los nombramientos para este año que comienza, y mediante un descarado caso de fraude, ganaron los confederados. Si no le escribe al rey, doña Juana, nuestra aldea está perdida.

Capítulo 17

¡Ole! ¡Ooole! El público vitoreó y aplaudió. Gritos enardecidos salidos de más de un centenar de gargantas animaban al caballero que se atrevía a enfrentar al toro.

El calor agobiante de esa tarde de enero no afectó la asistencia. Muchos habitantes de la Trinidad se amontonaban alrededor de los carros y portones de madera ubicados en círculo cerrado alrededor de la Plaza Mayor. La muchedumbre se agolpaba sobre ellos para observar la carnicería que estaba ocurriendo en la arena.

Isabella nunca había visto una corrida de toros antes. Esta era la primera a la que asistía, aunque se realizaban habitualmente en la Santísima Trinidad en cada fecha que merecía una celebración. La primera había sido en 1609 por la festividad de San Martín de Tours, patrono de la ciudad. El festejo de ese día se debía al nombramiento del nuevo Cabildo. Todos los confederados estarían allí y a Pedro le pareció conveniente no faltar. Como las damas también disfrutaban del espectáculo, su esposa lo acompañó.

Ambos estaban de pie en una fresca sombra junto a un tablón de madera. Los acompañaban el doctor Tarcísio y su esposa, doña Filomena. Seguían con atención los movimientos de ese hombre que se animaba a realizar una suerte a caballo. Un rato antes otros dos valientes habían enfrentado a un toro a pie. El animal salvaje había entrado al círculo dando saltos y latigazos con la cola. Luego se detuvo para buscar a sus objetivos. Los caballeros esquivaron sus embestidas con gracia varias veces y aprovecharon para clavarle unas picas en las paletas al animal. Luego se les unió otro con una muletilla roja, que según Pedro le explicó a Isabella, servía para engañar al toro y hacerle bajar la cabeza para matarlo.

Cuando la espada en el cuello del toro lo hizo caer muerto a sus pies, se escucharon grandes aplausos y gritos de los espectadores. A Isabella no le pareció entretenido y decidió que no asistiría a la próxima corrida. Se sentía algo cansada y a pesar de la sombra que los protegía, el calor la incomodaba. Aunque el doctor Tarcísio la había autorizado a regresar a su vida habitual, quizás no se había repuesto del todo, pensó.

—Pedro, querido, ¿podemos regresar a la casa?

—¿Te sientes mal? —le preguntó con preocupación.

—No, no. Es sólo el calor. El verano es muy cálido aquí, tal como me habían anunciado.

—Por supuesto, mi amor. En cuanto termine esta suerte nos iremos.

Volvieron a dirigir su atención a la arena. El jinete movía su cabalgadura con destreza alrededor del toro, que ya tenía varias picas sobre su lomo. Quizás eso lo animó y se confió en exceso. Se le acercó demasiado y una feroz cornada del animal abrió el flanco de su caballo casi desde un extremo al otro. Turbado y dolorido, éste corrió a la par del círculo buscando inútilmente una salida por donde escapar hasta caer rendido.

La vista del caballo corriendo con las tripas colgando fue demasiado para Isabella. Se alejó unos pasos de la madera que los protegía y sin poder evitarlo derramó el contenido de su estómago cerca de sus pies. Todavía estaba doblada vomitando cuando Rosaura llamó a Pedro. La chica se había convertido en la sombra de Isabella. La acompañaba a todos lados.

—¡*Sinhó* Pedro! —gritó— la *Sinhá* Isabella está mal.

En unos instantes Pedro estaba sosteniéndola y su amigo Tarcísio mirando sus pupilas.

—No es grave. Probablemente sea la impresión si no está acostumbrada a este tipo de espectáculo, sumado al calor. Lo más conveniente es que se recueste. Ordena que la refresquen y que beba bastante agua —dijo el médico.

—Ya mismo nos iremos. Mandaré a Rosaura a buscar a Avelino para que venga con el carro.

—No será necesaria la espera, amigo mío. Lleva a doña Isabella en la silla de Filomena. Mi mujer es española y le encantan las corridas de toros. No querrá irse hasta el final de la tarde.

Pedro asintió y le agradeció. Sabía que no sería fácil convencer a Isabella para subirla a una silla llevada por esclavos, pero su salud era prioridad.

Para su sorpresa, Isabella no le presentó batalla. Sólo frunció los labios indicando su disgusto y sacudió la cabeza con resignación mientras Rosaura la ayudaba a acomodarse. —Debe sentirse peor de lo que reconoce —pensó Pedro preocupado y caminó al lado de la silla apurando a los esclavos para llegar lo antes posible. Se retiró sin siquiera saludar a los confederados que habían organizado ese festejo para celebrar su victoria.

Unos días antes, el 1° de enero de 1614, se había realizado la elección habitual en el Cabildo: los miembros que terminaban su período votaban para elegir a los funcionarios para el nuevo año.

El Cabildo de la Santísima Trinidad saliente estaba formado por dos alcaldes –Francisco de Salas y Francisco de Manzanares– y seis regidores –Domingo Griveo, Felipe Navarro, Gonzalo de Carabajal, Miguel del Corro, Bartolomé de Frutos y Juan Quinteros–, todos ellos con derecho a voto. Pero también votaban los tres oficiales reales de la ciudad: el tesorero –Simón de Valde–, el contador –Tomás Ferrufino– y el depositario, Bernardo de León. Entre los once había clara mayoría de beneméritos frente a sólo dos confederados, Valdez y Ferrufino.

Esa mañana se juntaron los votantes en la sala capitular. El gobernador también estaba allí. Ante el sonido de la campanilla de León convocando a abrir la sesión, llamó la atención la ausencia de don Cristóbal Remón, el escribano del Cabildo.

Se enteraron entonces de las detenciones de Remón y Griveo la noche anterior. Estaban en la cárcel del Fuerte por orden del Gobernador. Cuando indagaron el motivo, Ayala respondió:

—He impuesto causas criminales contra don Remón y don Griveo, de las que sólo daré cuenta a Su Majestad. Ninguno podrá salir bajo fiado ni custodia. Y en ausencia del escribano, y para legalizar este acto, ahora mismo nombro escribano de registro a Gaspar de Acevedo.

Las voces de los beneméritos se entremezclaron hasta convertirse en gritos. Dos hombres estaban presos injustamente, por motivos políticos, y además entraba en escena Acevedo, confederado y secretario de Vergara.

También sorprendió la presencia en la sala del benemérito Juan Quinteros, quien llevaba más de un mes en prisión y al que aún le quedaban por delante varios meses más, por haber cometido un crimen.

Ignorando las quejas, Ayala llamó a votar.

Se eligieron primero los alcaldes. Los beneméritos propusieron a Carabajal y Griveo. Los confederados a Vergara y Sebastián de Orduña, su cómplice. Los votos quedaron divididos, cinco para cada lado, para sorpresa de los beneméritos: Manzanares y Navarro habían vendido sus votos. A cambio del título de Síndico Procurador y Mayordomo de Propios, uno, y por el de Alcalde de Campaña, el otro. Quinteros también se había vendido, a cambio de su libertad.

El escribano anuló el voto que Carabajal se había dado a sí mismo, dejándolo con cuatro. Ante el empate entre los tres restantes, el gobernador debía votar para desempatar. Ayala decidió que Vergara y Orduña fuesen los nuevos alcaldes.

Bernardo de León impugnó la elección a los gritos. Ayala no hizo lugar a la petición, aunque todo quedó registrado en las actas del día, y llamó a votar por los regidores. Continuaron los empates en cinco y las designaciones finales quedaron en manos del gobernador miembro del Cuadrilátero.

Con la mayoría obtenida entre los nuevos funcionarios en el Cabildo, cualquier decisión relativa a la administración de la ciudad, como las autorizaciones para entradas de barcos y ventas de esclavos, quedaba en manos de los contrabandistas.

La visita de Hernandarias a doña Juana fue producto de esa votación fraudulenta. Y la corrida de toros para festejar en la plaza, también.

En la fresca penumbra de su habitación, recostada, Isabella se sentía mejor. Había aceptado viajar en la silla de manos porque no toleraba el aire sofocante en la plaza. Temía desmayarse si se quedaban allí esperando el carro. Era cierto lo que le habían anticipado sobre el calor agobiante del verano en esas tierras. El aire estaba tan caliente como al lado de una fogata. Pedro se había quitado su capa y había dejado los postigos entreabiertos. La había ayudado a quitarse sus vestidos y el incómodo corsé. Se quedó sólo con la camisa interior y los largos calzones. Él la miraba desde una silla junto al lecho.

Escucharon unos leves golpes en la puerta. Era Rosaura con la infusión que le había mandado preparar su ama ni bien llegaron. Le había hecho hervir unas cuantas flores de los cardos, esas plantas altas y pinchudas que crecían por doquier. Le dijo que pusiera el líquido en una jícara y se lo llevase a la cama. Olía muy mal, pensó la chiquilla y se animó a decir:

—*Sinhá*, lo preparé como vuesa *mercé* dijo, pero huele horrible. Temo que la haga sentir *pior* y se enfade conmigo.

—No te preocupes que no me enfadaré. Déjalo en la mesita.

La joven esclava apoyó la taza humeante y se retiró en silencio. Pedro esperó a que saliera para decirle:

—Tarcísio dice que sólo te afectó el calor, que tu indisposición no está relacionada con el golpe de hace unas semanas. ¿Crees que te hará bien tomar algo caliente?

—No te preocupes, esperaré a que se enfríe. Es un remedio para mi indigestión. Fue maravilloso descubrir que crecen tantos cardos por aquí. Son raros en mi tierra. Sólo se encuentran cerca de la costa, que queda lejos. Mi abuela me había hablado de estas plantas y me mostró una flor seca una vez. Resultan ideales para detener los vómitos. La bebida no aumentará mi calor.

Pedro la miró con admiración. Lo sorprendían los conocimientos de ella en curaciones. Su hombro había mejorado notablemente desde que Isabella le había aplicado su ungüento especial. Aunque quizás también había ayudado su mera presencia. Le gustaba mucho tenerla a su lado. Esa mujer había conquistado su corazón.

Recordó que apenas unos meses atrás él mantenía firmemente sus intenciones de permanecer solo. Hasta que la conoció. Y con su dulzura Isabella se volvió indispensable para él. Se asustó al verla descompuesta en la plaza. Ese malestar le recordó su fragilidad y alimentó el miedo que le causaba la posibilidad de perderla. Nada tendría sentido para él sin ella.

Una voz cantarina interrumpió sus pensamientos.

—Dime, ¿por qué aquí se usan las mismas prendas en verano y en invierno? Entiendo que esa sea la costumbre en España, pero en las colonias deberíamos usar telas más finas.

—Es cierto. Los habitantes originarios de estas tierras dejan de lado las pieles cuando hace calor. Andan casi desnudos. En cambio los hidalgos no podemos salir sin capa. En algunas cosas son más sabios que nosotros —reflexionó Pedro, y se quedó con la mirada perdida.

—Quítate el jubón —le dijo Isabella sorprendiéndolo.

—¿Por qué? —la miró intrigado.

—Porque me dará calor cuando me abraces.

—¿Y qué te hace suponer que te voy a abrazar, doña Aguilera? —le preguntó con picardía quedándose con los brazos cruzados sobre el pecho. Pero sólo por unos segundos. La mirada intensa de ella hizo que enseguida arrojara la prenda al piso.

—Te abrazaré todo lo que quieras. ¿Estás segura de que te sientes bien?.

—Sí, ya pasó. Estoy perfectamente. Y sé que me abrazarás. No podrás evitarlo cuando te diga que vamos a tener un hijo.

Tal como Isabella esperaba, la cara de Pedro se iluminó. Pasó de la silla al borde del lecho e inmediatamente la abrazó con fuerza.

—Mi amor, Isabella... Un hijo... Un hijo nuestro —le dijo con la boca pegada a su oreja. De repente Pedro sintió un extraño apretón en su garganta, como un nudo, le costaba tragar. Dejó de hablar y mientras la abrazaba depositó infinitos pequeños besos en la cabeza de su amada.

—Sabía que me ibas a abrazar. Porque imagino que estás tan feliz como yo, que tengo muchas ganas de abrazarte y de besarte.

Sin aflojar su abrazo, la boca de él cubrió la suya por completo. Ella se entregó y disfrutó del beso.

—¿Estás segura, mi amor? Lo del niño…

—Sí, no tenido mis reglas en muchas semanas, desde antes de la boda. Y esta pasajera indisposición de hoy me lo confirmó. Ahora ya estoy bien, me siento mejor que nunca.

—¿De verdad te sientes bien?

Ella asintió.

—Entonces tenemos que celebrar esta noticia ahora mismo.

Mientras hablaba se quitó en un rápido movimiento la camisa y las calzas brillantes, y se arrojó desnudo a su lado.

—Me tienta el festejo que me estás ofreciendo —le dijo—. Pero temo que pueda hacer daño al bebé.

Pedro la miró con cariño. Le enternecía que ya estuviera preocupada por cuidar a su hijo. Era tan buena, tan joven, tan inexperta en todo.

—Mi querida, ayer mismo nos amamos en este lecho y eso no te hizo daño. Y lo hemos hecho todos estos días también, muchas veces. Los indios lo hacen durante toda la gravidez, siempre que a la mujer no le moleste. Son sabios con lo de sus prendas, aprendamos de esta práctica de ellos también.

Isabella se quedó en silencio, pensando en lo que él le dijo y tratando de recordar si las anotaciones de su abuela Valerie mencionaban algo al respecto.

—Pero si tú no quieres no lo haremos…

—Sí, sí quiero —dijo mirándolo a los ojos. Y sin ruborizarse—. Tienes razón, no me ha hecho daño. Sigamos amándonos como siempre. Te deseo, Pedro. Más que nunca.

Esas palabras lo enardecieron. Esa pequeña mujercita confiaba en él plenamente y aunque sabía que ella lo deseaba en cada encuentro porque su cuerpo se lo demostraba, Isabella no se lo había dicho directamente. Hasta entonces. Escuchar de su boca que ella lo anhelaba en su lecho hacía arder su sangre.

Sus labios fueron a buscar los de ella. Las bocas se movieron saboreándose mutuamente. Tomó uno de sus pechos en una mano por encima de la camisa y exclamó:

—¡Vaya sorpresa! Creo que tu escote ha crecido estos días.

Lo apretó suavemente evaluando su tamaño y gimió.

—Déjame ver tus tetas ahora.

—Me suena vulgar que les digas así.

—¿Y cómo quieres que les diga?

—En el *dialetto* de mi pueblo las llamamos *pipein*.

—Pues así les diremos: dame tus *pipein*, ya mismo —y agregó—, por favor.

Con un rápido movimiento Isabella se quitó la camisa por arriba de la cabeza. Al bajar los brazos Pedro se apoderó de sus senos. Estaba sentado frente a ella, que seguía semi recostada sobre las almohadas. Masajeó sus pechos llenos y se aferró a ellos. Sin soltarlos apoyó su cara en su suave piel. Los cubrió de besos, los lamió recorriendo todo su tamaño.

—Están hermosos —le dijo. Apoyó sus labios alrededor de un pezón y lo succionó rítmicamente, como un bebé alimentándose. El gemido de ella lo enloqueció. Chupó más fuerte. Apretaba el delicioso botón entre su paladar y su lengua, lo hacía girar. Lo mordisqueaba con suavidad. Otro gemido más.

Isabella sentía que sus pechos latían, los recorría un hormigueo que crecía cada vez más, como la sensación de calor en su entrepierna. Estaban hinchados y muy sensibles. El delicioso jugueteo de Pedro la estaba enloqueciendo. Cuando él le retorció un pezón sintió como una chispa y se generó una unión directa con su entrepierna, una breve sacudida que la hizo mojarse. La boca de él aumentaba la presión y sentía que el extraño cosquilleo en sus pechos también.

Casi sin aliento, se animó a preguntar:

—¿Es posible alcanzar una explosión de placer sin que entres en mí, sólo con tus toques en mis pechos?

Pedro pensó unos segundos y respondió:

—Nunca lo he visto. Pero con tu sensualidad, y esos increíbles *pipein*, todo es posible, mi hermosa Isabella.

Volvió a aplicar la boca a un pezón y lo chupó sin despegar los ojos de ella. Isabella lo miró unos segundos y se irguió para introducir profundamente su seno casi entero en su boca. Ya no le entraba. Pedro saboreó esa carne turgente y mordió el pezón. Ella se retorció pero él no lo soltó. Sus gemidos aumentaron. Se retorció más. Pedro se alejó un poco, quería ver su rostro, escondido entre las almohadas. Ubicó su cabeza frente a la de ella y mientras la miraba fijamente a los ojos tomo cada pezón entre sus dedos y los apretó y tironeó.

—Por favor, bésame —suplicó Isabella con la respiración alterada.

Él la obedeció y mientras le introducía la lengua buscando ansioso la de ella, retorció las puntas atrapadas entre sus dedos. Las giró y las sostuvo firmemente empujándolas hacia el centro de su carne.

Percibió encantado cómo el cuerpo de Isabella se sacudía de placer y absorbió su ronco gemido en su propia boca.

—¡Santo Dios! Eres tan sensual. Casi me llevas al éxtasis con sólo verte gozar. Mírame, tócame, siente la rigidez que me provocas.

Pedro se había inclinado sobre ella para besarla. Todavía con la respiración agitada, Isabella extendió la mano hacia su miembro. En un rápido movimiento lo atrapó en un puño y lo arrastró hacia su pelvis con las piernas abiertas. El vio fascinado cómo su mujer separaba sus labios con ambas manos y se movía para frotarlo contra ella. Pedro gimió. Le costaba contenerse para no explotar. Su suavidad, su humedad, la iniciativa de ella, todo eso lo enloquecía. Aquella muchacha indefensa se había convertido en una gigantesca fuente de placer.

Estaba listo sobre sus caderas cuando sintió que Isabella tomaba su pene con una mano y con seguridad lo introducía con fuerza dentro de su cuerpo. Ambos gimieron a la vez. Pedro ya no pudo aguantar. Dejó que su miembro comandara sus movimientos. Iba hacia atrás y hacia adelante, más profundo cada vez. Puso las piernas de Isabella a su alrededor y en una de sus retiradas hacia atrás se irguió y se sentó sobre sus talones. Sostuvo las caderas de Isabella en el aire y volvió a avanzar, clavándose dentro de ella. Sintió que ella empujaba hacia arriba, acercándose más, lo que le permitió introducirse totalmente. La llenó y mientras se sacudía, los gemidos de ella sonaron muy lejanos, tapados por sus rugidos, que repetía sin poder contenerse una y otra vez.

Habían dormido un rato y seguían echados juntos, de costado, él pegado a su espalda y con una mano descansando sobre sus costillas. No quería darle mucho calor.

—Será difícil unir nuestros cuerpos cuando mi gran barriga se interponga entre nosotros.

La reflexión de Isabella le provocó una sonrisa.

—Noto un gran interés de tu parte en el tema, mi querida —le dijo burlón.

El pudor volvió a invadirla. Acercó la sábana para cubrirse y no dijo nada.

—No te molestes, mi amor. Déjame bromear. Me encanta que me desees al punto de pensar en cómo extrañarás mi pene dentro de unos meses.

Enrojeció más aún.

—Pero no te preocupes, que hay otra forma de acercarnos para unirnos: desde atrás.

Mientras hablaba su miembro se endureció y se metió entre sus nalgas.

—Estoy listo si quieres que te lo demuestre ahora —le dijo frotándose contra ella.

Isabella rió suavemente mientras se relajaba entre sus brazos. El embarazo estaba poniendo su piel muy sensible. Todo su cuerpo se excitaba en cuanto Pedro la acariciaba. Más que habitualmente. Giró la cabeza, para ofrecer su cuello a sus besos, cuando los interrumpieron unos golpes en la puerta.

Pedro gruñó:

—¡Fuera de aquí, Avelino! Estoy ocupado.

Se escuchó la voz del esclavo del otro lado:

—Lo siento, *sinhô*. Buscan a la *sinhá* Isabella, la llama la *sinhá* *Yulia*, Parece que llega el niño.

Pedro contuvo una maldición. Su mujer ya estaba de pie al otro lado de la cama, buscando sus prendas desparramadas por el piso.

Doña Juana llevaba casi una semana sin dormir bien. Hernandarias era un hombre de palabra: si la había amenazado con revelar su secreto, sin duda lo haría si no obtenía lo que quería.

Le costaba conciliar el sueño, aun después de sus agotadores encuentros con su marido. Cuando lo lograba, se despertaba sobresaltada al poco rato con la certeza de haberlo perdido. Verlo durmiendo plácidamente a su lado no la tranquilizaba. Por el contario, aumentaba su angustia por saber que pronto ya no lo tendría.

No quería perderlo. Con Edmundo había conocido un mundo nuevo. Le gustaba que la acariciara y la besara. Pero también le gustaba besarlo y acariciarlo a él. No se imaginaba haciendo esas mismas cosas con otro hombre. Sólo podía entregarse totalmente a él. Doña Juana no creía en el amor. No lo había encontrado en toda su vida, ciertamente no esperaba descubrirlo a su edad. Tenía más de cuarenta años. Lo que tenía con Edmundo era otra cosa… Debía ser otra cosa… Pero, ¿qué otra cosa podía ser?

Pensando en eso dejó caer la tarea de costura de sus manos. La delicada tela blanca descansaba sobre su regazo y la mano con la aguja reposaba. Su hermana Leonor la sorprendió así y le dijo con una sonrisa:

—Cabecita de novia… Ya llevas más de un mes casada con don Edmundo y aún te distraes como una jovencita preparando su ajuar.

—¡Ay, Leonor! Si tú supieras…

—¿Si supiera qué?

Su hermana negó sacudiendo la cabeza.

—¿Por qué no me cuentas lo que te preocupa, querida?

—Siento que Dios me ha mostrado la felicidad. Me ha dejado probarla un ratito y ahora me la va a quitar —dijo con los ojos llenos de lágrimas.

—¿Por qué piensas eso?

—Porque voy a perder a Edmundo.

—¿Te has peleado con tu marido?

Doña Juana negó en silencio.

—¿Él te ha hecho daño?

Movió la cabeza de lado a lado otra vez.

—Mira, no debes tener miedo. Si vas a perderlo porque él sugiere actitudes privadas impropias de una dama, quizás deberías animarte y probar…

—No, nada de eso. Es justamente lo contrario.

—No te entiendo.

Leonor conocía la santurrona postura de su hermana en su vida matrimonial. Había visto los camisones que usaba con su marido anterior y sabía que no se bañaba desnuda. Se lavaba sobre un liencillo. Ella era muy distinta. No se había casado porque pocos españoles elegían casarse con mestizas en su juventud, pero su piel color canela atraía a los servidores del rey. Leonor había disfrutado de unos cuantos amoríos en Asunción. Tenía dos hijos ya adultos, de dos padres distintos, y su último amante, un capitán viudo, la había hecho muy feliz, aunque había muerto sin dejarle un centavo. Por lo que unos años atrás se había mudado al Buen Ayre a vivir de la caridad de su hermana. En ese puerto no tardó en encontrar con quién compartir su lecho. Su actual compañero era el doctor Menagliotto, un italiano que se acercaba a los cincuenta, pero todavía muy fogoso.

Por respeto a la dueña de casa, Leonor nunca lo recibía allí. Ni comentaba su relación. Como Juana nunca hablaba de lo que ocurría en su lecho, su hermana supuso que esa parte de la vida no le interesaba. Pero desde la boda algo había cambiado en ella, le pareció verla más alegre. Ahora las lágrimas le decían a Leonor que se había equivocado.

—Explícate mejor, querida. ¿Por qué crees que perderás a tu marido?

Juana le contó sobre la amenaza de Hernandarias. Leonor estaba al tanto de la condición de ilegítima de su hermana. Se habían enterado en la misma época, cuando su padre —en realidad su tío— la entregó en matrimonio. Todos los hijos mestizos de Aguilera sabían que Juana no era su hermana sino su prima, pero seguían tratándose igual que antes.

—Y si no escribo esa maldita carta perderé a Edmundo —terminó el relato entre fuertes sollozos.

—¡Una blasfemia en tu boca, Juana! ¡Por la Virgen Santa! Debes querer mucho a ese hombre.

—Sí, quiero tenerlo a mi lado.

—Bueno, querida. Te entiendo. Pero si hagas lo que hagas lo vas a perder, mejor piensa en empezar a olvidarlo. Y elige la opción que te permita mantener tu legitimidad. Todavía eres hermosa. Seguramente encontrarás otro marido.

—¡No! No quiero otro marido, quiero a Edmundo. Nadie me hará nunca vibrar como él.

La noticia enmudeció a doña Leonor. Su hermana vibraba en el lecho.

Y sorprendió a la propia Juana también. Se había animado a decirlo en voz alta.

Después de unos minutos en silencio, Juana dejó su pudor de lado y le pidió:

—Por favor, Leonor. Ahora que ya sabes la verdad, ¿me ayudarás para que no pierda a Edmundo?

—Haré todo lo posible, querida. Déjame pensarlo.

—Yo he pensado y pensado, y no se me ocurre ninguna salida…

—Veamos tus posibilidades. Si decides no escribir esa carta y se lo dices, Hernandarias sin duda te denunciará de inmediato y perderás tu título de vecina fundadora. Si la escribes y se la das, ganarás tiempo junto a Edmundo. Y ampliarás tus chances de que algo ajeno a ti evite que esa carta llegue a manos del rey: el barco que la lleva puede naufragar, o algún asistente de Su Majestad puede decidir ignorarla. ¿Sabías que sus secretarios leen la mayor parte de su correspondencia antes de dársela?

—¿Tú cómo lo sabes?

—Un antiguo amante que trabajaba en la corte me lo contó.

Ahora que su hermana había abierto la puerta a las confidencias, ella se animaría a hablar de su propia vida amorosa.

Juana esbozó una pequeña sonrisa y le dijo:

—Entonces me sugieres que escriba esa carta.

—Creo que hacerlo ampliará tus posibilidades de seguir junto a tu marido. Hernandarias no podrá acusarte de no cumplir con tu parte si el rey no responde a la carta como él espera.

—Tienes razón —dijo, y soltó un suspiro de alivio—. Muchas gracias, querida. No sé cómo hubiera podido decidir sin tu ayuda.

—Me complace serte útil. Esa costura blanca tuya hubiera terminado en el piso si no te sacaba de tus sueños. ¿Qué estás cosiendo?

Juana enrojeció, pero respondió con complicidad:

—Un camisón.

Leonor se desilusionó. Su hermana seguía tan pacata como siempre…, estaba diciéndose a sí misma, cuando vio la prenda aun sin terminar que Juana le mostraba en el aire.

Su cara se iluminó con una sonrisa. El camisón no tenía mangas, los triángulos que cubrían los pechos pendían de dos finos breteles y la falda tan solo cubriría hasta las rodillas de su hermana.

—¿De dónde has sacado ese modelo? —le preguntó sorprendida.

—Lo inventé yo misma…

—No te creo.

—Bueno, en base a algunas sugerencias de Edmundo. Le dije que no me acostumbro a dormir desnuda. Y él me dijo que sólo me permitiría usar en nuestro lecho una prenda con estas características.

Las risas de Leonor resonaron fuerte en la habitación. Juana primero la miró, y al instante se sumó a ella. Ambas rieron un largo rato tomadas de la mano en el sillón.

—Me gusta ese hombre —le dijo Leonor—. Me parece el indicado para ti.

Al día siguiente, a la salida de la iglesia, el doctor Quesada se acercó a ella.

—Doña Juana, qué gusto verla.

—Lo mismo digo, Tarcísio. ¿Cómo está tu esposa? No la he visto hoy.

—Se quedó en la casa porque no se sentía bien. Creo que pronto se agrandará la familia.

—Me da mucha alegría la noticia. Espero que Pedro también reciba pronto esa bendición.

—Así sea, doña Juana. ¿Y su marido? También vuesa merced ha estado sola en la misa.

—Sí, don Edmundo ha viajado a Brasil por cuestiones de negocios.

Tarcísio asintió y agregó:

—Eso significa que vuesa merced dispone de tiempo y comodidad para escribir con dedicación la carta que le ha pedido don Hernando.

La cara de doña Juana le mostró al médico que en ese momento no lo consideraba el mismo chiquillo a quien había visto crecer al lado de su hijo. Se había convertido en su enemigo.

—Entonces no fue casual que me llevaras a la hacienda ese día. Tú preparaste esa emboscada para que Hernandarias me amenazara. Esperaba algo mejor de ti, muchacho. Involucrarte en un chantaje es una actitud poco digna, de gran bajeza.

Quesada se movió sobre sus pies, pero no se alejó de ella.

—Lo siento, doña Juana. No es nada personal contra vuesa merced. Son circunstancias políticas. Hay que aprovechar cualquier oportunidad.

—¿Mi hijo está al tanto de esto? —preguntó con un ligero temblor en la voz.

—No, en absoluto. Por eso me lo llevé a caminar el otro día. No queremos que los confederados sepan que Hernandarias anda cerca del Buen Ayre. Y lamentablemente mi amigo tiene demasiadas conexiones con ellos por estos días.

—Traicionar una amistad es tan grave como traicionar un ideal. Deberías mantenerte al margen de situaciones como ésta, Tarcísio.

—Ya soy parte de esto, doña Juana. Regresé a estas tierras por pedido de mi padre para intentar limpiarlas de todos los males que hoy las asolan. Por eso me uní a Hernandarias. Y por ello necesitamos esa carta lo antes posible. ¿Cuándo la tendrá?

Con la voz más fría que logró articular, doña Juana le dijo:

—Dile a tu jefe que voy a escribirla. Cuando la tenga te lo haré saber.

Terminó de hablar y se retiró sin saludarlo.

Capítulo 18

Los largos cabellos oscuros de Giulia se desparramaban por la almohada de forma irregular. Algunos estaban pegados a su rostro y su cuello sudados. El dolor era mayor al que había imaginado. Llevaba muchas horas sintiendo esas horribles puntadas que nacían en la base de su espalda y enseguida avanzaban, la envolvían a su alrededor como si estuvieran partiendo su cuerpo con un hacha.

—Allí viene otra —predijo. Esa fue más larga que las demás y la obligó a empujar con más ímpetu, con todas sus energías. Se irguió y se ayudó soltando el aire en un desgarrador grito. Un instante después llegó la calma. Cayó hacia atrás. Ya no había dolor.

Escuchó un fuerte chillido y después la voz de la comadrona:

—¡Es un niño! Y parece sano. Enhorabuena, doña.

La mujer depositó el pequeño envuelto en paños limpios entre sus brazos. Giulia lo miró y empezó a reír mientras lágrimas de felicidad desbordaban sus ojos.

—*Carino mio* —le dijo apoyando los labios sobre su frente.

La comadrona seguía trabajando. Retiró de Giulia un cordón ensangrentado y algo con aspecto de carne cruda en su extremo y lo arrojó en la jofaina que sostenía la esclava Lucinda. Después le dijo a Isabella:

—Puedo conseguirle una nodriza si no tiene esclavas con leche en este momento, doña. Conozco indias y mestizas bien provistas. Y aceptarían servirla por un maravedí a la semana.

—No será necesario —la interrumpió Giulia. Entre sollozos y sonrisas les anunció—. Yo misma lo alimentaré.

Las dos se acercaron al lecho sorprendidas. Las mujeres de buena cuna no amantaban a sus niños. Sólo lo hacían quienes no podían pagar la leche de otra mujer.

—Pero, doña. No es apropiado.

—No me interesa lo que sea apropiado. Nadie me dirá lo que debo hacer con mi hijo.

La firme decisión de su hermana sorprendió a Isabella. Giulia miraba al bebé entre sus brazos embelesada.

—Querida, ni siquiera sabes cómo se hace.

—Aprenderé —respondió sin dudar. Y dirigiéndose a la comadrona le dijo— consígame a alguien que me pueda enseñar. Le pagaré por eso.

—Como vuesa merced desee. Le enviaré a la india Robustiana hoy mismo.

Terminada su tarea, la mujer se retiró. Lucinda la acompañó, llevando los desechos y una pila de trapos sucios entre sus brazos. Las hermanas quedaron a solas.

Isabella se acercó y apoyó su mano sobre la de Giulia, que acunaba al bebé contra su pecho para calmar su llanto. La cercanía le permitió sentir la tibieza del cuerpito y una cálida sensación la invadió. No pudo contener la carcajada de alegría.

—Me complace tanto que este niño te traiga felicidad. Temía que fueras a rechazarlo.

—No podría rechazar al fruto del amor. Recé mucho durante estos meses, Isabella. Le pedí a Dios que me bendijera con un niño al que amar. Temía que mi hijo fuese de Dante, esa bestia me violó tantas veces... —soltó un suspiro y continuó—, pero acabo de comprobar que es hijo de Fabrizio.

Isabella se quedó muda.

Giulia le señaló:

—Mira sus cabellos. Aunque todavía estén mojados, se puede ver que son pelirrojos, y muy lacios, como los de Fabrizio. Y las suaves pecas sobre su pequeña nariz. No tengo dudas.

Isabella recuperó el habla:

—No sabía que tu relación con el capitán era tan íntima.

Con algo de vergüenza frente a su hermana, reconoció:

—Lo fue sólo en aquella fatídica noche. Yo estaba muy triste porque me había enterado de sus planes de viajar al Nuevo Mundo. Él se iba a marchar para poder ofrecerme una mejor vida. Pero no me presionó, me entregué libremente. Fue una larga noche de pasión. Por eso no estaba en nuestra habitación cuando Dante te atacó. Lo siento, Isabella. Perdóname. Fui causante de tu desdicha. Si yo hubiese estado a tu lado...

Isabella sintió una presión en el pecho. Su hermana se sentía culpable, y a su vez ella se sentía responsable por el dolor que le había causado Dante para vengarse de ella.

—No, querida. No hay nada que perdonar entre nosotras. El único culpable de lo vivido y de nuestro exilio fue Dante.

Se inclinó sobre Giulia y le dio un cálido beso en la frente. La sintió todavía húmeda y dijo:

—Te ayudaré a refrescarte.

Tomó un paño y lo embebió en agua. Lo estaba pasando por la frente de su hermana cuando dijo:

—Si el capitán planeaba viajar al Nuevo Mundo, quizás puedan reencontrarse.

Una sombra de tristeza desplazó la alegría del rostro de Giulia.

—Imposible. Está muerto. Dante lo mató.

Con horror Isabella exclamó:

—¡Ese hombre es una pesadilla! ¿Cómo lo mató? ¿Cuándo?

—Te contaré lo que ocurrió desde que te fuiste. Quizás debí decírtelo antes, pero la angustia por no saber si iba a amar u odiar a mi hijo no me dejaba pensar en otra cosa.

—No llores, querida. Cuéntame con tranquilidad.

—Pocos días después de tu detención Dante acordó con la *mamma* los detalles de mi boda. Como amenacé con escapar, ella no me dejó salir de la casa. No pude ver a Fabrizio ni avisarle. Siriana estaba en cama con su nariz rota. Los hombres de la Inquisición se la habían destrozado cuando te llevaron... En fin, ninguna doncella se animó a ayudarme.

Giulia soltó un pequeño suspiro y continuó:

—Fabrizio supo de la boda unos días después de su realización. Se presentó en el castillo demandando explicaciones. Le reclamó a su amigo porque Dante estaba al tanto de sus intenciones de desposarme, dijo que esa boda había sido una traición. No fue una escena agradable. Hubo gritos y golpes. Yo lo vi desde un balcón que asoma al salón central del castillo.

Giulia se quedó en silencio. Isabella la animó a continuar:

—¿Qué pasó después?

—Después de los puños llegaron las espadas. Dante tomó la de uno de sus guardias, y mientras otro empujaba a Fabrizio al piso, el maldito clavó el metal en su pecho —Giulia lloraba mientras hablaba—. Yo grité cuando lo vi. Estaba inmóvil, ensangrentado, su rostro sin vida. Estaba muerto. Quise correr hacia él, pero Dante ordenó que me llevaran a mi habitación y me encerraran.

—Lo siento, querida.

—Fueron días oscuros —continuó Giulia—. Con mi *capitano* muerto, tú en prisión, la *mamma* que me había entregado, y Dante que me tomaba por la fuerza cada vez que se le ocurría. Ya no quería vivir. Hasta que apareció Tomassino y me sacó del castillo —recordó.

—Demostró gran valentía al animarse. Arriesgó su vida por ti —dijo Isabella.

—Lo sé. Y se lo agradeceré eternamente. Es como un hermano para mí.

—Creo que él aspira a ser algo más.

Giulia asintió con la cabeza.

—Me lo ha dicho. Pero yo no puedo aceptarlo, no tengo más lugar en mi corazón para ofrecerle, sigo enamorada de Fabrizio. Y ahora tengo a su hijo para recordarlo siempre.

—¿Sabías que lo llevabas en tu vientre al escapar?

—No, acepté huir porque Michela me dijo que tú no te irías sin mí. Y que si no te ibas te matarían. Me sentía responsable por lo que te pasaba, Isabella. Así que acepté venir al Nuevo Mundo para ayudarte. Recién en el barco percibí que mi barriga se hinchaba y que había pasado mucho tiempo desde mi última regla, por lo que empecé a rezar para que el padre del niño fuese el hombre al que había amado.

—Me alegra que tus plegarias hayan sido escuchadas.

—Gracias a Dios así fue. Este niño me hace muy feliz. No sabes qué hermosa sensación que me provoca algo tan simple como tenerlo en mis brazos.

—Creo que pronto yo también descubriré esa sensación —dijo con una sonrisa cargada de intención.

Cuando el bebé cumplió una semana y Giulia pudo ponerse de pie, lo bautizaron. La madre eligió llamarlo Félix Fabrizio de Laurentien y Lombardo, así su hijo llevaría siempre en su primer nombre el sello de la dicha, ya que Félix significa feliz.

Doña Juana asistió al íntimo acto. Esas muchachas se habían ganado su sincero cariño.

Al terminar la ceremonia se acercó a Isabella. Su nuera había aceptado acompañarla a su casa. Partieron juntas, seguidas de cerca por sus esclavos. Pedro la despidió con un beso en la mano. Tenía asuntos por resolver.

Juana quería ocuparse de la carta pendiente antes del regreso de Edmundo, que estaba todavía fuera del Buen Ayre. Ella, como la mayoría de las damas de su círculo, no sabía escribir. Había descubierto que Isabella sí podía hacerlo y le pareció la persona indicada para la tarea. No podía confiarse y contratar a un escribiente, podría tratarse de un confederado.

Antes de empezar le dijo:

—Te pido absoluta reserva sobre el contenido de esta carta, querida Isabella. Ni siquiera mi hijo puede saber que la he enviado. Y aunque no entiendas el motivo de lo que te voy a dictar, te suplico que no me hagas preguntas. ¿Puedo confiar en ti? ¿Lo prometes?

A Isabella la asustó semejante preámbulo, pero no podía negarse a un pedido de su suegra.

—Quédese tranquila, doña Juana. Le prometo mantener el secreto —le dijo. Preparó el pergamino, la tinta y la pluma que había llevado y empezó a escribir.

En la ciudad de la Santísima Trinidad y Puerto de Santa María del Buen Ayre, Provincia del Río de la Plata.

Muy alto y poderoso señor:

Me he visto obligada a escribir esta carta para poner en conocimiento de Vuestra Alteza los ilegales hechos que asolan a estas, vuestras tierras.

Habiendo participado mi persona en la expedición fundadora de vuestro siervo don Juan de Garay, he visto el esfuerzo puesto por mí y los demás vecinos por hacer crecer esta aldea de la Santísima Trinidad y su puerto del Buen Ayre.

Cumpliendo las órdenes de Vuestra Alteza, nos dedicamos durante años a poblar, cultivar y evangelizar a los indios. He dado seis hijos a esta tierra, sólo para vuestra grandeza. En los últimos tiempos hemos debido convivir con ciertos hombres que atentan contra vuestra voluntad y lucran con la venta de mercaderías prohibidas.

Esos hombres se han confederado con el único fin de llenar sus bolsillos. Doy Fe de mis palabras pues me he casado en segundas nupcias con uno de ellos. Tan grande es el afán de los rufianes por las riquezas que han logrado corromper al Cabildo. Hoy se trafica libremente gran cantidad de artículos en este puerto, y con la complicidad del gobernador, don Mateo Leal de Ayala. Es grande la necesidad de un gobernador honesto para poner orden en este caos.

Suplico a Vuestra Majestad se sirva atender a mi pedido.

Dios Nuestro Señor guarde a Vuestra Majestad.
Doña Juana de Aguilera y Franco, vecina fundadora
A los 12 días del mes de enero del año de Nuestro Señor de 1614.

Aunque le costó un gran esfuerzo, Isabella no le hizo preguntas. Terminó de escribir la carta y la entregó abierta a doña Juana. Había que esperar que secara la tinta para doblarla.

Tras la partida de su nuera, Juana mandó un esclavo a buscar al doctor Quesada. A nadie sorprendió la presteza del médico. Sólo pasaba un par de horas al día en el flamante hospital, construido por orden del finado gobernador Negrón, y llamado San Martín de Tours en homenaje al santo patrono de la ciudad. El resto del tiempo el médico se trasladaba de un lado al otro visitando pacientes. Su fugaz visita a doña Juana tenía aspecto de ser profesional. Pero al salir de allí don Tarcísio de Quesada llevaba en su bolsillo una carta abierta y con el frente en blanco, sin el nombre del destinatario. Hernandarias quería verla para saber que doña Juana había cumplido correctamente con lo pactado. Después el médico se ocuparía de hacerla llegar a las manos reales.

Habían pasado tres semanas desde que doña Juana entregara la carta, cuando su marido regresó de las tierras del Brasil. Ella lo recibió con gran felicidad. Su corazón empezó a acelerarse ni bien escuchó su vozarrón llamándola desde el patio:

—¡Juana! ¡Juana! ¿Dónde estás, mujer?

En cuanto la tuvo a su alcance, la abrazó y la levantó en el aire. Ella rió con verdadera alegría.

—¡Bájame, por favor! —le dijo cuando él empezó a girar con ella aún alzada.

Las jóvenes Concepción, Amanda y Justina los miraban con sus ojos bien abiertos. Era toda una novedad. Su anciano padre jamás había bailado con su madre a cuestas. Jamás había bailado nada de nada, en realidad. Ni tampoco la abrazaba delante de ellas.

Juana le hizo una seña a su hermana con la cabeza y Leonor intentó llevarse a las niñas de allí. Pero la escena las divertía. La pequeña Justina, de once años, vio la mano que el marido de su madre apoyaba en su trasero y empezó a reír.

—Lo hizo para sujetarme porque me estaba cayendo —aclaró Juana con su rostro enrojecido.

—Don Edmundo le enseña un baile extraño, madre. ¿Cuándo podremos aprenderlo nosotras? —preguntó Concepción, la mayor de las niñas.

—¡Basta ya! Es hora de la siesta, todas a descansar hasta que pase el calor.

—Obedezcan, pequeñas. Les prometo enseñarles todos los

bailes que deseen cuando crezcan — la apoyó Edmundo divertido, y contento ante la proximidad de una siesta junto a su mujer. La había extrañado.

En cuanto cerraron la puerta de su habitación le demostró cuánto había sentido su falta. La besó con ímpetu mientras se sacaba la capa y el sombrero. Apenas alcanzó a bajarle los calzones a Juana por debajo de la saya, liberó su miembro de entre sus ropas y se introdujo en ella de pie, aún vestidos.

Al atardecer, ya relajados y desnudos en el lecho. Juana apoyó la cabeza en su hombro y se animó a hablar de eso que tanto la angustiaba:

—Edmundo, hay algo que debo preguntarte. ¿Estás despierto?

—Mmmsí. Te escucho.

—Es un asunto delicado. No sé cómo empezar.

—¿Ocurrió algo durante mi ausencia?

—No —le mintió—. Es una duda que tengo desde hace un tiempo.

Edmundo se giró hacia ella y esperó.

—Sé que te casaste conmigo para poder establecerte como vecino de la Trinidad. Si por algún motivo decidieras que esta ciudad ya no te interesa, ¿me llevarías contigo?

Él observó la cara ansiosa de ella y se levantó un poco para acomodarse sentado contra las almohadas antes de continuar.

—¿A qué viene esto ahora?

—A que te he extrañado mucho —respondió, revelando una parte de la verdad.

—Mi querida Juana, yo también te he extrañado. Mucho más de lo que yo mismo había esperado —dijo y le dio un suave beso en los labios—. Y eso fue bueno, porque me di cuenta de que no me gusta no tenerte a mi lado. Debo confesar que es cierto eso que dices, te busqué por tu papelerío. Pero te elegí entre las candidatas porque vi en ti algo especial. Ya en nuestros primeros paseos a la iglesia te imaginaba desnuda en mi lecho.

Juana intentó mostrarse escandalizada:

—Sacrílego —le dijo con suavidad.

—Debo reconocer que descubrir tu falta de experiencia me molestó.

—Pero decidiste enseñarme y aprendí bien. ¿O no?

—Muy bien, mi vida —le dijo y depositó un beso sobre su hombro—. Pero en realidad hice más que eso, decidí ponerte a prueba. Descubrir hasta dónde me dejabas pasar los límites del pudor sin echarme a las patadas.

—¿Qué quieres decir?

—Que te propuse cosas que sólo algunos pocos caballeros tienen la suerte de realizar con sus esposas. Lo hacen con sus amantes, porque muchas damas se niegan a ciertos placeres en la cama. Pero tu respuesta fue sorprendente, y me animé a exigirte más. Disfruté de tu cuerpo como si fuera el de una prostituta.

—Me estás haciendo sentir vulgar. No sigas, por favor —dijo con un hilo de voz y girando la cabeza hacia la pared.

—Nada de eso. Mírame. Quiero seguir y explicarte que eres la mujer más sensual que he conocido. Que me enloquece tu calor interior y la forma en que aprendiste a liberarte. Nada en ti es vulgar. No dije que fueras una puta, mi querida. Eres pura pasión. Eso hizo que me enamorara de ti.

Juana no habló. Escuchaba los latidos de su propio corazón acelerados en su pecho. Quería golpear a ese hombre, la había humillado y ahora la insultaba. Pero a la vez quería besarlo. Le dijo que se había enamorado de ella. Siguió escuchándolo.

—Por eso no dudaría en llevarte conmigo hasta el fin del mundo. Bueno, ya estamos aquí. Entonces me corrijo: te llevaré al lugar del mundo que tú quieras. Estaremos siempre juntos. No puedo vivir sin ti, esposa mía. Te amo, Juana.

Ella también lo amaba. Se arrojó sobre su boca y le entregó sus labios entreabiertos. Esperaba que el barco que llevaba su carta viajara directamente hacia el fondo de mar.

La lluvia había cesado. Isabella se asomó por la ventana del despacho donde habitualmente trabajaba su marido. Desde allí podía ver el cielo y el ancho río. Las nubes y su reflejo duplicado en las aguas se alejaban a toda velocidad. La fresca brisa que llegaba tras la tormenta veraniega le resultaba un verdadero alivio. Inspiró profundamente. Le gustaba el olor característico del puerto del Buen Ayre, una mezcla de barro, peces y las plantas de la costa que le traía el viento. Cuando se lo había comentado a Pedro unos días antes, él se había reído:

—Aprovéchalo ahora. Te gusta el aroma, porque llegan pocos barcos. Sólo los de arribada forzosa. Los barcos negreros atracan directamente en las tierras que compró Vergara más al sur. También los barcos de Veiga con sus productos ilegales van allí, porque los depósitos confederados están cerca. Pero si ahora el Cabildo autoriza más desembarcos en el puerto, lamentablemente cambiarán los olores en esta zona. Las bodegas, las sentinas, la podredumbre... Todo se arroja al agua. No será agradable.

Isabella esperaba que él se equivocase, aunque la mayoría de las veces tenía razón. Volvió a inspirar y sintió con placer la fresca caricia del viento en su rostro. Recordó su llegada en un barco de arribada forzosa a esas tierras. Habían fondeado cerca del fuerte, bajaron en chalupas hasta las aguas menos profundas y desde allí unas carretas tiradas por bueyes llevaron a los pasajeros y sus baúles a través de los juncos hasta el barro de la costa. Estaba asustada. No sabía qué encontraría en esas tierras. El viaje había sido difícil y las precarias casas que se veían desde el agua no auguraban un gran futuro. No lograba imaginar qué clase de vida la esperaba en ese extraño lugar.

Rosaura interrumpió sus pensamientos:

—Disculpe, *sinhá*. La busca una *sinhá* que habla como portuguesa, pero no 'toy segura. La espera en la sala.

Isabella no tenía muchas amigas en la Trinidad. Sólo la visitaban su suegra y su hermana. Recientemente se había sumado a su círculo doña Filomena de Quesada. Pero ninguna de ellas hablaba "como portuguesa".

Acomodó su tocado y fue a recibir a la visitante sin imaginar quién podía ser. Mientras se acercaba a la dama que la esperaba de espaldas, un fuerte perfume a violetas llegó hasta su nariz. Isabella se detuvo y giró la cabeza para controlar el mareo que le provocó la fragancia.

Ansiaba un poco de aire fresco. Le ordenó a su esclava:

—Abre más esa ventana, Rosaura. Y la puerta también.

Cuando la corriente llegó a ella se sintió mejor.

La visitante se dio vuelta cuando la escuchó y se acercó con una sonrisa:

—Doña Isabella, espero que me recuerde.

—Por supuesto, doña Lucía González de Guzmán —le respondió utilizando su nombre completo. No quería acortar las distancias entre ella y la dueña del burdel. Isabella desconocía sus actividades cuando asistió a su fiesta.

—Lamento haberme presentado sin invitación, pero vuesa merced no respondió los recados que le envié. Por lo que decidí venir en persona a verla. ¿Me puedo sentar?

Isabella hizo un gesto con la mano hacia los sillones. Pedro había encargado la madera para construirle un estrado, pero aún no lo habían empezado. La sala seguía teniendo el mismo aspecto masculino que cuando él vivía solo.

—Disculpe que no haya respondido. No podía decirle cuándo estaré en condiciones de visitarla. No me siento bien últimamente, debido a mi estado de gravidez —se excusó.

No le interesaba profundizar su relación con ella. Le había vendido un anillo cuando la consideraba honorable.

—Ah, comprendo. Imaginé que algo la había forzado al destrato que significa la falta de una respuesta, doña Isabella.

—Sí, como le dicho, no puedo realizar visitas, doña Guzmán.

La portuguesa fingió ignorar la frialdad del trato.

—Pues por eso he venido hasta aquí, mi querida. Sigo muy interesada en las exquisitas joyas de esmeralda que vuesa merced lució en mi fiesta.

—Lo lamento, doña Guzmán. No están a la venta.

—Pero es que son *tão* bonitas, *tão* únicas… No he visto nada igual. Voy a dar otra fiesta y las necesito. ¿Cuánto quiere por ellas? Dígame el precio. Y se lo duplico…

—No es una cuestión de dinero. Ya le he dicho que no están a la venta. Las quiero conservar.

—Conozco a las damas de su condición, cuando necesitan mi dinero vienen a mí con sus joyas, pero cuando atrapan a un candidato en buena posición se olvidan de los favores recibidos.

—Lo siento.

—No creo que lo sienta realmente. Pero lo sentirá si no me vende esas joyas.

—¿Me está amenazando, doña Guzmán? Le recuerdo que está en mi casa.

—Y yo le recuerdo que esta casa se mantiene gracias a los negocios que *seu* marido concreta con *o meu*. Quiero decir, con don Simón —se corrigió rápidamente.

—¿Qué quiere decir? —preguntó Isabella sin entender a la portuguesa.

—Quiero decir que si yo le pido a don Simón que no trate más con don Aguilera, su flamante esposo ya no tendrá a quién venderle sus cultivos. Don Simón también puede ordenar que ningún traficante de esclavos adquiera sus frutos, por lo que quedará en la ruina. Y así vuesa merced vendrá a suplicarme que le compre sus joyas.

Las palabras retumbaban sin sentido en los oídos de Isabella. ¿Traficantes de esclavos?

—Véndame sus joyas ahora o la obligaré a hacerlo muy pronto. Aunque el precio será otro, por supuesto.

—No le creo ni una palabra de lo que dice. Don Pedro no negocia con traficantes de esclavos. Salga de mi casa, por favor.

Las entrecortadas carcajadas de la *madame* le provocaron un escalofrío en la espalda. Isabella se estremeció a pesar del calor.

—No me cree… Qué poco sabe vuesa merced del hombre que la desposó. Pues sepa que don Aguilera está en este momento entregando unos cuantos carros con naranjas y toronjas en un depósito del Cuadrilátero. No recuerdo si es de Vergara o de mi Simón, pero como son socios, da igual. Un depósito lleno de negros recién llegados. Muchos están perdiendo los dientes por las pestes

del barco, y esas frutas son excelentes para detener la caída.
Isabella palideció. Pedro había salido temprano a caballo hacia
la hacienda. Le dijo que debía acompañar la entrega de unos frutos,
y que volvería por la tarde. ¿Cómo lo sabía esa mujer? La detestó
con toda su alma.

—No me importa lo que diga o lo que haga. No tendrá mis
joyas. Por favor retírese. Y no vuelva a esta casa. No es bienvenida
aquí.

—Le aseguro que se arrepentirá. Vivirá en la pobreza. Cuando
don Aguilera ya no tenga las ganancias que le dejan los negros
vendidos en el Potosí, vuesa merced vendrá de rodillas a mí. Esas
joyas me saldrán menos de lo que pensaba —le dijo maliciosamente
mientras se alejaba.

Isabella se quedó temblando. Algo le decía que esa mujer podía
tener razón. La Guzmán le habló con seguridad, convencida de sus
palabras. ¿Realmente Pedro estaría negociando con los traficantes
de personas en ese mismo momento? Un fuerte mareo la obligó
a sentarse. Luchó para controlar su estómago. Debía serenarse y
esperar a que él llegara para aclarar esa situación.

Hizo sonar la campanilla y cuando apareció Rosaura le pidió
una infusión de cardos. La chica había aprendido a prepararla muy
bien. Le molestaba ir a recoger los pinchudos tallos para retirar sus
flores, pero lo hacía sin quejarse desde que se enteró de que su ama
estaba encinta. Le tenía verdadero cariño. La *sinhá* Isabella nunca le
pegaba, a diferencia de su anterior propietaria, que le enseñaba las
tareas a fuerza de coscorrones en la cabeza.

La *sinhá* Isabella siempre la trataba bien y hasta usaba la frase
"por favor" con los esclavos. Toda una rareza. Cuando la *sinhá* se
casó y la llevó con ella, al principio temió a su nuevo amo. Sabía
que muchas jóvenes de su edad se veían obligadas a satisfacer las
necesidades de los caballeros españoles. Pero después de escuchar
los gemidos y roncos rugidos que salían de la habitación principal
cada noche, la chica se quedó tranquila. Había crecido en una
senzala. Conocía esos ruidos. El amo no la necesitaba.

Rosaura sabía que el calor incomodaba a su ama. Para aliviarla llevó a la sala un abanico junto con la tisana. Isabella se recostó en el sillón, aflojó su gorguera y cerró los ojos cuando la esclava empezó a mover el aire a su alrededor.

En esa misma posición la encontró Pedro cuando llegó, un par de horas más tarde. Preocupado, enseguida le preguntó:

—¿Estás bien, mi amor?

—Sí, ya he mejorado. Me afectó un poco el calor, y luego una inesperada visita —respondió.

—¿Qué visita?

Isabella despidió a Rosaura con un gesto de la mano y esperó a que saliera para continuar:

—La dueña del burdel, la Guzmán, como le dicen las damas en la iglesia.

Pedro la miró con una ceja levantada.

—¿Qué quería esa mujer aquí? ¿Me buscaba? Percibo tu tono algo alterado. No estarás celosa... Sabes que no significa nada para mí. Hace meses que no visito su negocio.

Isabella negó con la cabeza.

—Ella sabía perfectamente que no estabas. Dijo que estarías ocupado entregando tus frutos a los traficantes de esclavos. ¿Es eso cierto?

La seriedad y la culpa en la cara de Pedro le dijeron que esa horrible mujer no mentía. Él la miró fijamente unos segundos y luego se agachó a su lado.

—Isabella, mi amor. Fui a vender mis frutos. ¿Qué importancia tiene quién los compró?

—Mucha. Me duele conocerte tan poco. Tú ayudas a los traficantes a aumentar el valor de las personas para venderlas. Haces que ellos ganen más dinero.

—No son personas, son esclavos.

—Eran personas libres en su tierra, hasta que alguien los atrapó y los trajo aquí. No entiendo cómo dejaron de ser personas sólo por viajar en la bodega de un barco.

—La esclavitud de los negros es algo natural en las colonias, Isabella. Es así desde antes de que yo naciera. Y lo seguirá siendo siempre. Ya te acostumbrarás a la idea.

—No, nunca podré acostumbrarme.

—Pues creo que ya lo estás haciendo. Cuando llegué vi que Rosaura te abanicaba y eso no te molestaba. ¿Dejarías que una mujer blanca hiciera lo mismo?

La pregunta clavó una duda en el corazón de Isabella. No supo qué responderle. Pero él estaba desviando su atención del asunto principal. Enojada, le contestó:

—Ese no es el punto. Yo no lucro con el sufrimiento ajeno. En cambio tú eres responsable de enviar gente en condiciones inhumanas al Potosí para ganar dinero. Y además me lo ocultaste. Los vimos juntos, los esclavos encadenados partían en caravana. Viste mi dolor por ellos y me mentiste: no me dijiste que eso también era parte de tus negocios.

—No te mentí, simplemente no lo mencioné. No es algo tan importante. Son esclavos.

—¡Ese es el problema! Para ti son como cosas, objetos para comprar y vender.

—Sí, son mis propiedades. Es natural venderlos y ganar dinero.

—¡Tan natural que te acuestas con esa propiedades, como todos los caballeros aquí!

—No entiendo lo que quieres decir. Yo no me acuesto con esclavas.

—¿Esperas que crea en tus palabras...? ¡Muchos caballeros dicen que no abusan de sus esclavas ni de sus indias, pero después aparecen sus mulatos y mestizos por ahí! ¡Yo misma vi al bebé de piel clara de Taína! ¡Y lo llamó Pedrito! ¡No puedes negar que es tuyo! —le dijo enojada.

La piel de Pedro estaba tan pálida como las paredes blanqueadas a la cal. Y su voz sonó fría y distante.

—¡Basta ya, Isabella! Cálmate ahora para no dañar a nuestro niño. Y escúchame bien lo que te voy a decir: nunca en mi vida he tomado a una mujer por la fuerza, ni jamás llevé a una esclava a mi lecho. El hijo de Taína es de su anterior dueño. La compré hace poco más de un año, por pedido de Avelino. Él la vio ensangrentada en el rollo de la plaza. Su dueña había ordenado que la azotaran hasta la muerte. Doscientos azotes, que es lo mismo que mandarla a matar. La mujer había encontrado a su marido muerto por su corazón débil. Estaba sin ropa, y encima de una negra desnuda. Como toda la aldea se enteró, la dama decidió borrar su oprobio azotando a la muchacha a la vista de todos. Avelino fue testigo del comienzo del castigo, vio cuando Taína cayó y empezó a decir oraciones en su lengua nativa. Era el mismo idioma de la aldea de Avelino. Él corrió hasta aquí y me pidió que la comprara, dijo que me pagaría trabajando extra de alguna manera. Sabes que Avelino me es muy fiel, y lo compensé accediendo. Desde que se recuperó, Taína se convirtió en su mujer.

Isabella se arrepintió de haber desconfiado de él. Se sintió mal por haberlo acusado, pero seguía enojada por su ilegal negocio con humanos. Intentó una disculpa:

—Yo no sabía… Lo siento…

Él no la dejó continuar:

—Lo de las indias es completamente distinto.

—¡Oohh! Reconoces que sí te aprovechaste de las indias en tu lecho… —dijo Isabella con dolor en su voz.

—¡No! Me casé con una de ellas.

Isabella se irguió en el sillón y volvió a caer hacia atrás. Sintió que la habitación se movía a su alrededor. —¡Esos malditos mareos justo ahora! —pensó mientras inspiraba y exhalaba con fuerza para recuperarse.

—¿Te casaste…? —logró articular entre resoplidos.

Pedro esperó a que ella se calmara y continuó.

—Yo nací casi junto con la Trinidad. Cuando era niño esto ni siquiera podía llamarse aldea. Era apenas un pequeño grupo de chozas, ubicadas entre tunas, cardos y cortaderas. En la zona de las chacras surgían algunos árboles. Nada más. Los pocos niños que aquí vivíamos jugábamos con lo que ofrecía la naturaleza y con los otros pequeños disponibles: los hijos de los indios. Todos los fundadores recibieron nativos en encomienda para cultivar sus tierras. Garay sabía que los indígenas de estas tierras eran salvajes, los querandíes habían destrozado el asentamiento de don Pedro de Mendoza. Por eso trajo desde Asunción gran cantidad de guaraníes en su comitiva, más dóciles. Mi madre siempre tuvo un especial aprecio por ellos. Los trataba con respeto y cariño. Yo crecí jugando con nuestros encomendados como uno más de ellos. Por eso adopté algunas de sus costumbres, como el baño diario. Y me enamoré de una de mis compañeras de juegos, Aramí.

Isabella inspiró con fuerza otra vez. Él la miró y continuó:

—Fue un amor puro, inocente. Teníamos sólo dieciocho años y quise casarme con ella, pero mi padre se opuso. Logramos que el párroco bendijera nuestra unión en secreto, pero el Cabildo no la registró debido a la falta de autorización de mi padre. Él permitió que ella viviera en la casa con nosotros, pero durmiendo en la cocina. Yo la llevaba a mi habitación a escondidas cada noche, porque estábamos casados ante Dios. Era mi esposa. Pero mi padre seguía tratándola como a una sierva suya. Cuando supe que Aramí estaba esperando un hijo mío decidí que nos iríamos de allí, pero no teníamos dinero. El padre de mi amigo Tarcísio nos ayudó: nos permitió quedarnos en un rancho que tenía vacío en una de sus propiedades. Cultivamos la tierra, pero muchas veces pasamos frío y hambre. Todo se complicó cuando el niño estaba por nacer. Aramí planeaba dar a luz sola, según las costumbres indígenas, pero estaba demasiado débil. Estuvo un día intentándolo. Dolorida y agotada, finalmente me permitió ir a buscar ayuda. Corrí a la aldea pero el único médico se negó a viajar para atender a una india y la comadrona me pidió dinero. Yo no tenía nada. Recurrí a mi madre, que me dio unas monedas que alcanzaron para la mujer. Cuando finalmente llegamos ya era tarde. Mi hijo lloraba pero con pocas fuerzas, tendido en el piso junto a su madre muerta.

Pedro no pudo evitar que las lágrimas mojaran su rostro al recordar la dura escena.

Después de un incómodo silencio Isabella carraspeó y logró decir con un nudo en la garganta:

—¿Qué pasó con el niño?

—Vivió sólo un día. El párroco lo bautizó y está enterrado en el camposanto de la iglesia. Lo llamé Pedro, tal como Aramí quería.

Sin intentar ocultar su llanto, Isabella le preguntó:

—¿La extrañas?

Él la miró sorprendido. Nunca había pensado en eso. Cada vez que recordaba a su esposa india lo invadían el odio y el rencor hacia su padre, y el dolor por el hijo que había perdido. La ausencia de Aramí le causaba tristeza, pero no se parecía en nada a lo que sentía cuando estaba mucho tiempo lejos de Isabella o la desesperación cuando la habían secuestrado.

—No —le respondió sin mentir—. Era mi compañera de juegos, y al crecer jugamos a amarnos. Pero nunca sentí con ella la pasión que tú me provocas, si es lo que quieres saber.

—¿Por qué no me contaste sobre ella antes?

—Quise hacerlo varias veces, pero nunca era el momento apropiado.

—¿Ahora lo es?

—No, pero no puedo dejar que pienses lo peor de mí. Dijiste que yo forzaba a esclavas e indias, como si fueran la misma cosa.

—Lo son. Son humanas como nosotros. Si puedes aceptar que los indios son tus pares, ¿por qué te niegas a ver a los esclavos de la misma manera?

—Es distinto... —respondió encaprichado, sin querer razonar—. Aramí, mi tía Leonor... Ellas no son como esclavas.

Isabella suspiró. No iba a lograr convencerlo. Pero tampoco podía quedarse de brazos cruzados. Lucrar con la venta de un esclavo lo hacía a él tan desalmado como al traficante. Y a ella también si aceptaba disfrutar de esas ganancias.

—Pedro, no puedo quedarme aquí sabiendo cuál es el origen de tu fortuna.

—¿Qué dices? No entiendo.

—Que me iré a vivir con Giulia —dijo en voz baja. Estaba dolida, se sentía traicionada. Pedro le había ocultado demasiadas cosas.

—No puedes irte, ésta es tu casa.

—Es una casa que mantienes con dinero manchado con sangre

esclava.

—Te equivocas. Sólo una parte de mis negocios involucran a los frutos para los negros bozales. Comercio cebo y cueros del ganado cimarrón. Y vendo los cultivos de trigo y maíz a un molinero benemérito. A él le llevé tus cosechas también.

Isabella soltó un pequeño suspiro de alivio. No se había animado a preguntar por aquello aún. Pero no le alcanzaba para tranquilizar su conciencia. Sin mirarlo a los ojos, le dijo:

—Lo siento, me iré.

—No irás a ningún lado. Eres mi mujer. Y te quedas aquí conmigo.

La voz helada y grave de él la asustó. Jamás le había hablado así. Le ordenaba quedarse, no se lo pedía.

—¡No puedes obligarme!

—Sí que puedo. Soy tu marido. Harás lo que yo diga.

Isabella sabía que debía obedecerlo. Pero ese no se parecía al Pedro que ella amaba. Tenía enfrente a un hombre ambicioso y tirano, dándole órdenes. Recordó a su amiga Michela y sus excusas para no casarse. Cuánta razón había tenido al mantener su estado de viudez. Pero era tarde para lamentarse. Aprovechó la única herramienta que él le había dado. Dijo:

—Recuerdo que dijiste que nunca me forzarías a nada.

—Me refería al lecho, y es cierto, nunca lo haré. Pero te obligaré a quedarte a mi lado. No podría vivir sin ti.

—Pues tendrás que acostumbrarte a vivir con una parte de mí. Aunque estemos en la misma casa y sea tu esposa, no seré más tu mujer.

—Déjate de tonterías, Isabella.

—No son tonterías. Pediré a Rosaura que prepare el lecho de la habitación contigua a la tuya, donde están mis baúles y mi ropa, y desde hoy dormiré allí. Puedes decir que se debe a mi gravidez si no quieres que los esclavos comenten.

—¡No me importa lo que digan los esclavos! Me importa lo que tú hagas. ¡No puedes dejarme!

—No te estoy dejando. Sólo me aparto de ti, tus actividades me hacen daño.

—¡Terca y obstinada! Sin dudas que no me equivoqué aquella vez.

Pedro salió dando un portazo. Ella se quedó llorando en silencio, dispuesta a no ceder.

Capítulo 19

Rosaura había acomodado el peine de asta y los lazos prolijamente sobre la cómoda. Ahora estaba echando agua fresca en sus manos. Isabella sabía que después se llevaría la jofaina con el agua sucia y su orinal para vaciarlos por una de las ventanas de la cocina. Cuando Pedro le preguntó si se acostumbraría a que una blanca realizara las tareas de los esclavos no pudo contestarle. Estaba demasiado enojada. Pero en realidad había sido atendida muchas veces por criadas blancas en la corte de Torino.

Había pasado un mes desde aquella conversación con Pedro, pero las palabras de ambos seguían repitiéndose a cada rato en su cabeza. Isabella terminó de arreglarse y se dirigió al comedor para desayunar. Su marido ya estaba en una punta de la mesa y se puso de pie cuando ella entró. Caminó en silencio hacia la otra. Se sentó tras hacer una educada inclinación con la cabeza hacia donde él estaba, pero sin mirarlo.

Pedro volvió a sentarse. El trato distante le molestaba, pero pensaba seguir aguantando. No iba a dar su brazo a torcer. Estaba seguro de que Isabella se cansaría de esa frialdad y terminaría cediendo.

Ambos comieron sus tortillas de maíz en silencio. Isabella les puso miel, aunque eso le pegoteaba las manos al comerlas. Enseguida Rosaura le trajo un cuenco con agua para limpiarse. Luego tomó con los labios fruncidos la copa con leche de vaca que doña Juana había sugerido que bebiera cada día. No le gustaba el fuerte sabor de ese líquido espeso y tibio, pero su suegra le había dicho que haría bien al niño.

Pedro la observó en silencio. Estaba hermosa, aun con ese gesto de disgusto. Su rostro se veía más redondeado. Sus labios estaban llenos y brillantes. Tentadores. No había crecido su barriga aún, pero sus pechos amenazaban con escapar por el escote del jubón. Estaban enormes. Pedro sintió una puntada entre las piernas y desvió la vista de ella. Volcó su atención a la jícara que tenía entre manos y bebió la infusión a base de yerbas de mate que tomaba desde su infancia. Otra costumbre guaraní que él mantenía a pesar de la prohibición. Muchos españoles consideraban que ese hábito indígena incitaba a la vagancia. El gobernador Marín de Negrón había decretado su ilegalidad en 1611. La posesión de yerba mate costaba cien latigazos a los "indios enviciados", y diez maravedís de multa a los infractores de piel blanca. Pero ni siquiera con eso logró erradicar la costumbre. Hasta el mismísimo ex gobernador Hernandarias, nacido en Asunción, había pagado una multa por su apego al mate unos meses atrás. Pedro terminó su bebida amarga, se levantó y salió sin volver a mirar a su esposa.

Poco después Isabella lo vio cruzar el patio con su capa y sombrero puestos, dirigiéndose hacia la puerta y pidiendo a los gritos su caballo. Respiró aliviada, pero a la vez tenía ganas de llorar. Desde que ella lo rechazara en su primer intento por reconciliarse, Pedro no había vuelto a buscarla. Casi ni le dirigía la palabra. Sólo intercambiaban las mínimas frases de cortesía. —Como dos extraños —pensó con tristeza.

Unas semanas antes Pedro había ido hasta su habitación. Era tarde, pero ninguno de los dos conseguía dormir. Se veía el reflejo de la luz de las velas por debajo de la puerta y él había golpeado antes de entrar. Se acercó hasta su lecho y se sentó en el borde con los pies en el piso. Llevaba sólo una camisa que apenas le cubría los muslos. Isabella tuvo que hacer un esfuerzo para no apoyar su mano y tocar su pierna, quería juguetear con sus vellos. En cambio lo miró y le dijo:

—¿Necesitas algo?

—Sí, a mi esposa a mi lado.

—Tienes a tu esposa en tu casa, tal como querías.

—No es esto lo que quiero. Te quiero conmigo. Necesito

abrazarte y sentir tu perfume cerca de mi cara cuando pongo la cabeza en la almohada. No me puedo dormir sin ti.

Isabella se mordió el labio inferior para que las palabras no escaparan:

—Yo tampoco puedo dormirme si no me abrazas —pensaba. Pero no dijo nada.

—Isabella, por favor, ven a nuestra habitación —le dijo suavemente y cubrió su mano con la suya.

—Esta es mi habitación ahora —le respondió mientras retiraba la mano con brusquedad. La tibieza del contacto le daba ganas de echarse a sus brazos y dejar que la llevara con él.

A Pedro le dolió el rechazo. Pero volvió a insistir:

—Si no estás a mi lado siento que me falta algo, una parte de mí. Estoy incompleto cuando no te tengo conmigo.

Sus palabras la conmovieron. Escuchó sus propias palpitaciones. Eran tan fuertes que sentía casi un dolor en el pecho. Podía acceder ahora e irse con él. Quería hacerlo. Pero sabía que se arrepentiría al día siguiente o a la semana siguiente, al ver la próxima caravana partiendo al Potosí. No quería que su amor se transformara en rencor.

—Ya sabes cuáles son mis condiciones para volver —le dijo—. Que dejes de ganar dinero ayudando a los traficantes de esclavos.

La miró dolorido y dijo:

—Eres cruel conmigo. Y contigo también. ¿Por qué nos haces esto?

—No es por crueldad. Es lo que deseo para poder ser feliz completamente, sin odiarte.

—¡Pues será como vuesa merced desea! Buenas noches —concluyó enojado.

Se puso de pie, hizo una inclinación de cabeza hacia ella y se marchó con toda dignidad. Isabella se quedó mirando cómo se alejaban sus fuertes y largas piernas y su redondo trasero desnudo.

Desde entonces él no había vuelto a intentar una aproximación. Isabella suspiró. Iría a buscar algo de cariño a casa de Giulia. Iba casi todos los días a visitar a su hermana. Salió dispuesta a mejorar su ánimo pasando una mañana agradable. Aunque llevaba sus altos chapines de madera, intentaba esquivar los charcos y el barro. Temía resbalar. Se apoyaba en Rosaura. Muy cerca las seguía Avelino. Pedro había escuchado que desde el fuerte se habían avistado indios enemigos merodeando la aldea y prefería alejar los posibles peligros de su mujer. Avelino la acompañaba a todos lados.

Isabella caminaba con cuidado evitando la huella marcada por el paso, que estaba llena de agua sucia. Escuchó unos ruidos y vio que cuatro esclavos avanzaban hacia ellos llevando una silla de manos. El sendero entre los altos pastizales era angosto. La silla muy ancha. Alguno de los dos grupos debería detenerse y ceder el paso. Isabella vio que una de las cortinas se entreabrió para volver a cerrarse con fuerza. No logró ver a la ocupante pero al parecer la pasajera sí la vio a ella. Isabella reconoció la voz de la Guzmán gritándoles a sus esclavos:

—¡Continúen! ¡Continúen! *¡Não parem!*

Avelino vio que la silla avanzaba hacia su ama y que ella estaba decidida a hacerle frente. Se aproximó de un salto y se paró delante de los esclavos con su largo cuchillo en la mano, en posición de ataque. Los negros dudaron. Avelino era muy alto y si bien ellos eran cuatro, no tenían armas.

Aminoraron el paso y su ama lo notó.

—¡*Disse que continuaram!* ¡Inútiles! Si no avanzan habrá *chicote* para todos. ¡Diez *chicotadas* a cada uno! —les gritó.

No se la podía ver pero su voz era amenazadora. Ante la mención del látigo los esclavos continuaron avanzando.

Avelino se dio cuenta de que no podría detenerlos a todos. Guardó el cuchillo en la cintura y saltó hasta donde estaba su ama. La tomó de un brazo y la arrastró hacia un costado para alejarla del camino de la silla andante. La mala suerte hizo que uno de sus chapines quedara atrapado en un pozo e Isabella tropezara. Los altos pastos atenuaron su caída.

—Disculpe, *sinhá*. ¿Vuesa *mercé* está bien? —le dijo el negro preocupado mientras le tendía una mano para levantarla—. Disculpe, *sinhá*, disculpe —repetía.

—No te preocupes, Avelino. Estoy bien. Y no fue tu culpa. ¡Fue culpa de esa cobarde! —dijo Isabella— ¡Deténgase, cobarde! ¡Deténgase, doña Guzmán!

—¡Alto! ¡Alto! —se escuchó su voz con fuerza mientras la portuguesa descorría una cortina— ¿Cómo se atreve a insultarme?

—¿Y cómo se atreve a obligarme a correrme así? ¡No es la dueña del camino!

—¡Llegué a esta aldea mucho antes que vuesa *mercé!* ¡Y mi Simón es prácticamente el dueño de todo! ¡El Buen Ayre es nuestro!

—Probablemente el rey Felipe no piensa lo mismo —le contestó Isabella.

—¡No me importa lo que piense el rey! ¡Está muy lejos!

Doña Lucía se mordió los labios en cuanto los cerró, arrepentida de sus palabras. Simón se enfadaría si esa charla llegaba a sus oídos. El tesorero no temía a nadie, excepto al rey. Ella lo dijo sin pensar, porque estaba enojada. Valdez le había respondido que no podía prescindir de Aguilera cuando ella le pidió que no hiciera más negocios con él. A pesar de sus insistentes esfuerzos por convencerlo en el lecho, su amante le dijo que no. Aquel hombre era el único con plantas frutales de buen tamaño. Los arbolitos de Vergara todavía eran muy pequeños, daban escasos frutos. El jefe del Cuadrilátero los había plantado al percibir el crecimiento de sus ganancias cuando los negros tenían más dientes. Si no podían masticar carne dura y porotos no tendrían fuerza para trabajar en las minas, y se reducía su valor al venderlos en Potosí. Lo único que evitaba que los negros perdieran sus dientes, y ellos dinero, eran las naranjas y toronjas que les vendía Aguilera.

—Todavía lo necesito unos años más. Después te complaceré —le había dicho Simón.

—¿Años? ¿Cuántos años?

—Unos cuatro, tal vez cinco.

Ella no podía esperar cinco años por esas joyas. Las quería ahora. ¡Esa desgraciada no se las quería vender! Y ahora estaba allí, en su camino, insultándola. Le hubiera gustado que sus esclavos la atropellaran. Pero lo pensó mejor. Si su comentario sobre el poderío de Simón y el rey llegaba a oídos de su amante estaría en problemas. No le convenía extender la discusión. Terminó el asunto cerrando las cortinas y dando la orden de partir.

Isabella se quedó mirándola alejarse, mientras Rosaura le sacudía sus ropas. Cuando llegaron a su antiguo hogar, la chiquilla la ayudó a limpiarse con gran eficacia. El barro casi no se notaba. Podría cargar a su sobrino sin ensuciarlo. Le agradeció a Rosaura con una sonrisa. Aunque no le gustó darse cuenta de que la joven esclava se había vuelto imprescindible en su vida.

No le mencionó el incidente a Giulia para evitar un sermón. Sabía que su hermana la retaría por no cuidar su embarazo. Ya bastante la regañaba por haber extendido su pelea con Pedro todo ese tiempo.

Miró al pequeño Félix durmiendo entre sus brazos y una sonrisa se instaló en su rostro. Era tan tierno. Sus cabellos, rojos oscuros al momento de nacer, se habían aclarado hasta convertirse en hilos del color de las zanahorias. Iguales a los de su padre. Isabella intentó imaginar cómo sería su hijo. ¿Un niño con los oscuros rulos de Pedro y los ojos verdes de ella? ¿O una niña que combinara sus cabellos color ocre con la profunda mirada turquesa de su padre?

Dejó escapar un suspiro. Giulia lo percibió y no dudó en preguntar:

—¿Aún sigues enfadada con tu marido?

Isabella asintió en silencio.

—Y no lo dejas compartir tu lecho…

Volvió a asentir.

—Estás loca, querida hermana. No sabes la suerte que tienes porque el hombre que amas está vivo y a tu lado. ¡Y te das el lujo de rechazarlo!

Isabella sintió que las lágrimas subían hasta su garganta.

—Pero él negocia con los negreros y lucra con la venta de esclavos —dijo con su mentón tembloroso—. ¡Y me lo ocultó!

—Tú tampoco fuiste un ejemplo de sinceridad. Te recuerdo que fui yo quien lo puso al tanto de tu escape de prisión.

Su hermana tenía razón. Ella tampoco había sido honesta con

él.

—Y él te perdonó al instante, Isabella. Nunca te cuestionó tu pasado.

—Yo tampoco he cuestionado el de él. No dije nada sobre su boda con una india.

—¿Y qué podrías haber dicho? Eso iría contra tus ideales.

—Ayyy, ¿por qué eres tan molesta? ¿Desde cuándo te convertiste en la voz de mi conciencia?

—No quiero ser tu conciencia —le dijo Giulia con un abrazo—. Quiero que seas feliz.

El llanto de Félix las interrumpió. Se había despertado hambriento y reclamaba su alimento haciéndose oír. Giulia se demoró desabrochando el jubón y luego con las cintas de su camisa. Mientras el pequeño lloraba Isabella intentaba calmarlo con palmaditas inútilmente. Cuando finalmente su hermana logró liberar sus senos y lo acomodó sobre ella, el bebé se prendió con fuerza al pezón.

—¿Lo ves? Por esto es que las damas no amamantan a sus niños. Se tarda mucho en quitar toda la ropa que llevamos. En cambio las esclavas andan todo el tiempo sólo con una camisa, sus pechos están más accesibles —comentó Isabella. No se acostumbraba a ver a su hermana realizando esa tarea.

—¿Sugieres que a partir de ahora yo ande por la casa sólo con mi camisa interior? No sería mala idea. Lo probaré.

—¡No! Sugiero que una esclava alimente a tu hijo.

—Entonces estás de acuerdo en que los esclavos son necesarios en nuestras vidas.

—O una mestiza. Me refería a que lo alimente una nodriza.

—Estás mezclando las cosas, querida mía. En cuanto nazca tu hijo verás que no querrás que tome leche de otra persona. Querrás dársela tú misma.

Isabella sacudió la cabeza, demostrando sus dudas. Le incomodaba ver a Giulia alimentando a su hijo. Prefirió irse. Le dio un rápido abrazo y partió, seguida por Rosaura y Avelino.

Pedro había salido de su casa enfadado. Se excitaba con sólo mirar a Isabella, pero su esposa no le permitía acercársele. Él cumpliría su palabra, no iba a forzarla nunca. La amaba demasiado. Pero le estaba costando mucho mantenerse lejos de su lecho. Sabía que no era apenas excitación como la de un adolescente. De nada le serviría ir al burdel. Sólo se complacería con Isabella. Sólo ella lograba hacerlo sentir que estallaba en mil pedazos. Sólo su cuerpo lo hacía temblar por completo, de pies a cabeza, provocando todos sus sentidos. Extrañaba enormemente ese placer. Y estaba enojado porque ella se lo negaba por un capricho. Les negaba el placer a ambos. Sabía que también debía extrañarlo.

Interrumpió sus devaneos. Llevaba más de un mes dándole vuelta al asunto en su cabeza sin encontrarle solución. Continuaría más tarde. Ahora debía prestar atención a su madre, que lo había mandado a llamar.

Aseguró las riendas de su caballo a un arbusto de aspecto resistente, golpeó y esperó. Severina le abrió la puerta con una sonrisa.

—*Sinhó* Pedro. Pase, pase. La *sinhá* Juana está rezando en su reclinatorio.

Pedro le dio su capa y su sombrero y entró a la sala con paso lento para no interrumpir a su madre. No le sorprendía encontrarla en su rincón favorito, arrodillada frente a varias velas prendidas.

Se sentó en uno de los sillones y esperó.

—Hijo mío, gracias por venir tan pronto —le dijo doña Juana apenas unos minutos después, cuando se sentó a su lado.

—El esclavo dijo que era importante. ¿Ha ocurrido algo malo, madre?

—No, no te preocupes. Todos en esta casa estamos bien. En realidad sí ocurrió algo malo, pero fue hace mucho. Y ahora lo están usando en mi contra y puede perjudicarme.

—No la entiendo. Explíqueme mejor, por favor.

Su madre le contó la historia de sus orígenes. Se sorprendió con la noticia pero no se preocupó. A él eso no lo perjudicaba directamente, puesto que era legítimo hijo de un vecino fundador, don Miguel. Pero al contarle sobre la presión de Hernandarias para que ella escribiera la carta al rey, su madre dejó escapar unas lágrimas. Pedro la vio angustiada y eso le dolió.

—Dígame cómo la puedo ayudar.

—Ay, hijo mío. Lamento tanto tener que involucrarte en esto, pero eres el único que puede ayudarme.

Ella apretaba una mano con la otra alternadamente, con fuerza. No lograba controlar sus nervios.

—Madre, aquí estoy —le dijo Pedro apoyando su enorme mano sobre las de ella para tranquilizarla—. ¿Qué puedo hacer? Vuesa merced dijo que ya había enviado la carta.

—Sí, y se la di al encargado de llevársela a Hernandarias para que comprobara mi pedido al rey. La carta debía ir y volver a Santa Fe, para luego ser embarcada en un correo seguro con destino a España. Pero me arrepentí...

—Quiere que intercepte ese correo. Pues si no es un mensajero real, no sería delito buscarlo y quitarle la carta. No llegaría a oídos de Hernandarias quién lo atacó.

Doña Juana sacudió la cabeza.

—No, no. No es posible. La mejor solución es que hables con el encargado de llevar y traer la carta a Hernandarias y que lo convenzas para que te le entregue sin decírselo a su jefe.

—¿Por qué supone que el hombre traicionaría a Hernandarias?

—Porque tú lo conoces y quizás puedas convencerlo. Es tu amigo Tarcísio. Le di la carta a él.

La esclava que abrió la puerta en la casa de don Honorato de Quesada tuvo que apartarse de un salto para evitar que el caballero que entró con pasos largos la aplastara. Asustada empezó a gritar llamando a otros esclavos para que acudieran. Dos muchachos descalzos llegaron corriendo y se cruzaron en el camino del desconocido.

Pedro los amenazó:

—¡Apártense o los saco a empujones!

Ante el griterío apareció el mismo Tarcísio y calmó la situación.

—Basta ya, regresen todos a sus tareas. Adelante, Pedro. Hablaremos en la sala.

Al médico le bastó una mirada a la cara de su amigo para intuir el motivo de su visita.

En cuanto Tarsício cerró la puerta tras ellos, le dijo enfurecido:

—¡¿Cómo pudiste amenazar a mi madre?! ¡Te creía mi amigo!

—Cálmate, amigo.

—¡No me llames así!

—Tranquilízate y te explicaré.

—¡No quiero que me expliques! No tienes que explicarlo: ya descubrí yo mismo que tus intereses políticos priman sobre tus valores morales.

—Pedro, cálmate.

—No puedo calmarme. ¡Me traicionaste! Utilizaste nuestra amistad a tu favor. Creí que me habías visitado en la estancia preocupado por mi mujer. ¡Pero lo hiciste para que tu jefe pudiera extorsionar a mi madre con tranquilidad! Para que la amenazara con revelar un secreto que ensucia su nombre, aunque ella no haya sido responsable por él sino su víctima. ¡Eres de lo peor!

—Pedro, las cosas no son sólo como tú las ves. Hay otros puntos que debes considerar, como el futuro de nuestra ciudad. La Trinidad está en riesgo si Hernandarias no vuelve a ser gobernador.

—No me vengas con justificaciones ridículas, Tarcísio. Lo único que puedes hacer para redimirte es detener esa carta. No la envíes.

Su amigo de la infancia negó con la cabeza.

—Es demasiado tarde. Perdóname.

—¿Que te perdone? ¡Imposible! Te aprovechaste de mi amistad para que Hernandarias pudiera acercarse hasta mi madre sin ser visto en la aldea. Lo llevaste hasta ella y lo cubriste para que nadie sospechara de sus planes. Y además me alejaste esa tarde con segundas intenciones. Traicionaste mi confianza.

Tarcísio vio que el dolor calmaba la ira de su amigo. Quizás pudiera razonar con él. Se animó y dijo:

—No puedes decirle nada de los planes de Hernandarias a los confederados, Pedro.

—¡Tú no puedes decirme lo que puedo o no puedo hacer! Y no te atrevas a mencionar el nombre de mi madre para lograrlo. Te lo advierto...

—No estoy involucrando a doña Juana. Te lo estoy pidiendo en nombre de nuestra amistad.

—Nuestra amistad acaba de extinguirse. Tú la mataste. No pidas en nombre de la nada misma.

El mal humor de Pedro aún no había pasado cuando llegó a su casa. Le arrojo las riendas de su caballo a Avelino y entró sin saludarlo.

—Disculpe, *sinhó*. Debo *hablá* con vuesa *mercé*.

—¿Tiene que ser ahora? Estoy cansado... —dijo y continuó caminando.

—Es sobre algo que ocurrió hoy. Con la *sinhá* Isabella.

Pedro se detuvo de golpe.

—¿Qué le ocurrió? ¿Está bien? ¿Dónde está? ¡Habla, Avelino!

—Sí, la *sinhá* está bien. Sólo fue una caída causada por la dueña del burdel pero...

No esperó a que terminara de hablar. Pedro salió corriendo hacia la habitación de Isabella. Atravesó dos patios y varias puertas hasta llegar a la de ella. La empujó y entró pero no la encontró. Sólo estaba Rosaura, de pie frente al baúl buscando unas ropas de su ama.

—¡Isabella! —la llamó en voz alta.

—La *sinhá* está en la tina. Es su hora *de'* baño —le respondió la muchacha.

Pedro intentó controlar su respiración. Sintió que los alocados golpes de su corazón empezaban a disminuir su intensidad. No estaba herida en el lecho. Debía estar bien. Pero no iba a conformarse con una suposición. Tenía que verla, confirmar con sus propios ojos que su mujer no estaba herida.

Resopló una vez más. Inspiró profundamente y ya más tranquilo se dirigió hacia su propia habitación.

—Quiero que seas feliz...

Isabella todavía estaba pensando en las palabras de su hermana cuando escuchó que se abría la puerta a sus espaldas. Pensó que sería Rosaura con más agua caliente. La sorprendió escuchar las botas de Pedro sobre los ladrillos del piso. Habían quedado en que ella usaría la tina durante las tardes. Se había acostumbrado al baño diario y no quería perder su refrescante ritual a causa del distanciamiento entre ellos. Pedro accedió a no entrar a su propia habitación mientras ella se bañaba. Acababa de romper el trato.

No se dio vuelta. Él probablemente se acercaría.

—Vine porque Avelino me contó de tu caída. Quería saber si estás bien —le dijo desde lejos.

—Sí, estoy bien. Gracias por preocuparte.

—¡No me agradezcas, por favor! ¡No lo hago por compromiso! —Pedro lo dijo y de inmediato lamentó el fuerte tono de su voz. Intentó calmarse y agregó.

—Sabes que de verdad me importa cómo estés. Eres lo más importante para mí, Isabella. Eres el centro de mi mundo. Te amo.

Ella lo escuchó y no pudo contener más las lágrimas. La angustia que llevaba acumulada la hizo llorar con fuerza, ruidosamente.

Pedro veía desde atrás como su cabeza acompañaba las sacudidas de su espalda con cada sollozo. Sus cabellos se oscurecían al mojarse, pero las puntas sumergidas seguían siendo claras y flotaban a su alrededor. Era una imagen hermosa. Se arrodilló junto a la tina. Vio los hinchados pechos de ella sobresaliendo del agua rodeados por los cabellos dorados y sintió la inmediata respuesta en sus pantalones. Intentó no pensar en eso y desvió su vista de los tentadores pezones. Apoyó su mano sobre la cabeza de su esposa y le dijo con suavidad:

—Sabes que te amo. Pero creo que no conoces la intensidad de mi amor. Enloquezco cuando te creo en peligro o te veo llorar. No llores, mi amor, por favor.

Mientras hablaba la mano acariciaba la nuca de Isabella sobre su pelo mojado.

—No llores más —le dijo, y la besó.

Sus labios absorbieron las lágrimas que inundaban la boca de ella. De a poco Isabella respondió a su beso y el llanto desapareció.

Las bocas se buscaban con ansias, intentando recuperar el tiempo perdido. Pedro la abrazó sin soltar sus labios. No le importó mojarse. Acarició su espalda con lentitud y cuando se apartó para tomar aire le dijo:

—Haría cualquier cosa por ti, mi vida. Sólo quiero verte feliz.

Ella vio una posibilidad y la aprovechó:

—¿Cualquier cosa?

Él estaba deslizando los labios por su cuello cuando escuchó la obstinada pregunta:

—¿Incluso dejar de venderles a esos hombres sin escrúpulos?

Su boca se detuvo en el acto. La tomó por los hombros, la apartó de él suavemente y dijo:

—No puedo creer que insistas con eso. ¿No hemos sufrido ya bastante por tu capricho?

—No es un capricho. No me gusta estar al lado de un hombre que prioriza sus intereses económicos por sobre sus valores morales.

La frase lo sacudió. Eran casi las mismas palabras con que él había acusado a Tarcísio.

¿Tendría su mujer algo de razón en lo que le estaba pidiendo?

—No, imposible —se respondió a sí mismo. Ella no entendía nada de negocios. Le exigía que rechazara su principal fuente de ingresos. Con ese dinero mantenía esa casa y la de su madre también. Aunque ahora que ella se había casado nuevamente quizás debería dejar de hacerlo, por respeto a su marido principalmente, se le ocurrió. Se ocuparía de eso después. Volvió a la idea original: ¿podrían subsistir sin los altos precios que le pagaban los negreros por sus frutos? Mientras lo pensaba se coló en su mente la imagen de Aramí embarazada y con hambre y le dolió el pecho al imaginar a Isabella en esa situación.

Se puso de pie lentamente y mirándola a los ojos le dijo:

—Aunque no lo creas, esto lo hago por nosotros. Por ti y por nuestro hijo. Ya perdí a una mujer y a un hijo por no tener dinero. No pude darles los cuidados que se merecían. No voy a dejar que tus ideales te cuesten la vida. Si no tenerte es el precio que debo pagar por cuidarte, pues así será.

Se dio vuelta y se fue. Su rostro estaba mojado, pero no era el agua del baño de ella ni sus lágrimas. Eran las de él.

Capítulo 20

El secretario del Cabildo levantó apenas la voz:

—El próximo...

—*Io sto cercando mia moglie. Lei si chiama Giulia di Leonardi.*

—Disculpe, no le entiendo.

—*Ho bisogno di lei. ¿Capito?*

—No le entiendo, señor...

—*¡¡Mia moglie!! ¿Dove si trova?*

El secretario sacudió la cabeza de lado a lado y se encogió de hombros, dando a entender que no podía ayudarlo. Ese extraño con malos modales, que ni siquiera se había sacado el sombrero y hablaba a los gritos en una lengua desconocida sacudiendo los brazos estaba empezando a incomodarlo. Pensaba llamar al próximo en la fila cuando el desconocido dejó caer un par de monedas sobre su mesa. Las tomó con rapidez y le hizo un gesto para que esperara. Se asomó al exterior y vio a unos cuantos muleques y mestizos jugando con unas ramitas en el barro de la plaza. Los llamó con un gesto y ofreció:

—Quien cumpla un encargo para mí, a su regreso recibirá una jícara de horchata.

Ganó el negrito más alto, quien de un salto se puso a su disposición.

—Deberás acompañar a un caballero que sólo habla lengua extranjera hasta el hospital. Su tono es parecido al del doctor Menagliotto. Estimo que él entienda lo que quiere decir y quizás pueda ayudarlo. ¿Lo harás?

—Sí, *sinhó*. A sus órdenes.

Así, el futuro conde D'Arazzo salió del Cabildo de esa aldea polvorienta y siguió a un negrito que apenas le llegaba a la cintura. Después de unas cinco cuadras entre yuyos y bajo el radiante sol cercano al mediodía, el extranjero le hizo señas a su guía para detenerse. El sombrero, la capa, el jubón, la camisa, las calzas, las botas, todo le incomodaba. Lana, terciopelo y cuero lo hacían sudar en cantidades en ese caluroso clima.

—*¿Quanto tempo ancora?*

El chiquillo lo miró y mostró sus dientes. No le entendía.

—*¡¡Maledizione!!* —exclamó. Levantó la vista hacia la izquierda y vio que el rancho a su lado tenía una cruz encima y otras clavadas en la tierra a un costado indicando un camposanto. Sin dudas era una iglesia. Rápidamente se santiguó, pidiendo perdón por su ofensa.

Continuaron caminando. Unas tres cuadras más entre altos pastizales, siguiendo algunos surcos marcados en la tierra. Finalmente el chico se detuvo frente a un edificio de adobe y techo de tejas bastante ancho. Junto a su puerta no había una fila, como en el Cabildo, sino algunos enfermos acurrucados entre los pastos, esperando para ser atendidos. Pudo ver un par de marineros, uno con más heridas que el otro, sin duda el vencedor de la pelea; un borracho hediondo con dos chichones en la frente y un ojo hinchado; un jorobado que se arrastraba con su mano extendida mientras balbuceaba sílabas incomprensibles; un mestizo harapiento con una pierna envuelta en un trapo amarillento, debajo del que asomaba piel en tonos violeta y verde; y otros bultos caídos difíciles de identificar. Todos ellos apestaban. El muleque hizo que el caballero pasara esquivándolos y lo dejó esperando en el patio. Después se acercó al mayordomo y le dijo:

—Un *sinhó* busca al *dotó* Menagliotto.

—No está aquí, fue a ver a un paciente adinerado a su casa.

—Me enviaron del Cabildo a *trae'lo* aquí.

—Entonces que espere afuera a que alguien pueda atenderlo.

—Es un *sinhó* con capa y sombrero.

—Te daré una silla para espere en el patio.

El chico cumplió su tarea. Dejó al extranjero sentado en el hospital esperando al doctor Menagliotto. Y se fue corriendo a buscar el refresco prometido.

Después del almuerzo Giulia volvió a insistir para que Isabella perdonara a su marido.

—Ya hemos hablado de esto, Giulia. No me convencerás.

—No quiero convencerte. Quiero que lo decidas por ti misma: ¿vale la pena defender tus ideales a cambio de perder al hombre que amas? ¿Quieres que él te deje y que tu hijo no tenga padre?

Mientras hablaba la joven madre apoyó al pequeño Félix en su cesta.

Las lágrimas empezaron a caer de a montones de los ojos de Isabella.

—¿Por qué eres tan cruel conmigo? —le recriminó a su hermana entre sollozos.

—Para que veas la realidad de lo que tú misma te estás haciendo, Isabella.

Desde aquella tarde en la tina, Pedro no había vuelto a hablarle. Habían pasado un par de semanas y su marido era como un fantasma en su propia casa. Entraba y salía en silencio. Apenas se escuchaba su voz dando órdenes a los esclavos. Pasaba gran parte de su tiempo en la hacienda, lejos de ella. En ese momento estaba allá, Isabella no lo había visto en días.

—Piensa que tu marido les está haciendo un bien a esos esclavos mal alimentados. Dijiste que sus frutos evitan que pierdan los dientes. Entonces, ¿qué mejor que ayudar a los pobres negros asustados a que mantengan su dentadura? De lo contrario no podrían comer y morirían de hambre.

—Creo que tienes razón —dijo en voz baja junto con un profundo suspiro.

—¿Hasta cuándo seguirás con esto, querida?

—Ya no más. En cuanto Pedro regrese le diré que acepto que continúe con sus negocios como él quiera. Me preocupa lo que los traficantes hacen con los esclavos y no me gusta que lucren con sus vidas, pero más me preocupa que él deje de amarme. Ya no soporto no tenerlo a mi lado.

Mientras Isabella hablaba las lágrimas empapaban su rostro. Al mismo tiempo la ayudaban a aflojar el puño que estrujaba su corazón.

—Lo sé, querida. Ya cálmate ahora para no alterar a tu bebé. Recuéstate a descansar un poco en tu antigua habitación. Te levantarás mejor y podrás ir a hablar con tu marido.

—Debo mandar a Avelino a buscar a Pedro. Está en la estancia y no sé cuándo regresará.

—No te preocupes. Yo le diré que vaya ahora mismo. Tú vete a la cama.

Isabella obedeció a su hermana y dejó que Lucinda le quitara la ropa y la acostara. Con los postigos entrecerrados y el alma más liviana tras la decisión tomada, se durmió enseguida.

Se despertó con las campanadas de las cuatro. Se estiró despacio, con una sonrisa en los labios, feliz por la perspectiva de reconciliarse con Pedro. Avelino había partido a caballo tras el almuerzo, calculó que ya estaría en la estancia con su mensaje. Si Pedro decidía regresar enseguida, como ella esperaba, llegaría a la Trinidad para la hora de la cena. Empezó a prepararse para irse a su casa. No encontró agua en la cómoda y se asomó al patio para llamar a Rosaura. La muchacha vino corriendo desde la cocina, ya con la jarra en la mano.

—Tenía su agua lista, *sinhá*. Esperaba a que se *despie'te*. La *sinhá Yulia* dijo que la dejara *descansá*. ¿Vuesa *mercé* está bien?

—Sí, Rosaura. Estoy muy bien. Ayúdame a recomponer mi peinado, quiero arreglarme de manera especial hoy —le dijo.

Mientras la chica pasaba un peine aceitado por sus largos cabellos, Isabella pensaba en el inminente reencuentro. Una cálida sensación la invadía. Miró su vientre y lo acarició sobre la suave tela de la camisa de algodón. Quería transmitirle su alegría a su hijo. Aún no sentía al niño moverse, como Giulia le había anticipado que pronto ocurriría. Sólo veía que había perdido su estrecha cintura y una pequeña redondez la hinchaba un poco alrededor de su ombligo. Sintió cómo Rosaura le ajustaba las cintas del corsé, pero más flojas que antes. Y colaboró mientras le subía la saya de algodón y después el guardainfante. Le faltaban la camisa exterior y el jubón, tras los cuales haría el recogido final del cabello, cuando le dijo con impaciencia:

—Date prisa, debo hablar de algo con Giulia antes de irnos y quiero partir pronto.

—Sí, *sinhá*. Pero la *sinhá Yulia* está ocupada. Con un caballero al que yo *mesma* le abrí la puerta.

—¿Qué caballero? —preguntó intrigada. Tomassino estaba en la chacra a esa hora y su hermana no recibiría a un extraño en su casa estando sola.

—Uno que habla todo raro. No le entendí nadita.

—¿Un portugués? —inquirió.

—No, a esos los entiendo. Este es más difícil y hablaba a los gritos. Decía "*Yulia, Yulia*" y le mostré la puerta de la sala. Cuando me dio el sombrero me asusté. Vi la mitad de la cara con muchas marcas... y sólo tenía media barba.

Isabella sintió como si un puño le apretara el estómago. —Es imposible... —se dijo para calmarse.

—¿Me dijiste que el caballero desconocido está con mi hermana en la sala?

—Sí, *sinhá*. Pero no creo que sea un desconocido. Me parece que la *sinhá Yulia* lo conoce, porque me dijo que me fuera y cerrara la puerta.

Antes de que Rosaura terminara de hablar, Isabella ya estaba corriendo hacia la sala. A medio vestir y sin armas, y cargando los peores miedos en su alma. Abrió la puerta y encontró una oscura figura agachada sobre la cesta donde dormía su sobrino. Le confirmó su identidad ver que Giulia tironeaba de su brazo gritándole en su propia lengua:

—¡No te llevarás a mi hijo, maldito!

Un fuerte sopapo la arrojó al piso.

Isabella le echó una rápida ojeada a Giulia para ver si estaba bien. Vio que se movía intentando levantarse, pero los pómulos hinchados de su hermana, un corte en su mandíbula, otro en una de sus cejas y el labio ensangrentado le confirmaron que Dante llevaba allí un buen rato. No podía detenerse a averiguar cómo las había encontrado, tenía que hacer algo para detenerlo. Recordó que en esa misma habitación guardaban el arma que le había dado Pedro cuando le enseñó a disparar. No se la había llevado a su nueva casa porque no la necesitaría junto a su marido. Agradeció habérsela dejado a Giulia. Pero la pistola estaba al otro lado, en el cajón de una pequeña cómoda junto a la ventana. Justo donde se apoyaba la cesta con el bebé. Imposible alcanzarla con Dante parado delante del mueble.

Giulia se arrastró hasta Dante y tiró de una de sus piernas. Él la alejó con una patada. Después le clavó con fuerza la punta de sus botas en las costillas. Isabella escuchó un suave ruido, como el de una rama al quebrarse. Él iba a repetir el golpe cuando lo detuvo un grito:

—¡No te atrevas a golpear otra vez a mi hermana o te mataré!

Dante se dio vuelta despacio, y se irguió del todo antes de clavar sus fríos ojos en Isabella:

—No sabía que la maldita bruja también estaba aquí. El médico de esta villa inmunda me dijo que te habías casado y marchado con tu marido a las llanuras, tierras de indios, hacia donde me recomendó no aventurarme. Se equivocó. Ahora mi venganza podrá ser completa —dijo con una mueca torcida. Las cicatrices de las quemaduras en la comisura de sus labios le impedían reírse con naturalidad.

Isabella desvió los ojos de allí. No quería sentir lástima por él. Se lo había buscado.

—¿Venganza? ¿Cómo puedes hablar de venganza si tú mismo fuiste el causante de todo esto? Me cuesta creer que hayas viajado hasta aquí para castigarnos a nosotras —le dijo con desprecio.

—No, no eres tan importante. No vine por ti, vine por mi hijo. Pero tú serás mi premio extra.

—¡Ya te dije que no es tu hijo! —bramó Giulia desde el piso. No podía levantarse, algo roto le dificultaba moverse—. Míralo, es igual a Fabrizio Positano.

—Que tú seas una puta no hace que el niño deje de ser mi hijo.

Eres mi legítima esposa y como tal él es mi legítimo heredero.

—¿Y Giovanni? —preguntó Isabella recordando al pequeño rubio que ella había salvado una vez.

—Murió. Siempre fue débil, tenía problemas para respirar, hasta que un día no logró superar su tos —se notaba un cierto dolor en su voz, pero Isabella no se dejó conmover.

—¿Y piensas reemplazarlo con el hijo de otro hombre? Puedes declararte viudo, casarte nuevamente y tener más hijos.

—Odio darte explicaciones, maldita bruja. Pero como mi secreto morirá contigo, puedes saber que fui herido en un duelo y ya no puedo tener descendencia. Por lo que mi padre piensa nombrar heredero suyo a mi hermano Bruno, gracias al robusto hijo que tuvo con Alessandra. Por eso decidí buscar al hijo que tu hermana me robó para recuperar mi título. Las criadas me confirmaron que mi esposa no sangró en el tiempo que vivió en mi castillo. Deduje que al abandonarme me había robado a mi hijo llevándoselo en su vientre.

—¡No es tu hijo! —volvió a insistir Giulia con desesperación.

—Pero eso sólo lo sabes tú. Y como no regresarás a casa conmigo, nadie más lo sabrá. Te azotaré hasta matarte, por haberme traicionado… Es mi derecho como esposo. Y disfrutaré cada golpe —le dijo mirándola con rabia. Su rencor hizo que desviara su atención hacia Giulia, alejándose del bebé—. Me rechazabas cada vez que te tomaba en nuestro lecho, pero te revolcabas con ese desgraciado que se decía mi amigo. ¡Eres una *puttana*! ¡Una ramera arrastrada!

Mientras hablaba dejó su espada sobre la mesa, se desabrochó el cinto, y se acercó a Giulia. Lo dobló al medio y tomándolo por un extremo lo sacudió con fuerza contra el cuerpo caído en el piso. Isabella lo vio y pensó en correr hacia él, pero imaginó que se la sacaría de encima con un golpe. Necesitaba algo más efectivo que sus manos desnudas para detenerlo. Fue hasta el cajón donde estaba la pistola y la sacó con cuidado. Estaba vacía para que la pólvora no se humedeciera. Mientras la cargaba escuchaba los ruidos del cuero azotando a su hermana. A cada golpe le seguía un grito. No podía volverse a mirar. Concentró sus temblorosas manos en llenar el caño de metal.

Cuando tuvo el arma lista intentó recordar lo que Pedro le había enseñado. Habían pasado meses. Lamentaba no haber vuelto a practicar. Se paró con los brazos extendidos frente a su cuerpo, sujetando la pesada pistola con ambas manos. Tomó coraje y le gritó:

—¡Si no te apartas de ella en este instante te irás al infierno! ¡Hoy mismo!

Dante apenas le dirigió una rápida mirada esperando ver una daga. Pero la visión del pistolón detuvo sus azotes.

La miró con sorna y dijo:

—Te ves ridícula. Apuesto a que ni sabes usarla.

—No me desafíes. No sabes todo lo que he aprendido en estas tierras indianas. Y al tenerte en frente me cuesta contener las ganas de disparar.

Dante la miró evaluando cuánto habría de cierto en sus palabras. Esa mujer lo había sorprendido desde el día en que la conoció. La había deseado desde ese mismo momento, y ella había logrado resistirlo luchando fieramente. Con dagas y hasta con fuego. ¿Podría disparar también o le estaría mintiendo? Ningún hombre guardaba un arma cargada, se inutilizaba.

Mientras pensaba la recorría con sus ojos de arriba a abajo. Estaba a medio vestir y con sus largos cabellos sueltos. El corsé marcaba unos senos más voluptuosos que los que él recordaba haber tocado.

Dante se pasó la lengua por los labios y dio un paso en su dirección. Para su sorpresa, Isabella apretó el gatillo y él sintió una sacudida en su brazo izquierdo. Algo lo había alcanzado. Pero el perdigón apenas le causó una pequeña herida. Sólo se veía un hilillo de sangre en su camisa y él seguía en pie. El disparo, en cambio, había arrojado a Isabella hacia atrás. Estaba aturdida en el piso, rodeada de humo y con un hombro dolorido, cuando él dio cuatro zancadas y se plantó a su lado. Todavía tenía el cinturón en la mano y su respiración sonaba agitada cuando le dijo:

—Eres tan brava como siempre, querida. Aunque estás mucho más bonita. Tus senos me tientan, pero no tengo tiempo para disfrutarte ahora. Tendré que calmarte un rato para que no vuelvas a atacarme mientras me ocupo de tu hermana. Luego volveré a ti.

Isabella vio horrorizada cómo levantaba el cinto y lo doblaba con cuidado. Luego lo blandía delante de su cara disfrutando de su espanto con una fuerte risotada. Lo sacudió levemente contra su propia pierna y el chasquido la estremeció. Intentó ponerse de pie pero él la empujó al piso nuevamente golpeando el revés de su mano contra su mejilla. Atontada por el golpe, escuchó que le ordenaba:

—Quédate quieta, maldita.

Vio la enorme figura que erguía su brazo con el cinto sobre ella y cerró los ojos mientras cruzaba los brazos sobre su vientre, protegiéndolo. En lugar del golpe que esperaba sentir, escuchó otro estruendo similar al producido por su pistola un rato antes. Abrió los ojos y vio que esa vez el tiro había dado en el blanco. Dante cayó de bruces a su lado con la mirada perdida, muerto antes de llegar al suelo. Detrás de él vio a Pedro, muy pálido, con una pistola aún humeante en su mano.

El infinito alivio que la invadió hizo que sus ojos se empañaran por las lágrimas. Distinguió entre ellas que Pedro se agachaba a su lado y extendió sus brazos hacia él con dos palabras:

—Mi amor.

No pudo decir más, los sonidos no salían de su garganta, ahogados por el llanto. Quería pedirle perdón por su terquedad, pero no podía. Lloraba sin control contra el pecho de él mientras sus brazos la abrazaban con fuerza.

Unos instantes después Pedro sintió que Isabella intentaba despegarse de él. La mantuvo junto a su corazón. Necesitaba tenerla allí. Había estado tan cerca de perderla que le dolía el pecho.

—Mi amor, perdón... Perdón... Yo no... Haz lo que quieras, véndele tus frutos a quien te parezca mejor... Yo... ¡Santo Dios! ¡Giulia!

Las palabras de Isabella llegaron a sus oídos pero él no quería soltarla. Hasta que recordó haber visto a su cuñada caída también. Con resignación se puso de pie y ayudó con cuidado a Isabella a hacer lo mismo. Vio que tenía su mejilla enrojecida y apretó los puños. El canalla bien muerto estaba. Nunca le había disparado a nadie por la espalda, pero esta vez no le importó. Vio a Avelino parado en una esquina y le dijo que cubriera el cadáver para beneficio de las damas. Isabella ya estaba agachada junto a su hermana, desplazando a Lucinda y Rosaura, que habían entrado detrás de ellos, y estaban refrescando el rostro de la *sinhá* con un paño húmedo.

Pedro vio el resultado de los puños de ese hombre sobre Giulia y decidió mandar a buscar a un médico. Le dijo a Avelino:

—Ve por el doctor Quesada. Dile que es urgente.

Había perdonado a Tarcísio esa misma tarde, cuando un emisario de su amigo traidor llegó a la hacienda llevándole noticias sobre un extraño que había aparecido en el hospital hablando en italiano y con media cara marcada por cicatrices causadas por el fuego. Tarcísio lo escuchó hablando con su colega Menagliotto y aunque no entendía lo que decían, reconoció el idioma y el nombre de Isabella en la conversación. La exaltación del extraño hizo que le enviara esa información a su amigo. Él sabría evaluar si era importante o no. La sospecha de Quesada había permitido a Pedro salvar a su esposa. Enseguida buscó su arma y cabalgó a todo galope hacia la ciudad. A mitad de camino se encontró con Avelino. Sin detenerse, le gritó para que diera la vuelta y lo acompañara. El negro le dijo que llevaba un pedido de su esposa para que regresara a casa. Isabella quería pedirle perdón, le explicó que le mandaba a decir la *sinhá Yulia* para convencerlo de regresar. ¡No tenía que convencerlo! Regañó un poco al esclavo por haber dejado desprotegida a su esposa, pero más se concentró en seguir arengando al caballo hasta el límite de la velocidad del animal.

Ya divisaba la casa junto a San Francisco cuando escuchó un disparo. Su corazón empezó a latir con más fuerza, la sangre se agolpaba en sus oídos. Recorrió la distancia restante casi de pie en los estribos. Se arrojó del caballo y azotó con ambas manos la puerta gritando el nombre de Isabella hasta que Rosaura reconoció su voz y le abrió. La chica señaló asustada la puerta cerrada de la sala. Él entró empujándola con fuerza justo a tiempo para ver el brazo de un extraño en el aire, a punto de golpear a la mujer que él amaba. Sin dudarlo sacó la pistola cargada de su cinturón, apuntó al centro de la espalda del hombre y disparó.

Sus propios latidos todavía retumbaban en sus oídos cuando se acercó y abrazó a Isabella. Escuchó que ella intentaba pedirle perdón. No hizo esfuerzo alguno por escucharla. No le importaban sus disculpas, durante el viaje había sentido tanto miedo de perderla que decidió que no le vendería más a Vergara para complacerla. Sólo quería tenerla a su lado y asegurarse de que estaba bien.

Siguiendo indicaciones de Isabella, Pedro llevó a Giulia con cuidado hasta el lecho. Allí la dejó en manos de Lucinda. Cuando salía de la habitación se detuvo un momento frente a su esposa. Apoyó sus manos en su cintura y le dijo mirándola a los ojos:

—Haz lo que tengas que hacer para ayudar a tu hermana. Te esperaré aquí. Después hablaremos. Te amo.

Apoyó sus labios sobre los de ella con suavidad y se dirigió a ocuparse del cadáver.

No tuvo problemas con el oficial de justicia. Declaró que un extraño había entrado a casa de su cuñada y agredido a dos damas indefensas. Él había utilizado su arma para proteger la vida de su esposa. El doctor Quesada podría atestiguar sobre el comportamiento anormal del desconocido. Avelino había cambiado las ropas del vil noble por las de un mestizo vagabundo que encontró, quien enseguida marchó contento rumbo a los tugurios del puerto con una moneda y bien vestido. Así, el cuerpo envuelto en harapos malolientes fue arrojado a una fosa común.

Cuando regresó encontró a Isabella en la sala, intentando en vano calmar el llanto de su sobrino hambriento. Verla con un niño en brazos hizo que una blanca hilera de dientes se destacara en su oscura barba. En unos meses la podría ver acunando a su propio hijo.

Los berridos del pequeño Félix angustiaban a la inexperta tía.

Lo paseaba inútilmente.

Pedro se sentó en el sillón donde Giulia había pasado gran parte de su embarazo. Desde allí los miraba en silencio. A pesar de su sonrisa, Isabella supuso que el llanto lo incomodaba e intentó justificarlo. Dijo:

—Tiene hambre. Tu amigo Tarcísio todavía está con Giulia y como ella insiste en alimentarlo con su leche no puedo llamar a una nodriza. Se enfadará si lo hago. Aunque quizás lo haga. Giulia debe recuperarse, no puede ocuparse del niño. Le diré a Rosaura que vaya a pedirle una nodriza a la comadrona.

—No lo hagas aún. Espera a escuchar qué dice Tarcísio. Si él permite a tu hermana que alimente a su hijo, no se lo impidas tú. Perderá su leche si le pones una nodriza al niño mientras ella se recupera.

—No creí que estuvieras al tanto de estas cuestiones femeninas. ¿Cómo sabes tanto?

—Porque vi a mi madre alimentar a mis hermanos. Ella creció viendo a todos sus hermanos mestizos siendo alimentados por sus propias madres, e hizo lo mismo. Es una costumbre india.

Isabella lo miró alzando las cejas, sorprendida.

Él continuó:

—Me parece muy natural. Es lógico que tu hermana quiera hacerlo. Y supongo que tú también lo harás.

—Pero no está bien… Ninguna dama lo hace…Los confesores dicen que los senos son una de las vergüenzas del cuerpo. No debe tocarlos la boca de un bebé.

Pedro evitó reírse. Se puso de pie, se paró frente a ella y le dijo con su voz grave en tono cariñoso:

—Pero tú dejas que mi boca toque los tuyos. Y si bien ha pasado un tiempo desde la última vez que lo hice, creo recordar que eso te gusta tanto como a mí.

Isabella enrojeció. Sintió el calor que invadía todo su cuerpo. Mezcla de vergüenza y deseo.

—Es distinto —dijo en voz baja.

—Por supuesto que es distinto. Tu pezón me enloquece tanto

como calmará a mi hijo. Estos días lejos de ti te imaginé muchas veces así. Ansío ver cómo alimentas a nuestro hijo con tu leche.

El niño seguía llorando en brazos de Isabella pero ella dejó de pasearlo. Pedro vio cómo se tensaba su espalda y adivinó que no le iba a gustar lo que diría:

—Debo confesar que no está en mis planes alimentar yo misma a nuestro hijo —dijo con voz rasposa. Se aclaró la garganta y continuó—, pero no quiero discutir contigo por ello. Así que probaré ponerlo en mi pecho una vez después del nacimiento y entonces decidiré, si estás de acuerdo.

—Es una respuesta mejor que la que esperaba —dijo entre risas y la abrazó con cuidado para no aplastar al pequeño entre ellos.

—Lo haré por ti. Para que me veas haciéndolo al menos una vez, como es tu deseo. Pero si no me gusta, ¿me dejarás llamar a una nodriza?

—Por supuesto, mi amor. No quiero que sufras por ello. Yo tampoco quiero discutir contigo. Nunca más. Pero ya que mencionaste cumplir mis deseos sí tengo otras cosas en mente que puedes hacer por mí.

La mirada ardiente de él le dijo a Isabella que ya no hablaban del niño. Estaba a punto de responderle cuando se abrió la puerta y entró el doctor Quesada.

Pedro volvió a sentarse para ocultar la tensión en sus pantalones e Isabella alzó la voz sobre el llanto del bebé:

—¿Cómo está Giulia?

—Se ve peor de lo que es. Tiene una costilla quebrada pero está en su sitio y no ha dañado los pulmones. La he vendado y deberá dejarse el corsé hasta para dormir, pero sanará. No tiene huesos rotos en la cara. La hinchazón de los golpes demorará unos días en reducirse, pero creo que no le quedarán marcas. Y los azotes felizmente no cortaron la tela de su vestido, la piel está intacta. ¿No fue un látigo sino un cinturón de cuero, verdad?

Isabella asintió con la cabeza.

—Tiene unas cuantas líneas rojizas que se volverán moradas y en un tiempo desaparecerán. Son superficiales.

El suspiro de alivio de Isabella provocó una sonrisa en el médico.

—Su hermana es joven y fuerte, doña Isabella. Se recuperará. Ahora creo que debo ocuparme de vuesa merced. Por el estado de su mejilla veo que recibió golpes también. ¿Alguno en el vientre? ¿Siente alguna molestia o dolor? ¿Pérdidas?

Pedro se asustó. No había pensado que su hijo pudiera estar en riesgo.

—¿Cómo podemos callar a este niño para que la revises?

—Te dije que tiene hambre, sólo con leche —le respondió su mujer, y dirigiéndose al médico agregó— Giulia no tiene nodriza, alimenta ella misma al bebé. ¿Puede seguir haciéndolo?

—Si el dolor en su espalda se lo permite, sí. Quizás pueda hacer que una esclava sostenga al bebé junto a su cuerpo.

—Entonces lo llevaré ahora mismo para que deje de llorar.

—Deja que una esclava lo lleve —dijo Pedro mientras hacía sonar una campanilla—. Tarcísio va a revisarte a ti ahora. Debes cuidar a nuestro hijo.

Isabella iba a abrir la boca pero Pedro alzó sus cejas y sacudió la cabeza, indicándole que no la dejaría moverse de allí. Por una vez se quedó callada y asintió contra su voluntad. Le entregó el bebé a Lucinda y se sentó para que el doctor Quesada la revisara.

El médico aseguró que estaba todo en orden con su hijo y se retiró. Pedro lo acompañó.

Isabella se quedó pensando que, para su sorpresa, le había gustado la sensación de no tener que decidir sobre algo. Se había acostumbrado a hacerlo todo el tiempo durante el último año. Fue por necesidad, para sobrevivir. Después, en el poco tiempo que llevaba casada siguió haciendo todo a su gusto, y Pedro siempre la apoyó. Hasta que llegó la pelea. Ahora, finalmente, había descubierto que le agradaba la sensación de que alguien la protegiera. Se relajó. Le gustó dejarse cuidar por el hombre que amaba.

Cuando él volvió a entrar se puso de pie y se arrojó entre sus brazos:

—Llévame a casa —le pidió—. Por favor.

—Sí, enseguida. Pero te aviso que clausuraré con maderas tu

habitación. Dormirás conmigo siempre, aun si estás enfadada.

—Sí, mi amor. Lo que tú digas.

Ese hombre era todo para ella. Su cálido abrazo le transmitía una sensación única. Supo que lo amaba más allá de su contradictoria ocupación. Lo amaba tal como era. Cuando escapó de prisión no imaginaba qué la esperaba al otro lado del océano. Ahora sabía por qué el destino la había llevado a esas lejanas tierras. Se había visto obligada a cruzar medio mundo para encontrar al hombre de su vida. Pero todas las penurias del camino sin duda habían valido la pena.

Epílogo

No se sabe si la carta de doña Juana llegó a las manos del rey de España. No quedó registro de ella en ningún archivo real. Quizás Felipe III nunca la recibió, o la destruyó después de leerla. Ella nunca tuvo respuesta. Lo cierto es que Hernandarias fue nombrado gobernador por tercera vez en enero de 1615. Recibió la carta con su ordenamiento firmada por el mismísimo rey Felipe, en lugar de haber sido escrita por su mano derecha y habitual encargado de esa tarea, el Duque de Lerma. El gobernador lo comunicó al Cabildo porteño, para que aceptaran sus papeles y lo pusieran en funciones oficialmente. La mayoría confederada lo rechazó, desconociendo la autoridad real. Hernandarias entró armado a la aldea, al frente de casi una centena de hombres, y tomó el Fuerte. Desde su puesto de gobernador declaró una guerra sin fin a los contrabandistas: encarceló a los jefes del Cuadrilátero. Vergara, Valdez, Veiga y Leal de Ayala pasaron meses tras las rejas, acusados de robo a la Corona.

Antes de la detención de esos caballeros Pedro de Aguilera ya había dejado de negociar con ellos. Cuando estuvo a punto de perder a su esposa decidió que dedicaría más tiempo a otro de sus ingresos: las vaquerías. Y le estaba yendo muy bien con la caza de ganado cimarrón. A pesar de que también era ilegal atrapar vacas que pertenecían a la corona, Hernandarias estaba demasiado ocupado tratando de demostrar la culpabilidad de los contrabandistas. No prestaba atención a eso por el momento.

Cuando no estaba arriba de su caballo arrojando boleadoras a los pies del ganado, Pedro disfrutaba de su familia. Como esa calurosa tarde de verano. Estaban en la hacienda, él metido en el agua con el pequeño Valerio en brazos. A pesar de los temores de

Isabella, había decidido enseñarle a nadar.

—Todavía no camina y tú ya quieres meterlo al río —le dijo preocupada.

—Tranquilízate, cuanto más pequeño sea, más fácilmente aprenderá. Créeme, lo he visto.

Decidió confiar en él. Sabía que Pedro no arriesgaría a su hijo, lo adoraba. Desde el día en que nació lo observaba siempre con la misma mirada cargada de amor que le dedicaba a ella. También había acertado sobre la alimentación del pequeño. Isabella lo puso cerca de su pecho unas horas después del parto, para probar, tal como habían pactado. En cuanto sintió que su boquita se prendía al pezón y succionaba hasta extraer leche ya no le disgustó la idea. Por el contrario, se negó a perderse la placentera sensación que le provocaba que su hijo se alimentara de ella. Decidió amamantarlo ella misma. Su suegra le enseñó cómo hacerlo. Fue en el mismo día en que se despidió de ellos y les pidió que velaran por sus hijas menores Concepción, Amanda y Justina, que quedaban a cargo de su hermana Leonor. Doña Juana partió a Brasil acompañando a su esposo en un viaje que no sabía cuánto duraría, dependía de los negocios de Dos Santos. Isabella extrañaba sus charlas a solas. Se habían convertido en buenas amigas y descubrió que su suegra no era ninguna mojigata, como ella pensara alguna vez. Sabía que algún día volvería a verla. Mientras, cuidaba de sus hijas. A quien no volvería a ver era a Siriana. Hombres de Dante la habían torturado para que revelara dónde estaba escondida su esposa y por los golpes recibidos la joven musulmana había perdido la movilidad de sus piernas. Sería muy difícil mandar a buscarla, como había anhelado secretamente. La muchacha conocía el paradero de las hermanas porque Michela le había pedido un vestido de Isabella para tener como modelo al confeccionarle su guardarropas. Siriana juró guardar el secreto con su vida. En parte lo cumplió: tuvieron que dejarla al borde de la muerte para que lo revelara. Giulia se enteró por Dante durante su pelea y se lo contó al recuperarse. Isabella soltó un largo suspiro. Su hermana no tenía a su amado pero sí a su hijo, y era feliz.

Su propia felicidad era mucho mayor, porque estaba cerca de los dos hombres que amaba. Los vio desde la orilla. Padre e hijo se sumergían y avanzaban lentamente con facilidad. Se detenían, jugaban un rato golpeando el agua y continuaban con la lección. Al rato Valerio empezó a restregarse los ojos y Pedro entendió la señal. Hora de dormir. Sacó al pequeño del río y lo llevó hasta los brazos de Isabella, que lo esperaba con un paño de lino para envolverlo y lo abrazó enseguida.

—¿No hay paño con abrazo para mí también? —murmuró en el oído de su esposa y enseguida la miró con sus intensos ojos turquesas enmarcados por las tupidas cejas negras.

Estaba desnudo, su cuerpo mojado brillaba bajo el sol. Isabella recorrió su pecho, su vientre y su miembro con la mirada sin ruborizarse. Lo vio erguirse frente a sus ojos, se pasó la lengua por los labios y le dijo con marcada intención:

—No, no te obedeceré esta vez. Tengo una idea mejor. Diré a Rosaura que se lleve al niño. Espérame tal como estás.

Había aprendido que a Pedro le gustaba cuando ella sacaba a relucir algo de su vieja iniciativa y decidía actuar. Especialmente si era para el deleite de ambos.

Cuando regresó él estaba todavía de pie, dejando que el sol secara las últimas gotas de agua. Se le acercó admirando complacida su sólida figura y lo abrazó desde atrás.

—No me canso de tocar tu cuerpo —le dijo, y empezó a secar su espalda todavía húmeda. Por donde pasaba el paño enseguida se apuraba a apoyar sus labios—. Podría besarte todo el tiempo, saborear cada rincón de tu piel.

—Por favor, hazlo. Yo no te lo impediré… —le respondió con una sonrisa cómplice.

Ella continuó besándolo y sorpresivamente dejó de hacerlo.

Pedro esperó, pero después de un rato preguntó:

—¿Ocurre algo, mi amor? ¿Quieres que intercambiemos tareas? Ya mismo puedo arrojarte al río para después secarte entera con mis besos.

—Es una idea tentadora, pero no me detuve por eso. Estaba

pensando en aquello que te pregunté hace un tiempo, si alguna vez te arrepientes de haberte casado con una fugitiva. Tú me has dado una vida inigualable, y yo podría traer desgracias a la tuya. Si se descubre mi pasado tú también estarías en problemas...

Él se dio vuelta para mirarla a los ojos y dijo:

—No me arrepiento de que seas mi esposa. Y te lo diré una y mil veces, hasta que quede tallado en tu alma y ya no necesites preguntármelo. Te amo, Isabella. Eres el corazón de mi cuerpo, aunque estés fuera de él. Necesito tenerte siempre a mi lado. Sólo así puedo existir. No me preocupan las leyes, ni las de los hombres ni las de la Inquisición. Mi única ley es amarte. Siempre.

La tomó en sus brazos para remarcar sus palabras con un beso que le quitó el aliento. Ella ya no preguntó más.

Palabras finales

Muchos de los personajes históricos de este relato existieron: Vergara, Valdez, Leal de Ayala y Veiga contrabandeaban productos y esclavos al Buen Ayre con su banda, el Cuadrilátero, y poseían los cargos aquí mencionados. Fueron duramente combatidos por los gobernadores Hernandarias y Marín de Negrón, y hay sospechas documentadas de que hayan envenenado a este último.

La amante de Valdez, doña Lucía González de Guzmán, poseía un burdel, ubicado en una esquina frente a la Plaza Mayor.

El doctor Menagliotto, de origen italiano, fue uno de los primeros médicos de la ciudad, antes de que se construyera el hospital.

El caso de fraude en la elección del Cabildo de enero de 1614 es verídico y está documentado en las actas del día, registradas en el Archivo de Indias.

La princesa María Apollonia de Savoia, hija menor del Duque Carlo Emanuelle, tomó los hábitos, dejando de lado la vida de bailes y romances que había llevado en la corte de Torino, junto a sus hermanas y amigas de la nobleza.

El barco de la Adelantada Mencía Calderón o "barco de las mujeres" fue un hecho real. Partió de España en 1550. Llegaron finalmente a Asunción cuarenta mujeres en 1555. Entre ellas la madre de Hernandarias, María de Sanabria, hija de doña Mencía.

¿Y la madre de Juana? ¿Podría haber venido en ese barco...? Quizás sí... Es un personaje creado por mí, al igual que el resto de los protagonistas de este libro, en una historia que entreteje ficción y realidad.